José Agustín

CERCA DEL FUEGO

Edición al cuidado de Rebeca Bolock
Portada: Gerardo Kloss
Ilustración de portada: Augusto Ramírez

Primera Edición: 1986
Segunda Edición: 1987

Editado en México por Plaza y Valdés Editores.
Calle Río Guadiana, núm. 19-A; Colonia Cuauhtémoc,
C.P. 06500, México, D.F.

ISBN: 968-856-074-X HECHO EN MEXICO

Esta obra se terminó de imprimir
en el mes de Noviembre de 1987
en Programas Educativos, S.A. de C.V.
En México, D.F.

A mis hijos

Andrés, Jesús y José Agustín

y a don Joaquín Díez-Canedo

Este libro fue escrito con el
auxilio de una beca de la
John Simon Guggenheim
Memorial Foundation

Esto dijo el Salvador: el que está cerca de mí está cerca del fuego, el que está lejos de mí está lejos del reino

Orígenes

Que el cuerpo de luz surja del cuerpo de Fuego.

Ezra Pound

Nada es perfecto en los planes perfectos de Dios.

Neil Young

CERCA DEL FUEGO

BLANCO

NEGRO

BLANCO

NIÑO PERDIDO

Las cuatro de la mañana. Ya hiciste que me levantara. Ahora vas a cumplir lo que prometías.

Niño perdido. El chillido de la sirena me dolió; mi visión se volvió brumosa, me estaba costando trabajo respirar. Pude darme cuenta (un relámpago, un resplandor ciega más que la oscuridad) de que había mucha gente en la esquina de lo que creí Niño Perdido y Fray Servando, llena de gente y coches a las dos de la tarde. Mi piel se resecaba en oleadas: se entiesaba, mis ojos se consumían, había cenizas empozadas, me hundía, mi conciencia empequeñecía, el material de los sueños, ¿te acuerdas?, me pareció ver un cuerpo, ¡mi propio cuerpo!, hinchado al límite, globo viejo, explotaba, se desplomaba. ¡Me estoy muriendo!, alcancé a pensar, ¡ay compadrito ya me chingaron!, perdí la conciencia, supongo que durante segundos; una ola fulminante y terrorífica de calor desconectó cada partícula de mi cuerpo, y de pronto oí con claridad cimbrante que un cristal estallaba, grandes cristales se deshacían en astillas, finas agujas translúcidas, la membrana reseca y hedionda que me hermetizaba se desgarró. Y salí. Fue como si despertara con lucidez total. El mundo me pareció de una belleza insoportable, aunque se tratara de un paisaje de polvo y humo.

Un tipo me miraba: un viejo burócrata, de saco descosido, lustroso, corbata luida, más arrugas que pantalón. El viejo me sonreía, sus ojillos, terriblemente chispeantes, pícaros, rebasaban los surcos del rostro. Cómo tardó el camión, comentó, y viene llenísimo, agregó al instante. Yo apenas lo escuchaba, a pesar de que la voz me llegó con un timbre metálico, taladrante, que me sobresaltó. Miraba en mi derredor. Todo parecía recién creado en mi absoluto beneficio. Qué estrépito sordo. Qué profusión de morosa actividad de la primera tarde. Pulular de zombis adormecidos por el calor y la resequedad. Las bocinas, los motores, los malos humores de los coches eran nítidos en ese día que, por la magia de mi percepción, se había vuelto translúcido: me parecía ver pequeñas esporas ocres flotando en la atmósfera enrarecida. Los rostros se afinaban, se afilaban, surgían las porosidades de la piel de la gente como si las viera al microscopio; la profusión de voces y ruidos era clara a pesar del empalmamiento, podía diferenciar con facilidad todos y cada uno de los planos de sonido que escuchaba, tuve un sueño esta noche, decía la voz de mujer que elegí, estaba perdida en la selva, en la época de los dinosaurios...

El camión había llegado, repleto, pero aún así nos metimos más de quince. Subí en él, más bien: me empujaron. Me deslicé al interior, fui uno con la señora que decía ¡ay Dios, si esto parece el metro!, y recordé que antes los autobuses repletos me causaban náuseas, deseos frenéticos de vomitar, uta pinche vieja, si quiere ir cómoda por qué no toma taxi. Cómo taxi joven, si no soy millonaria Ora todos somos millonarios, rio alguien. Ay qué vida más amarga, dijo (sonriente) un estudiante de medicina que se parecía a Paul McCartney. Yo miraba con avidez, entregado al placer calientito de sentir tantos cuerpos, tantas respiraciones, tantas voces tan próximas que parecían salir de mi propia cabeza. La vida es dulce para todos, recordé, pero para quien vive muchas vidas en una es aún más dulce.

Mi atención se había desplazado de lo que me rodeaba: qué raro era todo, la brillantez cubierta por veladuras... Me daba cuenta, suavemente, incluso con dulzura, de que ignoraba a dónde me dirigía. ¿Para qué había tomado ese camión? No recordaba de dónde venía, qué había estado haciendo antes de ir a esa esquina. No recordaba lo que había sucedido en... ¿cuánto tiempo? Me vino la idea de que, dentro de mí, algo me trataba con una gran delicadeza; lo último que recordaba era el viaje que hice, en avión, de Ciudad Juárez al Distrito Federal. Cuando el avión se estacionaba vi despejado el cielo de la tarde, el viento venía del este, de los volcanes, ¡se veían los volcanes! Caminé como todos por un largo corredor, junto a gente de distintos uniformes que parecía muy activa; entré en la sala de espera y busqué a mi hermano Julián... ¿Cuándo ocurrió todo eso?

Perdone, pregunté al viejito que me miraba con ojos de coyote y que casi se había incrustado en mí, con sus emanaciones alcohólicas. Dígame, contestó. Muy amable el hombre. ¿Qué día es hoy?, inquirí, y me sonrojé al ver la fugaz (un parpadeo) expresión de pasmo y suspicacia que el viejo me dedicó. Miércoles, respondió. Hice a un lado la idea de que el viejito hablaba con una voz bien modulada, grave, de actor, y dije: sí señor, ¿pero de qué mes y de qué año? El viejo me miró con calma (nos hallábamos, te juro, frente a frente, con las narices pegadas): para él debía ser normal que la gente ignorara el día, el mes y el año en que vivía. El viejo respondió e incluso me dio la hora. Yo trataba de contener la risa mientras hacía rápidas cuentas mentales. Me resultaba divertidísimo advertir que no recordaba, en lo más mínimo, lo que me había ocurrido en los últimos seis años.

¿De qué se ríe, amigo?, preguntó el viejo. De un chiste que acabo de recordar, le expliqué. ¿Qué chiste?, insistió él (pacientemente). Varias personas nos miraban. Apuesto a que ya se lo sabe, es aquel del león que festeja su cumpleaños y un sapo, a todos los planes de la fiesta, comenta ¡qué a todo dar! ¿Se lo sabe? Qué chinga se llevó el cocodrilo, terció Paul McCartney y varios de los que iban allí comprimidos se echaron a reír (¡qué resplandor!).

Verifique fecha, hora y destino. Mi risa se había desvanecido (gradualmente) y en ese momento me venció la impresión de que para entonces todos me veían, molestos; yo había desencadenado la risa con la pequeña ayuda de Paul McCartney (ay qué vida tan amarga). El viejito encoyotado entrompetó los labios y procedió a silbar silencionsamente, de lo más tranquilo; casi podía sentir la fetidez en mi nariz y evocar unos dos o tres cartones de cerveza Victoria, llamada también Vicky, ¿habrá todavía cervezas Victoria? Y casi habría podido reconocer la tonada si no me hubiera llegado la idea de que seguía sin saber a dónde iba, de dónde venía, el laberinto oscurísimo bajo la luz tajante de la primera tarde. Al mismo tiempo experimentaba una libertad absoluta; nada me impulsaba, nada me obstruía, nada me detenía. Simplemente estaba, como planta, animal, piedra. Pero tenía que ir a alguna parte. Es favorable tener a dónde ir, ¿no es así? Un agujero repentino en la pradera otoñal. ¡Bajan, bajan!, grité en ese instante, y el viejo (qué bien me caía) echó la cabeza hacia atrás... Advertí que había habido un velo de alarma en mi voz. Pero los demás no me miraban, habían vuelto a hundirse en sus ensueños, arrullados por la confusión en sus aposentos interiores, el estrépito de la calle. Es favorable tener a dónde ir. Yo creía, aunque era consciente de cuán falsa era la impresión, que me miraban con hostilidad. Bueno, es una paranoia ciertamente tolerable, pensé cuando me abría paso para llegar a la puerta de bajada. Pos el permiso lo tiene pero a ver: pásele. ¡Bajan, bajan!, volví a gritar, pero ya sin aprensión, incluso con una sonrisa. El viejito había estado silbando (o más bien, soplando) "Amor perdido", pero el brillo de los ojos indicaba que no había perdido nada, ni amor, dolor, tocar el tambor, sentarse ante el crepúsculo (se abre la grieta) y llorar la vejez: todo eso estaba más allá de él, o eso opté por creer cuando llegué a la puerta. Me di cuenta de que el viejo había estirado el cuello y no me perdía de vista. Ay canijo, no pise. Si no quiere que la pisen, indiqué con mi voz más torva, como exigía la ocasión, por qué no toma taxi. Salté rápido a la banqueta para evitar que me arrollara el gentío de la esquina.

Vistas del centro de la ciudad. ...No me reponía aún del impacto de encontrar el zócalo atestado de gente que sorteaba las zanjas, algunas profundas, las grandes máquinas que se empolvaban, las casetas, y las tiendas de campaña; en la contraesquina de la catedral y los portales había un rincón de puestos de fritangas, de discos e ínfimo contrabando. También vi áreas aisladas por polvosas bardas de aluminio. En las vías el embotellamiento seguía trabado como perro después de coger. Frente al balcón presidencial habían levantado graderías de tubo liviano, y allá me fui a sentar: abajo había gente, así es que subí a lo alto, donde sólo vi una pareja de preparatorianos ausente del mundo. Me sentí bien en las gradas, de espaldas al costillar de tierra removida y plagada de gente que era el zócalo. ¿Por qué estaba así? Misterios insondables. Me intrigaban, en especial, las bardas de aluminio, ¿escondían la entrada a nuevos hallazgos arqueológicos? ¿La panza de la ciudad seguía devolviendo monstruitos ancestrales? Después de todo siempre estaban allí, listos a cobrar vida en cualquier momento, el hemisferio inexplorado, el lado primordial a flor de piel, póngase su penacho, no le saque, hasta ese momento reparaba en que los guardias presidenciales no lo eran, es decir: eran soldados con uniforme de camuflaje, de manchas de distintos verdes opacos. Eso me hizo advertir que demasiados gringos entraban y salían, no iban a ver los murales de Diego precisamente, parecían diligentes ejecutivos y militares en plena chamba. Oí el ruido chillante, taladrante, de una patrulla. Como no le abrieron paso se subió en la banqueta, entre el corredero de gente. Por allí tampoco pudo avanzar.

Frente a mí, el balcón presidencial. A dónde demonios fui a parar, pensé, así es esto de las sincronicidades... El balcón estaba muy desmejorado, los toldos rojos oscurecidos por las capas de polvo y el tizne de los aceites. Algún residuo de símbolo viviente debía de conservarse allí, después de todo. Cuánto gringo entraba y salía de palacio.

Como no lo entendía (por el momento) dejé de fijarme en lo que me rodeaba. Los codos en los muslos, la barbilla en la palma de las manos, trataba de recordar y no podía, no llegaba el golpe de un recuerdo total, autocontenido, autorregulado, autónomo, que posesiona y reproduce la intensidad de emociones y matices de lo que ocurrió. Sin embargo, brotó en mí una imagen que en ese momento consideré absurda, incomprensible: caminaba con un niño bellísimo de cuatro años en una tarde asoleada, yo lo llevaba de la mano y él decía ¿verdad que todos los tiranosaurios del mundo caben en la bondad de Dios? Dejé pasar la imagen: no tenía caso desentrañarla sin los datos indispensables; además, sus efectos eran notorios: me había emocionado de una manera deliciosa. Suspiré. Mi mente quedó en silencio. Me maravillaba lo que me ocurría: era tan poderoso, tan nuevo, que desvanecía lo demás. No sabía cómo ni por qué había aterrizado en esa amnesia peculiar. Tenía a mi disposición todos los datos de mi vida anteriores a los últimos seis años, de hecho era una avalancha de recuerdos que se codeaba por salir: aporreaba la puerta, metía el pie en la rendija, se asomaba por la cerradura..., pero de los seis años anteriores, nada. Absolutamente nada. Sabía que una amnesia de ese tipo suele deberse a un suceso, o a una serie de hechos, de tanta fuerza que simplemente no se podía soportar, la mente entonces hacía a un lado lo ocurrido, y de paso borraba todo un tramo de la cinta, seis años aprox en mi caso, pero si lo ocurrido se había desvanecido, pensaba, por algo sería, en todo caso me sentía como vuelto a nacer, en paz, en un silencio interior que podía graduar, modular, para domar el escándalo de la Plaza de la Sumamente Desmadrada Constitución.

...Cada vez que concentraba la memoria en mi vida anterior más inmediata mi mente se limpiaba, se abrillantaba, incluso tuve la visión (¡hipnagógica!) de una mujer que tarareando barría los pisos oscuros de mi interior como si fuera un zaguán de vecindad. Algo que quería encenderse en mí, una llama mortecina, trataba de avivarse. Pero no se concretaba en nada. Nada. El esfuerzo me inquietaba, ensombrecía el bienestar, la paz, la afilada lucidez, la seguridad total, el verdadero poder, eso es el poder, me dije: un estado de ánimo que hace posible portentos. Todo indicaba que no debía presionar. No recordar. Si presiono pierdo la fuerza. Si la yegua es tuya déjala ir, solita regresará al séptimo día, al haber gatos no hay ratones... Casi salté al ver que llevaba una verdadera fortuna en billetes de diez, veinte, cincuenta y cien mil pesos, ¿pero cuándo hicieron esos billetes? ¿Habría de millón, de medio millón? Un aguijonazo de inquietud. Los nuevos soldados de palacio no me latían nadita. ¿de dónde salía ese dineral? Además, y eso me sorprendió (me escandalizó), llevaba el dinero en una cartera, muy mal muy mal, antes jamás usé cartera. En ella encontré una copia fotostática de mi cartilla, otro uniforme, reglamentario casquete corto como los borreguillos que en esos días, si es que aún se conservaba la vieja ceremonia ritual, se empanizarían de polvo allí en el zócalo y jurarían lealtad a la matria. Me sentía excitado, con una leve sombra voyeurista. Encontré una placa que no reconocía, un carnet de identidad de la secretaría de Gobernación. ¿Y eso? Peor. Mi foto (muy serio, de hecho: enojado). Números en relieve, perforaciones, firmas: la mía en un espacio más visible. Y licencia de manejo. Me carga la chingada, pensé, está mal esto. Cómo licencia de manejo. Al menos, no tenía resellos. Y era de Xalappa. ¿Por qué de Jalapa? Porque allí seguramente la transa fue sin problemas y chance hasta gratis. Para colmo de males mi rostro deslavado en la fotografía avivó en mí el deseo casi frenético de verme en un espejo, incluso me cruzó la idea (un parpadeo) de que bien podría tener aspecto diferente, hallarme en un cuerpo distinto. Pero era absurdo. Después me vería en un espejo. Allí no había ninguno y el balcón presidencial de plano era pésima pantalla de proyecciones. Me conformé con que mi propia voz me sirviera de prueba, de definición operacional, de seña de identidad: uno dos tres cuatro, probando, probando, algo pasa aquí y tú no sabes qué es, ¿o sí, señor Jones?, si te has creido que yo soy recargadera búscate otro que te apoye. Varias sirenas escalofriantes me hicieron coro: un estrépito de ratas que casi me hizo tirarme de lo alto de las gradas y estrellarme en el suelo sagrado de la Plaza de la Chingada.

Quién sabe cómo un cordón de soldados fue metiéndose entre los coches en una de las esquinas y empezó a desviarlos hacia otra calle. Varios motociclistas los apoyaban. Otros procedieron a arrear a los coches que seguían atascados frente a mí. Hacían chillar las sirenas e insultaban a los que manejaban, órale muévanse cabrones, muévanse, ahi viene el presidente. La gente de los coches volteaba para otra parte: la vieja táctica del avestruz, porque sólo podían moverse unos cuantos metros. De Palacio salió un largo féretro rodante, negro lecho de lámina, bien lavado y encerado por algún aspirante a salario mínimo. Tras esta nave seguían dos tres más llenas de guaruras. La negra limusina no trajo a los Rolling Stones o a algún negro forrado de lana, sino al mismísimo Gran Tlatu Lento, el Galán de Traje Oscuro, el de Camisa Estratégicamente Grisperla y Vigoroso, Patriótico, Nudo de Corbata. Una raya en la boca, casi rictus, lo parapetaba del ruidero.

No lo podía creer: la gran limusina del Jefe Mangotas tenía una fea abolladura en una salpicadera, cómo podía ser que nadie la hubiera arreglado ya. Acababa de pensar eso cuando el auto se descompuso. Dos hombres bajaron, abrieron el cofre y revisaron el motor. En tanto, atrás de nosotros (de la gradería de tubos), se habían agrupado muchos andrajosos que gritaban iracundos. Allá venían más, subían y bajaban los montones de tierra, corrían por las losas de concreto, rebasaban al gentío. Un grupo de soldados avanzó hacia la gente que gritaba. Cortó cartucho. La gente comenzó a dispersarse, entre mentadas de madre se perdía entre los coches; otros más llegaban apresurados, veían que todos se alejaban de los soldados, estiraban el cuello, localizaban al presidente en su limusina y seguían su camino casi sin detenerse. Una densa cortina de soldados se había formado a todo lo largo de palacio y en la banqueta opuesta de la plaza.

Nunca supe cómo me le quedé viendo al preciso; seguramente fue sin querer, una de esas ocasiones en que la mente de pronto vuela por su lado y la vista se queda anclada en algo, o alguien. Ahí estaba yo, viendo al buen hombre sin darme cuenta, hasta que de pronto lo sentí: una piedra pesada en el cogote. Nos miramos. Fíjate nomás. Vi una mirada ausente, lejana, con todo tipo de apuntalamientos, charco gris donde se revolvía la irritación, la inquietud, fastidio, incomodidad, fatiga, tensión contenida, los hilos de una máscara de afabilidad cuasi fraternal, no si yo deveras te lo digo, y a mí me ocurrió entonces lo más increíble del mundo, un verdadero portento y una atroz, doble, toma de conciencia: tuve la impresión rápida pero exacta (un resplandor) *de que me hallaba en el interior del ejecutivo de ejecutivos y que con sus ojos contemplaba mi propia mirada*, al fin veía mi rostro: el mismo de siempre: no mostraba ironías o desafíos, sólo una fuerte, profunda, severa, vaciedad (con tonos afectivos de telón de fondo)... Pero ya estaba otra vez en mí y vi que el presidente tensaba las maquilladas facciones, algo se apagó, un oscuro remolino, que en realidad no era nada, apareció en sus ojos. Era urgente dejar de mirarlo. Esa cara explotaría en cualquier momento y sólo quedarían, en la intemperie, redes de cables de colores entre líquidos viscosos. También pensé que quizás él pensaba que un oscuro y vulgar ciudadano (que ni siquiera recordaba el último sexenio de su vida) de ninguna manera tenía derecho de mirar, de frente, los ojos preclaros, priístinos, del Velero Vergantín, del Mero Cabezón de la Patria. Le hice un guiño: no a la endeble humanidad maquillada sino al escalofriante arquetipo que después de todo la albergaba (algo le dejaría, sin duda): tranquilo mi presidenloco, no se deje llevar por sus pestilentes furias. Con la conciencia del riesgo apagaba la risa que me quería salir; era fuerte la proximidad de un brillante, impaciente, indiscutible, peligro, esa gente no es México, no no no, esos que tienen el vicio del metro no pueden ser México, yo, con el permisito de ustedes, me voy al elevador de este soberbio edificio, se oprime el botón del piso veintidós, se entra en este departamento de luminosidades doradas y vemos, top shot, el tumulto a través de los ventanales, ya estás tocadiscos y ni siquiera lo sábanas, la corbata azulcielo por favor, dónde está el laxante, a ver a qué hora se calla este imbécil, no me quiero dormir otra vez con el cuello torcido, a ver si esta vez me maquilla con cuidado, esto es inconcebible, ¡no pusieron papel higiénico!, cómo de que se volvió a descomponer el helicóptero, entiende, entiende, en ese momento no se va a poder, esta vida me está matando, dónde están las gotas de los ojos, se dice: vaso *con* agua, tienes que esperarte, te digo que no se puede, pujidos y retortijones, la patria está en la desgracia, pero es un problema internacional, y usted, óigame bien, usted, yo no estoy loco: me estoy pudriendo, no quiero que por ningún motivo se repita, sí sí, cómo quiere que le sirvan su whisky, con muchos huevos hay que enfrentar a esta bola de cabrones, perdón por lo de bola, por menos que eso me los puse a todos contra la pared el día de San Valentín allá en Chicago, I-lli-*nois*.

Tenía rato que el Jefe Mangotas no me veía, de nuevo nos separaban años luz, todo era normal en esa tarde polvosa y pesada: yo seguía siendo parte del pueblo, carne de gradería. Ya habían arreglado la limusina pero el embotellamiento se había apretado aún más, oscurecía el ambiente como si, de pronto, sin transición, estuviera a punto de ser de noche, ya era de noche, la hora del lobo bergmaniano, qué oscura podía ser esta ciudad de México en su más antiguo centro, quién gritaba allá en las zanjas, quizá las misteriosas bardas de aluminio cubrían las entradas a salas (subterráneas) donde los policías (de civil) se entretenían con la picana, el tehuacán, el pocito, o de plano asesinaban a los miles de detenidos, eternamente las antorchas encendidas, ¿qué tenía en los ojos que tantos gringos veía?, mejor bajé las gradas tubulares y, muy despacito, como quien no quería la cosa, me fui del zócalo.

Si tan sólo pudiera recordar cómo me llamo. Tomé asiento a la barra de una cafetería de la Torre Latinoamericana, sorprendido de que todo fuese familiar y, al mismo tiempo, tan distinto. El local estaba muy deteriorado: atrás de los espejos eran visibles grandes grietas; en vez de la pintura que se requería de urgencia abundaban letreros que anunciaban los platos del menú. No eran posibles semejantes precios. Cuando menos cada cosa costaba mil veces más que seis años antes. Luego entonces yo no tenía tanto dinero. Muy mal. Sin embargo, no me importaba, todo parecía lleno de vida. De golpe recordé la historia (¿cuándo la leí, cuando la leí?) de aquel planeta que el león del cumpleaños había creado con el solo auxilio de su voz bien temperada, donde todo era tan nuevo y fértil que si una moneda caía al día siguiente había un árbol de dinero.

Ya tenía frente a mí un bistec encebollado, y cuando vi la carne, y supe que la iba a comer, una emoción avasalladora creció desde mi raíz y brotó. Me cimbró. Te juro que me faltaba el aire, mis ojos se humedecieron y mi cuello se cimbró. Alcé el rostro y vi, a mi lado, a un viejo que leía el periódico y chiquiteaba una cerveza. Tuve la seguridad de que ya lo había visto, pero, más bien, de pronto pensé que ese viejo era bellísimo, todo él condensaba, quién sabe cómo, lo que me había ocurrido, y lloré un flujo incontenible, silencioso, de lágrimas. El viejito se volvió hacia mí. Parecía más bien pobre, un burócrata de última categoría, sumamente desaliñado, pero había algo en él que revelaba una dignidad peculiar, cierta fuerza inclasificable, ¿dónde lo había visto?, me pregunté, ¿dónde?

El viejito casi se cayó de la sorpresa al verme llorando sin el más mínimo pudor. ¿Qué le pasa?, me preguntó. Nada, respondí, estoy llorando nada más. ¿Se siente usted mal?, insistió al ver que, a pesar de las lágrimas, yo le sonreía con verdadera simpatía. Deveras no, mire usted, el doctor me recomendó que llorara antes de los alimentos para que no me doliera lo caros que están, además de que un buen llanto, discreto, incluso: elegante, facilita la digestión. Empecé a reír, quedito, hiena perezosa, limpiando mis lágrimas con una servilleta (áspera) con la que también me soné. El viejito se reponía de una sucesión relampagueante de sorpresa, desconcierto, simpatía, suspicacia, hasta que por último sonrió, condescendiente, y volvió a su periódico.

Yo ataqué (textualmente) la carne, y a pesar de los mantos de grasa que parecían petrolíferos me supo deliciosa. Pensé que cualquier cosa que me hubiera ocurrido me había dejado definitivamente loco. El hombre del periódico (¿desde cuándo existiría ese periódico?) pidió otra cerveza y, mientras la bebía con sorbos mínimos, delectantes, sus ojos invariablemente se resbalaban del periódico hacia mí, y supe que el viejito se moría de ganas de iniciar una conversación, pero no hallaba cómo hacerlo. ¿Dónde lo ha visto? Parecía reconocerme. Pensé que debía darle una ayudadita pero, con una sonrisa traviesa, decidí que le costara su trabajo.

Oiga usted, aventuró el viejo finalmente, con un tono casi despectivo, como si adivinara mis pensamientos, ¿ya se siente usted bien? Le juro que no me he sentido mal, informé, sonriendo con amplitud porque, sobre todo después de haber comido, me hallaba de un humor inmejorable. El viejito titubeó unos segundos y vio de reojo su periódico: Los Empresarios Aseguran Que la Crisis se ha Sorteado, y por último ignoró lo que yo le había dicho. Me miró con detenimiento, examinándome. Qué risa me daba. Ándele, dijo el viejito, cuente usted lo que le aflige, yo ya estoy más allá del bien y del mal y a lo mejor hasta le ofrezco un buen consejo. ¿A qué se dedica usted?, curioseé. No no, replicó el viejo, con firmeza, meneando la cabeza salomónicamente, este pobre tipo caguengue se quiere pasar de listo, ¡qué atrevimiento! Parecía escoger las palabras con lo mejor de su tacto. Hable usted, amigo; esto es, si quiere, matizó al instante, porque si no quiere, nada. Fíjese, dije, un tanto truculento; que en el ejército me dieron una droga rarísima. Me sorprendió mucho lo que dije. El viejo pareció notarlo. Ah caray, a ver, barájela más despacio, pidió, interesado; no me extrañaría nada porque en estas épocas todo es posible, además hace algunos años se publicaron unos reportes que/ no, hombre, no es cierto, interrumpí, controlando la risa; perdone usted, estoy bromeando, estoy de buen humor, no es que quiera molestarlo.

Molestarme..., repitió el viejito, torciendo la boca; a mi edad esas cosas ya no me preocupan, yo no tengo vanidad, así es que dígame entonces por qué se siente tan contento, no me vaya a salir otra vez con el viejo chiste del cocodrilo que se llevó la chinga, añadió, con los ojillos entrecerrados. Lo miré con sorpresa: claro, se trataba del mismo viejito que, en el camión, me había informado en qué día, mes y año vivíamos. Él sonrió, divertido, al advertir que hasta entonces lo reconocía, y en ese momento exacto tuve la convicción de que a él podía contarle lo que me había ocurrido. Está bien, avisé, le voy a contar, agregué, y lo hice. Pero no tiene caso repetirlo.

Eso se llama amnesia, precisó el viejito, con seriedad, una vez que terminé de hablar; era evidente que no quería externar sus dudas y que nada de lo que había oído le impresionaba. ¿Es verdad todo eso que me ha contado?, preguntó después, con cierto aire severo. Se lo juro. ¿Y no ha logrado recordar algo? No. ¿No se acuerda usted de nada, de nada? Yo estaba disfrutando enormemente el interrogatorio y respondí: nada, nada.

¿Y eso lo pone de buen humor? Yo diría que más bien debería preocuparse, a no ser que sí recuerde perfectamente bien y crea que fingir no recordar es lo mejor. ¿A qué se dedica usted?, pregunté, porque el viejito en verdad me interesaba, en especial me intrigaba ese aire de seriedad y de naturalidad, el brillo coyotesco en los ojos; debía ser muy viejo, cuando menos de unos setenta u ochenta años, y sus cabellos ralos, canosos, eran hilazas adheridas al cráneo. No acababa de sorprenderme el hecho de que, tan sencillamente, le hubiera referido toda mi aventura, y eso me hacía sentir un gran afecto hacia él. Es que, tú sabes, soy querendón. Pensé que mi primera reacción al verlo, considerarlo un viejo bellísimo, bien podía tener sus fundamentos, si es que no se trataba de una proyección de mi estado de ánimo expansivo. Aunque ese viejo también podía tratar de pedirme prestado en cualquier momento. O venderme algo. En todo caso no dudaba de una evidente empatía con él.

Ah qué cosa más rara, comentó, más bien para sí mismo, esta cuestión de la memoria y el olvido, como en cualquier viejo que se dé a respetar, es una de las que más me apasionan, añadió, mirando su cerveza vacía. Con la vista buscó al mesero, lo encontró y le mostró su botella vacía. ¿Y qué piensa hacer? ¿quiere un cigarrito?, ofreció. Venga. El viejo encendió un cerillo y me acercó la lumbre. Creí que nuestra cercanía, con la llamita de por medio, qui iuxta me est iuxta ignem est, le confería una peculiar intimidad. No sé, fíjese. Creo que puedo recordar perfectamente lo que me sucedió antes, en realidad jamás creí poder acordarme con tal exactitud de cosas tan viejas, no agraviando a los presentes. No se mande, joven. Es como si de pronto fuera ya viejo y me llovieran recuerdos de infancia, de mi juventud, pero en cuanto a los últimos seis años... nada. Me he concentrado un par de veces en recordar, pero estoy completamente bloqueado... ¿Sabe qué?, agregué, lleno de excitación repentina; todo esto es muy extraño, le juro que todo me parece nuevo, como si acabara de nacer.

Y eso lo pone contento.

Sí, sí.

Pa mí que debería ver a un doctor. Un siquiatra.

Puede ser, concedí, después de una pausa mínima. En realidad ya lo había pensado. Iba a explicarle que había rechazado la idea de ver un médico porque no me sentía mal, y a los médicos hay que verlos cuando uno se siente mal, no cada vez que ellos quieren, ¿verdad?, y que además comprendía muy bien que seguramente me hallaba enfermo, nada de lo que me ocurría podía ser normal, pero no todas las enfermedades requieren a un médico, ¿no es así?, ¡por suerte!, pero no dije nada: había recordado de súbito que en las bolsas de mi pantalón se hallaba mi cartera y que en ella había documentos que el ciudadano presidente de la República me había impedido examinar. Sin decir nada, extraje la cartera. El viejito, muy interesado, se inclinó casi sobre mi hombro para poder ver mejor, y me pareció percibir un destello de codicia cuando vio los billetes. Saqué con rapidez la cartilla, la licencia, y con ellas cubrí la cartera. Mire, dije, pensando fugazmente que todo eso era el colmo de lo absurdo, pero sin que el pensamiento me turbara, aquí está mi cartilla y mi licencia; de la cartilla me acuerdo bien, podría contarle con detalle cómo la obtuve... Luego, luego, replicó el viejo, porque debe ser un cuento interesante, todas las historias de cartillas son siempre interesantes...

...Pero no puedo recordar nada de la licencia. El viejito se hallaba prácticamente recargado en mi hombro, viendo la licencia. Su olor no era nada grato. Es de hace un año, informó. Sí. Y no es del De Efe. ¿Qué cosa? Digo que no es de aquí, fue *expedida* en Jalapa, Veracruz, hace un año. Pronto va a tener que ir a resellarla. Las cursivas fueron del viejo. ¡Resellarla!, canté y observé detenidamente la fecha y el lugar de expedición hasta que la licencia perdió el foco, difuminó sus contornos, y frente a mí sólo quedó un rectángulo fulgurante que desparramaba luz blanca; en momentos la fotografía y las letras se desvanecían casi por completo y ocurrían cambios instantáneos de tonalidad; la licencia se volvía casi metálica, despedía brillos intensos, era una mancha de luz vibrante, pero, después, en fracciones de segundo (¡un relámpago!) se oscurecía sin perder una brillantez extraña;

luego, todo emergía de nuevo, saltaba hacia mí con una nitidez desquiciante, se convertía en un trozo de eternidad, y yo casi podía ver con los ojos de la fotografía, la expresión de pasmo de la vaca que contempla el mundo y no lo ve, con una vaga, elusiva, añoranza de algo que le hace falta...

...La boca entreabierta, ojos bovinos, suspendido me hallaba frente a ese pequeño rectángulo que se oscurecía, se abrillantaba, desaparecía, se recomponía nuevamente. Algo quería llegar a mí, estaba a punto de recordar algo.

El viejo (tan cerca de mí) me tocó el hombro con suavidad. ¿Usted vive en Jalapa?, me preguntó, ignorando la expresión de pasmo total en mí al descubrir al viejo a mi lado. Pero allí había estado todo el tiempo, ¿verdad? ¿Qué cosa? ¿Jalapa? Pues no sé. En Jalapa vive Jorge Ruffinelli... Es una pequeña ciudad deliciosa, calificó el viejo. Quiero decir, no recuerdo haber estado nunca allí, vaya uno a saber. Supongo que sí, como indica esta licencia. No sólo los poetas tienen licencias, ¿o no? El viejo sonreía. Una nube deshilachándose. Advertí entonces que me hallaba perfectamente a gusto y que la comunicación con ese viejo era tan fácil que me hacía mirarlo con gran simpatía.

Así que usted se llama Lucio, comentó el viejo, con la vista aún en la licencia.

Lucio Paraservirle Asusórdenes, pensé, recordando a los enanos tolkienenses, pero sólo dije: ah sí.

Yo soy Juan José Salazar Saldaña, mucho gusto.

¡Encantado!, respondí automáticamente, sonriendo, porque los dos, cuánta formalidad, nos habíamos puesto en pie para estrecharnos las manos (con brío). Esa formalidad repentina me pareció deliciosa, y reí nuevamente. El viejo rio también.

¿Y qué más tenemos allí?, inquirió con una miradita picaresca, la sombra de un guiño en sus ojos. Se estaba animando el pinche viejo. Ya había pedido otra cerveza. Claro. A ver, dije, e iba a abrir unos papeles doblados cuando, de entre ellos, cayó una fotografía, tamaño postal, cuyo color derrapado denunciaba la polaroidización del momento. La fotografía fue a dar al suelo, y con una agilidad que juzgué increíble me incliné y la recogí de entre los pies del viejo Salazar Saldaña, cuyos zapatos no habían sido limpiados en lustros y se hallaban en las fronteras del huarache.

Me reacomodé en la barra, mientras el viejo Salazar Saldaña de nuevo se recargaba en mí para ver la fotografía cómodamente. En la foto aparecía una mujer joven que sonreía, un poco a fuerza. A su lado se encontraban dos niños pequeños, de cinco y cuatro, o de cuatro y tres años de edad; ambos de cabellos tan largos y de rasgos tan finos que no se podía saber si eran niños o niñas. Los rostros, muy serios, eran radiantes, y esa luz interior les confería una belleza vigorosa, matinal. Mis ojos tiltearon hacia la mujer, que era atractiva, de cabellos largos, negros, ojos que a pesar de la polaroid parecían claros, y de torso (hasta allí se veía) bien delineado, con senos abundantes y firmes. Sus manos descansaban en el hombro de cada niño, posesivamente, y algo en su mirada reflejaba un carácter fuerte, conflictivo. Elucubré que cuando se tomó la fotografía la mujer se hallaba muy apurada y que posó con renuencia, ¡ay Lucio cómo te pones a tomar fotos ahorita! ¿no ves que está sonando el teléfono? ¿No oyes ladrar los canes? ¡Mi amor, diles que no me capen! Había un destello de sonrisa (labios delgados) en beneficio de la posteridad. Posteridad: salón lleno de carteles. Quizás ella había contagiado su ánimo a los niños, pues ellos, a pesar de su radiancia, parecían un tanto incómodos, receptivos a las indicaciones de los mayores, pero también con un aplomo natural ante cualquier objetivo, por muy polaroidizado que fuese, y con una sonrisa fresca ante las seudobromas que alguien les dedicaba (¿yo les había dedicado?), algo así como bebés sonrían con un carajo, no sean rancheros. Claro que yo nunca había tomado esa fotografía.

La fotografía me absorbió aún más que la licencia. Algo se removía en mí, una inquietud desagradable succionaba mi energía, alguien trataba de desclavar duelas desde el subsuelo; tenía la impresión de que esos rostros me eran absolutamente desconocidos (prohibido estacionarse en lo absoluto), indescifrables (quítate burro porque te apachurro) pero que, sin embargo, se hallaban muy próximos a mí (verifique hora, fecha y destino).

¿Es su familia?, me preguntó el viejo. ¡Yo qué sé! Toda mi serenidad se despeñaba, y en su lugar ascendían oleadas incendiantes de intolerancia. Pero la seguridad dogmática de don José, o de Viejosé, o del señor Salazar Saldaña (qué divertido es esto de los nombres) me devolvió el buen humor. *Indudablemente* se trata de su familia, amigo Lucio. Amigos los huevos y no se hablan, dije, provocativo. No me hizo caso. Mire nomás a este chamaco, agregó, señalando el rostro de uno de los niños: se parece mucho a usted. No exagere, José. ¡Cualquier cosa menos que alguien me diga José!, protestó el viejo, ¡confianzudo!, añadió después (sonriendo). No exagere, pues, pinche viejo. Salazar Saldaña me miró, sonriendo y aquilatándome. No exagero, dijo, finalmente, enfático: son la misma imagen suya, como dos gotas de aceite. Nunca nos metemos en las mismas gotas de aceite. Usted sí. Vi y volví a ver la fotografía, pero no hallé el parecido, y cuando me pareció encontrarlo mi incomodidad era tanta, oprimía con fuerza desde el interior, que creí estar alucinando. Hasta el piloto automático se desvaneció. Yo le veo cara de Pepito, dije (débilmente). Yo le veo cara de *niñito,* respondió el viejo, concluyente. Había tal autoridad en su voz que él mismo se dio cuenta y sonrió. Sonreímos. ¿Por qué Pepito?, preguntó después. No me haga caso, hombre, digo lo primero que se me viene a la cabeza. Igual que todos, veredictó el viejo.

Iba a preguntarle si tenía hijos, pero Salazar Saldaña veía la fotografía con lo que parecía enorme interés. ¡Qué viejo tan payaso!, pensé. La señora es muy guapa, ¿eh?, ya la quisiera yo para cualquier día de plaza. ¿Qué? Digo que sí, sí es, concedí, un poco distraído; cada vez que fijaba mi atención en la fotografía la paz de mi espíritu se enturbiaba y me abría a una inquietud caliente, hiriente, deseos enormes de ponerme en pie de un salto y estrangular al anciano. Tuve una imagen (clarísima): una piedra rodaba hasta el fondo de la barranca, todo México es una inmensa barranca, or so they say. Quise irme de allí en ese mismo instante, pero una necesidad invencible, ¡la hora del destraume!, me devolvió a la fotografía. Me concentré en el rostro de la mujer. Con detenimiento revisé los ojos, muy grandes y rasgados, tan grandes que en un tamaño postalero de polaroidosa calidad (¡claro que yo no la tomé!) aparecían de color claro... Claro, claro. El revelado puede ser terrible, sentencié, y de pronto guardé silencio. Me hallaba alerta, sabía (silenciosamente) que si prestaba atención a mis pensamientos podría obtener, de una manera indirecta, muchos datos de los últimos seis años. Pero continuaba descifrando la fotografía (árboles desenfocados, luz pastosa, barrida, sobrexpuesta, qué pésima impresión), examinándola a ella... Ella no usaba maquillaje.

Pero ya no necesitaba ver la fotografía. Para esas alturas, nuevamente me había impresionado el silencio que me habitaba. No había nada (ah, sí): en instantes como ése yo obtenía acceso gratuito a un territorio superior, afín a las constelaciones y a las más húmedas raíces del subsuelo, donde se deambula con los instintos quietos junto al agua sosegada, donde me yergo de pronto y tengo el privilegio de ver mi propio rostro envejecido. Sí: voy a tener más de noventa años, tendré la piel morena enrojecida, los ojos llameantes, húmedos; la piel rayada como la palma de mi mano, largos y flotantes cabellos blancos, la fiebre de las canas, s u s p e n - d i d o... Suspiré (suspiramos) y miré al viejo, quien parecía (también) colgado de algún rincón de su cartografía interior, la mirada fija en una fotografía inexistente. ¿Qué estaba usted pensando?, pregunté. ¿Yo? Sí, claro: usted. Nada, respondió Salazar Saldaña finalmente, viéndome como si acabara de despertar. ¿Nada?, insistí. Me hallaba seguro de que, momentos antes, y como me había ocurrido a mí, ningún pensamiento, ningún pensamiento había cruzado su mente (un lago subterráneo), y de que sólo había existido, para él y para mí, una conciencia sin palabras.

Nada, respondió el viejo, nada.

MUERTE POR FUEGO

Nada más me estoy desangrando. Vimos a este vejete José Salazar Saldaña meterse en las callejuelas del mercado. Se había ido la luz, por tercera vez en la noche, y todo estaba bastante oscuro. Oímos un fuerte chorro que salpicaba el pavimento. Una voz canturreaba: el mar ha naufragado, después de muchos años de inútil navegar. El mar ha naufragado, después de tantos siglos de loco navegar... El viejo loco meaba sin dejar de caminar a la mitad de la calle. Había que seguir ese chorro espumeante.

El anciano llegó a la vecindad, pasó junto a la galería de botes copeteados como barquillos de basura, pateó a los perros que, puntuales, llegaron ladrando; dejó atrás los grandes lavaderos y entró en una pocilga... ¡Era su casa! Nosotras nos volteamos a ver, incrédulas, qué cochinero, qué tiradero, incluso había trozos secos de caca. En realidad era un cuarto con las cuatro paredes forradas de libros sin libreros, un milagroso orden de hileras e hileras de volúmenes, como hiladas de ladrillos; con el tiempo esa acomodación llegó a formar un auténtico gran librero, y se podían sacar los libros sin que se viniera abajo. Los huecos formaban nichos de distintos tamaños, casi todos con botellas vacías o fotografías de gente.

El viejo Salazar prendió una vela y cerró la puerta del baño, qué bueno porque hedía a amoniaco. Desconectó el antediluviano radio portátil que tiene y le puso pilas. No funcionó. Lo hizo a un lado y del bolsillo sacó un objeto redondo de plástico, como polvera. Le quita la tapa y resultó un vaso que se extendió como telescopio. Del bolsillo restante sacó una botellita de mezcal, ya muy menguada. La vació y de un solo trago bebió medio vaso. Entonces el asquerosote se echó un pedo espantoso, siniestro, que casi nos hizo salir corriendo; luego se quitó con patadas de despeje las cosas que usa en el pie y que de plano no pueden considerarse zapatos.

...Lo veíamos lo más lejos que se podía, que no era casi nada, porque allí en su elemento apestaba como nunca. Era un gran santo, dijimos, para poder vivir entre tanta inmundicia, tripas de rata, programas de televisión, mierda seca. Queríamos patearlo, zarandearlo, era pernicioso tanto abandono. Ni cama tenía, apenas un vil petate en el suelo con cuatro almohadones grasientos. Vaso en mano, rey de su celda, el viejo se dirigió a una pared de libros. Localizó uno al instante y lo sacó, no sin dificultad. Seis o siete libros después, abrió uno de ellos y separó algunas páginas con tiras de periódico. Había pilas de periódicos viejos. Se levantó y de uno de los nichos tomó una botella de mezcal, hurgó un poco más y obtuvo un cigarro de mariguana. Lo fumó largamente y luego dio un trago prolongado a la botella. Tenía los ojos encendidos, y a todas nos pareció un diablo pobre, viejo y borracho. Se tendió en el petate, eructando, sin soltar la botella. Se quedó silencioso, con los ojos bien abiertos, esporádicos estertores lo sacudían. No parecía escuchar las sirenas a lo lejos, las oleadas de voces que en momento irrumpían entre la atmósfera viciada. Se quedó tendido en el petate, con su botella, la barbilla casi pegada al pecho, éste ya se fue, dijimos, si no, estará tomando aire o cargando la pila, pero recuperarse le iba a costar un largo rato, un par de años de reposo absoluto cuando menos. Dormir, dormir. No es posible dormir para quienes tienen los mil y un ojos abiertos. Una gallina se metió, quitada de la pena. Picotazos por no dejar. El vetarro no estaba allí, aunque continuara con los ojos abiertos (una tenue sonrisa viscosa).

Bonzo Dog Band. Sin proponérmelo, fui a dar a la cantina la Nochebuena. El viejo Salazar me había dicho que allí podía encontrarlo casi todas las noches. La cantina estaba llena de todo tipo de hombres, ¡y mujeres! Me quedé boquiabierto ante cuatro chavas muy bien vestidas que enérgicamente tiraban los dados. Lo demás era como siempre: boleros de ojos aguardentosos, vendedores de periódicos y revistas, de lotería, de pronósticos deportivos (y eso qué era), de relojes, incluso de muñecos de peluche. Cómo podía haber tanta gente si yo no me reponía del feroz golpe que me propinó la lista de precios sobreimpuesta en el espejo porfiriano. En la barra vi finalmente a Salazar Saldaña, casi hundido ante un vaso de líquido negro, otro cubadicto. Tenía la mirada perdida, vidriosa; el traje más maltrecho que nunca, restos de vómitos cristalizados. Seguramente una hija cincuentona, con veinticinco años de servicios en la Secretaría de Comunicaciones, todos los días le pasaba unos billetes arrugados que él estiraba y estiraba para emborracharse lo más posible en la Xmas Eve. No podía ser más viejo. Me recordó a esa raza de perros a la que las arrugas, pliegues de piel decolorada, se les vienen encima.

El viejo Salazar Saldaña no reparaba en mí, aunque sospeché que más bien fingía no verme. Me coloqué junto a él, con trabajos, y pedí roncito con hielo, el sabor dulce y fuerte, ah, ese roncito exigía un cigarro. Delicioso. En determinadas circunstancias las cosas más comunes resultan exquisitas, no se diga el clásico vaso de agua en el momento justo, o considera un cigarro de tabaco negro a las cuatro de la mañana, después de despertar de un sueño profundo: sabor sobrenatural, sublime, tan rico y puro como el que sólo puede tener la saliva, cuestiones de la percepción. ¿Por qué pensaba eso? ¿Cuándo un cigarro me había sabido como elíxir de san Antonio? Me sentía a gusto, en esa suave pendiente, recostado en el bolero que cantaba un trío de trajes lustrosos en el fondo de la cantina. Casi olvidé al viejo. Pero él me miraba.

Óigame usted, me dijo (y me pareció más viejo y borracho que nunca) a usted quería encontrarlo. Me pone una tarea, yo la hago como debe de ser y usted se desaparece, eso no es serio mi amigo. Ya es hora de que vaya siendo responsable. Le he dado vueltas a su extraño caso, aunque es más bien propio de películas malonas.

¿Qué películas?

Te traveleas despacio, cerradito al ruco, no vayas a perder la atmósfera del humo y la inclinación de la luz, ¿está claro?, no tiene madre esa pinche luz de gas. Luego te abres y acabas en una toma de dos; después, te lo lavas.

Películas, dijo él, con un ademán vago que implicaba la cantina, la ciudad, el mundo. Voy a tener que mandarlo con mi discípulo, el siquiatra del Bernardino. Es de tu edad, igualito a ti, hijo de Moloch cuya mente es pura maquinaria, cuya sangre es un flujo de dinero. Él te dirá lo que yo podría decirte, sin tanto viaje, pero a mí no me escucharías, ¿por qué?, porque eres medio pendejón, de una vez voy a decirte lo que me cae gordo de ti, y es el airecito de burguesito clasemediero que te apesta, y tu risita mamona, cínica; tú crees que no pero claro que sí: es el repugnante disfraz del clasemedia que no quiere parecerlo. No eres pendejo, puedo también decirte, y por eso, muchacho, te conmino a que rectifiques tu vida vacía y decadente de pequeñoburgués y reorientes tu camino hacia la verdadera revolución marxista-leninista-hegeliana-gramsciana-kunderaniana, tenemos que formar la verdadera organización del pueblo trabajador, no los simulacros subjetivistas y cosificantes que hemos padecido toda la vida y que han sido soberbios paleros para el pinche gobierno. Perdona que no me ande por las ramas, pero veo que vas que vuelas a la locura por causa de la vaciedad y la hueva.

Hueva, costilla de Adán, dije, por decir algo, porque en realidad el viejo Salazar me estaba cayendo en los huevos, que no en la hueva, ya me latía que iba a resultar otro miembro de Redentores Anónimos, qué chingar.

...pero ya. En el acto. Forthwith. Muévete como anoche.

Ya estás bien borracho. Desde un principio me imaginé que eras un viejito borrachín. ¿Qué soñaste anoche?

Soñé que tenía la desgracia de conocer a un cretino que decía haber olvidado no sé cuántos años de su vida.

Los últimos seis años...

Si te digo que por vulgaridades no paramos.

Estás pedísimo.

Es cuando mejor manejo.

Se puso en pie, con cuidado. Con gestos me pidió que le prestara atención. Constató que no se caía y con nuevos gestos me indicó: ¿ves?; después, igualito que Harpo Marx, se sacó un ojo de la cuenca, los párpados se le entrecerraron como si en verdad no hubiera nada; tomó el ojo con cuidado y lo limpió, frotándolo en la grasienta manga de su saco. Reacomodó el ojo en la cara y me miró, parpadeando.

¿En qué trabajas?, le pregunté.

Oye lo que tengo que decir, avisó, recargándose en la barra; aunque no te guste..

El cantinero, sin que nadie se lo pidiera, repitió los tragos. Con ésta llevas siete, le informó al viejo Salazar.

Tú sirve; yo, aunque ciego, palpitando entre dos vidas, viejo con arrugados pechos de mujer, tengo con qué pagar, y si no, aquí mi cuate Lucio Burreyo me hace fuerte.

¿Yo? Ni madres, aclaré.

Ábrete, ábrete, más todavía, que se vean los precios en el espejo, no importa la gente, nomás trata de no perderlos.

Spérame tantito, dijo; voy a donde Rocinante no llevaba al Quijo.

¿Y lo que me ibas a decir?

Juan José Salazar Saldaña se perdió entre la gente, despacioso, excesivamente erguido. El tipo que estaba junto a mí ya había pagado y se levantó de su banco. Cuídese, me dijo, váyase mejor, añadió y salió de la cantina con rapidez. ¿Y éste?, le hace falta el violín lastimero y que yo esté ahogado de mezcal, pensé cuando ocupaba su lugar. Estaba caliente: con razón me dijo que tuviera cuidado. No acababa de dar un traguito al ron cuando un pobre jodido, de andrajos mugrientos y gorra de beisbol se lanzó sobre el banco de Salazar Saldaña. Ese lugar está ocupado, advertí. Si ya lo sé, ora que regrese el Atari me piro, ya lo conozco, lo conozco reque-te-bién, silabeó arqueando las cejas. Alcé las mías lo más que pude, por si se trataba de un nuevo código de entendimiento. Subieron de volumen los golpes de las fichas de dominó (las mujeres ya se habían ido), el mazacote, masa confusa de voces, música, ruidos. Gorra de Beisbol susurraba: órale, aquí está tu valedor... Lo miré con extrañeza subrayada, con agradables resonancias de la palabra valeco. Él sonrió ladinamente. Más huecos que dientes, ese primo mío acababa de salir, bien servido, de la Última Cena de Luis Buñuel. Yo se la dejo más baras que ese pinche viejo puto, es bien ojo, me cai, no es cuento, se la doy bien bien, me cai que de puro regalo, ¿a ver a cómo se la está dejando ese culero?

El viejo Salazar Saldaña había vuelto, quítate de mi lugar, ordenó, vete a poner tu collar de limones.

Chinga tu madre, le contestó el andrajoso y se fue.

Como te iba diciendo, decía Salazar Saldaña (tenía los ojos muy opacos), tú te preguntarás qué ando haciendo con estos monitos que, como decía Revueltas, viven en el Paraíso Terrenal. Ya sabes que siempre hay un nuevo lote de venta en el paraíso terrenal.

No te pierdas, le dije, no supe si a él o a mí. Allá en el fondo, junto a los músicos, Gorra de Beisbol me hacía señas incomprensibles.

...no te excedas Lucio; yo soy viejo, viejo sangre de toro, viejo marino anciano de las nieves; concédeme el privilegio de amonestarte y de meter un poco de razón en tu pesadilla decadentista. No me faltes al respeto ni me hables golpeado, ya es bastante desacato que me hables de tú, no creas que me ha gustado que me tutees.

De pronto el viejo se carcajeó.

¡Estoy bromeando, Lucio! Habías de ver qué cara pones. No tienes sentido del humor. Dime lo que quieras, háblame de tú, de vos, nomás no me vayas a salir con Juan Bebé o Juanpepe o Juan José o Juan o José. Es más, me gusta que me hables de tú, me haces sentir de la plebe, igual que toda la bola de cretinos, me haces sentir menos viejo.

¿Te sientes viejo, Juan José?

Hombre, respondió con aire de hidalgo, tanto como sentirme viejo, lo que se dice viejo, pues sí. Viejo viejo cazador matador amador amante amante amante amante puntual exactamente amante lento y certero marino viejo. La verdad es que el alcohol me ha partido la madre, pero, hombre, para eso es, uno lo sabe desde el principio, somos débiles, las mujeres son muy fuertes pero a los hombres, frágiles, nos resulta tan difícil vivir porque tenemos una idea del horror maravilloso que implica; sin embargo, acá, en la cabina, agregó con un brillo picaresco señalándose las nalgas, el panorama cada vez es más amplio y más claro. Tengo la visión clara en la penumbra que me rodea, no agraviando a los presentes, mientras más soberbios más estúpidos. Yo ya no tengo vanidad, mírame la cara, ¿quieres verme sin dientes?

Por ningún motivo, aclaré, pero no me hizo caso. Se trataba de un espectáculo bien puesto. Se quitó los dientes postizos y con los dedos los chasqueó repetidas veces mientras decía cacle cacle; los pliegues de la cara nuevamente se le fueron encima, se empequeñeció el buen hombre, las encías de plástico rosado se abrían y se cerraban, juar juar, no dudé de que se sacaría de las cuencas dos ojos de vidrio como salteador de caminos y que se desprendería la nariz, se desatornillaría las orejas, la peluca rala caería al suelo como perro herido y de pronto, quij quij, sólo quedaría un montón de ropas en el suelo... Con gran rapidez reacomodó los dientes en la boca, donde los chasqueó de nuevo, incluso rugió un poco. Te juro que de pronto como que se engrandeció, se vio más joven, poderoso. Ahora, vamos al grano, dijo.

Algo se tensó en mí. Todo eso era cada vez más absurdo.

La mera verdad no me trago para *nada* lo de tu supuesta amnesia, pero por si las dudas, te diré un par de cosas.

Estaba más borracho que nunca; le costaba trabajo emitir las palabras, todo parecía pesarle, de nuevo un fardo de ropa entre algunos huesos frágiles. Me fastidiaba hasta lo último, no lo soportaba, quería golpearlo, tundirlo a patadas. El ruido de la cantina subió a extremos intolerables. El viejo tenía que gritar.

Y tú, en cambio, lo tomas con una cadencia lenta, lenta, nada más para darle el tono adecuado, un gradual desvanecimiento del espíritu, algo que te lleva y se contrae, te achica, te jala a la tierra, siempre te acaricia, te yergue, te alza, te eleva hasta henchir el cuerpo, la mano de Dios nuevamente te toca el espíritu, pulsa las cuerdas del espíritu, llena de vida bella, dulce, que siempre recomienza.

¡La misma vaina!, vociferaba, no hay dineros: no se pueden pagar los salarios a los que todavía tienen trabajo: burócratas, carteros, policías, maestros, obreros, toda esa gente está esperando que le paguen desde principio de año, el gobierno dice que va a pagar, pero nomás no dice cuándo. Tenemos secretarios de Estado capaces de transformar la mierda en esencias aromáticas, diputados y señores alquimistas, líderes inefables, chulísimos, ya sabes. En fin, cada dos tres meses el gobierno suelta un poquito de lo que debe, cuando le prestan otros milloncejos de dólares que se van y no sirven para nada, o cuando nos recetan otra andanada de impuestos que hace cosquillas a la burguesía y sigue hundiendo al proletariado. ¡Qué país! Desde hace algunos sexenios existen las condiciones *objetivas* para que estalle la revolución, y nada, este pueblo globero no entiende, a veces hasta dan ganas de creer las teorías metafísicas de que este paisito está pagando una especie de culpa original, claro que siempre hemos vivido de rodillas, de prestado, pero de un rato para acá no hay duda de que estamos en el fondo de la mismísima mierda...

Tú te arrancas despacito por los rieles, te acercas a los dos, nosotros te quitamos a los borrachotes; luego te quedas con los dos y paneas suavecito, bien cerrado, de uno al otro.

A mí me exasperaba todo lo que decía este viejo loco. Me cargaba el tono, parecía congraciarse con toda la mala leche del mundo, se regodeaba al hacer su tendido de miserias. Me daba la impresión de que, en el fondo, estaba feliz de que así fuera.

¿Y luego?, pregunté más tenso de lo que quería, al ver que Salazar Saldaña se había quedado en silencio, como si todo lo que me hubiera dicho lo agotase. ¿Qué fue lo que ocurrió? Cómo la haces de emoción, agregué al advertir que le había hablado con excesiva aspereza.

Muy machito, ¿no, cabrón?, se quejó él, sin dejar de beber. Conmigo, que estoy viejo y ya no sirvo para nada, todos se meten, pero con los que merecen ser llevados al paredón, ah, con ellos sí todos se cuadran, o dicen que no se acuerdan...

Se me quedó viendo, desafiante. Pendejo, pensé, pero no dije nada. Ya me estaba hartando que me creyera un pinche clasemedia que sólo piensa en su casita, su cochecito, su videocaseterita...

Mira Lucio, todo empezó hace cinco... no, hace *seis* años, cuando nos invadieron los gringos.

Que *qué*, exclamé, ¿nos invadieron los gringos? ¡No te hagas el chistoso!

El viejo me veía con aire divertido.

Míralo, míralo cómo se pone, cualquiera diría que estas

cosas le importan. ¿De modo que no te acuerdas? Baja la voz, muchacho, agregó, sin transición, mirando en su derredor; baja la voz porque no sé qué tengo en los ojos que puras orejas de perro veo. Pídete otra cuba, Lucio, que esto es para ponerse a llorar. Pues sí, mhijo, nos invadieron los gringos, rápido y sin dolor. Ni siquiera se alzó un rifle para contenerlos, todo mundo se hizo pendejo. Bueno, bueno, no es cierto. Sí hubo resistencia, sólo que mínima, muy jodida. En las ciudades hubieron manifestaciones, pero todas fueron reprimidas durísimo por el mismo gobierno mexicano que era atacado, ¿lo puedes creer? Increíble. Asesinaron a pasto, Lucio. Tlatelolco será mencionado en los años que vienen, como hoy hablamos de Río Blanco y Cananea, pero esto fue peor, aquí han matado al pueblo, eran mujeres y niños, estudiantes, jovencitos de quince años, una muchacha que iba al cine, una criatura en el vientre de su madre, todos barridos, certeramente acribillados por la metralla del Orden y la Justicia Social... Coño, qué memoria me cargo, hacía siglos que no tropezaba con este poema. Bueno. Pues sí, nos invadieron los gringos, según ellos, muy decente, muy democráticamente, vinieron a ayudarnos a instaurar una verdadera democracia después de los mil siglos de PRI, que para esas fechas era considerado por los gringos y por la oligarquía nacional como El Más Abominable Monstruo Comunista, cuando en realidad hace seis años el pinche PRI ya era un gusano adiposo, apestoso, parchado por todas partes. ¿Me puedes creer que *quince* estados de la República de repente resultaron muy autónomos y federalistas, se declararon *neutrales,* dejaron pasar las tropas gringas por su territorio, les dieron de comer y les hicieron fiestas? ¿Y toda la bola de culeros que pidieron que todo México se anexara a Robotlandia? Pérate, pérate, ora te chingas y te llevas el panorama. Llegan los gringos, se instalan en Palacio, por supuesto izan su asquerosa bandera y, antes de irse, hacen una limpia. No fueron nada las matanzas durante las manifestaciones de protesta por la invasión. Qué torturas y matanzas, muchacho, ni en los peores momentos de Argentina llegaron a haber tantos desaparecidos en unos cuantos días. Nos pusieron un gobiernito, el que ahora tenemos, con nuestro presidente muy bien trajeado y un tanto birolo, deliciosamente estrábico. ¡Y sigue siendo del PRI! ¡El supuesto PRI volvió a ganar las elecciones especiales que nos recetaron! Por supuesto, se fueron pero dejaron aquí millones de asesores, e industrias al ciento por ciento, con mano de obra regalada, nos tienen agarrados de los huevos, y al parecer estamos condenados a trabajar para ellos hasta quién sabe cuándo. Lograron lo que siempre quisieron: tenernos de surtidores de materias primas a precios de risa y consumidores de todas sus mierdas desnatadas, libres de calorías, a precios de oro. Ahora todo parece normal, ya ves que este pueblo increíble es capaz de que se la metan doblada en cuatro cachos, ¿no se decía, desde hace mil años, que México sería el único país que sostendría el capitalismo en un solo Estado? Fue Gerardo de la Torre el que lo dijo. Bueno, ¡tenía razón! ¡Aquí lo mismo!, rugió al cantinero.

Por supuesto, pensaba yo (mientras oía a lo lejos que te coge que te agarra que te coge la Llorona por detrás), el ruquete me estaba tomando el pelo con la máxima de las caras duras. Era su boluda manera de vengarse de lo que según él eran puras mentiras mías, ¿qué culpa tenía yo de no recordar los últimos años de mi vida?, ¿qué culpa tenía de que fuesen seis?

Veo que no me crees, dijo Salazar Saldaña con un brillo malicioso, mortecino, en la mirada. Pues documéntate, Lucio, pero ya. Por supuesto que el tema no es fácil, además es tan reciente que no hay análisis verdaderamente chingones. Hay varios libros más sobre la cuestión, como de costumbre todo mundo se lanzó a escribir sobre El Tema, pero son adjetivales, lacrimógenos, subjetivos y fantasiosos. Por una módica suma te puedo proporcionar una listita de títulos. Habla también con la gente, pero no te sorprendas si muchos te salen con rodeos o de plano se hacen pendejos.

Es tabú tácito no hablar de los gringos en México, aunque claro, esto es muy importante, hay quienes en este mismo instante están luchando para tumbar esta mierda neocolonialista. Te estoy diciendo con ab-so-lu-ta claridad que hay que pasar a la acción, si no, jamás vamos a levantar cabeza. ¿No te parece inadmisible vivir en un país cuyo presidente lo primero que hace todos los días es arrodillarse en dirección de la Embajada de los Estados Unidos? Desde mucho tiempo antes la gente decía que algo iba a pasar, que no era posible que todo siguiera igual, perpetuamente enfermo pero no se muere, pero claro, no se hizo nada hasta que nos cayeron encima. Y hemos perdido la independencia económica, la independencia política, la soberanía, la identidad, con la anuencia y la complicidad de los burgueses y su pandilla de especuladores e intermediarios: el gran comercio, la patética industria que sólo trabaja con patentes gringas, la banca y los altos criados. Esto no es más que la culminación de un lento proceso de desintegración y deterioro, que por supuesto nace con la feroz, inhumana represión contra los indios, y se nutre en la colonia: patética y retrasada, y con la independencia, gravísima sucesión de vergüenzas, estrechez de miras, enanez espiritual, ya sabes lo demás: nuestra historia es tan triste que el personaje más decisivo es Porfirio Díaz: él sentó la pauta que hasta la fecha funciona, monitoreada y conducida desde el Paseo de la Reforma. Yo tengo un hígado que soporta muchas cosas, pero esto es demasiado para mí. Desde que vino el desenlace de hace cinco años yo empecé a morirme. Puedo decirte sin falsa modestia que, aunque desafortunadamente soy de una pasta recia, mi perseverancia trajo buena fortuna y ya muy pronto me tocará largarme, mi boleto no tiene regreso, ¿y aún esperas un sueño tú, gran alma, que no tenga este color de embuste que a nuestros ojos muestran ondas y oro? Todo huye, bah. Porosa es mi presencia, y también la impaciencia santa muere.

¿Qué tanto de cierto hay en lo que dice este viejo payaso? Lo que decía sin duda tendría una amplia base de comprobación. Precisamente por ser tabú tenía que estar a flor de labios de cualquiera. Como él decía, no sería difícil averiguarlo. En todo caso, era un actor de primera: casi lloraba, o resplandecía, sin esfuerzo; su voz era acariciante, experta, y el repertorio de gestos y ademanes, inagotable. Era un perfecto hijo de la chingada.

No se ha parado la carestía, la inflación y la devaluación del peso en los últimos sexenios, continuó el viejo Salazar Saldaña, ahora con una ebria complacencia. Todo mundo anda a la caza de dólares porque el peso se hunde y se hunde y nunca llega a tocar fondo, esto es un horror, Lucio, prosiguió, la gente no cabe materialmente, te cobran por respirar, el cielo se está cayendo de cochambroso, todo está siempre lleno, además de que hay policías por todas partes, retenes, gringos hasta en las cantinas, ¿ya viste los dos que están allá?, y me señaló a un par de güeros que, efectivamente, podían ser gringabachos. La gente se ha envilecido en la miseria. Por todas partes hay contrabando corriente, made in Korea, la droga no falla y México ofrece al turismo internacional numerosos burdeles con vista al mar. Todo carísimo, eso sí. Si eres jodido busca a quién transas, qué movida organizas o de plano a quién atracas. Se asesina gente por sumas ínfimas, lee el periódico para que veas de qué te estoy hablando, me vas a creer entonces, pendejo.

Quiero protecciones de *todo*: a los dos monos en todos los emplazamientos, y detalles: manos, ojos, gestos; y, cual debe, del ambiente: botellas, vasos, cantinero, meseros, la barra, espejos, los apartados, los vendedores, el menú, los músicos, y de la bola de pinches borrachotes.

Claro que hay lana, pero circula demasiado arriba. Habías de ver qué sueldazos tienen los grandes jefes, no tienen madre. ¡Y dicen que es para evitar la corrupción! Todos los potentados, del Estado o de la Iniciativa Privada andan con séquitos de guaruras y se han construido unos bunkers decorados por Home & Gardening. Pero afuera, en la ciudad, todo es mucho más tenso y la gente da salida a su hartazgo de las formas más increíbles. Te echan los coches en la banqueta, los camiones nunca paran, los comerciantes te asaltan, en la calle te atracan también, la gente maneja como se le da la gana: se pasa los altos, se cierra, se mete en sentido contrario, nadie paga lo que debe, todas las transas tienen que ser de contado o ya estuvo que sólo de pendejo pagas lo que debes. Nadie cree nada, la gente tiene la moral por los suelos, todo le vale madres. No sé qué decirte, Lucio, todo esto es trágico. Me complazco de no haber tenido hijos; de lo contrario ahora tendría que decir lo mismo que Vasconcelos: me avergüenzo de legarles una patria envilecida. Nunca he podido soportar el servilismo, el entreguismo, el prestanombrismo, que es lo que hay ahora.

¿No es usted el que salió el otro día en la televisión?, me preguntó, de pronto, un hombre muy bien vestido, de brillante y acicalado pelo cano y tez sonrosada; su mirada me pareció de genuino interés, incluso de bondad. Ya iba de salida y se desprendió de sus amigos para venir a mí.

¿Yo?, dije, sorprendido. Claro que no, aclaré. Salazar Saldaña me miraba muy interesado, un tanto despreciativo.

¿Cómo se llama usted? Lo tengo en la punta.

De la verga, dijo Salazar Saldaña.

Yo le di mi nombre.

Pero sí, ¿o no?, así se llamaba el que salió en la televisión...

Dígame una cosa, ¿en qué año nos invadieron los gringos?

Se me quedó viendo como si yo estuviera loco. Perdone usted, dijo, muy serio, irguiéndose; con permiso. Regresó con los amigos que lo esperaban y que seguramente no concebían que un hombre de tan finos casimires se interesara en pestilencias como nosotros.

Chinguen a su madre, los despidió Salazar Saldaña. El viejo me miraba con ebria complacencia. Digamos, disertó, que las personas deberían despojarse de sus mezquinos disfraces subjetivos en los momentos en que se necesita la máxima lucidez para pasar a la acción. Hay gente que actúa, muchacho. En estos días jugar a la angustia, a la ruleta rusa mental es un pecado, social e individual, muy grave, imperdonable, imperdonable. Sin embargo, mi generosidad es mucha, y te voy a hacer un regalo: te voy a permitir ingresar en mi organización, en el núcleo que, esperamos sin fanatismos ni falsas ilusiones, constituya el verdadero punto de partida del partido obrero y popular que urge ahora más que nunca.

Quién sabe qué cara habrá visto en mí que se detuvo.

Supongo que la idea de militar en un partido político te suena como un verdadero suplicio, ¿no es así?

La verdad, sí, admití, me aterra la idea de asistir a reuniones de diez horas para aprobar el orden del día. Sinceramente creo que ya se acabó el tiempo de ese tipo de agrupaciones, el ser humano ya no requiere de formas pararreligiosas, piramidales; estamos perfectamente capacitados, aunque te parezca increíble, para tomar nuestras propias decisiones. Sólo se requiere ejercitarlo. Necesitamos nuevas organizaciones que vayan más allá, para empezar, del concepto de partido.

¡Ja! No hay duda de que eres un perfecto pendejo, comentó Salazar Saldaña, con prisa, acabando de un trago los contenidos de su vaso. Esto lo tenemos que discutir. No te muevas de aquí, alguien te puede robar en un costal. Orita regreso.

Me consterné al ver que me esperaba una discusión-sobre-los-vicios-y-virtudes-de-los-organismos-políticos, y por supuesto consideré largarme de allí en ese mismo instante; por otra parte, me intrigaban las ideas que yo mismo acababa de exponer y que no reconocía, pero a las que me adhería entusiastamente.

Al viejo Salazar le costaba trabajo descender del banco. Sí, decía, es normal que ya no tengas poderes de concentración, ni puedas enfocar tu atención más de unos minutos, ves demasiada televisión, mi amigo. Mentes laxas, enfermedad de los tiempos. La gente se ha vuelto blanda, atrofiada, eso se entiende en un imperio que ya la gozó en grande y ahora se complace en los dulces placeres de la decadencia, pero, ¿en México? No puede ser... Miraba, con aire agónico, su vaso vacío. Un vaso lleno era su mejor micrófono. Finalmente dio un brinquito para bajar del banco, pero se resbaló o no pudo sostenerse.

¡Qué chingadazo!, dijeron varios.

Tú uno no te muevas del plano general, tú dos ciérratele al ruco, hasta ahí está bien, tú tres dame detalles de la bola de mirones, nhombre, hay unos cuates de risa loca...

No te burles del caído que algún día puede levantarse, declamó Salazar Saldaña, extrañamente agradado; cae desde la cima de la especie buscando la pendiente predilecta. ¡Ayúdame, cabrón, no te estés riendo!, me gritó de pronto, sin transición.

Pero daba mucha risa el viejo Salazar Guadaña enojado en el suelo, deformándose entre los escupitajos.

A ver, le dije como a niñito, haz un esfuerzo y verás que tú solito te vas a parar...

¡Hasta que te encontré, viejo jijo de la chingada!, bramó un hombrón prietísimo, casi negro, a la vez que descargaba una patada terrible en el pecho de Salazar Saldaña, quien se contorsionó de dolor.

Momento, dije yo, Caballero de la Lucia Figura, al enorme judicial que se reía con otros tres evidentes guaruras, moles igualmente casi negras. Se trajeron a toda la Costa Chica, pensé, pero en vez de eso aduje: no está bien que le peguen en el suelo, dejen que se pare y entonces se lo madrean a todo dar.

No no, en el suelo quiero ver a esta cuija, respondió, sin mirarme, el Mole Negro, y aplastó con el pie el pecho de Salazar Saldaña.

No me pises, tú, caca de Gizmo, musitó, a duras penas, el viejo Salazar Saldaña, que encendía un cigarro con manos temblorosas, por mi parte, pensé que, como en las películas de Tin Tan, mágicamente aparecería un bolero que daría brillo a los zapatos del gigantón.

Ora me pagas, pinche ojete, te hiciste ojo de hormiga con la moscardona, ¿verdad?, y antes nos verbeaste como quisiste, ¿o no?, pos ora te chingas.

Espérate espérate, te voy a pagar, claro que voy a pagarte, nomás dame chance de pararme, ¿cómo chingaos voy a hacerlo si no?

A ver, pues, párate, consintió el guarura en jefe de la pequeña partida. Retiró el pie del pecho del viejo, mirándolo, pensativo, y mi optimismo irredimible me llevó a pensar que tenía asomos de la naturaleza de su conducta, que algo en él presuponía que (*después de todo*) no debía de tratar así al viejo Salazar Saldaña.

Salazar Saldaña ya se había puesto en pie. Ávidamente tomó *mi* copa y se la bebió de un golpe. Es de ron, dijo, refiriéndose a la cuba, y yo alcancé a pensar, ¿entonces de qué?, sin saber que, oh atrocidad, no sólo eran comunes las cubas con brandy sino que existía lo que llamaban *brandy blanco*, precisamente para las cubas.

Ora sí, vetarro, pagas o te lleva san Puta ahora mismo, amenazó el matón.

Pero no aquí, por el amor de Dios, intervino el encargado de la cantina, señores, no pasa nada, indicó al grupo de mirones, vuelvan a sus lugares. Y ustedes, nos dijo, pásenle ahí.

¿Qué pasa? ¿Cuánto les debes, y de qué?, le pregunté a Salazar Saldaña.

Tu no te fijes, respondió el viejo, enfático, éstos son matones contratados por los grandes fayuqueros de Tepis, quiero hacer un sindicato de Empleados al Servicio de la Fayuca.

Hazte pendejo, aclaró Mole Negro, te dieron cien gramos de perico y te chingaste la lana, si hasta se me hace que te metiste toda la coca y no vendiste ni madres. Pero lo que me enchila es que nos hayas visto la cara de pendejos tantas veces, la semana pasada me dijiste que palmarías la mosca en tu trabajo, y ahí estuvimos pero tú no fuiste, nos dejaste plantados, y eso a nosotros no se nos hace. Nos lastima la reputación, así es que te cargó la chingada, éstos no son juegos, o pagas o pagas, y ora mismo, nada de mañana o pasado mañana, ¿oítes?

La verdad, me impresionó. El hombre era serio, serio. Estaba completamente apagado. Y relajado. Era bueno en su profesión porque la cumplía con gusto. Tenía que ser un experto tirador.

Salazar Saldaña, en cambio, no parecía apantallado en lo más mínimo. Güeremomen, güero, payaseó. Yo te pago pero antes tengo que ir al baño, pallá iba cuando me caí y me atropellaste como buen gorila peludo que eres. Aquí mismo hay un bañito, no tardo, y ahorita que retache te pago y te doy las gracias y te invito un trago y te compro unos aretes nuevos, agregó metiéndose en el baño.

La puerta se cierra y tú te traveleas, vas paneando, ves las caras sorprendidas de todos.

Oímos un chorro vigoroso de orina.

Ves que el cuartito está lleno de cajas de refrescos y de botellas de licores, estableces con claridad, sin lugar a dudas, dos lámparas de gas, apagadas, como las de la cantina. La única ventana está casi cubierta por las cajas de refrescos; la luz es pobre y descobijada.

Ahora oímos varios cubetazos de agua. La voz de Salazar Saldaña, fuera de cuadro, canta: una vieja y un viejito jugaban al indio Pete, la vieja que se descuida y el viejo que se la mete.

Yo no sentía miedo propiamente, pero no sabía qué pasaba realmente y una extraña excitación en el interior del vientre, debajo del ombligo (crecía hasta el pecho), significaba la inminencia de algo. Quería preguntarles por la invasión de los gringos, pero me contuve.

¿Les debe mucho el viejo?, pregunté.

¿Ah no sabes? Pos fíjate que si ese viejo roñoso no paga tú nos vas a palmar, después de que lo mátemos.

¿Yo? Ah qué la chingada, pensé, pero en vez de eso dije: ¿en qué trabaja el viejo?

Más cubetazos fuera de cuadro.

Creo que es portero de la Suprema Corte de Justicia, el de la caseta de información, pues. Ahí mero nos dejó plantados, ¿verdad, Negro?

Chíngatelo aunque pague, Negro.

Sí, que se joda. Es un ruco mamón.

Pero tiene muchos huevos.

¿Cuáles huevos?

Está como el viejito que se metió las manos a la bolsa, que estaba rota, y dijo: ¿pasitas?, ¿cuándo compré pasitas?

Pa mí ques puto.

Puto, pobre, feo, pedo, vale verga ese cabrón.

¡Soy un perdido, soy un mariguano!, clamó, ostentoso, Salazar Patrañas cerrando la puerta del bañito tras de sí. Digan lo que quieran, yo no tengo nada qué esconder, miren, aquí les presento a una vieja luchadora: mi pirinola, agregó mostrando su verga seca y contraída, se llama Kamchatka, dijo él, pero nosotros estábamos estupefactos porque el viejo venía empapado, se había peinado con esmero, tenía un brillo levemente grasoso en la piel y la ropa, que seguramente exprimió para que no chorreara, estaba arrugagadísima. ¿Qué les pasa? ¿Nunca han visto a alguien recién bañado? Pues me di un baño y ahora vamos a darnos un trago los aquí presentes, sólo así podremos proseguir con los negocios, es lícito mezclar la diversión con el desmadre, ¿no creen?

Salazar Saldaña abrió un par de botellas y las pasó a la tropa del Caballo Negro.

Orita te voy a pagar, orita te pago, repetía al gran guarura, que (sin dejar de beber, eso sí) parecía cada vez más molesto. Te voy a pagar, cabrón, y lo peor es que tú nunca sabrás lo que esto significa, ya no digamos para mí sino para el mundo entero, pero eso es algo que quizá ni siquiera mi amigo Lacio pueda entender.

Puta cómo habla ese cabrón.

Ya chíngatelo, mano.

Ustedes beban de esas espléndidas botellas que, con mi tradicional generosidad, les he ofrecido; yo, por mi parte, quiero saber qué pasará cuando me pudra, porque ya me estoy pudriendo, se me cae el pelo, tengo barriga, me enferma el sexo, mi culo se arrastra por lo suficiente.

Ta loco el cabrón.

No está loco, aclaré yo, sonriendo, se está pudriendo.

Loco por la vida voy, agregó el viejo Salazar, aguantándose la risa; qué ha sido de mi vida. Veo con gusto que mi cuate Lucido sí me entiende, él sí va a tener una idea de lo que implica el gran acto que estoy por ofrecerles y que saldará mis deudas y las de toda la humanidad.

¿No podrías hacer un poco menos personal tu pinche código?, le pedí.

Tu no entiendes nada, pendejo, ni siquiera entiendes lo que es un pinche partido político.

Una partida de madre es lo que necesita ese viejo culero, intervino (sin dejar de beber) uno de los guaruras.

Los demás en ese momento se daban un buen pase de cocaína.

Bueno ya, cabrón, no tenemos tiempo ni ganas de estar oyendo tus pinches mamadas, sale la lana ora mismo, ya me estoy calentando.

Échale un baño cabrón de luz al viejito, como cuando John Belushi recibe la iluminación del cielo para llevar a cabo su misión divina...

Salazar Saldaña dio un trago descomunal de alcohol, y yo sonreí al verlo. En ese momento me caía de lo más bien, y cuando él me pasó el pomo para que yo bebiera nuestros ojos se cruzaron y los dos experimentamos una descarga de afinidad, de comprensión mutua, de verdadero afecto. Sentí que mi garganta se congestionaba y una vez más me dio risa ser tan emocional, pero qué le iba a hacer: allí estaba yo, emocionado de oír a un pinche viejo loco.

¡Un abrazo!, me pidió Salazar Saldaña con los ojos humedecidos. Nos abrazamos con fuerza y yo experimenté algo muy extraño: la sensación de que yo conocía a ese viejito desde siempre, de alguna forma su estirpe de culo que se arrastra me había acompañado durante toda mi vida, ese viejo era parte mía, me daba la oportunidad, de entrada, de saber que él y yo formábamos parte de un espíritu, o quizás un pedo, que siempre ha soplado en el mundo. Al abrazarlo, advertí también que el viejo apestaba a quién sabe qué: un hedor pegajoso a aceite viejo, un poco a gasolina o tíner.

¿De qué te bañaste, loco?, le pregunté, estrechándolo aún.

Tú no te fijes, mhijo.

¿Ves cómo sí son putos?

Lo cual es algo que a ustedes no les concierne, replicó el viejo, ustedes acepten el pago que voy a hacerles y despreocúpense de nosotros. Ya sabemos que de estas cosas sólo entienden en Metisaca, Guerrero, o en Culeque, Sinaloa; o en Clitorite, Oaxaca; o El Chiquito, Tlaxcala/

Bueno... Mejor en Mecos, Aguascalientes; Yamamé, Yucatán; La Dona, Nayarit.

¡La Dona es muy buena pero no es Nayarit! Es: la Dona, Querétaro. O en Venidón, Durango; *El Sesenta y Nueve, Guerrero;* El Nabo, Guanajuato; Empinado, Hidalgo, je je, Chicuelinas, Oaxaca; Panocha Vieja, Michoacán.

¡Ya estuvo bueno de tanta mamada, hijos de su puta madre!, bramó el jefe de los guaruras con la pistola en la mano.

Y en ese momento se fue la luz raquítica del foco de cuarenta watts; todo se hizo negro e involuntariamente estiré mi mano para anclarme en las cajas de refrescos.

¡Cácaro!, gritó Salazar Saldaña.

Ón tas, Negro.

Águilas, Negro, no vayas a disparar orita.

No se veía nada. Me dio mucha risa cuando oí al viejo:

Órale, pinche Negro, no me agarres el pito.

El Pito Negro, Guerrero, agregué yo. Oí varios ruidos y supuse que el viejo trataba de esconderse, o de irse de allí. Yo también, a tientas, me desplacé buscando la puerta.

¡Abusados! ¡Estos pinches putos se quieren aprovechar para pelarse, ¡prende un cerillo!

Alguien, muy cerca de mí, se afanaba en algo. De pronto se encendió la llamita de un encendedor, pero casi al instante una mano presta la arrebató, la apagó, a la voz de ¡matanga dijo la changa!

Y tú sigue grabando, mhijito, aunque no veas nada, tú de cualquier manera bárrete hacia donde oigas voces o movimientos.

No se ve ni madres.

Y yo ya le chingué el encendedor a un pendejo, jia jia.

Con toda claridad oímos que una pistola era amartillada.

¡Te digo que no dispares, Negro!

¿Dónde está la puerta? Ábranla pa quentre la luz de afuera.

Yo vi por ahi dos lámparas de gas.

No se apuren, señores, decía la voz de Salazar Saldaña, todo está bajo control.

La voz de Salazar Saldaña se oía en distintas partes. Yo avanzaba prendido a las cajas de refrescos, lentamente, me pareció entrever algo y choqué con alguien.

Quihobo, dijo una voz.

Me escurrí de allí rápidamente. La voz de Salazar Saldaña cada vez se oía más fuerte.

Qué sucederá cuando el gong de la muerte golpee la cabeza, en qué universo estaré, muerte muerte muerte muerte descanso del gato... Si alguien me deja por allí, si alguien me tira bajo un árbol o en algún basurero, ¡qué descanso!

Sobre nuestras cabezas se encendió una llamita temblorosa; abajo, apenas podía verse el brazo estirado de Salazar Saldaña.

A Cartago llegué entonces, chachachá, quemando, quemando, quemando, quemando. Óyeme Negro, te digo que llegué quemando, llegué... Quemando, agregó. La llamita del encendedor desapareció y reapareció más abajo, explotó un brote de fuego sordo que se extendió con rapidez: Salazar Saldaña se había encendido como una pira, con un fuego azuloso, sucio, mortecino. Un aullido de dolor salió del viejo, quien trató, durante unos segundos, de quitarse la ropa; desesperado, cayó en el suelo; su piel ardía, se desfloraba con el fuego azulverdoso del que brotaba un humo pestilente, uno de los olores más inaguantables que he sentido jamás. Aguanté las náuseas mientras el viejo ardía, casi como en brasas que sólo se avivaron cuando algunas cajas también se encendieron. Los guaruras, enloquecidos, con la escasa luz del cuerpo ardiente del viejo buscaban la puerta, gritaban ¡fuego!, ¡fuego!, ¡aquí se está quemando un cabrón!

En ese momento volvió la luz. El viejo ya había perdido la forma, la carne chamuscada se había derretido y los huesos asomaban entre burbujas y algunas llamitas pestilentes. No supe cómo llegué a la puerta, lejos de las llamas que se empezaban a alzar en las maderas, los cartones, lejos del olor pestilente e insoportable de la carne vieja que se quema con aceite barato.

LA PROVIDENCIA

Yo me muero donde quera. Mi padre murió cuando yo tenía doce años; él ya estaba grande, para entonces. En el fondo (bueno, no tan en el fondo) yo envidiaba a mis compañeros de primaria que tenían papás jóvenes, porque, más o menos, esos papás llevaban a sus hijos de excursión, nadaban juntos, se echaban una que otra cáscara. En cambio, mi padre ya no estaba para esos trotes, y lo más que hacía era llevarme al cine, o al parque, o jugaba ajedrez conmigo. Le gustaba cantar. Tocaba muy bien la guitarra. Poco antes de que muriera (murió inesperadamente) se hizo una fiesta para festejar su cumpleaños, sus setenta y dos años de edad. Muchos amigos suyos y sus esposas fueron a la fiesta, y familiares nuestros también, claro, y fue una fiesta bonita. O sería quizá que yo estaba feliz y creía que todos, ¡todos!, lo estaban también. Había muchos niños, la plana mayor de primos: los ladillas y los pendejos, los persinados y los chaqueteros, y muchísima gente, incluso unos cancioneros que trajo un primo de mi mamá que andaba metido en la política, muy bien colocado entonces en la Secretaría de Gobernación. Este tío había llegado a la casa con dos guaruras que acababan de salir de la cárcel y que se hacían sus propios cigarros con papelitos y tabaco de una bolsa padrísima; como a mi tío no le gustó el ambiente le ordenó a uno de los canchanchanes que se trajera al triecito ese que le gustaba tanto, Los Grillos, que cantaban Perla negra a toda madre. Los Grillos llegaron y se echaron los boleros de moda y las canciones que le gustaban a mi papá y a su banda de amigotes: las de Agustín Lara, Pedro Vargas, María Luisa Landín, los Cuates Ladilla, los Hermanos Martínez Pri y toda esa vieja onda musical. Los pobres Grillos llegaron casi ahogados de borrachos, ya tenemos cuatro días en el agua mi jefe, y por eso se salían de tono o cantaban entre hipos y eructos y, por último, uno de ellos, digámosle el Grillo Mayor, requinto y primera voz, se cayó cuan corto era después de beberse de un solo trago un vaso jaibolero lleno de roncito Guacardí. Todo mundo se preocupó por el Grillo Mayor, o Primer Grillo, porque se pegó en el filo de la mesa de centro y se abrió la cabeza. Pero no muy gacho. Los guaruras se lo llevaron a curar y los otros grillos, el Grillo Mostrenco y el Grillo Crispín, decidieron acompañar a su colega y líder, tomaron un garrafón de Ron Guacardo y se fueron con el enfermo, nosotros los viejos marinos construiremos un buque de guerra.

En la fiesta todos se quedaron picados, así es que le pidieron a mi padre que se cantara unas cuantas. Mi papá bebía poco, nunca fue un borrachín aunque a veces sí se ponía unas guarapetas efectivas (tiembla la tierra, enrojecen los mares, se rasgan las cortinas, se sicoanalizan los soldados), y después de los sesenta (años) dio por beber un poquito más, sobre todo cervezas a la hora de la comida, y luego tenía que tomarse tres que cuatro cafés bien cargados o dormir una siesta para recuperar la galanura. Esa noche había bebido más que de costumbre, así es que, sin que le insistieran, accedió a cantar. Primero unos sones huastecos. Qué bonito le daba a la guitarra, sus dedos parecían alas de colibrí y rasgueaban a toda velocidad y con una intensidad suprema las cuerdas. Todo cambió a partir de ese instante.

Yo me había pasado el día corriendo, jugando y tratando de espiar a las primas cuando iban al baño, pero a esas horas ya me había cansado y estaba muy a gusto en la sala, con Los Grandes. Cuando oí a mi papá me pareció que todo se llenaba de una luz dorada, profusa, clarísima (o, al menos, así me llega el recuerdo). Mi papacito cantaba con toda el alma ya no a él mismo sino a los meros dioses. Nunca lo había visto tan resplandeciente, lleno de fuerza y poder, con los ojos chisporroteando, mucho más joven. El amor que se hace nudo no tan fácil se desata porque queda tan seguro como el águila en la plata. Cuando terminó de cantar todos le aplaudieron, entusiasmados, yo creo que ellos tampoco habían visto a mi padre brillar de esa manera, y como estaban bien borrachotes se desbordaron, lo abrazaron y le echaron porras. Mi padre no cabía del gusto (y de la sorpresa), y yo veía sus ojos humedecidos, grandotes, como niño con canas. De pronto mi mamá se me acercó y me dijo Lucio ve y dale un beso a tu padre y dile que lo quieres.

Me puse en pie, muy contento, y lo besé diciéndole papá te quiero mucho. Él se acababa de reacomodar en su sillón reposet, pero cuando oyó lo que le dije se levantó, muy emocionado, y me abrazó largo rato. Después me miró profunda, húmedamente, y declamó: Lucio, desde que naciste yo te he querido con todo mi corazón, y nada más te he contado cuentos porque ya estaba viejo para llevarte a pasear, como hice con tus hermanas y con tu hermano Julián. Eres un muchacho bueno e inteligente, y en ti tengo puestas muchas esperanzas, que Dios te proteja y te cuide.

¡Bien por ésa! ¡Mucho! ¡Que cante, que cante!, exclamaron varias voces entusiasmadas. Lucio también es artista, intervino mi madre, dirigiéndose a todos, porque todos guardaron silencio cuando mi padre, al viejo estilo, depositó en mí sus complacencias. ¡Que cante, que cante! ¡A ver si el hijo de tigre es pintito! Si cantas onque sea la mitad de lo bonito que cantó tu apá te regalo cincuenta pesos, decretó el tío Grillo. Cincuenta pesos, ya sabes, era un dineral, y por supuesto dije que sí cantaría, sin dinero lo habría hecho. Le pidieron a mi padre que me acompañara pero él, para entonces con una sonrisita un tanto lejana, declinó, así es que mi primo Beto casi le arrebató la guitarra. Este Beto estudiaba guitarra clásica pero también le pegaba a las rancheras, a los boleros y a veces hasta a su esposa, porque acababa de casarse. En esa ocasión se las pelaba por demostrar cuán chingón era. Escogí Yo me muero donde quera y la canté con ganas que se tradujeron en gritos, si mechan un lazo respondo a balazos, y disparaba yo las tremendas cuarenta y cinco de mis dedos, si mechan un grito denmedio los quito, mi brazo ninguneaba el aire de la sala ferozmente, allá en la frontera o allá donde quera, mi pecho se llenaba de mexicana alegría, aquí la Virgen María dijo que estaría mucho mejor, le rajo la cara a cualquiera, en la patria mexicana nos morimos entonando una canción, me muero me muero por mi pabellón, culminé con gritos destemplados, entre las carcajadas gozosas de los presentes, pasados y futuros. Todo en mi derredor se desdibujaba, se derretía, alguien se había llevado el piso silenciosamente porque estábamos flotando, y yo iba a seguir cantando cuando, de repente, en el momento en que esperaba mi entrada y Beto se lucía, escuché la voz rabiosa, brujesca, ctónica, de mi hermano Julián: ¡ya cállate pinche Lucio! Su voz fue tan estentórea, tan clara, tan hiriente, que todos callaron, hasta Beto silenció (¡enmudeció!) la lira y yo me quedé con la boca abierta.

¡Si sigues cantando te mato!, volvió a chillar. El rostro de mi hermano Julián se había congestionado, iba a explotar de tanta rabia; los ojos, terriblemente sombríos, eran dos puntitos de pavimento. Me sobresalté al ver tanto odio en él, y como no entendía (qué desprogramada tan zen), estuve a punto de soltarme a llorar; sin embargo, el odio y el deseo de revancha, indetenibles como un temblor, me llenaban ya; sabía que si cantaba un verso más él saltaría sobre mí, me tomaría de las greñas y estrellaría mi cabeza en el filo de la mesa de centro hasta deshacerla, aquí tienen esta viscosidad carnosa, botana azteca, pero yo, el niñohéroe, todosangre, seguiría cantando. De hecho seguí cantando, en la patria mexicana nos morimos entonando una canción, con la voz estrangulada por las lágrimas que no lograba contener, queriendo que la canción trepanara la cabeza oscurísima de Julián. Mi hermano, al ver que yo continuaba, ya sin acompañamiento betiano, efectivamente saltó y se lanzó hacia mí, pero varios lo sujetaron y evitaron que me hiciera caca; mi mamá ya estaba junto a él, gritando bueno y a ti qué te pasa qué tienes. Déjalo, intervino mi padre, yo voy a hablar con él. Ven acá, Julián. ¡No voy!, chilló él. Yo me muero donde quera, iba a volver a cantar pero guardé silencio al oír la voz tronante de mi padre: ¡ven acá, te digo! Mi madre casi arrastró a Julián hasta donde se hallaba mi padre, quien, ya en pie, lo abrazó. No llores, le dijo, porque Julián lloraba a grito pelado, moqueando (hijo de la rechingada), y se lo llevó adentro. Brindo por la mujer, dijo mi tío Alberto, el Comic Relief, mas no por ésta, añadió señalando a su esposa, la tía Juana Estudea-y-Trabaja, que tenía cara de qué-está-pasando-aquí. Todos, aunque un tanto sorprendidos y más bien histéricamente, rieron a carcajadas. *Qué chistoso,* musitó la tía Johanna. Te ganaste los cincuenta varos, dijo mi tío Grillo el Sensible, con su sonrisita ladeada y blandiendo un billete. Casi se lo arrebaté, lo cual generó más carcajadas absurdas de la concurrencia.

Salí corriendo hacia afuera. El patio del edificio estaba húmedo, había llovido, y eran las siete de la noche (más o menos); todo se hallaba oscuro y silencioso en ese domingo, las ventanas eran luz pálida. ¡Pérate!, me gritó alguien. Me volví sin detenerme y vi a mi primo Orlando, que corría tras de mí, ¡a dónde vas! ¡A la tienda!, respondí, a gritos, ¡me dieron cincuenta pesos! ¡Sí, ya sé!, dijo él sin parar de correr, ¿me disparas algo? ¡Juega!, respondí, derrapando un poco en los charcos del suelo. Mientras corría, en mí aún reverberaba el odio hacia Julián, me las va a pagar, y me llovían (*de abajo*) ideas de cómo vengarme: patearle el paladar, quitarle la piel con las uñas, sacarle los ojos, rebanarle el pito, qué sé yo, me tiene envidia, me tiene envidia, también pensaba, fascinado, es un pobre buey, lero lero, a mí me dieron cincuenta chuchos y a él han de estar dándole cincuenta cintarazos, ¡espérame!, gritó Orlando Leduc porque se había resbalado, ya en la banqueta, y yo vi de reojo lo cerca que aparecía un par de faros en la calle, calculé que alcanzaría a cruzar si aceleraba, y eso hice, pero no conté con lo resbaloso del pavimento, me caí, oí los bocinazos y los chillidos de las llantas, las luces casi encima de mis ojos, y sentí un golpe seco que me hizo ver hacia arriba, cuántas luminarias en el cielo encapotado.

La providencia. Oye, ¿dónde está el 1520?, pregunté a un niño de camisa desfajada, tenis raídos. ¿A quién va a ver?, me preguntó. Al capitán Julián Harmala. ¿Y ése quién es? Pues un señor que vive ahí, repliqué con mi tradicional paciencia, o vivía, ¿lo conocen ustedes? Yo no, ¿y tú, mano? ¿Yo? ¡Claudioo! ¡Claudiooooo!, terció la voz de una señora desde una ventana, varios pisos arriba. Te hablan, mano. ¡ahí voooooy! Bueno, insistí, díganme dónde está este número. Pos es el de la vecindad, ¿no?, dijo Claudio, que era más pequeño y se hallaba bien pertrechado con un par de pistolas de vaquero y una ametralladora tirachispas. Sí, creo que sí, respondió el otro niño. ¿tú cómo te llamas?, le pregunté. Yo, Sergio García Michel para servirle a usted. ¿Y tú, Claudio, cómo te llamas? ¡El Hombre Araña!, contestó, abriendo los brazos y echando a correr con ruidos salivosos de jumbo jet.

Caminé media cuadra y llegué a la vecindad, una isla de tenderos como velámenes entre los edificios de condominios: algunos eran muy altos, de diez o más pisos, y otros, chaparros, con estacionamientos enrejados y todo tipo de letreros para que nadie (*¡nadie!*) entrara allí. Recordé que antes, en esa calle, predominaban las clásicas casas clasemedia de los años cincuenta, con jardincitos llenos de geranios, enredaderas, pasto alfombra. Ahora apenas podían verse algunas jardineras tristes con su estratégica distribución de cuatro gladiolas, seis alcatraces, tres setos y un cacto boludo y espinoso, dear mexican touch. La vecindad era decrépita, cuarteada, cochinona, pero eso le daba cierta personalidad ante los nuevos edificios, banderitas-triangulares-de-colores-y-matices-seductores, CONDOMINIOS EN VENTA DEPTOS DE TRES Y CUATRO RECÁMARAS ALFOMBRADAS Y ENCORTINADAS ACABADO PROVENZAL TELÉFONO ANTENA PARABÓLICA.

El 1520 era pequeñito, patio estrecho, macetas y jaulas de pájaros. Algunas personas (mujeres y niños) deambulaban por el patio soleado. Un joven radiante, de traje Príncipe de París-Londres hasta en los dientes, salió con el aire de ser el Rey de la Ciudad de México y subió en un volkswagen destartalado. Yo avancé hasta el departamento siete (¡siete!); esperaba ver aparecer a mi cuñada Bárbara, en bata y malhumorada. Toqué. Quien apareció fue una criada joven, de rostro morenísimo y pelo lacio, muy negro, recién lavado, oloroso a jabón del Perro Agradecido, y ataviada con minifalda.

Buenos días...

...

Buenos días.

...

Aguanté la risa al ver el rostro inexpugnable de la criada y pregunté: ¿no está el capitán?

¿Quién?

El capitán Julián Harmala.

Ah no.

¿Aquí vive?

¿Quién?

El capitán Harmala.

Aquí vive la señora Chona.

¿Quién es, Yésica? preguntó una voz desde el interior del departamento. Pensé que los últimos seis años habían sido tan determinantes para la vida de México que ahora las criadas se llamaban Yésicas y las señoras, Chonas.

¡Un señor!

¿Y qué quiere?

Anda buscando a otro señor.

¡Pero *quién*, por Dios!

A la puerta llegó la señora Chona, una mujer de unos cuarenta años, con sus debidos tubos en la cabeza, bata acolchada con restos de frijoles chinitos y pantuflas de bolita. No era fea, y por eso, al verme, instintivamente se llevó una mano a la cabeza como si quisiera acomodar mejor sus lujuriosos tubos. Le pregunté si vivía allí el capitán Harmala.

No, aquí vive la familia de Cuna. ¿Aquí le dijeron que vivía ese hombre que busca?

Bueno, al menos aquí vivió hace tiempo. Yo soy su hermano. Mire usted, señora, he estado fuera del país muchos años y perdí el contacto con él. Por eso estoy tratando de localizarlo. ¿Usted no lo conoció?

A ver..., cantó la señora Chona, antes de que nosotros nos cambiáramos aquí vivía gente re rara, de esos muchachos de greña como estropajo que parecían viciosos.

No, ellos no eran.

Creo que uno de los muchachos se llamaba Luis Velo.

...Mi hermano es capitán del ejército y tiene su esposa y cinco hijos.

No, no los conocí...

Quedé un tanto desconcertado. La señora Chona aún me miraba, tocando ocasionalmente los tubos en su cabeza, sacudiendo la bata. Me di cuenta de que le había inspirado confianza (hasta cierto punto, ya sabes) y de que, además, le había gustado, porque seguía allí, viéndome con una mirada un tanto braguetera y con una sonrisita amanerada, amaestrada, que alguien le había indicado que era la manera correcta, Dignidad con Tubos en la Cabeza. La señora Chona no estaba nada mal, y advertí que, al tratar de adivinar las formas de la mujer bajo la bata, mi hermano Julián no me importaba en lo más mínimo.

¿Hace mucho que vivieron aquí?, me preguntó finalmente.

Pues cuando yo me fuí, aquí vivían. Y en este departamento ya tenían más de diez años. Estaba seguro de que los iba a encontrar aquí todavía.

Seguramente su hermano pudo cambiarse a otro lugar más decente. Se suponía que antes esta Colonia del Valle era de gente bien, pero ahora hay cada gentecita... Eso sí, con unos carrazos: Puro ratero que trabaja en el gobierno... Si yo pudiera también me iría *corriendo*, pero ahora todo está carisisisísimo, ¿sabe lo que rentan los departamentos de aquí al lado?

Uy carísimos, dijo Yésica, quien todo el tiempo había permanecido allí. La señora Chona se volvió a ella, con una sonrisa de sabiduría resignada que quiso ser un intento de severidad.

¿Tú qué haces aquí, Yésica? Métete a ver qué diabluras hace Toño. ¿Qué le estaba diciendo, señor?

Que los departamentos de al lado están carísimos.

Ah sí, fíjese usted. Yo los fui a ver, ¿no?, por fuera se ven bonitos, con sus acabados provinciales. ¿y qué cree? Por dentro están horrorosos, son unos cajoncitos así de chiquitos y ni siquiera tienen cuarto de servicio ni hay dónde tender la ropa. ¡Y tantísimo dinero, imagínese!

Me imagino, respondí, sonriendo. La señora Chona, te lo juro, me estaba cayendo de lo más bien: al parecer su calaña no cambiaría ni en medio de las convulsiones más atroces. Tubos en la cabeza del Paraíso Terrenal.

Y todo está igual, le sacan a usted una fortuna por cualquier palomar nada más porque está en un rumbo dizque decente y porque le ponen cortinas y alfombra.

Y antena de FM.

¿Eh? Ah sí... Pero si va usted a un rumbo pobretón, ¿qué cree?

Allá también está igual.

Pues sí, ¿cómo lo supo? Ya no queda nada barato en México. Había de ver los precios de las escuelas, porque en este país nomás no se puede llevar a los hijos a una escuela de gobierno: había de ver los baños, los excusados parecen barquillos de tan copeteados, y los maestros se la pasan en puras huelgas. No se ría, es de a deveras, Sandés y yo teníamos la esperanza de poder comprar una casita, nos gustaba el rumbo de Ciudad Satélite, allí sí hay casas bonitas, buenas tiendas grandotas como las de los gringos, ¿no?, y ahora ni pensar en nada de eso. Sólo asaltando a un líder sindical. Todo está imposible con tanta aumentadera de precios. ¿Y ya vio cómo tienen la ciudad? Toda partida a la mitad, con las tripas de fuera, ay se ve tan horrenda, aquí en la del Valle es donde más nos han desgraciado, y a mucha gente, por si fuera poco, le sacaron un dineral dizque porque las propiedades iban a subir con los mentados arreglos. Y no llega nada de agua. ¿Ya vio cómo ha subido la comida?

Una barbaridad, ¿no?

Pues sí. Antes con cien mil pesos iba una al mandado y se traía hasta vinos importados, pero ahora con eso dése de santos si le alcanza para las verduras.

Sí es cierto, concedí, disfrutando al máximo a la señora Chona, quien vivía su prototipo con devoción, alevosía y ventaja. La señora pareció ceñir un poco al piloto automático de su conversación y me dedicó una mirada tenue, extrañada, quizá sin comprender cómo podía estar platicando tan sabrosito con un desconocido.

...Este, ¿no quiere tomarse un cafecito?, me invitó de súbito, después de una larga pausa; es que ya me cansé de estar platicando parada.

Bueno..., accedí. Era una delicia dejarme llevar por los acontecimientos, sin ninguna prisa por localizar a mi hermano, aunque sin soltar el timón para no ir a la deriva. La señora Chona asintió y me dio la espalda, irguiéndose mecánicamente, siguiendo las indicaciones de un intangible manual de comportamiento.

La seguí a la sala y admiré los muebles comprados en un almacén de seudodescuento, una alfombra pequeña cubría el tramo central de las duelas del piso, retratos en las paredes: la señora Chona con el ingeniero de Cuna (¡mis saludos respetuosos!) en el supremo instante del matrimonio, niños a todo flash, sonrisas de ocasión, cordialidad con envoltorio de regalo, perdone usted el tiradero pero es que en las mañanas no para una, y las criadas no sirven más que para pipintarse y popolvearse y para salir con el dizque novio al California Dancing Club y al hotel Cariñito Azucarado. También vi un cuadro ultraesotérico en el que las cabezas de dos gansos (¡gansos!) pendían, exánimes, del filo de una mesa en la que el Espíritu Santo destacaba en su guisa de paloma. Hubiera preferido un cordero meando con la patita alzada. En tierra de tuertos el rey es Borges. Ninguna lámpara a la vista, salvo las que pretendían ser candiles y colgaban del techo. La señora Chona gritó: ¡Yésica, qué está haciendo Toño! ¡Está haciendo caca, señora! ¡Límpialo bien, luego el pobre ahí anda con las nalguitas lastimadas y oliendo a rayos!

Se volvió hacia mí, muy correcta.

Siéntese siéntese, orita nos train los cofis. ¡Te juro que me dijo: los cofis! ¡Yésica!, rugió de nuevo. ¡Qué, señora! ¡Caliéntate un poco de agua en el traste azulito y te sacas el café Oro y la azucarera, pero muévete mhija! ¡Sí señora! ¡Y sacas también las tacitas que están en la vitrina, ya sabes de cuáles, no vayas a traer de las otras! ¡Sí señora!

La señora Chona me miró. Sonrió, un tanto ambivalente, y volvió a corregir el tendido de los tubos en su cabeza.

Está bonita su casa, dije, con perfecta impunidad.

¿Usted cree?, deslizó, dubitativa, mirando vagamente el contorno. Bueno, yo trato de que no sea un muladar, ¿no?, pero con una familia de siete no se puede. Antes de irse a la escuela los grandes dejan un tiradero que olvídese. ¡Apúrate con ese café, Yésica!

Esa vez no hubo el correspondiente sí señora. La señora Chona se había achonado junto a mí, en el sofá, lo cual hizo crujir el delicado plástico que lo cubría.

¿Usted a qué se dedica, señor?

¿Yo?, bueno, soy escritor, dije, sin saber por qué. Esto me sorprendió, pero no pude especular qué me había llevado a decirlo porque el piloto automático de la señora Chona había vuelto a tomar control. La señora Chona hablaba sin tomar aliento pero sin perder la rigidez. Era admirable cómo fundía a la perfección vitalidad y convencionalismos.

¿Y qué escribe usted? Espero que no sea de esos escritores que tanto abundan ahora y que escriben libros que nomás no se pueden leer porque no se entiende nada, a veces ni siquiera dan sueño, o de esos otros groserotes que en cada línea meten una barbaridad, son unos corrientes y horribles, puro sexo, hay cada descripcioncita que la dejan a una..., bueno, pues como que no se puede creer nada de eso, ¿no?, y ahora a Mariana ya le dio por todas esas mariguanadas.

¿Quién es Mariana, señora?

Mi hija mayor. A ésa le dio por meterse a la Universidad Iberoamericana, lo cual casi le ha costado la salud y los ahorros a Sandés, que no para de trabajar el pobre... Se metió dizque a comunicación social y nos sale con cada cosa que nos deja los ojos cuadrados, pero no va a clase casi nunca, ahí sí hay, pero a ella le gustan los mitotes.

No me costaba ninguna dificultad imaginar a la señora Chona de furibunda cacerolista, gritando más que nadie en la manifestación contra el corrupto gobierno priísta-comunista mexicano.

Yésica llegó con dos tazas. De plástico.

Yésica. La charola.

Ay sí.

Y mira qué tazas trajiste. Te dije que las de la vitrina. ¿Y el azúcar?

Orita lo traigo.

Condenada chamaquita, susurró la señora Chona, pensativa, pero con su sonrisita resignada y salomónica.

¿No le estoy quitando el tiempo, señora?, dije.

Bueno, la verdad es que sí, dijo, y eso la reanimó; pero tiene una tantísimas cosas qué hacer que siempre es bonito ponerse a platicar un poco. Pero ahora dígame, señor, ¿en qué puedo servirlo?

¿Eh?, pregunté, sorprendido. Hasta después de unos instantes comprendí que la señora Chona había olvidado que yo buscaba a mi hermano. Ella me miraba con atención: cortés, ausente, con una leve sombra en los ojos por donde se asomaba una coquetería atrofiada. Pero yo no iba a animar al viejo tiranosaurio que yacía en ese interior negro y apretado, jamás visitado, ni siquiera imaginado.

Estaba pensando que usted me podría decir a quién debo preguntar por mi hermano Capitán, es decir: por mi hermano Julián.

¡Ah sí! Claro. ¿Ya vio a la portera? Es una viejita enojona pero tiene siglos aquí, a lo mejor ella sabe a dónde se fue el hermano de usted.

¿Doña Refugio? ¿Todavía vive?, exclamé al obtener, de golpe, la imagen delgadita de la portera, toda rebozo y achaques, como en película mexicana de los cuarenta.

Todavía vive Cuquita.

Recordé que mi hermano Julián, cuando llegaba de buen humor (una vez cada siglo), le cantaba a la portera: si tú tienes curvas yo tengo tobogán, a ver si esta Cuquita se quiere resbalar... Doña Refugio (yo era el único que le decía así) era, en efecto, una anciana malgeniuda, pero que estimaba a mi hermano. Sin embargo, a pesar de todo, mi hermano era un pan...

...no oye nada, hay que gritarle, pero a mí me late que ella se hace, nomás para molestar al prójimo. También puede ir con el viejo porfiriano del señor Román, el del veintiocho, ese señor también tiene viviendo aquí desde la Edad de la Canica. Yo creo que aquí se va a morir.

También me acuerdo de ese viejito.

Pero él llega de trabajar de la Secretaría de Programación y Contralorías y Gerencias Estatales hasta las siete, o las ocho, o más tarde, porque aunque ya está grande al hombre todavía le gusta irse a tomar sus copas, con lo caro que está todo eso. Y tiene el descaro de traerle mariachis a su esposa, que siempre está bien guardadita en su frasco de alcanfor, y se trae a unos mariachis que bueno, hasta yo soy cantante de ópera junto a esos matacuaces. Son de los pocos que quedan. ¿Cuántas cucharadas quiere? ¿Dos?

Sí, dos.

Un niño de tres años apareció con el rostro pálido.

¡Mamá! ¡Esta Yésica me está diciendo de cosas!

¿Qué cosas?

El niño, en vez de responder, se incrustó entre las piernas de su mamá, como si quisiera regresar por donde vino.

¿Qué lestás diciendo, Yesi?, gritó la señora Chona.

¡Ay nada señora! ¡Yo nomás le estaba contando un cuento!

¿Qué te está diciendo, mi cielo?

El niño no respondió, sólo se apretó aún más a las piernas de la señora. ¡Ay Dios!, bufó ella. Se puso en pie, molesta, tomó la mano de su hijo y fue hacia dentro.

Soplé en la taza y di un traguito al café. Me supo bien, y lo bebí casi de un solo trago, mientras mis ojos se maravillaban con los gansos de cabezas colgantes, con la iconografía familiar y los plásticos sobre los muebles. Quizás habría que poner muebles sobre los plásticos. Un radio decía: La basurita: por ser ocaso perdí el oriente. ¿Y las camas? Orita señora. ¿Crees que te vas a pasar todo el día para hacer los cuartos? Mami mami, ¿no me vas a llevar al parque? Estaba a punto de intervenir y de proponerme para llevar al parque a Toñito pero, por suerte, lo absurdo de la situación me hizo ver que era el momento de salir de allí. De seguir así, lo inminente era la llegada del ingeniero don Sandés de Cuna, quien no dudaría que mis intenciones eran violar a su entubada esposa, ¿y éste quién es?, ay no sé Chancrito, dizque anda buscando a su hermano, hermano mis güevos, eso dicen todos, lo que quiere es agasajarse contigo mi reina, ay sí chance, ¿verdad?

Me levanté, ¿ya pelaste las papas y pusiste a hervir el agua del espagueti? A qué horas seño, ¿no me dijo que limpiara la caca de Toñito que se quedó embarrada en el guáter? Pensé que era un buen chiste pagar por el café y puse un billete en la mesita de centro, junto a la taza (de plástico).

Yo tengo un tobogán. Toqué la puerta de doña Refugio (Cuquita para los iniciados) y ella juró no acordarse de mí. Pero sí recordaba a mi hermano Julián. Uh, se fue de aquí de la vecindad hace como cuarenta años.

Que sea menos, Cuquita.

Joven, yo sé lo que le digo, me avisó, terminante; si no me cree pa qué pregunta, no hay nada que me amuine más que me interrumpan. Mire, el coronel/

Capitán.

No le oigo, señor. Hable fuerte. Bueno, pues el coronel se fue de aquí después de lo de sus hijos.

¿Qué pasó con sus hijos?

¿No sabía? Los más grandes se volvieron unos revoltosos, se metieron de judiciales, aquí andaban en el patio y en la azotea, bien borrachos y drogados, armando escándalos, asustando a las muchachas, hasta que un día se agarraron a balazos con unas patrullas aquí merito en la esquina, si salió en todos los periódicos, y los mataron.

¿A quiénes? ¿A Julián Chico y a Lucito?

A los mayores, ya le dije, así es que el teniente Zavala agarró a su esposa y a sus otros hijos, tenía como mil hijos, ¿no?, y se cambiaron de aquí, quién sabe a dónde, y la señora hasta se llevó unos manteles que yo le había prestado.

¿No sabe a dónde se fueron?

Qué voy a saber, si apenas me acuerdo de cómo me llamo yo. Mire, joven, ya me voy a mis quehaceres.

Espérese, no se vaya, dígame más, por favor.

¿Pos no que usted es el hermano? ¿Cómo es que no sabe nada de esto?

Ya le expliqué, estuve fuera del país, hasta ora acabo de regresar.

Pos ya ve por no escribirle a su familia, ¿no?, mire, usted me va a perdonar, pero yo ya no tengo nada más qué decirle. Vaya a ver al viejito Román, él sabe más cosas, él fue el que me dijo que se había muerto la mamá del capi y todo eso. Ay, pero si ya se murió don Román, no le digo que ya estoy muy vieja y todo se me hace como un sueño, ya no entiendo ni reconozco nada, y ya no le cabe más graduación a mis anteojos. Pues sí, me dijo, el viejito Román se carteaba con el hermano de usted. Tonces que se muere la mamá del capitán Eslava y el capi vino al entierro, ajá, y vino aquí a la vecindad a ver a don Román, yo no lo vi esa vez, pero el viejito Román sí, y él ya se murió. A mí no me toca todavía, y yo me pregunto por qué, pero ya me llegará, como dicen ahora: ya estoy en lista de espera. Joven, óigame bien lo que le voy a decir: lo mejor de esta vida, con el tiempo, es saber que va a acabarse, y así se la pasa una: esperando a la condenada huesuda. Pero usted todavía no sabe de estas cosas, a su edad todos creemos que somos eternos. ¡Ora sí! ¡Se acabó! Hasta luego, joven, ya no se aleje tanto de su familia, porque el alma duele.

Doña Refugio en la Tormenta me cerró la puerta en la cara, y yo continué paralizado, tratando de asimilar todo lo que me había dicho la condenada huesuda.

El otro lado. Todo, sin embargo, era extraño. En especial, saber que mi madre había muerto. Me lo dijeron, un fuerte estremecimiento sacudió mi cuerpo, pero nada más. Ni una lágrima, ningún dolor-desgarrante, sólo bienvine una sensación nueva, aunque remotamente familiar, que me inundaba y me hacía ver todo, otra vez, como si fuera nuevo, un aliento ligeramente ardiente, el golpe suave, persistente, de una luz a la que no estaba acostumbrado, el inicio de una marea de melancolía que era detenida por el silencio hermético de mi mente. No me podía acostumbrar del todo a que mi cabeza estuviera acallada, a poder abrir o cerrar las compuertas de las emociones, los recuerdos; se trataba de una conciencia pura, sin pensamientos, que en mí se ordenaba por sí misma, como siempre. No, no me hallaba frío, indiferente a las desgracias de mi hermano ni a la muerte de mi madre, mi mamá. Sigo siendo un niño, tú lo sabes. No me molesta, por otra parte. Pero esas noticias me resultaban lejanas, ajenas. Me resistía a creerlas. Yo mismo he muerto varias veces. Estoy orgulloso de ello, pero más de poder recordarlo: la gente nace o muere, si las olas se van, se van y vienen, c'est la vie mon chér, todos los días el fenómeno se repite incontables veces, ¿por qué no en torno a mí? Pero saberlo, ahora, no era dramático. Era, eso sí. Ni siquiera podía estar triste, aunque no me hallaba eufórico. Creía poder valorar el hecho en toda su complejidad, y aún así no me perturbaba. Sólo en un momento me llegó una oleada invencible de emoción, sentí la presencia incorpórea de mi madre convertida en posibilidades de imágenes dolorosas; tosí salvajemente, casi escupí jugos gástricos; terminé con los ojos húmedos y ardientes. Alguien, alguna vez, me dijo que todo eso era inocencia pervertida (¿pero quién?). Y eso fue todo. Se van y vienen. C'est la vie mon chér. Quizás el que todo refiriera a un hecho tan portentosamente lejano, nunca visto, jamás presenciado, experimentado, ocurrido cuando yo era otro, hacía que no me inmutase.

Siempre amé a mi madre; también a mi padre. Nunca estuve atado a ellos, pues también tenía una madre y un padre primordiales que me protegían y creaban en mí el portento del apego desapegado. Mi madre terrenal era increíblemente inteligente. Y emocional, pasional. Era una mujer brava de explosiones de sensibilidad, vitalidad; maravillosa materia prima. Su personalidad tenía un magnetismo insólito, estaba aliada a la tierra, era hermana de las raíces, las lombrices y de los espíritus del bosque, ctónica la señora. Mi hermano Julián, en cambio, la amaba hasta el postrero paroxismo, se desangraba al contemplar a mi madre de espaldas, en el jardincito, cuando fumaba un cigarro con la intensidad de quien contempla el mundo y está a punto de encontrar el sentido último, de armar el rompecabezas. Aún casado, y con hijos, Julián habría abandonado todo e incluso se habría esclavizado a ella, porque mi sagrada jefecita, con sus inmensos brazos, también esclavizaba. Mi madre terrenal. Podía ser tiránica, por supuesto, y mis hermanas vivían con ella una nada aburrida competencia de amor-odio que sólo la intensidad despojaba de banalidad. Y mi padre la amaba con sabiduría cedente. ¿Cómo habría reaccionado Julián a la muerte de mi madre? Seguramente (más aún que cuando la supuesta tragedia de sus hijos mayores y el ulterior deshonor en el ejército), habrá sentido muy cerca la tentación del alcoholismo, para, ni modo, huir de la realidad. Quería ver a mi hermano, pero ahora que lo pensaba bien, la idea también me parecía espantosa. Nuestro encuentro tendría que ser difícil, conflictivo, con más recodos, malosentendidos y laberintos que de costumbre. Pero padrísimo también: verle la cara, oír su voz de tono apagadón, constatar sus despeñamientos en iras silenciosas: buena onda. Preferiría encontrar a mis hermanas, las bellas viejas locas, pero quién sabe dónde estarían. Pues en sus casas, claro.

Me estaba rodeando de imágenes, líneas sinuosas de recuerdos, rasgos entrevistos que se morían por demostrar que eran *reales,* hechos comprobables, acomodables con facilidad en los entrepaños de mi memoria. También percibía, a la vuelta de la esquina, el fétido aliento del dragón que duerme sobre las joyas. Pensé (un parpadeo, un truene emerge, se desvanece) que esos recuerdos que se insinuaban correspondían a los últimos seis años. Me concentré en convocarlos. Cerré los ojos con fuerza y perseguí esas sombras de las sombras; no disponía ni de ideas ni de imágenes, así es que esos ¿recuerdos? se manifestaban a través de vagas emociones inclasificables, el ansia desesperante de perseguir lo que quizá no existía. Algo quería llegar a mí, pero se desvanecía en espuma en los umbrales. Por primera vez, desde que desperté esperando un camión en ex Niño Perdido (¿cómo creen que es transformable el Niño Perdido en Tata Lázaro?) y Fray Servando (mis respetos) me descubrí haciendo un esfuerzo supremo por recuperar mis hechos, por llenar el agujero oscuro y calientito que vino a representar una noche profundísima y (sin duda) liberadora. Olvidar para sobrevivir. Para no enfrentar la realidad, porque ésta despelleja, como a mí me devastó de tal manera en algún momento que mi naturaleza tuvo que bloquearla con el olvido total. Recordar, ahora, debería ser algo gradual, ya lo estaba siendo sin duda, sólo así podría recuperar esa vida amputada y ponerla a funcionar en el todo. En esos momentos rozaba la membrana (era una membrana: orǵanica, bien concreta) que hermetizaba lo que se hallaba debajo (¿debajo?). Pero de pronto la membrana se desgarró, mi novia ya no es Virginia.

...Caminaba por un campo profuso en verdes y flores que ondeaban con el viento leve. Iba alerta, esperaba hallar algo. De pronto advertí que mi madre avanzaba conmigo, casi hombro con hombro, tan callada que no la había advertido. De pronto la vi y me pegué un sustazo. Ella también. A la sorpresa siguió una risa de alivio, pero antes de que pudiera decir algo mi madre había desaparecido; más bien, empequeñeció tan rápido y a tal punto que se desvaneció en el aire ante mis ojos.

Esto me inquietó vivamente, casi tanto como la idea de que quizá mi madre avanzaba conmigo desde siempre, y yo no la notaba. Tuve que gritar: ¡mamá!, ¿dónde estás?

Altos cañaverales me obstruían la vista en todas direcciones. Casi con desesperación, macheteé con mis brazos, me abrí paso en la maleza y llegué a un precipicio; a lo lejos, allá abajo, vi un ancho río, limpio y sedante. En el lado opuesto, mi madre conversaba con mi padre, con Julián y mis hermanas, los cinco muy contentos, relajados; habían tendido un mantel junto al río y lo cubrían con comida. Esa arena era dorada, seguramente fina y acariciante; el río refulgía y la vegetación se ondulaba mansamente. Me llamó la atención el hermoso triángulo que formaban dos palmeras inclinadas, cuyas copas se estrechaban, formaban un corazón.

Quise bajar e ir con ellos, pero frente a mí estaba el borde del precipicio, el labio de la barranca. Les grité con todas mis fuerzas. No me escucharon. Estaban muy lejos, ni siquiera presentían mi presencia. Pero, en cambio, mi grito fue oído por quien no debía. Los cañaverales se abrieron y apareció un grupo de soldados silenciosos, inescrutables, con furor en el semblante, ajenos a la pesadez de ropas y equipos en ese sitio caluroso. El oficial que los conducía sonrió al verme. A ti estábamos buscando, pinche güey, me dijo, ya te cargó la chingada, cuatito.

Me di cuenta en un instante (un fogonazo) que debía de saltar al vacío porque los soldados me iban a golpear hasta asesinarme. El oficial lo entendió también y con velocidad inesperada dio la orden a los soldados; ellos alzaron los fusiles, me apuntaron, ¡no puede ser!, aún pude pensar, ¡estos hijos de la chingada me van a matar en un día tan hermoso! Vi las explosiones en las bocas de los fusiles, unos dedos de fuego entraron en mí, me inyectaron un calor abrasante, mi carne se abría, la sangre brotaba de varios orificios. Alcancé a ver que el oficial también disparó, con una cuarenta y cinco reglamentaria. Los fogonazos me parecieron inusitadamente brillantes. Caí al suelo, y aún me di cuenta de que el oficial, con el pie, me empujaba al abismo... Y de pronto me hallaba allá abajo, en el otro lado del río. La arena, en efecto, acariciaba. Mi familia me miraba fija, penetrante, divertidamente, y sus ojos me decían con toda claridad: pues bien, ahora ya sabes cómo es la cosa.

LA RUEDA DE LA FORTUNA

Oh, yo no sé. ...y me daba harta risa que se me había pegado aquella cancioncita sangrona: dame tu cu, dame tu cubeta, para mi ver, para mi verde jardín, tú que eres pu, tú queres pura y hermosa, dame tu cu, dame tu cubeta, cuando me encuentro a este ruco sentado en una banca y pa pronto me latió que ese monito me iba a dar hasta la cubeta. A ver si con éste me persino, me dije, y pos luego fui con él, todavía un poco en el avión, con pasitos, así, muy acá, muy cachetones, ¿no?, y el buey ese parecía como si él también estuviera hasta atrás, quién sabe qué estaba piense y piense, y quién sabe por qué me cayó de varie-dad ese culeco, como que se parecía a mi hermano el que se fue pal norte, nomás mucho más ruco, ¿no?, casi como mi papá, onque no se parecía a mi papá. Bueno, pues ahi te voy con este cuate y le dije cómpreme un cacho, aquí mero traigo el efectivo, el preciso, conciso y macizo, el que no falla, el mero cabezón, el de la grande, no, si de a tiro se ve que a usted le gusta este número, terminado en cero, mi jefe, lléveselo, mañana cuando se saque el gordo va a tener que regresar a pasarme una piscacha porque yo fui el que lo sacó de pobretón. Todo eso que se dice. Pero este cabrón era un caso perdido.

No sé, de repente sentí algo raro, chance era una patada retrasada del chemazo de antes, pero, chíngale, todo se puso como negro y a este cuate también lo vi negro, negrísimo, hasta me dio miedo, y creí que este cuate nomás no era de aquí; digo, de este mundacho, era un condenado chamuco que me iba a llevar a Sepalachingada, un pinche enviado de la muerte, ¡puta madre!, ¡toco madera!, ¡qué frío sentí de repente!

¿Cómo te llamas?, me preguntó.

Me llamo Baldomero, pero aquí todos me dicen don Pimpirulando.

Y resultó que este güey sí sabía quién era don Pimpirulando, porque me dijo: ah, entonces tú eres el que le enseña a los perritos.

Echacatamente, le dije. Ya no me la haga cansada, jefe, cómpreme ese billete, le digo que es el bueno.

¿Cómo estás tan seguro?, me preguntó. ¡Otra vez la perra al chile!

A uno le late, desde que lo vi ahi sentadote casi con ganas de soltarse a chillar, como si tuviera un pedo atravesado, me latió que usted iba a ser billonario mañana mismo. Tan seguro estaba que me eché unos tequiloas pa festejarlo, cómo la ve desde ahi.

El mono este sonrió muy suavecito y me dijo: ¿no se te hace que estás muy chiquito para beber?

Pobres pendejos. Siempre con lo mismo. ¿Chiquito?, le dije, ¡me da usted miedo!

Él se soltó a reír. Al menos.

Y palabra que sí parecía que quería usted chillar, le dije; yaaa, a su edad, no sea puto, aguántese como los machos, yo no chillo y eso que, me cae, estoy mucho más jodido que usted. ¿Que lo dejó plantada su novia? Si quiere llevamos serenata, le dije, porque yo canto a toda madre. Sí, deveras, canto chingón, ya van varias veces que algunos briagadales que me encuentro por ahi me llevan a cantar, a veces hasta a sus casas, a veces a las de sus cuates. Nhombre, yo ya he cantado con mariachi, y con trío.

Este cuate me pidió que le cantara una canción.

Juega, le dije, pero se cae usted con una lana, ¿no?, en estas pinches épocas ya nomás no se puede cantar de oquis.

Cuánto quieres por cantar, me dijo.

Pos ahi lo que usted diga.

¿Te parece bien cien pesos?

¿Cien pesos? ¿Stá usted loco o qué? Con cien bolas ya no se compran ni chicles, ya ni circulan las monedas de a cien. De perdis cáigase con unos cincuenta mil y le canto hasta el Himno.

Si cantas el Himno me vas a tener que dar los cincuenta mil a mí, chavo, me dijo, el cabrón. Apuesto que ni te lo sabes.

Ah cómo no. Claro que me sé la de mexicanos al grito de hueva, a la verga aprestad el condón. No se ría. Mejor le canto la del sirenito, es de la edad de la canica pero es bien cotorra y me pasa un resto.

Órale pues.

Entonces ya me puse yo muy derecho y dije lo de siempre, ¿no?: señoras y señores que viajan en este convoy, me permito llamar su ocupada atención con una cancioncita sentida de mi terruño pa que la travesía se les haga más entretenida. Les cantaré la conocida rola Tiburón tiburón.

Pero no me canté ésa, sino que me arranqué con...

Oh yo no sé
por qué no me las sueltas
si te aviento rollos y te doy mil vueltas
hasta cuaderno soy de tus papás
le doy pa su chela
a tu hermano el rapaz
oh yo no sé por qué me las das,
si agarras la onda te alivianarás
y si me las prestas al grito de zas
en viaje muy chido

tú te meterás
oh yo no sé por qué no me las prestas
si te hago regalos y te llevo a fiestas
te invito a cenar al mejor restorán
te llevo en mi carro
al Atizapán.

Ésa nunca falla con los nacorrones. Se cagan de la risa con la roluca y ni siquiera saben que la compuso el Gran Chingón de Rockdrigo González que murió en el temblor de hace chorromil años...

¿Cómo se llama esa canción?, me preguntó él, muerto de la risa.

Se llama Pasa la dona Ramona, le dije; no, noscierto, se llama Yo no sé. Creo. ¿Cómo es que no conoce esa canción? Hay gente muy rara en México ora que todo mundo anda en la chilla, pero usted se los lleva a todos, ¿eh?

Es que se me olvidaron los últimos seis años de mi vida, me dijo, el payaso. Ora era él el que me cotorreaba. Cómo va a ser que la gente no se acuerde de lo que pasó en tantos años, porque seis años es un resto, un *restísimo*, ora que me di cuenta de que yo tampoco me acordaba casi nada de lo que me había pasado desde hace seis años: puras madrizas de la jefatura nacional, y las pinches entancadas, ay nanita, puro talonear la lleca desde que me acuerdo.

Entonces pensé que este cuate después de todo no era tan pendejo. Chance me estaba cotorreando desde el principio. Qué culero. Pero sí era pendejo, cómo no, en todo caso un cabrón pendejo, porque sacó un rollo de billetes, ni los contó y me los dio, ¡qué buena onda! ¡Me los guardé de volada!

¿No quiere que le cante otras? Me sé un chingo. ¿Le canto Son tus perfumes de mujer?

No quiso. Claro. Y la verdad es que ora este cuais me estaba cayendo bien, como que me daba lástima. No sé por qué se me ocurrió que no tenía mamá y que por eso regaba el tepache tan feamente.

¿Sabe de qué?, le dije, pero muy abusado por si se encabronaba y yo tenía que salir corriendo a mil por hora.

¿Qué?, me dijo.

La neta es que usted es bien lento.

El cuate este sonrió, bien contento, como si le acabara de decir que era don Chinguetas.

Es que de a tiro usted suelta las monedas muy fácil, le expliqué al perrito, no sea tan menso, con tantito que me insistan yo canto gratis, me pasa mucho la cantada, de grande a mí Pedro Infante y Juan Gabriel me la van a pelar. Es más, con esa lana mejor me hubiera comprado unos cachos de la lotería y chance hasta se saca los billones. Póngase verga, no sea tan de a tiro, no las afloje tan fácil...

Y el Soberano Pendejo tonces me dijo que a lo mejor él prefería oírme cantar que ganarse la lotería, a lo mejor él creía que era una riqueza mayor, así dijo, oírme cantar que ganar millones.

No podía ser. Carajo, hasta me estaba encabronando. No no, le dije, la onda en la vida es ponerse bien buzo para que nadie lo barquee a uno. Ya ve, orita le acabo de bajar unas milanesas de la manera más tranquila, así ni chiste tiene. Póngase abusado, no se deje verbear.

El chayotón todavía me dijo (jiar jiar) que yo no le había bajado ningún dinero, que *¡yo me lo había ganado!*, y honradamente, además.

Qué risa me dio. Me tuve que soltar la pinche carcajada y agarrarme la pancita, joi joi, aunque siempre bien verija pa que este cabrón no me fuera a soltar un patín en la carátula.

Él también se estaba riendo. Qué bruto era.

Usted nomás no agarra la ola, le dije, dese cuenta nomás cómo ahora tocho mundo anda sobre los centavos, la gente atraca hasta a su familia dentro de su propia casa. Hay que gastarse los churrumáis bien rápido en algo que valga la pena: el pomo, porjemplo, ¿no? Si no, se roban la lana, o al rato ya no alcanza para nada porque todo sube de precio de un día pal otro. La gente se ha vuelto muy ojete ahora y hay que andar muy, pero muy buzo, si esto es un desmadre, todo el mundo lo sabe, cuando menos se espera, chíngale, te caes en uno de los miles de pinches hoyos que hay en la ciudad. Por eso haga lo que se tiene que hacer: cómprese un pomo. No me vaya a salir que usted es de los putetes que no chupan, si es padrísimo andar hasta la madre, te sientes como en motochaqueta: te pones el casco, te montas en una doscientos cincuenta y sales hecho el pedo por los pinches éjeles viales. Así van todos, todos, me cai. Hechos la madre y bien pachecotes, todos hasta el supergorrión de lo que sea tocando el claxon o lo que tengan para hacerla de tos. Es a toda madre atacarse: de la verde, pastas, chemos, tíner, onque a mí me gusta más la botella, es riquísimo andar borrachote, con cara de qué-pachó. Es más: si te madrean si andas cuchilote no es tan gacho como cuando te arrean andando en tus cinco.

¿Por qué te van a pegar?, me preguntó.

Pobre, pobre hombre. Es un decir, señor, pero, ¿ve usted cómo nomás no sabe cómo está la cosa? ¿En qué país vive, señor? Estamos en México, en Mé-xi-có, donde te madrean hasta por pedir la hora. Para que no me madreen gacho lo que yo hago es darle por la suave a la gente, porque eso es lo que todos quieren, y ya después, cuando no se dan color, me los cojo. Pero antes les echo su sonrisita, sí cómo no, cómo no, lo que usted diga mi jefe, ¿no?, total: a mí no me cuesta nada decirles que son unos chingones aunque tengan unas carotas de pendejos como la suya, quiaj quiaj, nosciertо. Así es la onda, ¿ve?, tú te les empinas a unos y después otros se te empinan a ti. Es la ley de vidorria, es la ley de la vidorria.

Yo creo que todavía andaba hasta los cuchiles y que el avión me regresaba de vez en cuando. Ya se estaba haciendo tarde y como que las luces quedaban muy lejos, como que todas las naves y los ruideros de la calle estaban retelejísimos. El tipo este ora me miraba con una mirada muy, muy rara, y clarito sentía que otra vez estaba muy prieto, hombre, era casi negro, tenía la bocota muy gacha, los oclayos como pared gigantesca, era la pinche muerte ese cabrón, parecía como que iba a ponerse a bufar o a pujar, sepa la verga, y no sé por qué me acordé de mi jefecita, quién sabe cuándo se murió, yo ni la conocí, dice mi hermano el que se fue pal norte que se murió pura chingada, que por ahi anda, pero, qué gacho, en vez de pensar en mi amá me llegó a la tatema la figura de esta ñora con la que se casó mi papá. Con lo gorda que me cae la puta vieja.

¡Chíngale! Casi me cago cuando oí que unos coches se daban en la madre pero bien cerquita, casi como atrasito de mí. Me cae que hasta salté. Es que los choques son padrísimos. Yo ya sé manejar, pero ni quién me preste una nave. Cómo me gustaría ir a mil por hora en un carrazo y ¡mocos!, estrellarme contra otro pendejo. Me pasan tanto los carros que hasta me gustaría morir atropellado por uno de llanta gorda.

Ya me iba a la esquina a ver qué había pasado cuando me acordé de que ese cuate no me había comprado ni un chirris, y no: era tan, pero tan buey que a pesar de que yo ya le había soltado la neta caponeta y de que ya le había bajado una corta (te la ganaste honradamente, ¡qué cagado cabrón!) ese cuate me iba a acabar comprando un cacho, o hasta un entero si me daba por ladillearlo un buen rato.

Cómpreme un cachito, deveras.

No seas ambicioso, ya te ganaste una lana.

Es que necesito más, total: le juro que una de mis hermanitas está bien enferma la pobre y hay que llevar feria pa las medicinas, me cae que no es cuento, señor, se lo juro por ésta, pregúnteselo a mi jefe, vamos a mi casa para que vea.

Y ora, no sé por qué, este cuate me estaba cayendo de lo más mal, me daban ganas de enterrarle un fierro, mocos, mocos, unos piquetes en las nalgas, puta, ya no lo aguantaba al cabrón.

Siéntate, me dijo, muy serio, y de pronto pensé que ese señor era muy importante, nada más circulaba con bandera de barco; siéntate, repitió, porque yo me quedé paradote, te voy a comprar unos cachos y no me interesa en lo más mínimo lo que hagas con el dinero.

Chin, me senté. ¡El pendejo me iba a soltar más lana! ¡De puros peluches! Yo me moría de ganas de ir a ver el desmadre del choque pero no, había que exprimir al barco. Primero la chamba.

Te voy a comprar cuatro cachitos y te voy a regalar dos. Pero te vas a tener que *ganar* ese dinero oyendo un cuento que yo te voy a contar.

Eso dijo. Qué cuate. ¿Un cuento?, le dije, no la chingue, mejor invíteme a irnos de putas/

Sí, un cuento, repitió, y todavía dijo el mamón, con una sonrisita de lo más culebra (daban ganas de matarlo): a los niños en estos tiempos los mismos cuentos les gusta oír.

Qué cuate más vaciado; total, que al final hasta me estaba dando risa y no coraje. Deveras era un pobre, pobre pendejo. Pero en fin.

Huevos a la Tlalpan. Había una vez un hombre que se llamaba Lucio, a quien su esposa (digámosle Aurora) pidió que recogiera las botas que había encargado. Hoy cobro en el trabajo, le dijo él; al salir voy por ellas.

Se sorprendió mucho este Lucio al ver que junto a la botería estaba un restorán nuevo, flamante en realidad, con brillos en las paredes recién pintadas y en los cristales. Lucio decidió explorarlo pero sonrió despectivo al ver que era una gringada más, toda de previsible plástico y pintura brillante. Estaba lleno de gente y, por las puertas del fondo, conectaba con lo que parecía un gran centro comercial igualmente agringado. También debía ser nuevo.

Lucio se dirigía al centro comercial cuando, en los altavoces del restorán, oyó que anunciaban: ¡la especialidad del día! ¡Huevos a la Tlalpan! Se fue por un pasillo largo, profusamente iluminado por luz ámbar, lleno de gente y comercios. ¿Cuándo habrán hecho este pasaje?, se preguntó Lucio al constatar que eran los mismos grandes almacenes y pequeños locales de electrónica, juguetes, deportes, ropa, muebles, joyas, lentes, bancos y demás paisaje robotizado, palacios de la complacencia más ínfima. Todo igual, pensaba Lucio, la misma gente con la tensión de la fiebre de las compras, los mismos vendedores endurecidos por la codicia de los patrones y desensibilizados por la música inane que nunca cesaba.

Ni cuenta se dio de cuando empezó a bajar unas escaleras que sorpresivamente duraban más de lo que parecían y que, como embudo, se estrechaban. Finalmente Lucio llegó a una planta subterránea, seguramente la base de mantenimiento del centro comercial. Había grandes máquinas, pero, sobre todo, mangueras: lisas y rugosas, con anillos, duras como tubos, serpenteantes, de distintos tamaños, los intestinos de un monstruo viscoso que resopla. Muchos transitaban por allí, gente pobre, de uniforme de mezclilla, chavos llenos de tizne y aceite, de aire torvo, pero Lucio no se amedrentaba, a pesar de que lo miraban con desconfianza y, algunos, desafiantes. El calor sofocaba. Carajo, pensó Lucio, esto es como en Metrópolis.

Se había acercado a un horno inmenso, cuyas llamaradas se estrellaban entre sí como olas. En lo profundo se veían explosiones ininterrumpidas de un fuego casi blanco. Lucio sintió un aguijonazo de inquietud y pensó que debía de irse de allí inmediatamente; era obvio que no era bien visto que gente ajena entrase en esa sección. Todo se había vuelto ominoso. Lucio se regresó con rapidez, sin fijarse casi en las marías con puestos en el suelo con dulces, cigarros, cacahuates; a la gente de todas edades que circulaba por allí, entre la suciedad y el aceite. Ya estaba: tres jóvenes fuertes, ennegrecidos por el aceite quemado, le cerraron el paso.

A dónde vas, le dijeron.

Déjenme en paz, replicó Lucio, con calma pero muy serio. Quiso abrirse paso pero uno de ellos lo sujetó con fuerza del cinturón. Me quieren asaltar, pensó Lucio, voy a tener que pelear, no se escaparán sin un buen madrazo de perdida, además hay mucha gente, alguien me tiene que ayudar, a huevo que alguien me tiene que ayudar. Lucio se sentía fuerte, dueño de sí mismo, frío, alerta: muy mal no le podía ir. Suéltenme, ordenó.

Tas jodido si cres que te nos vas a pelar, cabrón.

Que me suelten, no me asustan.

Uno de ellos sonrió, meneando la cabeza. Chasqueó los labios. Se estaba divirtiendo. Sacó un fierro largo y filoso, y lo colocó en el estómago de Lucio, bien firme para que lo sintiera.

Caite con el dinero, dijo.

¡Me están atracando!, gritó Lucio con todas sus fuerzas, ¡ayúdenme por Dios, me están asaltando!

Uno de los tres jóvenes grasientos, de cara dura y fría, inesperadamente prendió el testículo izquierdo de Lucio y lo oprimió con fuerza, como si exprimiera un limón. Lucio aulló, con los cabellos erizados, los ojos desorbitados, con el sufrimiento más terrible y fulminante que jamás hubiera sentido. En fracciones de segundo había enrojecido, la visión se le oscureció, no podía enfocar, ese dolor increíble lo mandó a otro plano donde el aire tenía filos que desgarraban; sólo podía seguir aullando para que el dolor por allí escapara.

¡Suéltenme!, alcanzó a chillar, ¡me están matando, me están matando! A su mente había llegado, con claridad rotunda, que el dolor acabaría con él en muy poco tiempo. El joven ennegrecido no le soltaba el testículo; con una sonrisa fría lo oprimió aún más. Lucio se retorció de dolor, aulló más que nunca, y sin saber cómo logró sacar todo el dinero que llevaba y lo entregó. Sintió un apretón más, de despedida, que lo dejó en el borde de lo soportable: estaba a punto de perder el conocimiento cuando el joven lo soltó en ese momento y, con sus amigos, echó a correr.

Lucio se desplomó en el suelo y allí se retorció y siguió aullando. No lograba, por más que lo quería, enfocar la mirada, y sólo percibía en su derredor paredes que se derretían del calor devastador, caras morenas que se deshacían, goteaban como aceite espeso. Al fin pudo advertir que mucha gente lo rodeaba, lo veía en silencio. Lucio se descubrió gritando: ¡los odio porque no me ayudaron! ¡Chinguen a su madre, ojalá se mueran, ojalá se mueran!

El dolor en los testículos apenas cedía cuando logró ponerse en pie, con cuidados extremos. Su cuerpo se hallaba compuesto por infinitos cristales filosísimos que con cada movimiento se incrustaban entre sí. Cojeando, con pasos que le resquebrajaban el cuerpo entero, que le lijaban la cabeza, llegó a la escalera, sin dejar de proferir insultos a la gente jodida y silenciosa que no dejaba de mirarlo.

Al salir a la calzada de Tlalpan ya avanzaba mejor, pero aún ardía de dolor y no enfocaba bien. Finalmente se armó frente a él la presencia de un policía de edad madura, tez muy blanca, ojos claros, burlones, delgadito, que se parecía a alguien pero Lucio no recordaba a quién. Qué grotesco, pensaba, a quién se parece este tarado, mira nada más cómo se me queda viendo, parece feliz de verme tan dado a la madre.

Yo vi *todo,* mano, siseaba el policía, vi clarito cómo te agarraban esos chavos y oí tus gritotes, qué gacho, maestro, berreabas *muy feo,* y eso que antes andabas muy nalgoncito, te sentías muy sabroso, ey mano, yo te liqué desde que llegaste.

Lucio aún no se reponía de la tortura en los testículos y pensaba que, si se sintiera bien, allí mismo le daría una buena patiza a ese policía cínico.

Es más, añadió el policía, míralos compa, allá van corriendo los que te atracaron.

En efecto, los fascinerosos corrían por un puente de la calzada de Tlalpan.

Fíjate mano, dijo el policía, que había sacado su pistola, a Lucio le pareció un arma descomunal; si quisiera ahorita mismo les soltaba de plomazos a esos pendejos, decía, y apuntaba profesionalmente al trío que corría por el puente.

Cuando menos a uno sí me chingo, dijo el policía, apuntando aún; pero pa qué, hijo, me da hueva, explicó y guardó la pistola, y además tú me caes gordo, chavo. Desde que vi que te estaban atracando me dio hueva ayudarte y por eso no te ayudé, compadre.

Lucio olvidó sus dolores, sólo vociferó, rechinando los dientes, con los músculos endurecidos: ¡pues si tú no haces nada, yo sí! ¡Si vuelvo a ver a cualquiera de esos hijos de puta los voy a matar, *los voy a matar*! ¡Y tú cuídate también, pinche culero, tira de mierda, porque si se me sube la sangre a la cabeza a ti también te busco y te mato!

Lucio lloraba de rabia, dolor e impotencia. Pero dejó de hacerlo cuando supo a quién se parecía el policía, pero claro, cómo no se dio cuenta, debió comprenderlo desde el principio, el parecido del policía con Lucio mismo era impresionante. Del restorán salía una canción:

Rodando van
rodando van bajando las canicas
cayendo escalón tras escalón
sin ton ni son
saltando libres
y locas.

El punto de vista de los cuates. Nosotros estábamos allí, y vimos todo. Había oscurecido ya, el parque era una zanja negra, los anuncios luminosos habían perdido algunos dientes: TAQUE. El niño llegó primero, tambaleándose. Nos gustó cómo iba con los ojos perdidos, la boca babeante. Daba pasos inseguros, acuéstate a echar un pistín, le dijimos, ya está oscuro. Suspiros profundos, un cuerpo se desplomó en el pasto, al pie de un árbol.

Entonces llegó el policía, con paso firme, aire seguro, dueño de su territorio, la barriga por delante, toda ella la placa. Apreciamos la patada fulminante que propinó al niño, quien se retorció de dolor en el pasto y se puso en pie cuando el policía se lo ordenó. Dos bofetadas más para que quedara claro quién era el centro delantero. Terror en el umbral de los ojos: el niño sabía muy bien de lo que era capaz ese policía, el cuerpo entero del niño lo temía y trataba de largarse de allí, pero el rostro (nos pareció) también era una máscara blanca sobre una pantalla negra. ¡Esto se pone bueno!, nos dijimos, muertos de la risa, y claro, los seguimos más allá del parque lapidado.

Cruzamos la avenida y vimos que el policía daba instrucciones al niño. Otro letrero chimuelo, PA EL ERNA. El pequeño asentía, aterrado; su mirada circundaba como si esperara que alguien, algo, lo salvase. Pero quién iba a salvarlo, por el amor de Dios: esas cosas ya no se usan, por suerte, aunque nunca faltan anacrónicos. Los autos y camiones formaban una pared sorda de bocinazos fatigados. El policía reía: sopesaba el bulto de su sexo, lo blandía. El niño escupió, venció el miedo y corrió a un local: OYERÍA EDICIÓN. Cortina metálica. A un lado del local salía un callejoncito. El niño juntó varios botes de basura, hizo una pila y trepó lo más alto que pudo. Pero no alcanzó la ventila del local que daba al callejón. El policía (como nosotros) observaba todo, con un dejo de fastidio. Fue con el niño y se volvió alrededor: no le importó la gente que transitaba, el embutido de coches que reptaba entre espasmos evadiendo los agujeros de la calle. El policía había alzado al niño con un movimiento rápido. El niño rompió la ventila con una piedra, se cubrió de los vidrios que caían, abrió y se sujetó, descansó unos instantes. El policía volvió calmosamente a la avenida, sin importarle los gentíos que pasaban, y se metió en un coche escarbando en sus dientes con las uñas.

Dentro del local estaba oscuro, pero a nosotros esas cosas nos dan risa y distinguimos bien al niñito, que en una bolsa echaba relojes, anillos, collares, pendientes, mancuernas, encendedores. Muchos objetos destellaban con sus lucecitas digitales. Un relojito de números seductores. Lo embolsó. La gente, del otro lado de la cortina metálica, avanzaba con prisa entre los montones de basura. Dentro, la bolsa pesaba y el niño trepó por los mostradores, se encaramó sobre la ventila. Silbó.

El policía, afuera, salió del coche y fue al callejón, hosco e impaciente. El niño ya tenía medio cuerpo de ese lado y sentía la garganta reseca, en los ojos los brillos del peligro. Y luego, voló. Sí, fue un bello espectáculo verlo en el aire con los brazos extendidos. El policía lo recibió y casi en vilo lo llevó a su automóvil, el que estaba frente a la joyería, a los ríos de gente y las hileras interminables de vehículos. La hora cenital de la primera noche. Los bultos humanos eran gotas de luz entre los signos, los letreros, SA OSME, las marquesinas.

El niño entregó la bolsa, pero el policía no estaba contento. Amenazaba. En segundos el niño abría la portezuela y con un clavado fue a dar a la banqueta; allí rodó, se levantó y pronto fue una línea entre la gente. Lo dejamos ir y nos quedamos con el policía que, sin prisas, salió de su coche. No parecía preocuparle el niño. Fue directo al parque, oscuro allí, mmm, qué bien, un viejo jardín de yerbaje irremediable, un portón a la noche verdadera. Avanzó por un hueco de las sombras, entre árboles de troncos tortuosos y yerba crecida como telón.

De pronto, el policía interceptó al niño que avanzaba a oscuras por el parque. De un golpazo lo mandó al suelo. Después lo pateó diez, doce veces, se quitó el cinturón y le propinó una tanda de nuevos golpes en todo el cuerpo, mientras el niño chillaba como rata atrapada. Vigorosamente, el policía lo alzó como toalla mojada, hurgó en los bolsillos del niño y obtuvo el relojito digital que le hacía falta. Sinceramente, nos pareció admirable que ese policía actuara como lo hizo: supo ir al sitio exacto, cuando correspondía estiró el brazo y detuvo al zotaco y después lo golpeó sin el menor remordimiento, ninguna piedad: una fría y bien aceitada maquinaria para golpear. Eficaz, el hombre. Respetemos la eficiencia. A gritos le dijo al niño que lo iba a encerrar. Lo arrastraba ya, y el niño dejaba tras de sí un reguero de súplicas y llanto.

Nosotros nos quedamos atónitos: de pronto hacía su entrada triunfal la caballería de los Estados Unidos. Era un tipo delgado, ni joven ni viejo, que sostenía un dedo entre los labios. Hablaba claro y con firmeza. Con familiaridad pero respetuoso. Es bonito degollar a los poetas que viajan a Bombay. El niño se había enroscado en las piernas del capitán de caballería. No pudimos contar los billetes que el hombre le dio al policía, pero sí presenciamos un interesante regateo. Las cosas ya se habían arreglado, rápida y desdramatizadamente. El niño se quedaba con él y el policía se alejó, suponemos que rumbo a su automóvil. A nosotros también nos toca retirarnos, no sin antes dejar caer, una vez más, la terrible sentencia de Orígenes: "Esto dijo el Salvador: el que está cerca de mí está cerca del fuego, el que está lejos de mí está lejos del reino." Seguiremos informando.

Lejos del reino. Detuve el coche. Varios perros se acercaron para leer las noticias de otras partes en las ruedas y, meándolas, añadieron las de ese rumbo. La casucha de don Pimpirulando era pequeñita, de un piso, con techos de lámina, resquebrajaduras en los ladrillos de hormigón, ni una ventana, la puerta de par en par: encima de ella una viejísima bandera tricolor con la efigie en el centro de Francisco I. Plateros. Allí se encontraban, a contraluz, tres caras de niños chorreadas y con formaciones de estalactitas en las narices. Nos miraban silenciosamente. Tras ellos, convocada por la llegada del coche, apareció una mujer flaca, un tanto encorvada, de edad imprecisable. Ella, al igual que los niños, se quedó inmóvil, mirándonos.

Quihubas, saludó don Pimpirulando, mire, este señor me trajo hasta acá, no se espante, no es mala patada, ayer le vendí un billete y fíjese que hoy llegó cuando un puto tira me quería llevar al tanque y él le pasó una luz y me soltaron. Buenas noches, dije, incómodo por el mutismo de la vieja, quien tardó siglos en reaccionar, medio inclinó la cabeza, tomó a los niños de los hombros y desapareció con ellos. Don Pimpirulando, visiblemente nervioso, no sabía qué hacer. Yo no me había bajado del coche.

Pásele, ¿no?, un ratito. No gracias niño, nomás dime cómo regreso. No, sí pásele, pásele, insistió Pimpirulando. Volvió a acercarse al auto. Pásele un ratito, ¿no?, esta señora no es mala onda. Don Pimpirulando parecía cada vez más inquieto. Y ora tú, ¿qué te traes?, le dije. ¿Yo? Nada. Órale, pásele un rayo, nomás en lo que llega mi hermano el grande y tengo con quien cotorrear. No tarda, deveras, ándele, ¿sí? Bueno, consentí. Pero me costaba trabajo moverme. Era como si mi cuerpo no quisiera salir del coche, y eso me puso a pensar; sabía muy bien que cuando mi cuerpo ejerce su autonomía es por algo, y como en un relámpago (un resplandor) pensé que debía largarme de allí lo más pronto posible.

Frente a mí se hallaba la cara de don Pimpirulando, el gran maestro de perritos, que a su vez trataba de expresarme algo con gran intensidad. Pero un rato nada más, advertí, no quiero molestar a tu mamá. *No es mi mamá,* declaró solemnemente, ¡changos!, agregó, sacudiéndose; y no se molesta, le digo que esta ñora es buena riata. Le voy a decir que le prepare un cafeciano. ¡No hombre!, dije, aún sin salir del auto (mi cuerpo se rehusaba, sólo me mandaba a sus sirvientes). Digo, pa que no se adormile de retache, ¿no? Es que esta ñora se la saca haciendo café, le echa canelita y sabe que cámara. La verdad es que guisa a toda madre, es lo bueno que tiene.

Bajé del auto. Cierre bien la nave, no le vayan a dar baje con el radio. Obedecí, conozco a mi gente maestro, y después entré: una gran cama de ondulaciones oceánicas, cabecera de latón como en Los olvidados, un par de catres; una colcha desteñida como mi memoria hacía las veces de biombo. En el lado opuesto había una mesa amantelada con un grueso plástico verde; también oí, más que vi, a un refrigerador desrevolucionado. Cromos de la Última Cena y de las Ánimas del Rulfatorio con sus correspondientes llamaradas y canciones de Leonard Cohen. A una estufita de cuatro quemadores. sostenida sobre una mesa llena de cacerolas, la madrastra de don Pimpirulando se afanaba en la alquimia de los chimoles. Otra puerta, enfrentada a la calle y abierta igualmente, daba a un patiecito donde se adivinaba un lavadero detrás de los innumerables telones de ropa tendida; seguramente por allí había un baño, ni modo que los pimpirulandos hicieran sus depósitos en la sala-comedor-recámara (aunque todo podía ser posible).

Los niñitos corrieron a la cama grande y se atrincheraron allí, mirándome con atención pero sin ninguna simpatía. No soy monedita de oro, váyanse a la goma pinches enanos. Eran cuatro, y no tres. Una niña esquelética cuya edad fluctuaba entre los catorce y los seis años, un niño de cinco (o nueve) con el pelo cortado como pasto, con las ya señaladas petrificaciones en la nariz y una panza tensa que con mucho rebasaba los ¡parámetros! de lo que podría considerarse camiseta. Los dos pequeños eran los más agraciados, quizá porque su condición urobórica aún les permitía andar desnudos pero, eso sí, con medallitas colgantes. Me estoy viniendo. El más chico, con sus gajos de cabellos, duros como paletas, me ignoraba; había ido tras sus hermanos quizá porque estaba acostumbrado a seguirlos hasta el sacrificio ritual, pinche escuincle atávico; las piernitas estiradas, en uno de los catres, estiraba su pitito. El pitito, con pelitos y canasta de huevitos.

Esta Ñora, desde que entramos, huyó al patiecito, como delató el movimiento de sábanas y colchas. Tras ella fue don Pimpirulando, y yo quise establecer un intercambio de vibraciones, aunque fuesen malas, con los niños. Nada: se cerraban por completo. Esta Ñora regresó, secándose las manos en el delantal. Orita le hago el café, dijo, dura, sin mirarme. Gracias. Don Pimpirulando, más nervioso que antes, había ido con los niñitos. Quihubo chavos, les dijo, qué pez, qué pachuca, qué patín, qué pasones con tamaños zapatones. Baldo, susurró la niña (¡mirándome de reojo!), ¿trajistes dulces? ¿Yo? ¿Dulces? Cómo dulces, ni maiz-paloma, no me alcanzó la feria de Aguascalientes. Y tú, añadió don Pimpirulando al niño de los mocos pétreos, por qué no dices nada, no le tengas miedo al señor, es buen cuate, nomás un poco lento. Lento pero contento, me pareció prudente matizar. Don Pimpirulo se volvió hacia mí, sonriendo nerviosamente. Ella se llama Yanira, me informó; él, Güicho, éste es el Bolita Babi y el más chirrito se llama Olegario. Cómo están niños, saludé.

Son mis mediohermanos, me aclaró el Pimpirulando mirando de reojo a la madrastra. Pero, de repente su rostro se iluminó. Se inclinó y fue por una caja de zapatos. Tomó asiento junto a mí. Mire, me dijo, viendo con gran atención un papel que sacó de la caja, ésta es el acta de consignación de la primera vez que me mandaron al bote. *Baldomero,* previno la madrastra, sin mirarnos. No hay pedo, ñora, él ya sabe de todo esto. La mujer meneó la cabeza y siguió con su contemplación del pocillo en la estufita. Claramente, oíamos el agua en ebullición. Don Pimpirulando me mostró una buena cantidad de papeles de sus estancias carcelarias. Un viejito que trabajaba allí y que se hizo su amigo sacó copias fotostáticas de los documentos, pero faltan muchos. Realmente se me erizó la piel al ver todo aquello, pero luego pensé que, en realidad ese chamaco aún estaba incontaminado, tanta mala vida no había hecho huellas en él, por eso me mostraba su currículum carcelario como condecoración, así como a los niños les gusta enseñar, orgullosos, las vendas de sus heridas, o las cicatrices cuando menos.

...ellos decían puras papas, que yo petroleaba la mota y yo nunca he vendido mota, a lo más me he puesto bien bizco de unos toques de la buena, eso sí. *Baldomero,* repitió Esta Ñora. Dijeron lo que se les pegó la gana, no hay tos, ñora, deveras, es de confianza, total, fíjese que lueguito que me llevaron con el mono del ministerio público uno de los chotas que iba ahí conmigo se soltó despepitando puras mentirotas al de la máquina de escribir. Y luego, claro, el pendejo de yo tuvo que firmar eso, ¿no?, y lo firmé, clarinete, porque si no... ¡qué calentadotas! Aunque aquí entre nos de cualquier manera me dieron como mil calentadas, no te digo que si cais valiste verga. Chingos de madrazos por todos lados, toques en los huevos y en la boca con un pinche fierro, no es por dárselo a desear, y luego me echaron el tehuacán en la chata, ay buey, me cai que entóns sí sentí la muerte grande, no me acuerdo ya bien qué sentía, pero sí era algo muy cabrón, mejor me quería morir... Lo más horripilante eran los dibujos que Pimpirulando, alias Homero Baldomero, hizo cuando lo sacaron de la cárcel y se lo llevaron a "una especie de escuelita". Eran tan temibles como las visiones zósimas: policías colgados, atravesados por fierros, con los vientres abiertos a mordidas, quemados de los pies, madreados, castrados, incinerados, enterrados..., y muchas rayas, manchas por doquier, montañas en erupción. Sólo una vez aparecía el sol: el sol tenía pelo, anteojos oscuros como líder sindical y gruesas lágrimas le rodaban. ¿Te acuerdas del Cristo de Messina con un ángel que llora? Eso sentí. Aquí está el café. Gracias, señora. De nada, dijo, y Esta Ñora regresó al patiecito, lejos de mi presencia incongruente. Amplias ondulaciones sabanales. Don Pimpirulando, con sus fojas-cicatrices, había calmado el ambiente. Los niños, en la cama, estaban tranquilos. La niña miraba una esquina del techo, donde (seguramente) la luz se había concentrado y producía periódicas explosiones, suavemente líneas luminosas, otro universo quizá más hóspito. Bolita Babi y Olegario se habían dormido.

...Todos nos sobresaltamos al oír golpes estruendosos en algo que parecía ser lámina de automóvil. ¿Quién cerró la puerta?, pensé cuando don Pimpirulando, que había palidecido notablemente, con una rapidez increíble metía sus papeles en la caja. Alcanzó a correr y a esconderla cuando la puerta se abrió. Apareció un hombre de unos cincuenta o sesenta años de edad, con el pelo canoso y desordenado, vestía una chamarra antediluviana, color cuasicaqui como sus pantalones, y en una bolsa de mandado cargaba herramientas. Con él venía un chavo sorprendentemente fuerte, muy Pepe el Toro él con su camiseta de rayas untada al pecho. Este muchacho era serio, sombrío, de ojos apagados, tez cerúlea y toda la cosa. Me recordó a mi hermano. El viejo, en cambio, estaba atacado de risa, pero sus carcajadas se disolvieron cuando me vio, allí, tomando traguitos de un café que no sabía nada mal (un efectivo toque caneloso). Eso fue lo único que se me ocurrió hacer al verlos llegar.

Don Pimpirulando explicaba, atrabancadamente, cómo tu inseguro servidor lo había liberado del nefasto policía judicial (o lo que fuese). El viejo, que por supuesto era el papá, asentía bonapartesco, la barbilla inclinada ebria pero dignamente sobre el pecho, viéndome de reojo y con exagerada atención a lo que decía su hijo. Venía bien borracho. De reojo me di cuenta de que los niños se habían despertado: la bella Yanira Solitaria y Güicho y/o Güigüis suspendieron los juegos y el tenaz rascar del cráneo, Olegario se había replegado instintivamente contra el respaldo de la cama. Y Esta Ñora reapareció del sugestivo patio y fue a la estufa a recalentar el cafeciano acanelado.

Me sentía de lo más incómodo, supongo que por el silencio que tuvo lugar cuando don Pimpiromero dejó de hablar. Todo me parecía irreal, de pronto; o, más que irreal, como si fuera un sueño. Algo andaba mal en todo eso, que ni qué, y en un instante (un parpadeo) ya me había arrepentido de estar allí. El padre de don Pimpirulando me miraba ahora y asentía (a ver a qué horas suelta su hipo eructoso, pensé), exageradamente cortés, midiéndome, sopesándome, esperando a ver si yo procedía con un discurso que reafirmara mi superioridad económica, social, política, moral e intelectual. O que de plano dijera de una vez por todas qué esperaba yo a cambio de haber auxiliado al pequeñuelo. Pero como no dije nada y sonreí un par de veces con mi sonrisa de vaca recién cogida, el viejo fue sintiéndose más seguro, determinó, como un día antes su hijo, que sin duda yo era un pendejo y finalmente me espetó que su hijo Homero Baldomero era un chamaco revoltoso-insufrible-bueno-para-nada-nada-más-para-causar-descalabros-a-sus-pobres-y-abnegados-jefecitos, que le daba muchos dolores de cabeza y otros tantos de bolsillo porque ah chirrión cómo armaba líos emborrachándose, y a su tierna edad, ¡usté lo puede crer!, y además ya hasta le había dado por la ondita de la yesca y del cemento pues el otro día lo había cachado con una bolsita desas de plástico toda pegajosa por los restos del cinco mil porque no era engrudo señor ni mecos jia jia, yo tenía que perdonarlo, pero él me aventaba esas ondas nomás porque así era él le gustaban los chascarros y como mestaba diciendo a pesar de las diabluras del chamaco guerrista y de que a su corta edad ya fuera carne de cañón mientras quél a la suya no precisamente corta aunque tampoco tan avanzadona pus jamás ni siquiera había pisado una delegación porque él era un hombre honrado con sus vicios como todos porque quién no los tiene traite más azuquítar pal café vieja no seas fodonga je je pos luego tonces ya veía yo cómo son los chamacos a esa edad y en esos tiempos tan culebras con las malas compañías de ese rumbo que no era como en el que yo vivía lleno de lujos sino cabronzón si le permitía la expresada pero en el fondo *muy* en el fondo ese niño Homero Baldomero era un niño bueno eso sí no lo podía negar pos ya tan tiernito colaboraba con los gastos de la casa queran muchos porque ya veía yo como ellos eran muchos y con unas hambres que olvídome y pa como estaban las cosas de retecarísimas un sueldo honrado no sirve pa nada y por eso pues mestaba muy agradecido ¿no? de que yo me hubiera portado tan riata con su váscaro porque eso demostraba que yo era un hombre de buen corazón de harta coraza a ver vieja te preparas como cuete unas tostadas o unos sopes para invitar aquí al caballero, ¿cómo dice que se llama usted señor? Lucio. Cho gusto y cho cuidado, entóns qué vieja te preparas unos tacones o un molito verde o un pozole para que don Mustio no se vaya con la panza vacía, no vaya a andar diciendo que los pobres somos como animales que ni sabemos tratar a la gente ques tan gente, porque luego eso dicen. ¡Un pozole!, pensé, regocijado, al decir, muy Propio el Lucio: no se moleste señor, ¿cómo se llama usted? Ezequiel Telomico Asusórdenes, y éste es mi hijo Ezequiel Chico. Y le presento a mi esposa Chona. Mucho gusto señor Telomido/ No no: Telo*mico,* no me vacile. De cualquier manera le agradezco la invitación pero su hijo y yo ya comimos unos tacos antes de venir a su casa. Ques la suya, don Ruso/ *Lucio,* y quíteme el don porque me repatea. No le aunque que ya se hayan echado el tacaje, determinó el señor Telomico, enfático; siempre queda un huequillo en la barriga cuando le ponen a uno enfrente una cosa sabrosa. De la vista nace el amor y de los pedos el jedor, juar juar, no me haga caso don Lacio porque ando medio alegrito. Pos los sopes van a ser de pura lechuga, advirtió Esta Ñora desde su estratégica estufita. Hombre vieja pues échele usted unas papitas de perdida, o un quesito, ¿no?, insistió el viejo con rostro expansivo, y un poquianchis de chorizo con papas, o chorizo en papas, como dice la canción. Nomás sin alburear don Eze. Cómo que don Eque, y tú vieja lúcete, qué va a decir don Furcio que le dimos de cenar puro alforje... Y tú Ezequiel vete a traer unos refrescos y unas cheves. Que se traiga también unos cien gramos de chorizo. Ta bueno, tú dale pal chorizo. ¿Sabes qué hijo? Mejor no te traigas cervezas sino un pomo. Yo no tengo pal chorizo, tú dale. Oh que la... Mira, vete a ver a Medardo el Ojete, si está cerrado le tocas, tú ya sabes cómo está la movida, y le dices que te dé de todo, que yo mañana paso a hacer cuentas con él. Uh no va a querer... Ya que se toma usted la molestia, dije, permítame invitarlos. Muy claro advertí que no decía lo que debía. Si el viejo loco le daba por etiquetarme de pendejo, yo no debía seguirle la corriente reaccionando como abarrotero que se siente generoso. Al instante (qué resplandor) advertí que mi cuerpo se calentaba en el momento en que me daba cuenta. Ah no no, no don Lucio, usted ya le entró con su cuerno con la mordida que le dio a ese pinche judicial. Perdone usted si soy muy malhablado pero así soy.

Don Lucio, pensé, picado. Ese padre de Baldomeromero era una evidente fichita, calamidad pública, transa caminante, ya lo veía ofreciéndome algún negocito al poco rato. Pero en ese momento era la Gran Dignidad. De su bolsillo extrajo un rollo de billetes arrugados; estuvo a punto de contarlos, pero se contuvo, alzó los hombros y lo tendió a su hijo Ezequiel Chico, quien, electrizado, miraba toda la operación. Me traes el cambio, eh cabrón, dijo el padre, con cara de viejo zorro. Hombre, ps claro, ni que te fuera a atracar. Ni que fuera tan fácil, güeycito. Mi señora, don Lucio, agregó el viejo sin interrupción, cruzando la pierna y eructando, completamente dueño de la situación, hace unos sopes de rechupete. Ya se lo había dicho, ¿verdad que ya se lo había dicho, señor? Don Pimpirulando parecía muy contento. ¿Y tú qué vela tienes en este entierro? Si no hubiera sido por don Lucio orita estarías chillando. Luego vamos a platicar tú y yo, cabrón. Se necesita ser pendejo pa dejarse agarrar, y ni siquiera me has dicho qué hiciste, porque algo hiciste, ¿verdad?, ni modo que te agarraran nomás porque sí. Sí, me agarraron nomás porque sí, yo no hice nada, palabra. Yo me mido jefe, ¿a poco no? Don Lucio, me dijo el viejo, ignorando a su vástago, usted no se fije si digo algunas cosas que no le gusten, ¿eh? Se había acercado a mí, con todo y su tufo de varias jornadas alcohólicas; yo sé que usted es gente decente, que no tiene hijos rateros que se meten en broncas con la policía y que duerme entre sábanas de marfil/ Que sea menos, ¿no? Mire, yo soy de Tapachula, Guerrero, y allá en mi terruño somos peladotes, pero no queremos ofender. Nos gusta jacarandosear la vida con palabras calientes. Es nomás para darle sabor al caldo, como el chile. Agárrese porque ora le voy a hablar a lo macho. Échele échele, que al fin usted la trae. Vamos a echarnos un

sería que mi cuerpo se calmaba mi [illegible] que me
daba cuenta. Ah, no no, no don Lucio, usted va a entender
mi [illegible] con la [illegible] que le digo a ese pinche judicial
Perdone usted si soy muy malhablado pero así soy.
Don Chino pensó: [illegible] pinche de Baldomero me ha
con una evidente falta de autoridad pública, ya está compro-
do, ya lo veía afeccionando algún negocio al poco rato.
Pero en ese momento está la Gran Dignidad. De su bolsillo
extrajo un rollo de billetes arrugados, estuvo a punto de
contarlos, pero se contuvo, [illegible] y se lo tendió a
su hijo. Esperaba el Chino, quien, [illegible], miraba toda la
operación. Me traes el cambio, eh cabrón, dijo el padre, con
cara de viejo zorro. Hombre, pues claro, ni que se fuera a tra-
car. Ni que fuera tan fácil, muchacho. Mi estimado don Lucio,
agregó el viejo sin interrupción, cruzando la pierna y echán-
dose, completamente dueño de la situación, hace unos tiempos de [illegible]. Ya se lo había dicho, ¿verdad que ya se lo
había dicho, señor? Don [illegible] parecía muy contento. ¿Y tú qué vida tienes en este entorno? Si no hubiera sido
[illegible]. Licenciado estabas chillando de que vamos a platicar tú y yo, cabrón. Sí, necesita ser [illegible] de más, [illegible]
[illegible], y ni siquiera me has dicho qué hiciste. ¿Porque algo
hiciste, verdad? Al modo que te [illegible] nomás porque
sí. Sí, me agarraron nomás porque sí, yo no hice nada, palabra. Y yo me imagino le, es posible. Don Lucio, me dijo el
viejo ignorando a su vástago, usted no se fije si digo algunas
cosas que no le gustan, ¿eh? Se habrá acercado a mí, con
todo y su título de varias jornadas [illegible]; yo sé que
ustedes gente decente, que ay tiene hijos [illegible] que se
meten en broncas con la policía, que duermen en sábanas
de [illegible]. Que sea menos, ¿no? Mire, yo soy de [illegible],
Guerrero, y allá en mi terruño somos peladotes, pero no
queremos el orden. Nos gusta acomodarnos la vida con palabras cabronas. Es nomás para darle sabor a todo, como el
chile. Agárrese porque ora le voy a hablar a lo macho. Fíje-
le [illegible] que si fue usted la [illegible] vamos a echarnos un

testo, al parecer, era un improvisado irremediable. Lástima que no hubo botella, mi amigo, pero llévele a otra de la, mí, creo que me la despreció, nomás porque esté ideas trae Vigilias. Y no. Pues como a usted le guste. La señora llegó a la mesa, recogió una cerveza con aire malhumorado y se la llevó a su dicharachero. El olor y el humo del chorizo ya habían llegado al chato. Estaba buena la vie orita.

—¿A qué se dedica usted, don Lucio? Pues ahora resulta que soy escritor, señor Telomario. ¿Qué pasó, don Lucio? ¿Otra vez? Ya le dije que soy Telómaco, no Telomario. Entonces ya párele a burlarse de mi nombre. ¿Sí es cierto que es escritor, ayer en la tarde me eché un cuento bien coloreado, con un dolor de huevos, bien cuantro, ¿Sí que ya conoció a mi hijo? me preguntó, haciéndose un tanto su pieza. ¿Y quién? ¿Y cómo él? El que le vendió un cachito de lotería. Quién, aclaró. Homero Baldomero, deja hablar a la gente, ¿por qué tienes que estar metiendo tu cuchara? ¿Y se sacó la lotería jefe? po'eso mesmo hoy al paque y por eso se aliviánó con el teco y se partió tan cuate. No fue por eso, empezó a decir, pero Ezequiel Grande me interrumpió muy interesado: ¿Se sacó la lotería? No les conté. Mire al viejo. Ahora era yo el que se mostraba muy Digno. Ni modo. ¿Y cuánto se sacó, eh? Se sacó como ocho melones de charros. ¡Ocho melones del águila! ¡Carajo, usted fue el que debió invitar las chelas! Lo dije, ¿no?, intervine, ¿y ora? de pronto. El viejo me miró unos segundos y después rió escandalosamente. Pero no duró mucho esa servidora. Estaba muy excitado, lo cual me mo- ció que debía ponerme en guardia. No como crees, como crees, nomás era un chiste, ¿no? ¡Qué suerte tiene usted don Lucio! ¡Qué suerte!, repitió. Les fue bien para sí mismo. ¿Y qué piensa hacer con esa lana?, inquirió después, muy interesado. No sé, todavía no pienso en eso, la mera verdad. Quizá abrir una tiendita, usted sabe, precisó, hinchiendo la sonrisa, una tienda de abarrotes, en la colonia San Rafael, quiero ya que me gustaría pa vivir tranquilo el resto de mis días...

testó; al parecer era un introvertido irremediable. Lástima que no hubo botella, mi amigo, pero lléguele a otra chela, no creo que me la desprecie nomás porque este idiota trajo Victorias. Y no Brisa como a usted le gusta. La señora llegó a la mesa, recogió una cerveza con aire malhumorado y se la llevó a su dilecto rincón. El olor y el humo del chorizo ya habían llenado el cuarto. Estaba buena la Victoria.

A qué se dedica usted, don Lucio. Pues ahora resulta que soy escritor, señor Telomido. Qué pasó, don Lucio, ¿otra vez? Ya le dije que soy Telomico, no Telomido. Entonces ya párele a burlarse de mi nombre. Síscierto ques escritor, ayer en la tarde me contó un cuento bien cotorro, con un dolor de huevos bien cotorro. ¿Ah qué ya conocía a mi hijo?, me preguntó el viejo, un tanto suspicaz. Ayer lo conocí/ Es que le vendí un cachito de lotería. *Cuatro,* aclaré. Homero Baldomero, deja hablar a la gente, ¿por qué tienes que estar metiendo tu cucharota? Y se sacó la lotería jefe, por eso regresó hoy al parque y por eso se alivianó con el teco y se portó tan cuate. No fue por eso, empecé a decir, pero Ezequiel Grande me interrumpió, muy interesado. ¿Se sacó la lotería? No respondí. Miré al viejo. Ahora era yo el que se mostraba Muy Digno. Ni modo. ¿Y cuánto se sacó, eh? Se sacó como ocho melones de churros. ¡Ocho melones del águila! ¡Carajo, usted fue el que debió invitar las cheves! Le dije, ¿no?, intervine, y reí de pronto. El viejo me miró unos segundos y después rio estentóreamente. Pero no duró mucho esa seudorrisa. Estaba muy excitado, lo cual me indicó que debía ponerme en guardia. No cómo cree, cómo cree, nomás era un chiste, ¿no? ¡Qué suerte tiene usted don Lucio! ¡Qué suerte!, repitió, más bien para sí mismo. ¿Y qué piensa hacer con esa lana?, inquirió después, muy interesado. No sé, todavía no pienso en eso, la mera verdad. Chance abra una tiendita, usted sabe, precisé, midiendo la sonrisa: una tienda de abarrotes, en la colonia San Rafael, que es la que me gusta; pa vivir tranquilo el resto de mis días...

Ta bien, ta bien, la cosa es no quemarse esa pachocha en la briaga y el olor a calzoncillo, invierta usted en algo bueno, el comercio está bien, ora esos cuates son los consentidos, los que se llevan la mejor tajada, ¿no? Onque ora, la mera verdad, ocho melones no es nada... ¡Qué serio se veía el buen señor Telomico! ¿Tiene usted familia?, me preguntó. Sí, respondí, dos niños... Advertí una cierta melancolía cuando dije lo anterior, y me perturbó mucho la imagen que se me repitió: yo, a las tres de la mañana, llevaba a un niñito bien dormido a que hiciera pipí en el baño... Era una delicia abrazarlo... Qué cosas... Mi percepción se afinó en ese instante y me dejó ver todo con mayor nitidez. Se me dificultó la respiración. La realidad me dolía. Guarde esa lana, me decía el viejo Ezequiel, métala a un banco, como hacen todos los riquillos, o algo así, ahora los niños salen más caros que una legión de putas. Todos rieron, hasta los niños. Bebimos nuevamente. Ezequiel el Grande meneaba la cabeza, sorprendido aún de mi Buena Suerte (qué suerte tienen los que no recuerdan). Nebulosas fantasías: dinero en abundancia, la explotación del pobre por el pobre, ausencia de verbos, ¡ay qué vida más amarga!

Esta Ñora llegó con los sopes, y a pesar de que no tenía nada de hambre, comí un par. Estaban deliciosos. Para esas alturas me sentía muy bien, con la cervecita desempanzadora, y no dejé de advertir que don Pimpirunaco, a pesar del atacón previo, se recetó seis sopes a gran velocidad. Dígame una cosa, don Lucio, insistió Ezequiel el Grande, mirándome de reojo por encima del chorizo de su sope, ¿usted pensaba darle algún regalito a mi Baldomero por su buena suerte? ¡Papá!, protestó don Pimpiromero, ¡el señor ya le soltó un platal al teco para que me soltara! Si no le estoy diciendo que te dé más, namás estaba preguntando, ¿no? ¿Qué esta prohibido? Oh vaya... Tú tas bien necesitado de todo, ¿no?, mira nomás cómo andas, casi con una mano atrás y otra adelante. Bueno, dije, la verdad es que desde antes ya le había hecho un regalo a su hijo. ¿Qué te dio,

recuperar propiamente la respiración. Cómo más sus amigos, ¿no cree? Cada que sale en comitiva, pues no será mucho. ¿Más que [illegible], maestro, [illegible], Ezequiel Gómez; al parecer la cerveza le destrababa la [illegible]. ¿Qué le pasa, estimado? Yo no sé qué pensar. [illegible] No se [illegible] cuenta a lo que sucedía, mi [illegible] más de [illegible] después [illegible], pero también sabía que debía [illegible] las [illegible] del viejo quien ya se [illegible] a [illegible] en paz [illegible] con el [illegible], me hablaba vehemente-mente, casi [illegible] que, pensé, usted es [illegible] acuerda don Lucio, se ve que usted las [illegible]. Momento, don Ezequiel. No me diga don Ezequiel, si sólo soy un pobre pendejo, soy una [illegible] de [illegible] cada más [illegible] en [illegible] puede, verdad, usted es muy [illegible], ¿no?, si hasta [illegible] a mi hijo en su [illegible] ca-[illegible], usted lo puede entender [illegible] que es vivir como vivimos, mi estimado, usted no puede saber lo que es la [illegible]za de otro [illegible] que [illegible] los [illegible] de esta colonia [illegible] que hacer para [illegible], lo que son las cosas: [illegible] los que [illegible] toda la [illegible] del [illegible], los que [illegible] muy [illegible] en sus [illegible] las viejas [illegible] unos cuantos [illegible] y los que [illegible] los que nos [illegible] como [illegible] usted [illegible] de la plata además de esa plata [illegible] del mundo y se quitan todos los [illegible], a lo que son las cosas: usted [illegible] dinero [illegible] para [illegible] y nosotros nada, no se [illegible] mi amigo, [illegible] unos cuantos [illegible] les para que [illegible] no sea nada, [illegible] una pluma a mi [illegible]. [illegible] pensé, [illegible] dije, nerviosos mu-chachos, don Ezequiel, déjese [illegible]. ¿Qué [illegible], [illegible] el viejo, [illegible] desesperada. [illegible] ¿El que [illegible] que [illegible] usted [illegible] todas las cosas del mundo y ahora [illegible]. ¿Qué [illegible]? [illegible] que le [illegible] todavía le [illegible] un pedazo de [illegible] lo que tiene que hacer [illegible] un regalito a [illegible] de [illegible] que por recuperar propiamente la respiración. Ahora más que nunca, ¿no cree? Cáigase cadáver con una lana, no sea gacho. *¿Más que nunca?*, musitó, irónico, Ezequiel Chico: al parecer la cerveza le destrababa la introversión. Tú cállate Quiel, pidió Estañora. Yo no sabía qué pensar. Tenía sueño. No daba crédito a lo que sucedía. Mi parte más débil estaba dispuesta a ceder, pero también sabía que debía resistir las insolentes presiones del viejo, quien ya se había vuelto a poner en pie, aún con el cinturón en la mano, me hablaba vehementemente, casi en la cara, ¡qué peste! Usted es gente adinerada, don Lucio, se ve que usted las poderosas/ Momento don Ezequiel/ No me diga don Ezequiel, si sólo soy un pobre pendejo, soy una costrita de mugre nada más, usted en cambio sí las puede, verdad, usted es muy cuate, ¿no?, si hasta trajo a mi hijo en su cochezote aquí a su humilde casa, ¿no?, usted sí puede entender lo horrible que es vivir como vivimos, mi estimado, usted sí puede saber lo que es la chinga de perro bailarín que nosotros los jodidos de esta colonia tenemos que hacer para malvivir, y lo que son las cosas: ustedes, los que tienen toda la lana del mundo, los que andan muy sabrosos en sus carros y con sus viejas descocadas aventando unos cuantos quintos a los que los boleamos, a los que nos ven como pura mugre, ustedes los de la plata además de esa plata tienen toda la suerte del mundo y se ganan todos los premios, ¿verdad?, y lo que son las cosas: usted tiene dinero hasta para aventar parriba y nosotros nada, no sea gacho mi amigo, preste algo, unos cuantos miles para usted no son nada, es como quitarle una pluma a un guajolote... ¡Un gua*jolo*te!, pensé, pero dije, nervioso: momento, don Ezequiel, déjeme hablar/ ¡Que no, chingao!, gritó el viejo, salpicándome de saliva, ¡no lo dejo hablar! ¡El que tiene que hablar soy yo! ¡Usted tiene todas las cosas del mundo y ahora quiere hasta callarme! ¡Qué verga! ¡Pues no señor! Óigame bien lo que le voy a decir: si a usted todavía le queda un pedacito de alma lo que tiene que hacer es darle un regalito a mhijo, de perdida un melón, ¿no?, porque por él fue que usted se sacó ese premio de la lotería. ¿A quién le debo dar ese dinero?, dije, controlándome, ¿a su hijo o a usted? Supe al instante que no decía lo que debía, y eso me hizo titubear nuevamente. Es lo mismo, dijo el viejo Ezequiel. ¡Cómo va a ser lo mismo!, gritó don Pimpirulando, ¡tú cuándo me has dado algo a mí! ¡Ni pa calzones! ¡Soy *yo* y también mis hermanos los que siempre te estamos ajuareando! ¡*Qué* mentiroso eres, Homero Baldomero! ¡Vas a ver qué partida de madre te voy a dar! ¡Y te callas la boca ya, ésta es una plática de gente grande! ¡Deja en paz a ese señor, jefe! ¡Va a creer que nomás lo invité para atracarlo, ya hizo bastante dándole su mordida al policía pa que me soltara! ¡Le dio una bicoca, no sé cómo ese rependejo de González Rodríguez aceptó tan poca feria! ¿Y no se le hace a usted, don Lucio, que todo le ha salido muy barato? Se gana usted varios milloncejos y con una poca feria ya la hizo con el que le trajo la fortuna, qué verga, ¿no? Suelta usted unos quintos y se queda con la millonada. Ora la millonada, ironizó Ezequiel Chico. Yo no soy un hombre rico, don Ezequiel, dije, pensando que pocas veces había estado tan estúpido, vivo al día como cualquiera, es más: ni siquiera he cobrado esos cachitos de la lotería. Pa mí que ésas son puras papas, pa mí que anda usted bien baleado, con la cartera llena de puros de a millón. ¡Billetes de millón!, pensé, ni existen siquiera. Ahí dele usted diez cien miles a mi hijo y lo dejo ir en paz. ¡Que yo no quiero nada! ¡Entiende papá! *¿Cómo que me deja ir en paz?* Te digo que te calles tú pinche escuincle, o si no orita mismo me cae que te parto toda tu chingada madre, ¿con quién estás tú? ¿Conmigo o con él? Mire usted, dije, irritado, sobre todo porque me costaba mucho trabajo dominar la nerviosidad; usted está distorsionando todo, ¿qué le pasa? A mí nadie me amenaza. Cálmese, si todavía hace un momento estábamos de lo más contentos. Advertí con alivio que mi voz había salido firme y creí que, por muy difícil que resultara todo, a la larga podría dominar la situación.

manito, ya jodieron a mi hermanito! Algo estorbaba el avance del coche, las ruedas delanteras pasaron por encima del obstáculo y casi me estrellé contra un auto estacionado; el golpe en la banqueta me hizo girar el volante. Oía gritos por todas partes, ¡apunten las placas!, ¡métanle un plomazo!, ¡ya se chingó al pobrecito! Un grupo se juntaba en torno a lo que quizás era un cuerpo inerte en el otro lado de la calle. Otros corrían hacia mí. Yo salí con tanta velocidad que quienes, enfrente, quisieron detenerme, tuvieron que hacerse a un lado. Por el retrovisor vi que más gente trataba de alcanzarme; otro coche, allá atrás, encendió los faros y arrancó. Di vuelta en la esquina, derrapando, creyendo percibir que todo mundo había salido a la calle. Seguí velozmente, mientras otro auto daba vuelta en la esquina, tras de mí. Mucha gente corría por la calle. ¡Voy a matar a otro si sigo así!, pensé. No había encendido las luces. Lo hice. Toqué el claxon incesantemente. Pero tuve que bajar la velocidad, necesitaba orientarme, porque, ¿te lo puedes imaginar?, hasta ese momento descubrí que no tenía la más mínima idea de dónde me hallaba. En la siguiente esquina leí, o creí leer, EL PENSADOR MEXICANO. Di la vuelta. El instinto me hizo acelerar de nuevo. Debía de ser temprano, aún había gente en las calles, ¿por qué no se metían en sus casas?, pensaba, ¿no se daban cuenta del peligro? Eran seres que sonreían con una flor en la mano sin saber que a sus pies se abría un precipicio. ¡Qué ideas más estúpidas! Los faros de un auto reaparecían en la esquina y se acercaban a toda velocidad. Era claro que Ezequiel Grande había encontrado a sus compadres y que todos ellos venían tras de mí, azuzados por los millones de pesos que yo debía de traer en la cartera y porque, además, yo *acababa de matar al niñito.* ¿En verdad había yo atropellado a un niño? ¿En verdad había atropellado a alguien? ¡Sepa la chingada!, pensé, y aceleré lo más que pude al dar vuelta en la siguiente esquina, en la siguiente di otra vuelta, a la izquierda, allá debía de estar el Periférico, o alguna avenida que me sacara de esa colonia miserable, en cuyas calles mi auto saltaba en cada bache y derrapaba en las esquinas. Oprimí con fuerza el volante, alerta; mis pensamientos se habían amortiguado y por fortuna todo mi ser, mi legión interior, se concentraba en manejar entre las calles oscurísimas. Sólo se repetía, a lo lejos, como loop distante, la imagen de un auto que golpeaba a alguien con las defensas, las ruedas pasaban por encima del cuerpo de un niño, sí, claro, había sido un niño al que yo acababa de romperle todita la madre, ¡mi hermanito, ya chingaron a mi hermanito!, el obstáculo que superó mi auto había sido un cuerpo duro y blando al mismo tiempo, la extraña consistencia humana, tu cuerpo chúcaro mi bien ay cómo me albareya. Otra vuelta cerrada a la izquierda. Con que no fuera a dar a un callejón sin salida. El auto saltó al cruzar una vía de tren y mi cabeza golpeó con fuerza el techo del auto. Hasta entonces, ¿me lo crees?, advertí que en el radio un locutor rugía la descripción de un partido de futbol. Cómo reverbereya. Lo apagué. Atrás seguían los faros que me perseguían, eran los faros de la muerte, claro, ¿quién había dicho algo así? Ganaban terreno, claramente los veía cada vez más cerca. Otra vuelta. Dando vueltas era imposible que me alcanzaran. Una calle larga larga, aceleré nuevamente, saltando a causa de los baches, el pueblo me recibe con los baches abiertos. Al llegar a una esquina di una vuelta más y me hallé repentinamente con otra calle: vuelta a la derecha, acelerador a fondo. En segundos llegué a otra vía y en ella me adentré, bien prendido del volante. Otra vuelta más. Y otra. El retrovisor sólo dejaba ver algunos puntos fugaces de luz en la oscuridad cerradísima. Todo indicaba que al fin los había perdido. Pero no quise disminuir la velocidad.

Recorrí una calle con lo que parecía ser una barda larga, interminable, y llegué a una avenida relativamente vacía. Por allí me fui, rogando porque ésa me llevara a algún sitio donde al menos pudiese orientarme. Y de repente, ¡horror de los horrores!: rebasé a toda velocidad a *una grúa de tránsito* y ésta, claro, al instante encendió los faros giratorios, echó a

miserable ser [illegible] en [illegible]
y ventanas en las esquinas. Otra vez con fuerza [illegible]
alerta, mis [illegible] se [illegible]
[illegible]
[illegible] entre los [illegible]
lejos, [illegible] distante, [illegible]
[illegible] alguna [illegible] las [illegible] pasaban por encima
del cuerpo de un hombre [illegible] alegre
[illegible] de [illegible] la muerte, [illegible] y
[illegible] a un momento [illegible] que [illegible]
había sido un cuerpo [illegible] y [illegible] al mismo tiempo, [illegible]
[illegible] consciencia humana [illegible]
Como [illegible] alguna [illegible] a la izquierda [illegible]
que me [illegible] a un callejón sin salida. El [illegible]
[illegible] una vía de [illegible]
del auto. Hasta entonces [illegible] que [illegible]
[illegible]
[illegible] La [illegible]
[illegible] eran los faros de la [illegible]
[illegible] claramente [illegible]
cada vez más cerca. Otra [illegible]
[illegible] Una calle larga, larga, [illegible]
te, [illegible] a causa de [illegible]
los [illegible] Al llegar a una esquina [illegible]
[illegible]
[illegible] Encerrados [illegible]
[illegible]
[illegible]
de luz [illegible] Todo [illegible]
los [illegible] pero no pude [illegible] la [illegible]
[illegible] otra calle [illegible]
[illegible]
[illegible]
de [illegible] Y [illegible]
[illegible]
y [illegible]

pobre tipo en el suelo. Despacio. Quedaron atrás. Volvimos a acelerar, y vi entonces, ¡hasta entonces!, que las casas y los comercios escaseaban, ¡me hallaba en el Periférico y me dirigía a Querétaro! ¡Imagínate nomás! Salí del Periférico, crucé un túnel y regresé, rumbo al centro de la ciudad, a una velocidad relativamente normal, hasta que, a la altura de Las Lomas, un espectacular embotellamiento me detuvo. Pero a mí me resultó maravilloso, fue una bendición reintegrarme a la masa anónima.

LA REINA DEL METRO (Y OTROS CUENTOS)

Well, I'm beginning to see the light. . .
Lou Reed

Ay Jonás qué ballenota. El sol se ponía, un brillo cansado se resbalaba por los edificios. Los autos de plano no se movían, y yo, detenido en la esquina, tuve una sensación peculiar: todo me era familiar, me hallaba en mi ciudad, aunque ésos no fueran mis rumbos. En realidad, ignoraba dónde me hallaba, sólo sabía que estaba cerca del centro, pero no me importaba. Textualmente, se trataba de un aire conocido, un olor penetrante me llenaba y me hacía esperar ver, entre el gentío, caras viejas, conocidas. Sin embargo, el aplastamiento de autos, los chillidos horrendos de patrullas y ambulancias, era algo nuevo, en especial ese chillar de hiena electrocutada de las patrullas era una puñalada al alma.

Quise regresar al centro, pero no sabía por dónde encaminarme: la cuestión se estaba volviendo un connato de conflicto cuando, del otro lado de las humaredas, vi el gran letrero SAN COSME con su correspondiente flecha hacia abajo. Hacia allá fui. Las inmediaciones de la estación estaban llenas de mínimos puestos de todo tipo de tacos, tortas, tostadas, quesadillas, picadas, licuados, refrescos, mariscos en vaso, y también de infinidad de fruslerías: cables, pilas, eliminadores de baterías, perfumitos, juguetes de plástico, relojes digitales, anillos baratos, cassettes, periódicos e incluso libros.

Yo bajé la escalera en medio de una multitud que en seguida me envolvió, me atrapó y me condujo. Una vez más, pensé, he aquí la historia de mi vida; otra clara muestra de cómo las multitudes diluyen la individualidad: en ese momento, aún si no lo quisiera, ir contra la corriente y regresar era imposible. Vi pasar, rápido, los metafísicos letreros EL LAGO DE LA TRANQUILIDAD ESTÁ EN LA LUNA; pues sí: allí en el subsuelo no estaba. Entré en los salones de luz profusa, brillante, y casi sin advertirlo llegué a las casetas de boletos, a las máquinas de ingreso, donde introduje mi boleto color amarillo y me escupieron al andén. Estaba atestado, al igual que el lado opuesto, un espejo tan certero que esperé verme, de repente, en la otra dirección.

Los carros llegaron y se convirtieron en una gran mancha anaranjada que bufó junto a nosotros para que nos apartáramos, porque, desde que los vio llegar, la gente trató de ganar terreno para entrar primero. La multitud se replegó, impaciente, lista para el asalto. Atrás de mí había varias hileras de gente dispuesta a aplastar a los que estábamos delante. Me volví sorprendido ante la ansiedad de los que me rodeaban: rostros morenos, afilados, sudorosos. Me fulminó una descarga (un resplandor) al darme cuenta de que me había metido en algo de lo que no iba a salir tan fácilmente. Pero no podía pensar: las puertas se abrieron y un tropel salió, empujó la muralla que esperaba afuera; la gente no había, ni remotamente, acabado de salir cuando de atrás me presionaron con fuerza para que avanzara; quise contener la presión pero era inútil, me enfrentaba a una fuerza imbatible, y de pronto me vi en el vagón, en medio de nudos de músculos, pieles, adiposidades, ropas; comprimido entre una espalda voluminosa y las tetas, o más bien: tetillas, de una quinceañera que prefería no mirarme y que apenas podía manifestar su inconformidad ante tanto restregadero frunciendo el entrecejo todo el tiempo. Típica niña de prepa nocturna que por no ir a clases ahora se enfrentaba a los jugos gástricos del metro. Llevaba útiles y libretas, pero no alcanzó a ponerlos como parapeto y quedaron a un lado: ocasionalmente alguna arista se me enterraba en las piernas. La nena me inspiró una gran ternura y traté de olvidar el cuerpecito flaco, pero a fin de cuentas consistente que se había untado al mío. La chavita quedó emparedada entre mi cuerpo y el de un macuarro de tiempo completo. Quién sabe qué tenía lugar por detrás que la chavita constantemente lo miraba con furia; él, imperturbable, alzaba la vista al techo. El convoy ya había arrancado y nosotros nos bamboleábamos dentro.

Oí una vocecita estentórea de niño que recitaba: ¡buenas noches-damas-y-caballeros-voy-a-cantarles-una-sentida-canción-comercial-de-mi-terruño-y-mucho-les-agradeceré-que-me-ayuden-con-lo-que-puedan-que-ojalá-no-sea-de-a-tiro-muy-poquito-porque-ya-todo-está-imposible-así-es-que-cáiganse-cadáver-con-una-buena-mosca! Y prosiguió cantando "La feria de las flores", que, en boca del niño invisible, me pareció genial, y sonreí: la niña de las tetitas como naranjitas se mordía los labios, preocupada, y Macuarro estudiaba el techo. Nos detuvimos de pronto en pleno túnel y se escuchó un suspiro colectivo de fastidio. Pero el vagón reinició su marcha a los pocos minutos, con un tirón que me devolvió la canción del niño invisible, "laza tu cuaco ya cualquier cuatrero", y la sensación del vientre planito, con todo y lolitesco pubis, de la nena. A nuestro lado se hallaban dos secretarias con aspiraciones ejecutivas: el calor comenzaba a derretir las densas capas de maquillaje fellinesco, que contrastaban con el rostro limpio de la niña de tetitas como dos naranjitas y culito como un quesito, ay qué horror mana, decía una de las secres, no puedo ni respirar, sí Ter, si yo te contara, agarra bien tu bolsa, no, si me la quitan es porque me arrancan el brazo, yo traigo mi plancha en la bolsa, como doña Borola. Me dio risa alcanzar a ver, no tan lejos, a un chavo terriblemente sombrío, de ojeras que le llegaban a la barbilla; no quería dejar de leer su revista Picudas y Chabochonas y la alzaba con ambos brazos por encima de las cabezas. Ése estaba más allá del más allá. ¡La nenita me empujaba con su ralo pubis! ¡No podía ser! Seguía viendo al suelo, extrañamente abatida: tras ella, Macuarro se rascaba la cabeza un tanto sofocado: un rostro prieto, seco, con algunos granos, poros muy abiertos, mandíbulas sin rasurar. Me estaba gustando la sensación del pubis angelical de Lolis Puig y tenía deseos leves de oscilar las caderas. Mi pene enviaba intensas señales de inminente crecimiento, así es que procuré desviar mi atención.

El metro se detuvo en una estación, pero casi nadie salió y si alguien pudo colarse no fue por la puerta más cercana a mí. El nuevo tirón al arrancar hizo que mi miembro se incrustara en la chavita, que para entonces parecía totalmente abismada. Preferí ver arriba. Crear y creer en México es el camino, decía impunemente un cartel. Tenía que suceder, al fin te has convencido, cantó ahora una voz cascada, claramente centenaria, más allá de las cabezas; me estiré lo que pude (tremenda fricción en el pitoniso) y vi a una anciana ciega que cantaba con mucha más fuerza de lo que podría esperarse, avanzaba ruinosamente, como a través de los rodillos de una exprimidora, precedida por un matrimonio cincuentón de ciegos: apenas se podían mover. ¿Y el niño cantante? ¿Habría salido en la estación anterior? Misterios del Metro. Quizá reaparecería por ahí y se integraría en el combo de los ciegos magos. ¡Hágale el regalo a él, a ella, sólo por este día señores tenemos los fabulosos encendedores Petardo a mitad de precio, no lo compre en el súper, en la botica, en el estanquío, cómprelo aquí a mitá de precio y dese un santo quemón! Todo abuso será castigado, amenazaba un letrero custodio de la palanca de emergencia. Un despiadado pedo anónimo nos hundió en la miseria. Qué tortura, daban ganas de salir corriendo o de pegar alaridos, así es que me concentré en la bandera nacional que aparecía en un anuncio con letreros líricos: para ese futuro que tanto queremos, y yo con el pene endurecido, aplastado en el vientre nubiscente, era un portento esa niña: parecía asfixiarse, ahogarse, y me llegó la idea de que era ninfómana praecox y que ya llevaba tantas venidas como tirones había dado el metro.

Exactamente en ese momento nos detuvimos nuevamente en pleno túnel. Pero esa vez el metro ya no avanzó más. La gente no pareció sorprenderse, lo tomaba con resignación patria, oiga usted nompuje, si nompujo, mempujan. El de las Clitorudas y Culicarnosas (¡esas gordas!) seguía más allá de todo el tumulto, con los brazos en alto sosteniendo su revista. Lo admiré fervientemente. Cambiaba de página con parsimonia y muchos alrededor de él continuamente miraban hacia arriba. Vi algunas señoras con bolsas de mandado comprimidas. Pero predominaban los hombres. Un chavo de veinte años, de pelo cortito como soldado y camisa lucidora de piel de tigre, morral al hombro. En los asientos vi un hombre pequeñito, de traje, lentes y barbita, leía un grueso libro. Junto a él, un gordo de camiseta grasosa que decía Carlos'n Charlie extendía las piernas groseramente. Mucha gente que iba sentada se había dormido, o transitaba sus carreteras interiores en un grado cero de conciencia, abrazaba los portafolios, morrales, bolsas de mandado, pequeñas maletas. Un chavo con camiseta que decía IF YOU CAN'T SHIT, DON'T EAT se rascaba imperturbablemente la nariz con un índice viscoso. Una muchachita fingía leer un texto escolar; el letrero en su camiseta proclamaba LAND OF ENCHANTMENT. Siempre estaban ahí las viejas criadas, delantal de veinte años de uso, trenzas descuidadas, canas desbordantes, anteojos de abuelita (seguramente medias de popotillo). Los tres ciegos habían callado, pero junto a ellos dos muchachas de clase media no paraban de hablar, con ocasionales miraditas escamadas alrededor. Ellas, al igual que mi compadre Cachorrasymachorras, estaban más allá del bien y del mal, en el ojo del huracán, lejos de la cara de absoluta angustia de una señora aindiada, de largo, suelto, chaleco de hombre, delantal debajo y blusa azul aún más abajo. Estudie usted una carrera técnica. Pero más bien veía fragmentos de rostros, de hombros, que inevitablemente se confundían cuando trataba de aislarlos, la victoria de la uniformidad, pincelazos exactos de la masa anónima, me tragó la ballena y encontré una muchedumbre de bellos miserables. Bendita masa anónima, pensé: ellos me sostenían, allí mismo, me tenían de pie. Advertí también que mi cuerpo estaba acostumbrado a todo eso. Imagen fresca en los televisores National. Imagen fresca tu chingada madre, a veces los anuncios podían ser perversos, preservemos la identidad nacional, por ejemplo. El tipo de la espalda voluminosa contra el que me había incrustado cabeceaba peligrosamente, y me sorprendí (mi verguita de nuevo laxa en el vientre de la chavita) de que la gente pudiera absorber tantas incomodidades. Podían leer, dormir, cantar, alguien incluso ya se había cagado, anunciar, vender y platicar en las mismísimas barbas congeladas de Satanás, entre explosiones neutrónicas. La luz se fue, por unos segundos nada más, pero por todas partes se oyeron exclamaciones y una que otra voz agandallada; la luz volvió pronto, y con ella un fuerte tirón, el carro volvió a arrancar velozmente.

Nadie se fue al suelo, entre todos nos deteníamos. Para entonces sentía los latidos del tipo de la espalda voluminosa. Con el tren en marcha hubo un alivio colectivo. Estas cáscaras ya no la hacen para nada, dijo un hombre; sí, a cada rato se paran, son bien calientes, jia, jia, ora nos fue bien, a veces se tarda hasta una hora parado, sí, a cada rato suspenden el servicio sin aviso, por cualquier cosa se para el metro. Nunca pude localizar a los que hablaban, pero sí me di cuenta de que entrábamos en la estación Hidalgo, donde apareció, con la crueldad de una pesadilla, una infinidad de rostros expectantes, desencajados, ansiosos, desesperados; hileras de gente frenética por colarse a los vagones a como diera lugar. Pero dentro no cabía nadie, mucho menos esa línea Maginot dispuesta a jugarse la vida por entrar, que ignoraba el nutrido pelotón de policías de camisas de manga corta, mexicanas macanas y sofisticados radiotransmisores inalámbricos. La manguita corta y los aparatos hacían más grotescos, incongruentes, a los policías cara de tierra, expresión de pánico ante el gentío que no les hacía caso, porque todos pensaban en entrar costara lo que costara.

Estamos *arribando* a la Estación Hidalgo, señores usuarios, declamó una voz por los altoparlantes del vagón; por su comodidad y seguridad suplicamos que las personas que van a bajar vayan acercándose a las puertas. No pos sí, ¿pero cómo?, dijo alguien, compermisito compermisito, ¿va usted a bajar?, sí señora: digo, si podemos, tu bolsa mana no la sueltes orita es cuando te la jalan, no se la jale vieja puta. El vagón se detuvo, no sin antes emitir un hiriente chillido de rata de laboratorio conductista que indicaba la inminente apertura de las puertas. Del otro lado, una muralla de rostros esperaba. ¡Dejen salir primero, que dejen salir *primero*!, gritaban los cuicos del andén, porque quienes quisimos salir (a mí me arrastraba, nuevamente, el vendaval) nos estrellamos sordamente contra la pared humana de afuera y durante varios, interminables, minutos, tuvo lugar una lucha dura, muy lewismilestoniana, para ver quién cedía. ¡Háganse a un lado, que dejen salir primero!, se desgañitaban los policías, pero nadie avanzaba, ni para atrás ni para adelante, le dije pare un momento, no mueva tanto el motor, se oía en los altavoces de la estación, estudie usted una carrera técnica, la propiedad privada es sagrada, las voces de los policías se perdían entre los jadeos, los pujidos de la gente, cada vez nos incrustábamos más los unos en los otros, incluso advertí que con cada embate de los que estaban atrás de mí se me dificultaba la respiración, ay compadre qué sofocón, los policías, a jalones, trataban de romper el mazacote humano que se había formado a las puertas del metro, entre pitidos de las puertas que querían cerrarse, que te coge que te agarra la Llorona por detrás, la pluma en el bolsillo de mi camisa se me enterraba como estilete, no lo aguantaba; cuando oí que las puertas trataban de cerrarse, nadie hizo caso, los cuerpos siguieron trenzados, señores pasajeros apártense de las puertas para que podamos reanudar el servicio, ¡quítense de las puertas, con una chingada!, que te coge, que te agarra, el lago de la tranquilidad está en la luna, dicen que la distancia es el olvido, pero mientras, acá abajo, yo bailo chachachá, qué dolor tan vivo sentía en el pecho, jamás pensé que un objeto noble y hermoso como una pluma fuente me hiciera sufrir tanto.

Poco a poco las puertas pudieron cerrarse y el convoy siguió su carrera por los túneles oscuros. La gente estaba indignada; no era para menos, por supuesto, ¡coño, algo se tiene que hacer con este pinche metro!, ora a ver hasta dónde vamos a bajar, hombre vamos a bajar hasta el fondo de la mierda, ¡ya llegamos!, a dónde, no seas payaso, a la merititita chingada, jiar jiar, ojalá acaben pronto las nuevas líneas, que si no. . . Pero si están paradas todas las obras, además quién puede creer que la solución sean nuevas líneas, la cuestión está en gentialalales que hay, ya no cabemos, esto no tiene solución, esto va a tronar, nos vamos a morir como chinches, sí tiene solución, cómo no, estamos bien jodidos, el lago de la tranquilidad está en la luna, es que nadie hace nada, pero qué se puede hacer, ¿quién hace algo?, lo que hay que hacer es sacar a chingadazos a los ricachones y a los del gobierno, que se haga la pinche guerra civil, señora pare un momento no mueva tanto el motor, sí eso mero, que se mueran unos cincuenta que noventa millones pa que los que quédemos téngamos más espacio, estudia una carrera comercial y asegura tu futuro, ojalá metieran a la cárcel a esos rateros del comercio y del gobierno, ¿ya vio cómo tienen lana? sí, nosotros en la chilla y ellos gozándola en grande, qué poca madre, ay compadre que sofocón, ¿te quieres hacer rico con cien mil pesos?, creer y crear en México es el camino.

La reina del metro. Bajé en la estación Bellas Artes y dejé que por los túneles se fueran los rojos vagones cargados de... ¡símbolos! El metro se había descargado para esas alturas y yo deambulé por los andenes, bajé las escaleras y pasé al otro lado. Seguía habiendo mucha gente pero no se comparaba a lo de una hora antes. De cualquier manera, me estimulaba el movimiento, el entrechocar de ruidos techados por la interminable música de los altavoces, en ese momento

Poeta y campesino, qué fea sincronicidad, pensé, gancho al ego, crítica abajo del cinturón, cuando vi a la Reina del Metro.

¡Qué imagen portentosa! Era una chava de rostro horripilante, picoteado por años de barros y remedios para combatirlos; pobrecita: narizona, bocona, de dientes chuecos, ojos pequeñitos, pestañas ralas, orejas de duende y pelos parados como dobles signos de interrogación. Lo maravilloso era que ese horror, la máscara seiscientos sesenta y seis de la Bestia (esto es, la bestia de la Bestia), no intentaba cubrir su fealdad; de hecho, la ostentaba: si la cara la tiraba la buenez la levantaba. El cuerpo alto de la nena era, para soltarle las riendas a von Suppé, sublime, irreprochable, monumental, alucinante pero, sobre todas las cosas: cachondísimo, esa muchacha estaba que se caía de buena y lo sabía muy bien, la tajante perfección del cuerpo le daba una dignidad insospechada, altivez natural, la fineza de la aristocracia de la sensualidad que no puede pasar desapercibida y que, como supe después, era capaz de ocasionar catástrofes y de traer graves peligros. Por supuesto desde un principio vi que era una genuina soberana: se desplazaba con altivez natural, consciente de las miradas colectivas y del poder ambiguo que así obtenía. Y sigo siendo la cuin.

Era obvio que los metroúntes tampoco habían contemplado portento semejante; todos giraban para seguir ávidos el andar erguido y majestuoso de la Reina del Metrónomo, de frente o de espalda. Por eso los sabios de antes erigieron las imágenes para expresar sus ideas y pensamientos a fondo. Hombres y mujeres la veíamos navegar sobre el aire, rostro de Coatlicue agorgonada y kaliesca.

En cuanto a mí, poeta desmemoriado, antifunes del subterráneo, seguí caminando y pronto estuve cerca de ella, en el andén dirección Zaragoza, goza goza Zaragoza, vaya vaya Tacubaya; constataba que nadie dejaba de verla con miradas lúbricas, picarescas o con reprobación lesteriana: cabecitas blancas o delantales caminantes que caían en la provocación de esas rotundas tetas sin brasier, las aureolas de cada pezón ricamente definidas en la blusita. A muchas mujeres les ofendía la ropa-no-ropa de la barrosa; las chavas sonreían complacidas al advertir que el Monumento tenía tal cara espantazopilotes o espantacuches; los hombres en cambio no nos fijábamos en pequeñeces y apreciábamos las ondulaciones mansas, marítimas, de la nalguita juvenil que avanzaba muy derecha, segura de sí misma, dueña del territorio, levemente satisfecha de que la miraran, acostumbrada a la admiración y al escarnio. Incluso vi a un viejito de corte porfiriano, chaleco de rayas, leontina y toda la cosa, que, salomónicamente, contemplaba ese signo de los tiempos: los dones nonsanctos, nostalgias del rechinido del colchón, el hombre está capacitado para tener erecciones aún a los ochenta años.

La reina desfilaba despacio. No se inquietó, como todos los demás, cuando los vagones entraron resonando y se detuvieron pesadamente con sus chillidos exasperantes. Ella (gran dignidad) los dejó pasar, no hay prisa, no hay prisa, no voy a salir corriendo como toda la bola de idiotas, ¿verdad? Un impulso irresistible me hizo seguirla. ¿A dónde iría?, me pregunté. Quién sabe de dónde llegó un cuarteto de torvos galanes, de alarmante facha de porros, tropas de choque para acabar huelgas, manifestaciones, fiestas y primeras comuniones. Iban los cuatro con pantalones de mezclilla y camisetas que dibujaban las musculaturas y los letreros Cama Blanda, Coma Caca, Sexi Cola y Vote por el Diputado Avilés en el VIII Distrito-PRI. A ver esa rorra, quihubo mi leidi, estás cayéndote de buena pinche vieja puta, a ver a dónde vas, te acompañamos, te invitamos unos tacos, unas cheves, unos condones, unos consoladores de carne y sin hueso, mira nomás mi reina el filetote que te vas a llevar gratis pa que te agasajes, decía Cama Blanda, con la mano en el bulto sexual.

Pero ella lo ignoró como quien se desentiende de la mosca panzona y persistente que zumba en torno a la crema chantillí, ya, qué vieja tan apretada, lo que tiene de buenota lo tiene de pendeja, con la boca de mamadora que tiene, la culera se cre la gran caca, te habías de ver en un espejo, lo hórrida questás, ay nanita aquí espantan jia jia jia.

Ninguna reacción de incomodidad: calma, dignidad, compostura, cualidades innatas en esta reina. Llegó al fondo del andén y los camisetos se quedaron atrás, al parecer consultando un plan de acción entre carcajadas. Ella los ignoraba, como era de esperarse, pero tampoco los perdía de vista, peocupada y alerta.

Ya se veían nuevamente los vagones en los túneles cuando los camisetos alcanzaron a la chava con pasos decididos, mi reina no me desaires la gente lo va a notar. Cama Blanda le dijo, gallardamente: órale pinche puta cucurra no hagas osos y te vienes a chupar con nosotros de buen modo porque si no te llevamos a vergazos. Ella no les hizo caso y se asomó para ver la entrada de los vagones. Cama Blanda tomó el brazo de la chava y la jaloneó, ándale chancluda, a ti te estoy hablando, no te adornes, se te ve clarito en la bola del ojo que te gusta la reata. ¡Suéltame imbécil, suéltame!, exclamó la reina repentinamente fastidiada, asqueada, angustiada. Cómo se atrevía ese patán a tocarla (¡a ella, a ella!). Te digo que te pasa la pescue, ya te tenemos bien licaidoneada, si no no andarías casi encuernavaca enseñando la mercancía. ¡Que me sueltes, te digo!, gritó la muchacha con destellos de alarma. Cama Blanda le apretaba el brazo y Sexi Cola, Coma Caca y Vote por el Licenciado Avilés le tentaleaban las nalgas.

El metro había llegado, y la gente del andén, incluso un policía, se desentendían lo que pasaba, aunque echaban ojeadas morbosas hacia el fondo del andén. De pronto sentí la mirada fija de la reina del metro: me veía y no me veía, pálida y aterrorizada y, para mi absoluta sorpresa, me descubrí caminando hacia ellos. A ver, a ver, qué pasa aquí, dije con mi mejor voz johnwayniana, deja a la chava, mano. Tú sácate de aquí pinche pendejo o te ponemos plano a chingadazos, gritó Cama Blanda. No estaba jugando.

Suéltala, Cama Blanda, pero ya, a este ritmo, ordené, chasqueando los dedos. Ora güey, no me llamo Cama Blanda, me llamo Alberto Román. La reina logró desprenderse, justo cuando el metro había abierto las puertas frente a nosotros; en un relámpago (un parpadeo) la reina del metro se había metido al vagón y avanzaba entre la gente. ¡Que no se pele!, indicó Cama Blanda y los cuatro se metieron cuando se escuchaba el chillido del cierre de puertas y la reina apenas alcanzaba a regresar al andén por la puerta siguiente. El metro se fue, con su cauda de rayas anaranjadas.

La chava había palidecido, se había desencajado, y yo, viéndola en silencio, me maravillaba del horror casi sagrado que era su cara: se hallaba dotada del misterio de ser producto natural, espontáneo: un fenómeno cuya belleza es áspera y conmocionante, la belleza de la caca. Pero el cuerpo, en cambio, quitaba el aliento a tal punto que me dio risa, ya que era imposible derribarla en el andén y tirármela ahí mismo. Ella se desconcertó, qué horror, huir de los violadores para caer con un loco.

La cumbre del mundo. Me acuerdo, por ejemplo, de cuando rompí un espejo a puñetazos. ¡Ay! ¿Estabas borracho o qué?

Pues claro. Pero no lo rompí por borracho sino porque me vi en él y me vi grave, horripilante. . .

Ay no Lucio pero si tú estás bien guaporrón. . .
¿Un coñac?
¿Quieres un coñac?
Pues sí, ¿no?
Dos coñaques.

¿Y un postrecito? ¿Las afamadas crepas secretas de la casa?
Vengan las secrepas.

Me hacía sonreír la idea de que mi interior era (en ese momento) una cámara oscura, más bien un estanque negro del que saltaban formas que se dirigían a mí, un surtidor negro porque así lo visualizaba; era consciente de que aún no disponía de los medios suficientes, del poder necesario, para percibir las cosas con mayor claridad; me llegaba la idea de que si me esforzaba un poco podría saber algo que ya estaba listo a entregarse y que sólo requería de un mínimo esfuerzo: la sensación de que podía (un resplandor) pasar a otro estrato, un plano en el que no había ni altas ni bajas, ni cimas ni depresiones, ni climas ni turbulencias, sólo un perenne estado de exaltación contenida que se desbordaba con lentitud delectante como espuma de luz y fecundaba el contorno, nostalgia profundísima de un pasado que rebasaba los seis años, mi vida entera: un estadio de existencia en el que siempre estoy, del que nunca salgo, aquí es donde sueño que vivo y a donde regreso al despertar, la verdadera realidad en la que ahora estamos tú y yo, de la mano a través del tiempo y el espacio; me llenaba la sensación gozosa aunque vaga, informe, de que estaba formado por un centro que pertenecía a algo más vasto, una maquinaria inmensa, naturaleza infinita, un todo que se autorregulaba, del cual se desprendían los círculos fibrosos de existencia, distintos planos de acontecer, simultáneos por su condición ilusoria y a la vez terriblemente concreta, carreteras de telaraña y sistema solar. . ., y esa muchacha de cuerpo nirvánico, de cachondeces majescas, de buenez fulminante, que resultó llamarse Consuelo, encarnaba una vieja compañera de la eternidad, una aliada cuya corporalidad presente era una verdadera prueba y también señal en la carretera: me hallaba cerca de recordarme y ella había llegado a esa esquina de mi vida en el momento exacto. . .

. . .nhombre, si voy de gane, en toda mi laif siempre me he encontrado a estos cuates superligadores, muy güeritos, de tacuche o chamarra de gamuza, con chaleco, oliendo a Halston y con el carrazo, ¿no? ¡Puta, qué pendejos son!

¿De qué estaba hablando? Reía. Yo reí también, para acompañarla. Pero ella tenía puntos negros en la mirada, su voz ronquita se hizo más grave, aunque la sonrisa seguía en órbita todo el tiempo.

Son malos, Lucio, te lo juro, son de lo peor, no tienen nada adentro, nomás tienen dinero y a veces ni eso, nomás hacen como que tienen y la pendeja de yo cae en el viejo truco, y pueden ser *culeros,* crueles y perversos, ¿no?, y todos se cren lo máximo, ves, cren ser los más cueros del mundo, y bueno, algunos sí son unos papacitos, son un sueño, ¿por qué los más guapos son los más ricos? Bueno, ¿porque qué rompiste ese espejo?

¿Cuál espejo. . .?

. . . Un territorio dorado, la patria más profunda, el alma del mundo como decía Paracelso, el tao que no se puede nombrar, no es México, claro, ni tampoco la niñez, paraísos perdidos que ni son paraísos ni están perdidos, la inconsciencia no es inocencia, yo me refiero a otra cosa: ese rinconcito que se halla en lo más escondido de uno y en el cual todo es perfecto, allí está todo, centro y periferia, y a la vez no hay nada, nunca hubo nada, en realidad montas el gran dragón de sesenta y cuatro cabezas que despide llamaradas ante el pasmo del mundo. Una llama. Hay que ser fuego para entrar en ella, ser fuego para que el fuego no queme, uno se quema, uno se consume en las aguas del fuego, en remolinos incandescentes, en densas capas de llamaradas, en ventarrones de fuego limpísimo. . .

. . . Estaba muy pedo, ya te dije. Mira, yo andaba hasta las almorranas por una muchacha, y ella no me hacía el menor caso, como suele ocurrir. Le escribía versos, ¿tú crees?

¿De veras? ¿Escribes versos?

A *esa* chava le escribí versos, pero eso es cosa de otro. Yo es otro, ¿no? Pero pa mí que ella ni los leía, tanteo que hasta se limpiaba con ellos. Y yo, retachando. Bueno, se casó. Se casó, claro, con un tipo que resultó un gángster, y ojete, además, decían que era padrote y traficante, pero ella no lo sabía, y yo, claro, no se lo dije. Se lo merecía.

¡Ay qué *horror*!

Pues sí y no, Chelito, la verdad es que yo estaba clavadísimo con esta chava, pero algo. . ., no sé, yo siempre he tenido una magnífica brújula metafísica.

Oye qué raro hablas, ¿eh?

Sí es cierto, es una vergüenza juntar tres esdrújulas cuando son escasas y se deben administrar.

¿Qué?

En el fondo yo sabía que esta nena era pendeja. Porque, mi querida Chelo Azul, te juro que en el fondo ya sabemos *todo*, pero la gente no se entera porque nunca se tira a tocar fondo, apenas y circula, en el mejor de los casos, en lanchas con fondo de cristal.

Oye, párale. Estás *chiflado*. Deveritas, ¿eh?

Lo que te quiero decir es que sólo hasta que se casó me la pude ligar.

¿De veras?, cursiveó ella, ¿te cae?

Sí, deveras, pero ése es otro cuento. Después te lo receto, si quieres.

Ay sí, suena *padrísimo*, rarosón, ¿no? ¿Cómo fue eso?

Melodramática reina, telenovela habitat.

Pues sucedió lo clásico: cuando vio que ya no le escribía versos, que no la acosaba, que ni siquiera la veía feo, que ya no me interesaba y que andaba yo tras otras chavas, entonces fue cuando me las dio. Ella vino y me las dio. Bueno, es que al mismo tiempo tenía muchas broncas con el padrotillo, que, como te dije, era un perfecto cábula, un pobre pendejo que desde pequeño asfixió su alma/

Bueno, sí, pero estábamos en lo del espejo.

¿Qué espejo?

Yo ni de loco quisiera ser yo. El día en que esta chava se casó también me invitaron a otra boda, al mediodía. A las cinco de la tarde ya estábamos bien borrachos mi cuate René y yo. Los dos empezamos a chupar severas dosis de tequila en casa de su mamá, quien, por cierto, le entró al parejo que nosotros.

A la primera boda llegamos, pues, ya prendidos, pero ahí definitivamente nos pusimos hasta atrás. Ya cotorreamos a gusto con la gente de una clase media irredimible, buena onda también, y pronto se hizo hora de ir a la segunda boda, a la de Mercedes, pues así se llamaba esa infeliz araña. Como era de rigor, tomamos una botella de ron y nos despedimos, gracias gracias pinches ojetes. Estábamos al extremo sur de Tlalpan y teníamos que ir a la Lindavista, casi en la Villa. Como no teníamos para comprar un regalo, cortamos las flores silvestres y un tanto jodidonas que habían crecido en el camellón de Tlalpan. Claro que por cortarlas nos metimos en el lodo y nos manchamos por todas partes. Vimos que pasaba un taxi y salimos del camellón. Lo paramos. Para que no estorbaran doblamos las flores en cachitos y nos las guardamos en la bolsa del saco. El trayecto se nos hizo corto porque llevábamos la botella. No parábamos de hablar.

Cuando llegamos no había nadie en la casa, todavía estaban en la iglesia, y resultó más bien indecoroso que nosotros, enlodados, antes que nada corriéramos a servirnos vasos jaiboleros llenos hasta los bordes de whisky puro. Al poco rato llegó el gentío de la iglesia, y entre ellos la perversa Mercedes y su padrote marido. Todos la abrazaban, la felicitaban, y ella apenas se dio cuenta cuando yo, el Poeta de la Mancha, saqué mis maltrechísimas flores del bolsillo, las desdoblé cuidadosamente y se las di, envueltas en una mirada que supuse reflejaba profunda pasión, resentimiento, resignación, lujuria, ay gracias, me dijo, sin verme, y me dio la espalda para abrazar a otro pendejuelo, Lucha, ordenó, pon estas flores en el agua, ándale niña.

Yo seguí bebiendo. Al rato me valía madre que Mercedes se hubiera casado y discutía, bien contento, incoherencias políticas con varios maestros de la prepa que habían ido al casorio. Cuando mucha gente ya se iba, Mercedes finalmente debió darse cuenta cabal de lo que significaba mi presencia allí y, estoy seguro de que en ese momento, como relámpago (un parpadeo), le llegó la idea de que finalmente sí me las iba a dar. Poco antes de irse a la supuesta luna de miel, o duna de piel, fingió que se topaba conmigo entre la gente y me dijo, con su tono de mamá-muy-preocupada: ay Lucio no bebas tanto, mira nomás cómo traes el traje. Es que traje traje, respondí. No seas sangrón, replicó, pero volvió a sonreír, ah: fariseicamente; cuídate, añadió. Ya se iba, pero la tomé del brazo. Sabes qué nena, le solté, sintiéndome el

Humphrey Bogart de la prepa, bien pronto tú solita vas a venir a buscarme para dármelas. Ay sí tú, qué más quisieras, respondió, desprendiéndose de mí; báñate primero. Pero no parecía molesta en lo más mínimo.

Total, se fue. Pero Renato y yo nos quedamos hasta el final: había una dotación sensacional de alcohol y nadie nos corría. Finalmente salimos y tomamos un taxi en Insurgentes Norte. No llevábamos casi nada de dinero, así es que juntamos la poca lana y nos bajamos cuando el taxímetro llegó a esa cantidad.

Era una zona de cabaretes, en la colonia Obrera. René se fue a pincel y yo también. Afuera de un antro un grupo de tipos comunes y corrientes platicaba de lo más tranquilo, pero, en la paranoia alcohólica, yo creí que me iban a asaltar y que me madrearían a todo volumen al ver que no traía ni quinto. Entonces, fíjate nomás qué pendejo, dizque para que vieran que yo era muy macho, que me cogía a guaruras, que estaba dispuesto a pelear mi vida y todas esas mamadas, le solté un puñetazo feroz a una ventana. Rompí el vidrio pero también me desgracié la mano, que empezó a sangrar. Me gustó mi propia sangre y le agarré gustito a eso de romper vidrios, así es que todo el camino me fui desmadrando ventanas con el puño y arrancando antenas de coche. Cuando llegué a mi casa iba dejando un reguero de sangre en el suelo y llevaba un manojo de antenas arrancadas: eran como veinte, que, sin fijarme, tiré en la cama cuando entré en mi cuarto.

Y me vi en el espejo, con la ropa llena de lodo y sangre, la mano masacrada, la cara sudorosa de tanto correr. Qué mal, qué mal. Creo que hasta se me bajó el pedísimo de la impresión de verme completamente ensangrentado, como si fuera una variedad peluda semejante a un recién nacido de algún tipo. La mano, insensible. La cama, con colcha de antenas. Mi cara estaba roja de la sangre, el alcohol y la caminata. Y entonces, desde dentro me reconocí perfectamente, tuve una fugaz visión de lo que en verdad era. Te juro que me sacudí. No me gustó nadita. Pero mi puño ya había salido disparado y estrelló el espejo en cachitos. Era un espejo grande, de dos metros, atornillado a la puerta del clóset. Con el golpe se me abrió el dolor en la mano, una sensación ardiente, viva. El ruido despertó a mi familia. Me dijeron que estaba completamente loco. De hospital. Camisa de a huevo. No tanto, no tanto, les aclaré. La mano me quedó grave, me pusieron no sé cuántos puntos y yo tardé siglos en volver a hacerme una chaqueta.

¿Signo de interrogación y los Misteriosos? ¿Qué fue eso que vio usted? ¿La locura? ¿La muerte? ¿El amor? ¿Qué puerta se abrió y qué pavorosa corriente de viento helado le pegó que a usted por siempre le quedó el pelo blanco? ¿Encanecido a los veinte años? ¿Cree usted que esté bien? ¿Era, quizás, un viento latigueante, ululante, un golpe de poder enloquecedor lo que entraba por la ventana? ¿No recuerda? ¿No tuvo usted que ir a la ventana, cerrarla le costó el trabajo más duro de su vida? ¿Y luego, cuando volvió a la cama, no acarició usted las sábanas, se integró en el pequeño cuarto del último piso, casi vacío, cerró los ojos pero de pronto saltó sobresaltado? ¿Había el viento, con un latigazo fulminante, abierto nuevamente la ventana? ¿No saltó usted y la volvió a cerrar, pero hacerlo no le costó todas sus reservas de energía? ¿En qué rito participó usted, sin saberlo, sin percibir las figuras gigantescas, negras, que a su alrededor contemplaban el pequeño juego? ¿No era usted juguete de otros? ¿Puede usted creer que esa sangre careciera de significado?

Los enemigos ocultos. Me quedé solo en mi casa, un atardecer, en la cama de mis padres, entre dormido y despierto, viendo pasar una especie de película de la que yo era parte y a la vez espectador. Todo era razonable y disparatado, las secuencias se ilaban de forma ilógica, yo no comprendía qué pasaba, esa acumulación de acontecimientos empalmados, unos terribles, otros placenteros, me había suspendido entre el sueño y la vigilia, veía sin comprender pero pensaba, mecido por el barullo, que todo estaba bien.

Oí ruidos y voces. La familia regresaba del cine. Se instalaron en el desayunador y conversaban viva pero ininteligiblemente. Oí pasos que se acercaban. Se abrió la puerta de la recámara y entró mi hermano Julián. Las sombras llegan suavemente y me llevan a un lugar donde abandonan mi vida y me dejan sin nada qué decir. En ese momento desperté cabalmente, pero me fingí dormido. Julián se acercó, sigiloso. Del buró tomó la cartera de mi padre y sacó varios billetes; uno de ellos lo metió, cuidadosamente, en mi bolsillo, los demás los guardó y se fue, sin hacer ruido. Yo estaba seguro de que él me incriminaría si se daba el caso.

Otra: en aquella época yo vivía en un edificio, con mi esposa Aurora y mi padre. Mi madre estaba en Villahermosa, no recuerdo por qué. Bueno, primero me pasó que con una frecuencia alarmante perdía dinero. No me daba cuenta hasta que llegaba a alguna parte, tenía que pagar y descubría que no llevaba ni un quinto. Era de lo más penoso. Después empezaron a desaparecer papeles de mi trabajo que me llevaba a casa para no estar todo el tiempo en la oficina. Cuando tenía que entregar algo urgente, muy importante, nunca fallaba que faltaba una parte. Varias veces me regañaron, y yo tuve que tragarme la humillación. Trataba de fijarme en qué momento desaparecían las cosas, pero nunca pude descubrir nada. Una vez llevé a casa un reporte urgente que tenía yo que entregar al día siguiente. Lo trabajé hasta las dos de la mañana y me fui a acostar, cansado como nunca, pero me latió que algo sucedería y mi sueño no fue nada profundo. Como a las cuatro de la mañana vi que Aurora se levantaba de la cama. Me miró largamente, lo cual me puso muy nervioso. Era obvio que quería constatar que yo estuviera perfectamente dormido. Salió del cuarto. Me levanté al instante y la seguí, tan callado como ella. En la sala la descubrí hurgando en mi portafolios. Sacó el fólder con el reporte urgente y para mi absoluta sorpresa se fue a la recámara de mi padre. Entró en ella y cerró con llave. Me di cuenta de que encendía la luz. Después oí voces susurrantes ¡y risitas! Ese cuarto daba a una azotehuela y rápidamente fui hacia allá. La cortina era casi transparente y lo que vi me dejó helado. Aurora manipulaba el miembro de mi padre con dedicación y lo tenía completamente erecto. Se lo metió en la boca y procedió a succionarlo con un ritmo cadencioso, más bien lento. El viejo sólo se había desatado el pantalón de la piyama y, como es de rigor en esos casos, le sujetaba la cabeza con las manos. Me quedé estúpido, sin poder creer lo que veía. Me fui de ahí en el colmo del estupor y tropecé en lo oscuro con un mueble. Hice un ruidero. Al poco rato llego Aurora, presurosa. Musité que iba a tomar algo a la cocina. La muy cínica me dijo que de pronto se había sentido muy mal y le fue a pedir a mi papá que le pusiera una inyección de vitamina B-12. Con eso siempre sale de las bajas de presión fulminantes. Una inyección, qué te parece. Casi se estaba riendo. Nos fuimos a la cama y ahí, sin venir al caso, me aventó lo siguiente: ¿verdad que es muy hermoso nuestro señor Jesucristo?

Disolvencia.

Coartada. En mi casa nomás no se puede estar. Mi mamá está más neuras que las arañas. Mi papá se murió cuando yo era chica, era un hombre divino, qué señor, me acuerdo muy bien de él, yo tenía doce años cuando se murió, le dio un ataque cardiaco y casi... Bueno, mi mamá se puso gruesísima entonces, tuvo que mantenernos a mi hermano Guillermo, que tenía catorce años, y a mí. Se metió a trabajar en la CTM, pero apenas nos alcanzaba. Luego, pa colmo de males, un coche atropelló a mi hermano Guillermo cuando atravesaba la calzada de Tlalpan, y desde entonces te juro que mi mamá me agarró ojeriza, todo lo que yo hacía le caía gordísimo, que si iba a la escuela, que si no iba, que si comía, que si no, puta, ni quién la aguantara, y cuando empecé a ir a las fiestas pues olvídate, casi le dio el patatús. Un día me dijo que ya no nos alcanzaba el dinero y que me iba a poner a trabajar. Ya me había conseguido chamba en una fábrica de jabones. Pero yo todavía no terminaba la escuela, ves, y le dije, según yo en muy buena onda: no mamá, yo sí trabajo y te ayudo, pero cuando termine, orita ni siquiera sé bien cómo se le hace. Y es que no quería ponerme a trabajar, Lucio, se me hacía que iba a ponerme igual que ella, toda furiosa nomás porque volaba la mosca, enojadísima siempre; se supone que de jovencita había sido muy guapa y la pobreza la había echado a perder, vístete decentemente Consuelo, me gritaba todo el tiempo, ¡si tu padre te viera! Fíjate que ella anda siempre en la casa toda desfajada y con las medias caídas sobre las chanclas, como polainas, fumando Delicado tras Delicado, mi casa parece Altos Hornos de México. No, olvídate, ya no aguantaba yo a la ñora. Y luego, pacabarla de amolar, la escuela me empezó a caer gordísima, ¿no? Siempre me estaba durmiendo en las clases y nomás no agarraba nada bien, y es que me chocaba la idea de ser la secre de algún viejo panzón, ¿por qué los hombres nomás crecen y se vuelven panzones? Cada vez me iba más de pinta, que aquí a la Torre, que a Chapultepec, onque ora Chápul parece los terregales de Texcoco, bueno: casi. . . Bueno, pues le pasaron el chisme a mi madre y ella se puso como no te puedes imaginar. Y desde entonces casi no me habla. Adrede hace de comer poquísimo para que cuando yo llegue no encuentre casi nada, aparte de que le puso cadena y candado al refri y yo tengo que andar pidiéndole siempre la llave, no, si te digo que es. . . Bueno, ella no gana mucho, pero no es para que haga eso, podría hacer más de comida, ora sí que echarle más agua a los frijoles, después de todo nomás somos ella y yo. Y qué te crees, a mí no me dice casi nada, ¿no?, te digo que ya casi no me habla, pero a todas las viejas del edificio les dice que yo trabajo de *puta*, hasta hay varios escuintles canijos que me dicen: ¡ahi va la Puta 100! Y no es cierto, cómo va a ser, nomás me gusta salir a cafetear y, bueno, a ligar de vez en cuando, ¿cómo cree que yo podría hacer eso? ¡Está loca! ¡Palabra! Le patina, todo se le olvida, yo creo que uno de estos días va a acabar en la casa de la risa, pero quién sabe. . . Tiene cada mañana . . . Bueno, pues figúrate que cada vez que me ve con ropa nueva me pregunta ¿y cómo le hiciste tú muchacha para comprarte tanta cosa? Puta has de ser. . . Es que yo no le he dicho que me salí de la escuela Leñas y Greñas y que ya estoy trabajando en el Taconáis. Habías de ver cómo son de malvados los del Taconaco, por quítame estas pajas te descuentan dinero, como si ganáramos los sueldazos Rosita y yo, otra muchacha, ella y yo hemos estado pensando en poner un departamentito, porque la mamá de ella también se las trae, pero es que las rentas están carísimas, carisísimas, ay, y los únicos lugares donde hemos encontrado deptos más o menos baratones pues es donde te violan catorce veces al día, ¿no? Entonces mejor pensamos esperarnos a ver si agarramos otra chamba donde nos paguen mejor. . .

Ay. . . Bueno, ya borracha te voy a contar lo que no te quería contar. . . Figúrate que una vez me invitó a tomar un cofi un chavo de esos bien ricarditos, que traía un Magnun increíble, automático, con un autoestéreo de sueño, y bocinas triaxiales por todas partes, y ecualizador y, bueno, ya sabes, no le dolía nada al carrito. En cambio el cuate nomás como que no me latía. Pero yo pensé: chance con este narizotas ligue una cenita con vino en un lugar muy padre. Te juro que eso era todo lo que yo pensaba. El chavo era de lo más sangre, no te imaginas. Creidísimo, en cada alto se peinaba con un cepillito muy acá que según él era de pelo de cochinilla tibetana o algo así, ya ves tú que esos cuates se la pasan presumiendo todo el tiempo. Decía que lo había comprado en París. No, si el chavo era de las poderosas. Traía sus guaruras atrás todo el tiempo, pero eso lo supe hasta después. Bueno, pues circulábamos y circulábamos y en ningún café o restorán cuco nos metíamos, y el cuate este traía una cara de lo más marciana. . . Tonces le dije óyeme qué te trais, ¿eh?, estás medio raro cuate, ¿vamos a tomar ese cofi o no?, ya me cansé de andar dando de vueltas y vueltas en tu nave, oye, ya chole, ¿no? Entonces me dijo, eso sí, sin voltear a verme siquiera, ¿te quieres dar un toque? Fíjate Lucio que yo a la mota ya le he llegado, porque quién no, ¿o no?, pero olvídate, no me cuachalanga, me pone como pazguata, risa y risa y sin poder ni hablar, y por eso no me gusta. A mí me gusta la platicadera, ¿no? Tonces le dije ay no. Él hizo una cara que bueno, y sacó un cigarrote y se puso a fumarlo, dando vueltas por el Pedregal, él se fumó todo el cigarro, todo todo todo se lo fumó, y hasta me dijo que yo era una bruta india pendeja que no sabía lo quera bueno, que ese cigarro era especial, quesque era colombiana y le llamaba bazuka o. . . bazofia o algo así. . . Bueno, después de siglos nos paramos en una casa del Pedregal, una casa inmensa, te juro que parecía el castillo de Chápul. Él nomás me dijo espérame orita vengo. Pues que se baja y ahí me dejó de mensa en el coche. El cabrón ni siquiera dejó puesta alguna cinta. . . Algo como que no me latió lo que se dice *nada* y pensé que era mejor largarme de ahí, ay, pero me ganó el cuelgue, la pinche hueva, y es que estábamos lejísimos de mi casa, hasta bien arriba del Pedregal, ya casi por el Periférico, y eso de ponerme a buscar camión por ahí. . . Creo que ni pasan. . . Total, de bruta me quedé. Bueno, el cuate este regresó después de siglos con otros cuatro cuates que traían chamarritas muy finas, camisetas padrísimas, pero también unas caras *horribles* de libidinosos marranos que nomás no las creías. Traían una botella de coñac, imagínate, y nomás se subieron a la nave empezaron a decir oye qué buenota está esta pinche criada que te ligaste, bueno, pa qué decirte todo lo que me dijeron: de india, naca, gata, no me bajaron. Y pa pronto a meterme mano. Ay qué horror, todos al mismo tiempo. Ni siquiera se esperaron tantito; ahí mismo, en el coche estacionado que comienzan a cachondearme por todos lados, y entonces sí me dio el puritito pánico, y empecé a gritar. Hit the road! dijeron, porque los mamones hablaban más en inglés que en español, y otro me soltó un mandarriazo deveras horrible que me hizo ver estrellitas. . . Bueno, pa no hacerte el cuento largo, me llevaron allá por arriba de Contreras y entre los cinco me hicieron hasta lo que no, por delante, por detrás, dos al mismo tiempo, todo eso. . . Yo primero dije que me iba a aguantar porque deveras tenía miedo, pensé que esos chavos fácil me mataban y me tiraban por ahí en alguna zanja de lo más quitados de la pena, y uno de ellos quería a toda costa que le chupara el culo, y eso sí como que nomás no, me puse a chillar y a tirar de patadas, entonces me agarraron entre todos, y el cuate ese se me montó encima, con las nalgotas espantosas encima de mi cara, con su cosa esa ahi colgando porque era el único al que nomás no se le paraba, y por eso quería que yo le chupara ahí y yo, digo, chance hasta lo hubiera hecho si todo hubiera sido bonito, pero así, pues no. Ya estaba que me moría del coraje, y entonces que le agarro una mordida pero deveras horrible en las nalgas, el cuate este empezó a chillar como loco, a sacudirse para desprenderse de mí, pero yo no lo solté, lo seguí mordiendo con toda mi alma a pesar de que todos los demás me daban de patadas por todas partes. Fue entonces cuando los niñitos mandaron llamar a los guaruras, que todo el tiempo nos habían seguido y yo no me había dado cuenta. Estos cuates llegaron, y me apachurraron los pezones tan tan duro que solté al que estaba mordiendo, así como entre sueño recuerdo que estaba sangrando feo y que se le veía la carne viva en varias partes, pero qué iba a poder ver yo con tanto madrazo que me dieron. Los guaruras les dijeron a los nenes que se fueran, quellos se iban a encargar de mí. Bueno, yo creí que me mataban, palabra, estaba segura que de ésa no salía, pero no: me dejaron ahí tirada yo creo que porque creyeron que ya estaba muerta, no sé como no me rompieron todos los huesos, bueno, lo que me hicieron, digo, lo que recuerdo, porque sé que inconsciente los guaruras le siguieron. . . Al día siguiente yo seguía ahí tirada en el campo, no me podía mover. Nomás veía el cielo y los árboles, y pensaba. . . No, no sé qué pensaba, nunca me había sentido así, lo único que recuerdo es que recé mucho, le pedí a Diosito que me sacara de ésa porque entonces sí me iba a portar bien y no iba a andar ligando con esos niños ricos asesinos. No aguantaba ni los dolores ni el friazo. . . Me acordaba de mi mamá, y de mi papá que se había muerto, y de mi hermanito Memo que lo atropellaron, porque yo lo quería muchísimo y éramos muy buenos cuates. . . Él era blanco blanco. . . Quién sabe a quién le sacó. . . Y todo se me hacía rarísimo, como si nunca antes hubiera visto los árboles o el cielo. . . Todo el cuerpo me dolía, y varias veces me desmayé, y, si no, estaba chille y chille, quién sabe cuánto tiempo, hasta que me encontró una familia que andaba por ahí de paseo, ¡madre mía santísima!, gritó la señora, ella me vio primero. Y antes de decirle nada a su marido y a los niñitos fue quien sabe a dónde y regresó y me tapó con un plástico bien cochino, porque a mí me habían dejado desnuda ahí en el campo. . . Bueno, me llevaron a mi casa, muy buenas gentes esos señores después de todo, bueno: el señor, porque la señora quería que me dejaran en la delegación de policía, mira viejo ahí nomás déjala afuera de la estación y nos vamos volados, decía, pero el marido dijo que no, que seguro me iba a ir peor con la chota, mejor me iba a llevar a mi casa, ay viejo pero es que esta muchacha ha de ser de las gánsteras, a nadie le hacen lo que a ella así como así, ¿y el día de campo, y el día de campo?, repetían los pinches escuintles, me odiaban los condenados porque les había echado a perder el paseo. Bueno, ¿qué crees?, por una vez en su vida mi mamá se portó a la altura: me bañó, me lavó las heridas, las desinfectó, les puso pomada de la Campana, porque ella cura todo con pomada de la Campana, y luego me vendó, me acostó, me hizo caldito de pollo, me trajo un sidral, pero me cobró el servicio, qué te crees, porque todo lo que se la pasaba diciéndole a las vecinas me lo soltó a mí cuando ya estuve en la cama. No le paró la boquita, de puta, perversa, ingrata, india tarada no me bajó. Y allí fue cuando yo pensé que todo me valía, que al carajo con la escuela, que me iba a conseguir una chamba y que me largaría de allí lo más pronto que se pudiera. ¿Sabes qué me gustaría? Me gustaría irme de la casa pero antes alivianarme con mi mamá. No creas, te juro que no la aguanto y que ahora la odio muchas más veces y más feo que antes, pero no me pasa la idea de que se quede sola, de que se vaya a chambiar a esa oficina espantosa y luego regrese al jonuco y no haya nadie. Me gustaría pagarle un viaje bien lejos de aquí, que se fuera a vivir a Tapachula o a Sonora, algo así, y que allí se zambuta todas las telenovelas y las series de televisión hasta que se petatee de tanta tele.

Con ciencia del seno. Te diré, para mí la primera menstruación fue algo tremendo porque mi pinche madre no me había dicho nada y yo era tan bruta que apenas había captado dos tres ondas entre las niñas, bueno, nomás menstrué y, zas, me cambió el cuerpo pero si casi de un día para otro. Antes de los catorce ya estaba hecha casi igual que ahora. Me quedé de a six porque yo antes era una chamaca flaca y tan fea que espantaba, me decían la Bruja Ágata, el Espanto, el Mostro de la Laguna Negra, Franqui, la Putita Fea, me decían la Chingada, fíjate qué ojetes, y no sé cuántas cosas más que me hacían chillar, sólo mi opacito me decía las cosas más lindas del mundo, pero luego mi papá se murió, justo cuando cambié y quedé llenita. Me di cuenta de volada porque todos me miraban de otra manera, sólo mi mamá me seguía diciendo que yo era horrible, un monstruo, que el bonito era Memo, y sí, estaba lindo mi hermano Memo, yo lo veía lindísimo.

Una vez íbamos de vacaciones a Acapulco, en camión, y Memo se fue conmigo, lo que puso fúrica a mi mamá, ya era bien de noche y yo ya me estaba durmiendo cuando que siento que Memo me tocaba. Primero muy suavecito, como para checar qué tan profundo dormía. Yo me hice la piedra, pero en realidad tampoco me podía mover, en un momento traté como de cambiar de posición, ¡y no me pude mover!, Memo me estaba acariciando los senos, yo sentía algo caliente caliente entre las piernas, húmedo, muy húmedo, un poco como cuando menstruaba porque, aquí entre nos, a mí la menstruación me pone cachorrísima. Bueno, yo tenía la piel chinita chinita, sentía riquísimo la mera verdad, luego él metió la mano debajo de mi falda, muy chingonamente hizo a un ladito el chon, me tocó el botoncito, que en mi caso es botonzote, ay qué cosas no me hizo con el dedo, también me alzó la blusa y me estuvo chupando los senos, pero no mucho, le daba cisca de que lo fuera a ver alguien, pero quién nos iba a ver, estaba oscurísimo, no se veía de tan negra que estaba la noche y todos estaban dormidotes. Ya estábamos cerca de Acapulco cuando, tatááááán, me vine. Por primera vez en mi vida. Cómo te lo podría explicar. Fue un venidón tan fuerte que no lo pude ocultar, me mordía los labios para no gritar y me sacudía como loca, mi hermano se pegó un sustazo primero y se hizo como el que estaba dormido. Yo llegué a Acapulco *flotando*. Allá en Acapulco, nada. Y cuando regresamos, tampoco, porque mi mamá terqueó para que Memo se fuera con ella, ¿tú crees?, prefería que yo viajara sola en el camión. Y luego, a la semana, lo atropellaron.

Bueno, fue horrible y todo eso yo lo sentí, deveras, me pegó durísimo, de repente me entraba algo raro, no sé cómo, una especie de aire helado, como que me daba cuenta de lo que iba a ser vivir sin mi papá y ahora sin él, solas mi mamá y yo. Realmente hasta ese momento me di cuenta. Pero, bueno, ésa es otra canción. Lo que sí es que yo quedé como alucinada con la calentura. Me prendía cuando se me quedaban viendo, y luego, en mi cuarto, cuando no estaba mi mamá, me desnudaba y me pasaba horas viéndome en el espejo, acostada, sentada, caminando, en cada postura, y haciéndome unas chaquetotas que olvídate, a veces hasta me desmayaba.

Bueno, a los quince años fui a una fiesta, ¿no?, y un chavo que por otra parte era bien pero bien bartolo, se me pegó de lo más rico al bailar, estábamos bailando con la luz bajita y yo cerré los ojos, todo era padrísimo y de repente, qué llamada de atención. Como si oyera el Himno. La cosa se le había puesto durísima, era impresionante, yo nunca había sentido eso, estaba mojada, mojada, como con cosquillitas dentro del vientre, algo que ardía. Nos fuimos a un cuartito de cachivaches que había atrás, y ahí mismo me desvirgó, y nomás porque yo estaba calientísima no lo maté ahí mismo, era un idiota, tarado increíble, torpe como él solo, era tan estúpido que yo casi me lo tuve que tirar, fue como si me masturbara de otra manera, cuando me la metió sentí que me partían de un mazazo, apenas me estaba recuperando cuando vi que el galán estaba chaca chaca bien metido, ya se iba a venir, y entonces no sé cómo lo caliente le ganó al dolor y a lo feo que era todo eso, y me vine padrísimo, sensacional, creo que hasta me puse a decir no sé qué cosas, hasta bizca quedé.

Por las orejas no. Nos besamos por primera vez en la calle. Entre la delicia de sus pechos y la sorpresa de su lengua que lamía las paredes de mi boca, fugazmente (un relámpago, un resplandor: un parpadeo) advertí que mi boca estaba acostumbrada a otra, fina y delgada; a otro aliento, otra presión, otro sabor: la boca de otro rostro que de ninguna manera era el accidentado, pedregoso, que se hallaba junto al mío. Pero fue más poderosa la fuerza de ese cuerpo maravilloso que cualquier nostalgia imprecisa, así es que nos fuimos, caminando, sin dejar de besarnos y acariciarnos; conforme avanzábamos por la avenida en la madrugada sentía que me hallaba suspendido en una embriaguez suave y deliciosa, una serpiente ondulada en mi espina dorsal.

De súbito me llegó una imagen, o más bien la instantánea recreación de una experiencia total: me vi cargando, en la oscuridad cerrada de la noche, el pequeño cuerpo calientito, dormidísimo, suelto, de un niño de cuatro años de edad; yo lo llevaba, lo acariciaba, lo deposité frente al excusado, cuya tapa levanté a ciegas. Le saqué su penecito, el cual, una vez fuera, soltó un chorro estrepitoso de orina, mientras yo sostenía el cuerpecito derrengado; después lo volví a cargar, al hombro casi, como costal, lo cual indicaba pericia en esas operaciones, y lo llevé a su cama, donde el niño siguió profundamente dormido. Yo, contemplándolo, pensé que cargar a ese niño en la madrugada era una experiencia sublime.

Esta visión, flash back revivido, no afectó la cachondez para nada. En las escaleras maltrechas del Gran Hotel Cosmos nos detuvimos hasta siete veces más. El contacto del cuerpo de la reina Consuelo era tan desquiciante, tan delectante, que me enervaba, me secaba la boca, me sacaba de la caja de bateo. Apenas abrí la puerta del 404 ella la empujó con fuerza. Ay Lucio, decía ella, la hemos pasado padre, padre, padre. . . Estaba feliz la condenada Queen Kong. Encendió el foco del techo, que no convirtió al cuarto en un recinto prodigioso, y luego fue a la ventana.

Yo no estaba para pláticas. Fui hacia ella y le repegué mi cuerpo por detrás: las manos en los senos, ay Dios, el pene bien paralizado palpitaba entre las nalgas. Estaba a punto de desvanecerme de placer. Ella, en cambio, dando trapiés se desprendió de mí, fue al ropero y lo abrió. ¡Cómo!, exclamó, ¡no tienes ropa! Sólo la que tengo puesta, repliqué. Pues quítatela a este ritmo. Se rio al ver la expresión que hice y añadió: no sea tonto Lucio, sólo quiero ver cómo me quedan tus pantalones, ¿sí? Con rapidez se quitó la ropa que llevaba adherida a la piel; me fascinó que esta reina Consuelo del Metro Parado no usara calzones. El triángulo púbico apareció, sedoso, ¡bravo!, y estuve a punto de echarme un clavado a la vieja gruta donde canta la sirena, pero ella me contuvo, con una risa ebria, y se quitó la blusita; al alzar los brazos los senos brotaron con duros estremecimientos. Tenía los pezones bien erectos. Chelito, no puede ser, me oí decir, no es correcto que estés tan buena mhija. Esto tiene que ser un sueño, agregué después, sonriendo, pues otro plano remoto dentro de mí sopesaba la posibilidad de que, en efecto, todo fuera un sueño, pero qué sueño en todo caso, pensé. Ella me bajaba los pantalones, semiarrodillada frente a mí; advirtió en el acto mi pene hinchado, impaciente, y, por encima del calzón lo recorrió suavemente y después le dio una mordiditas juguetonas, ¡ah, esa muchacha era una artista!, alzó la cara: tenía los ojos vidriosos y una sonrisa de placidez, estaba pedísima, por supuesto, pero no perdía la elegancia, el total dominio de sí misma, una seguridad natural y fluida, que me hizo pensar, con los pantalones desplomados a los pies, que vivía un evento importante, misterioso, que con mucho rebasaba lo cotidiano; representaba algo decisivo para mí no porque esta reina del metro fuera a meterse a caballazo limpio en mi vida; más bien (creí) significaba haber ingresado, sin saberlo del todo pero a la vez bien alerta, en otra zona de mí mismo, una terraza a la noche caliente que siempre está allí, la culminación de escarpados ascensos: la terraza de la diosa negra. Pero también, e ignoraba por qué, pensaba que ese faje con reina Chelo implicaba una gran victoria sicológica para mí, pero ella ya se había puesto mis pantalones, metió las manos en los bolsillos, chaplinescamente, y se miró en el espejo. La holgura de mis pantalones resaltaba la soberbia majestuosidad de los pechos y la cintura. Me acerqué a ella, controlando los deseos de lengüetear su espalda, la parte trasera de la cintura. Te los regalo, le dije. ¿Los pantalones?, preguntó, ¿y tú qué te vas a poner? Me quitaba la camisa ahora. Y el chon. Mi miembro erecto llamó su atención y se lo metió en la boca. Yo caí en un pozo más profundo e interminable que el de Alicia, un ardor húmedo suavizaba y también acrecentaba la dureza del pene, que me dolía cada vez que trataba de estirarse aún más.

Nos abrazamos, desnudos, de pie, frente a frente, y algo ocurrió. Un definitivo y repentino cambio en nuestro estado de ánimo, fue como si de pronto cobráramos conciencia de que habíamos llegado a una euforia serena, una dulce y divertida solemnidad.

En la cama le besé los senos, pasé mi lengua por los pezones, apreté los conos perfectos, me alcé para restregar la verga en las montañas mágicas, pero la sed de su sexo era intolerable y hacia allí me fui, besando el vientre, la lengua en los vellos espumosos, los labios vaginales contenían un líquido espeso, una fibra de dulzura que transportaba, no era posible tal deleite, alcanzaba a pensar, con las manos bien adheridas a las nalgas, ni remotamente había tenido una experiencia parecida, ni siqüiera con ese otro cuerpo que yo conocía y me era un completo misterio, siempre hay un momento, una grieta imperceptible en el tiempo, en que se cuela uno a espacios más altos y pasmantes. Tenía ganas de llorar de tanto placer, pero ella me dijo mi amor ahora déjame a mí gozarte un ratito.

Con suavidad nos dimos la vuelta y yo quedé bocarriba. ¡Te juro que su cara ya no me parecía horrenda sino adecuada, de hecho bellísima! Ella se tendió encima de mí, y se concentró en besarme con acuciosidad, de nuevo lamía con fuerza cada parte de mi boca, y aunque otra parte de mí seguía considerando que esos besos eran diferentísimos, que no tenían nada que ver con los de mi mujer, en ese momento estaba seguro de que yo tenía una mujer y que ella, sin la más mínima duda, me pertenecía, nos pertenecíamos, nos habíamos conformado el uno al otro; saberlo le daba otra dimensión a los quejidos melodiosos, las notas de Chelo, don't make it my brown eyes blue, quien me besaba el cuello, las tetillas, y por suerte pasó a mi ombligo, siempre con los mismos quejidos elásticos, ondulantes, enervantes, apenas audibles. Ya había llegado a mi peneque y lo besó a todo lo largo de la columna, lamió los testículos y después se introdujo la mitad de la barra en la boca, con las manos prendió con seguridad la base y procedió a apretarla, a estirarla, a distenderla; como antes en la boca, la lengua lamía con fuerza el glande, la boca succionaba y a mí, te lo juro, se me iba la mente al amanecer allá afuera con sus nubes de colores encendidos sobre el viejo valle, una cavidad ardiente que masticaba el cuerpo con espumas casi sólidas, la dulzura de entregarse a la muerte de pliegues húmedos. Chelo Métrica volvió a besarme la boca, lo cual agradecí pues ya sentía el ruidoso advenimiento de un santo venidón; mis manos no se saciaban de acariciar y apretar esas tetas sublimes mientras, sin dejar de emitir sus quejiditos, ella me besaba con detenimiento, con una delectación morosa; yo no hallaba cómo asimilar esa maestría, la fuerza persistente, efervescente.

Dí algo Lucio, me pidió, mirándome de pronto. Me pareció que sus ojos eran túneles telescópicos, espejos interminables, sorprendente túnel de reflejos infinitos; era bellísima esa reina, quién fue el estúpido que dijo que era fea, se había transfigurado y ahora, dueña de toda la creatividad y de toda la fuerza, desplegaba sus recursos.

Dí algo, susurró.

Te amo, dije, maravillado; te amo, repetí, arrastrando, saboreando las palabras, que repentinamente estallaron en jugos de sabor de agonía húmeda; la Reina del Chelo se estremeció, chance hasta algún orgasmillo discreto le brotó;

yo ya no pude resistir más, todo el tiempo me sentía la llama que eternamente está a punto de apagarse, la hice volverse y se la metí con lentitud, entre las burbujas de su sexo, en medio de un calor sofocante, intoxicante, en cada parte de mi pene que se deslizaba en la oscuridad apretada, húmeda, ardiente, ya estaba completamente dentro de ella y nos movimos despacito, como en oleadas perezosas, pero, conforme nuestras caderas bombeaban con creciente rapidez e intensidad, me repetía, y eso no me distraía, que mi cuerpo se hallaba herméticamente ajustado a otro, al que extrañaba con creciente viveza, mi cuerpo había creado un sello inexpugnable entre otra mujer y yo, alguien que se movía distinto, que no besaba con vigor casi profesional, cuyo cuerpo tenía otras líneas, otra consistencia, aroma, sabor, textura; era algo que, en ese momento, mientras más me intoxicaba la cogida con la reina, añoraba más que nunca y me volcaba en una sensación insoportable: yo no sabía quién era esa mujer tan próxima e inalcanzable, la cúspide del misterio, ni siquiera sabía su nombre (digámosle Aurora), ni dónde se hallaba en ese instante.

De cualquier manera, los orgasmos interminables, espectaculares, de Concielo me incitaban a erguirme y ver la cadencia de los pechos que contrapunteaba con los violentos pero sabios movimientos de las caderas; vente ya mi amor, me pidió, y apenas lo dijo cuando en mí se inició la desintegración, mi piel se erizó, un remolino espeso y viscoso se enrolló en torno a mi pene, y de pronto sobrevino un golpe de luz, una fuerza tan poderosa que me hizo gritar, mi cabeza penduleó, osciló, experimentaba un orgasmo trepidamente, inmenso, interminable, yo alcanzaba a ser consciente de cómo se desintegraban las partículas de mi cuerpo, todo se desconectaba y a la vez se congregaba con el júbilo de la ola al amanecer; me desplomé finalmente sobre Chelo, mi cuerpo aún titilaba con emanaciones continuas de sensaciones efervescentes, negras; ella ronroneaba bajo de mí y yo me daba cuenta de que acababa de experimentar el orgasmo más intenso de mi vida y, sin embargo, no había eyaculado.

Ay Lucio, qué venidones, me dijo Chelo, tú te viniste increíble, ¿no?, pues sí, contesté, pero no eyaculé. ¿Cómo que no eyaculaste? Yo creí que sí. Pues no, pero de cualquier manera no me hizo falta. ¿Y no quieres eyacular? Sí, bueno, no sé. . . Los dos quedamos en un silencio intoxicado, hasta que salí de ella, con el pene bien erecto pero igualmente satisfecho; ella se acurrucó junto a mí, ay qué cosa más rica, dijo después de un largo silencio, ¿de veras no te viniste? Sí, sí me vine, no eyaculé, pero sí me vine perfecto, puta, creo que jamás había tenido un orgasmo tan violento. ¿Y quién te enseño eso, tú? Las niñas te van a adorar, agregó, mientras tomaba mi miembro y lo acariciaba lentamente, con cachondez progresiva, oye, ¿y puedes eyacular? Claro, respondí, óyeme. Ella se había deslizado hacia abajo, metió el pene erectísimo en la boca y lo succionó y manipuló con tal maestría que en menos de un minuto eyaculé estruendosamente: arqueé la espalda en el aire de forma inverosímil, con movimientos pendulares, agónicos, de mi cabeza, oprimí la sábana como si de ella dependiera mi firmeza sobre la tierra. Finalmente caí, y cerré los ojos: algo me despeñó velozmente hacia una desconexión total, y cuando abrí los ojos de nuevo pensé que había estado muerto quién sabe cuánto tiempo.

Antenas. La recepción de las señales depende de la potencia y calidad de la transmisión, y de la posible interferencia de elementos exteriores (otras señales, motores, campos magnéticos, temperaturas extremas) o interiores (calentamiento, sobrecargas, cortoscircuitos, insuficiencia de poder). Por tanto, es necesario instalar antenas que recojan las ondas externas y resistan las condiciones de la intemperie. Hay tres tipos de antenas: parabólicas, aéreas e interiores. Las parabólicas están hechas de fibra de vidrio, de aluminio, y semejan luminosas telarañas circulares, urobóricas alas de murciélago. Recogen las ondas de los satélites y, con un receptor adecuado, pueden transmitir una gran cantidad de canales; sin embargo, la programación no varía mucho con la extrema cantidad. Un magnate de la televisión regaló cien estaciones perfectamente instaladas a otros tantos expertos en el medio. Al cabo de doce años mandó llamar a todos y les preguntó qué habían hecho con las estaciones. Yo la vendí, dijo uno y tuve ganancias de mil por ciento. Yo me uní a una gran cadena, respondió otro, trabajo con ellos. Yo la renté al gobierno, informó otro más. Así, los cien dieron cuenta de las estaciones. Todas funcionaban y todas, de una manera u otra, habían vuelto a pertenecer al magnate.

Las aéreas son las más comunes y se componen de elementos de aluminio que salen de un eje en forma de barra en lo alto de un largo tubo. Las hay de numerosos diseños y tamaños, pero predomina la forma de flecha. Sólo un tipo de antena corresponde al receptor y sólo ése debe emplearse. La orientación es esencial y, como en el caso de las parabólicas, son útiles los motores que permiten hacer girar la antena a control remoto hasta hallar el milímetro exacto en que la frecuencia se capta. Ambas antenas, parabólicas y aérea, conectan con el espacio exterior; una se abre a la posibilidad de recibir señales extrasatélites; parece broma pero en cualquier momento se puede colar una transmisión de origen indefinido; la otra recoge todo tipo de ondas que circulan en la baja atmósfera: la gama es inaudita (aunque, claro, siempre puede esquematizarse en grandes categorías) y las potencias varían: a veces hay que atenuarlas; otras, se deben incrementar. En todo caso, representan manifestaciones del entorno inmediato, ¿no se debe ser, entonces, cuidadoso en este respecto?

La antena interior usualmente está integrada al receptor. Capta transmisiones interiores y permite la comunicación con las demás estaciones que, agrupadas o independientes, operan en el área. Admite señales muy bajas como las que usualmente se emiten en casos de emergencias, alarmas, reabastecimiento o descargas peligrosas. Está expuesta al bloqueo o incluso a la inutilización causada por congestionamientos de elementos circunvecinos, a la serialización de una falla o a una suerte de atrofia por el enrarecimiento del aire, la escasa oxigenación. En todo caso, si las antenas fallan, Dios nos coja confesados: la operación es a ciegas y resulta casi inevitable un colapso generalizado e irreversible. La estación pierde su autonomía y es operada entonces por las poderosísimas cadenas que se expanden precisamente a causa de este tipo de percances desafortunados.

EL NORTE

Dueño de nada. Estamos locos de remate y rematamos nuestras existencias. Por eso estamos como parece que estamos, agregué yo mentalmente (en contracampo): el gran letrero del almacén de ropa en la acera opuesta. Ambos lados de la avenida estaban llenos de pequeños puestos. El aire era seco, con una inaprehensible sensación de aserrín. Mucha gente circulaba por allí con tapabocas verdes o azules, de los que usan en los hospitales. Un licuado de plátano con dos cojones. Y rompope y xerez de la caldera. La avenida, llenísima, era un estruendo sordo, seco también. No me adaptaba aún a esa mañana humosa, en la que el sol revelaba las basuras del aire. Tú panéate al portento de las agentas de tránsito que, desde que lo vi por primera vez, no cesa de maravillarme: bolas de prietez con crueles faldas cortas, recién sacadas de la Familia Burrón (¿existiría aún la Sagrada Familia Burrón?).

Me ves desde el galerón hangaresco de techo acanalado de aluminio donde rematan las exis. Y sigo con el vendedor que, entre pilas de ropa, se aferra al micrófono con ferocidad. Algún día se quedará mudo y aún así continuará perorando, sin voz y con gestos truculentos, la historia de su vida.

El tránsito avanza apenas; a lo lejos, la sirena de una ambulancia atrapada. O de una patrulla. Varias. Los chillidos de la rata que cayó en la trampa se oyen en los montes. Un chavo muy bien vestido da tumbos por la banqueta; la gente lo rehuye sin dejar de caminar con rapidez. Él llega hasta donde me encuentro yo (je je), licuadescente.

La nariz le sangra y una espuma verdosa, casi seca, le impide abrir o cerrar los labios.

Te le vas cerrando cuando se desploma frente a mí como si de pronto sólo cayera un montón de ropa. Se sacudió espasmódicamente, con los ojos perdidos en el lado oscuro de la luna. Ira hijo qué dengues tan vaciados está haciendo tu hermano. ¿No me dijiste que tu papá se fue a Monterrey?

En el túnel de Independencia, entre puestos de dulces garapiñados y loncherías, mucha gente iba de un lado a otro. Traveléate a esa pareja que discurre a viva voz entre mordidas de torta. ¿Qué pachó, qué pachó?, me dice suave, ladinamente, un hombre que hurga entre los colmillos con una tarjetita y extrae delgadas y viscosas fibras de carne vieja que escupe después. Bájale de volumen vieja. Te me acercas y me ves, a contraluz, envuelto en viejas emociones quemantes, fuego crepitoso en la parte trasera de mi cuello, se me dificulta la respiración. Cómprame, empéñame, pónchame, párchame. ¿Alguno de ustedes puede tener la gentileza de explicarme qué está pasando? Le dieron pa sus tunas, eso fue lo que pasó, ella se lo estaba buscando y chirrín chirrín. La precisión focal con que de pronto veo es, cuando menos, ¡engañosa! Resoplo en una esquina cuando alguien me empuja, muévase pendejo a papar moscas a su casa. Hábil intercorte (qué resplandor) al hilillo de sangre que escurre de mi nariz, boca con espuma amarillenta, seca, en los labios. No no. Eso no. Algo quiere llegar a mí: una imagen, un pensamiento. Las dos cosas, y esto te lo digo a ti: estoy hablando de la totalidad hermética, compacta, de un recuerdo y todos sus niveles. En el radio ahora se escuchaba un rockcito indolente, aúúúú aúúúú.

Qué me ven si soy el mismo. Vi, desde el taxi, que la banqueta parecía más llena aún de gente. Un hervidero de cabezas y hombros en movimiento, rostros morenos, fatigados, tensos, que avanzaban como montados en una banda mecánica. Tírele al prieto.

Quítate burro porque te apachurro.

Vi al taxista: casi negro de tan moreno, flaco, silencioso, de lente oscuro, bigotito bien recortado, chaleco sin camisa.

Pal chupe y las mujeres trabajamos los choferes.

Vi que la gente cruzaba la avenida aprovechando la lentitud de los coches; sobrevivían de milagro. Los autos, a su vez, se le cerraban a los demás, se detenían largos ratos por cualquier motivo, daban todo tipo de vueltas prohibidas. En las bocacalles vi autos estacionados en doble, triple fila; otros circulaban velozmente por un inconcebible carril contrario, que al parecer se reservaba para autobuses; como muchos trataban de acortar camino por allí con frecuencia se quedaban trabados con las lenguas de fuera como perro postcoito.

Acércate más y en la trompa te das.

Vi que la avenida, a las pocas cuadras, estaba bloqueada por vallas de madera con flechas inmensas de color rojo y ribetes blancos para desviar el tránsito; tras las vallas vi pilas de basura inmensas como monumento y algo que semejaba maquinaria llena de polvo: unos niños se divertían rompiendo las telarañas a pedradas; un policía, sentado en una piedra, leía un periódico sepia.

En las curvas me detengo, en los hoyos me entretengo.

Vi pasar a mis costados otra avenida anchísima, igualmente atestada de vehículos que apenas avanzaban. Vi también una grúa de tránsito que arrastraba otra grúa y, entorpeciendo la circulación, varios coches sobrecalentados o ponchados o desbandados. Vi a mi lado un enorme convoy de autos pequeños, nuevecitos, relucientes; lo arrastraba un tráiler: echaba humos tan negros que en cada acelerón borraban la visibilidad por entero.

No me las des llorando.

Vi policías por doquier. Custodiaban bancos, grandes comercios, estaban en las esquinas, en autos estacionados, dentro de patrullas, leían historietas y periódicos deportivos, arrastraban gente, respondían preguntas, golpeaban indias vendedoras, echaban volados a carcajadas, acechaban a los transeúntes para atracar al que se dejara.

No te las pido corazón, me las das.

Vi borrachos tirados en las calles, niños minúsculos que buscaban a sus padres, indios atemorizados que veían el arroyo, marías con puestos miserables, gente que en la calle vendía flores, frutas, dulces, chicles, galletas, papel higiénico, cajas de clínex, espejos, accesorios de autos, billetes de lotería, periódicos vespertinos, adornos para la casa, muñecos de peluche, cubetas de plástico, escaleras, alfombras, mesas y sillas de madera; vi gente que pedía limosna, chavos que se encementaban, que se daban sus toques de mota a la vista de todos; robos ante la gente que no veía nada, obreros que pasaban el bote.

Ahi les va la verdura.

Vi un hombre en una esquina; daba un largo sorbo al líquido oscuro de una botella vieja de cerveza; alzaba una endeble antorcha de llamas sucias y escupía el líquido para formar alargadas, turbulentas lenguas de fuego; de ellas reaparecía con rostro ennegrecido, los ojos muertos, calcinados por la autoinmolación de todos los días.

Calma, toro, calma.

También yo me vi, dentro del taxi que avanzaba como podía por las calles angostas, retacadas de gente, comercios, agujeros y autos. Pero también me vi afuera, con el rostro ennegrecido y el alma enternecida porque amo a los náufragos que me rodean, estar en medio de ellos es mi gran suerte y la chinga cotidiana. No estaba encima, papá, ni pisoteado ni arrastrado por el flujo: seguía en el centro del vértigo con los ojos bien abiertos.

No sé que tengo en los ojos que puros camiones veo.

Linda vista. Teníamos ya largo rato sin movernos. Con frecuencia se alzaban oleadas de claxonazos furiosos, acelerones en punto muerto, gritos iracundos. Todo se extinguía de inutilidad, al ver que nadie se movía. Ya circulábamos por la Calzada de Guadalupe y no faltaba mucho para llegar a casa de mi hermana. El taxista estaba furioso, y se mandó cobrándome cuando le dije que mejor ahí me bajaba.

Avancé entre las interminables masas de gente, que iban entre los coches y por las banquetas, también. Si yo amainaba el paso, absorto en algo, no faltaba el empujón, el codazo o tetazo, para bajarme a la calle. Apenas se podía avanzar. A esas horas la Calzada de Guadalupe casi parecía el metro. Pero más adelante era más difícil caminar porque los coches insistían en marchar sobre las banquetas hasta que los detenía algún auto estacionado, o abandonado en la acera.

Las bocacalles también estaban retacadas de autos, aunque, claro, no había tanta gente. Por ningún lado se veía el final del embotellamiento y la gente mitigaba un pánico impreciso caminando con más prisa. Otras calles estaban cerradas, unas con vallas de mampostería, para impedir el tránsito; otras con láminas, tras las cuales había obras sin terminar en las calles polvorientas. Junto a pequeñas casitas deterioradas se veían grandes edificios de veinte o más pisos con inmensos patios fuertemente custodiados por guardias particulares. Colas de gente esperaban entrar.

Pensé meterme cuanto antes en la primera callecita para largarme de la pobre Calzada de Guadalupe, en la que, aunque pareciera imposible, cada vez había más coches varados en las banquetas. Entonces no di crédito a mis ojos, con razón nadie podía avanzar. Quién sabe cómo otro mar de autos y camiones se metió en sentido contrario por la avenida, de modo que se encontró con los que llevaban la dirección correcta: ya nadie se pudo mover hacia ninguna parte. La mayor parte de los coches enfrentados habían sido abandonados, o sus conductores, sentados en los cofres, discutían a gritos. Ni un policía a la vista, a pesar de tanta patrulla que vi antes. Nosotros, los de a pie, íbamos sin detenernos, sin curiosidad, como si pensáramos que pararnos allí nos atraería la pésima suerte. Sólo vendedores andaban diseminados entre los coches, ofreciendo sus mercancías a los que esperaban. Muchas mujeres habían formado grupos en torno a algún coche. Lo mismo ocurrió con la mayoría de chavos. De varios carros salían fuertes notas de rock o música tropical a todo volumen.

Me detuve unos instantes, pero sentí la atmósfera tan cargada que o exasperaba o adormecía. Me fui de allí lo más pronto que pude hasta que llegué a la siguiente esquina, donde casi me mata de la risa un pobre tipo trajeado, con su debido portafolios, que, histérico, gritaba: ¡pinche ciudad, te odio, te odio! ¡Tengo una hora esperando un taxi! Y no lo vas a encontrar, le dije.

Me fui por una callecita de la Lindavista hasta que encontré la de la casa de mi hermana María, que fue la casa de mis padres, donde crecimos todos. Me costaba trabajo reconocer la calle. Todo parecía más viejo, abandonado. Había una infinidad de coches: en esa callecita vivía un líder de taxistas y muchos de ellos se la pasaban de guardia en casa del jefe, listos a lengüetearle los zapatos y a exponerle sus problemas. Los taxistas habían atraído a varios mecánicos y electromecánicos que arreglaban coches en la misma calle, lo cual congestionaba la que antes fue una callecita de lo más apacible.

La casa de mi hermana estaba igual. Lo cual era un alivio aunque eso significara paredes que necesitaban resanarse y pintarse, enredaderas que perseveraban en sus propios vestigios y ventanales de herrería otrora blanca. Allí vivía mi hermana con sus hijos y su esposo Francisco Madero, que se rehusó a especializarse y a utilizar los prodigios de la tecnología moderna, lo cual, exponía él mismo, hubiera sido bastante fácil siguiendo la regla de oro: cobrar abusivamente sin distingo de credo, raza, ideología o parentesco. Él siempre fue médico general a la antigüita y tenía una clientela más o menos estable, pobre por lo general. En su casa, Pancho controlaba la situación a través del no-mando y pródigos silencios; daba la impresión instantánea de ser un hombre bueno, inofensivo, pero que, por alguna razón inexplicable, había que tomar en cuenta. Pancho logró el milagro de vivir en una extraña concordia con mi hermana, que era una versión más seca e introvertida de mi madre.

María estudió veterinaria, pero, según ella, acabó practicándola sólo con los animales de la casa, y por suerte nosotros no tenemos ni perros ni gatos ni loros ni nada de eso, Dios nos libre. Protestaba cuando le decían que era mujer de extracción universitaria, extracciones los dentistas, yo los titulitos me los paso por donde ya sabes.

La puerta del zaguán estaba abierta, como siempre. Cualquiera podía entrar y yo por supuesto lo hice y entré en un jardincito estrecho y alargado que se anchaba, pero no mucho más, en el fondo. Las plantas crecían desordenadamente. Había macetones por todas partes. Sin transición había penetrado en otra zona de la realidad, un sitio que dejaba atrás los mares de aceite y los filtros de aire en el suelo y que constituía, por sus propios méritos, un umbral de la eternidad. La puerta de la casa al jardín también estaba abierta. Me metí al desayunador y, de allí, a la cocina. Allí vi una mujer vieja, casi redonda de tan robusta, morena y con numerosos pliegues de arrugas. Miraba una olla humeante. En silencio (no quise despertar ese montón de ropas que inundaba la cocina) me fui por el pasillo a las recámaras. Mi hermana tampoco estaba allí. Desandé el camino, disfrutando del sigilo de mis pasos y de la quietud de la casa.

Pensé, con cierto desasosiego, que quizá mi hermana había salido y que tendría que turbar la invernación pétrea de la anciana en la cocina. Pero un impulso me llevó al jardín otra vez.

En el fondo, junto al cuarto de criadas y frente a un macetón de gladiolas blancas, la encontré al fin. Fumaba un cigarro, abstraída; al parecer miraba las flores pero más bien regaba su propio jardín interior. ¿Jardín interior? Más bien, desfiladeros de piedra vertical y lisa, reluciente. Parecía tranquila pero yo sabía que era una fachada y que casi podía ver en el aire la reverberación de sus contradicciones. Había encanecido casi en su totalidad desde los cuarenta años; a partir de entonces prescindió del maquillaje, para que nadie deje de enterarse que mis padres, mis hermanos, mis hijos y muy especialmente su marido me habían envejecido, se llevaron Los Mejores Años de mi Vida, filmada en lágrimavisión. La tez era entrecruzada por finas arrugas. Pero seguía muy guapa y, cómo no, ahí estaba una buena conservación de lo que fue su Afamado Cuerpo. La contemplé en silencio, esperando a que sintiera mi presencia o terminara su cigarro, pero ambas cosas iban muy lentas.

Después de eternidades se dio cuenta de que allí estaba yo. Al verme frunció la boca y un destello turbulento pasó por sus ojos; después, sin sonreír, se dirigió a mí como si apenas nos hubiésemos visto unos días antes (a lo mejor nos habíamos visto unos días antes).

Casa de oro. María: Ah, eres tú, ¿qué haces ahí paradote?
Lucio: Te estaba mirando.
María: Y qué tanto me mirabas. Ni que no me conocieras.
Lucio: Estaba viendo que te conservas muy bien.
María: Tú en cambio pareces el presidente de la República, qué horror. Mira nada más qué ojeras, ¿qué has andado haciendo? ¿Ya desayunaste?
Lucio: ¿Qué estabas pensando, María, cuando llegué? O más bien: ¿dónde andabas?
María (con un brillo de gozo en la mirada): No me lo vas a creer pero estaba pensando en ti. Me estaba acordando de

que una vez casi le entierras un tenedor en los ojos a Julián, ¿te acuerdas? Estabas loco.

Lucio: Claro que sí.

María: Estábamos en el antecomedor de la casa, ¿te acuerdas? En realidad la que estaba jeringándote, como siempre, era Sofía, creo que se acababa de ligar, sí claro, a uno de tus maestros, que enloqueció de furor contigo, según él tenías un gran talento. ¿De veras te acuerdas?

Lucio: Claro que me acuerdo. Se llamaba Gilberto y estaba tan flaco que enroscaba las piernas más que cruzarlas. Tenía como veintidós años y él era el que se sentía genio y niño prodigio. En mí nada más lo proyectaba, ¿no? No había terminado la normal y ya daba clases en colegios particulares.

María: Sí, era de lo más grotesco, ¿te acuerdas cómo tenía la cara? Nunca se la acabaron de pavimentar. Y tú lo amabas, Lucio, no lo niegues; te daba por su lado, decía que eras niño prodigio y nosotros que no, que eras niño promiscuo. Y bastante insoportable. Suelto por el mundo serías como una maldición para la raza humana. Y él que no, que había que educarte con mucho cuidado. A Sofía ni siquiera le gustaba, pero cuando vio que el Barrotes se deslumbraba contigo le coqueteó nomás para hacerte rabiar.

Lucio: Sí, era la pinche tirana prodigio.

María: ¿Te acuerdas de que el Barroso fue a ver a mi papá, a decirle, muy serio el hombre, que en nuestra familia se había dado un niño extraordinariamente dotado, y que debíamos saber alentarte, lo cual no era fácil?

Lucio: ¿Por qué tanto me preguntas si me acuerdo? Claro que me acuerdo.

María: Lucio, algo raro te pasa, ¿qué no te acuerdas que siempre que te pregunto que si te acuerdas de algo siempre me ves con la misma cara de baboso y me dices: no, no me acuerdo, a ver cuéntame cómo estuvo eso? Oye vamos a sentarnos, ¿no?

Lucio: ¿En dónde? Cómprate unas sillas.

María: Cómpramelas tú. Siéntate en el pasto, no seas chocante.

Lucio: María, ¿por qué no cuidas este jardincito? Podías tenerlo padrísimo.

María: Ay Lucio, vente todos los días con tu manguera y tus locuras de jardinería y cuídalo tú, yo a qué horas.

Lucio: Ahorita, por ejemplo.

María: ¿Tú estás loco?

Lucio: ¿Y Pancho Madero, el insigne mártir?

María: A ver si ya te aprendes otra, ¿eh? Está trabajando, cual debe de ser. Sólo tú andas de huevón a estas y a todas las horas. ¿No sabes que la gente trabaja durante el día?

Lucio: ¿Y tus hijos?

María: Están en la escuela, supongo. Vaya una a saber. Guillermo ya está escribiendo su tesis, lo está preparando un maestro que se supone es una lumbrera. Y Martita tiene que hacer su servicio social todos los días en un pueblo que está en casa del carajo, y llega toda neuras en las noches. Ya cásate, le digo, pero nada más porque yo se lo digo retarda la boda. Mejor, por otra parte; ese noviecito que se carga apesta a loción a kilómetros. Se rumora, fuerte, que es bicicleto. ¡Qué vida le espera, con un marido al que le tienen que dar para que te dé! No no, yo no entiendo las cosas modernas.

Lucio: Oye oye, ¿de qué te quejas? ¿Te acuerdas que mi mamá decía exactamente lo mismo? Que tú no te casabas con tal de seguir jodiendo en casa.

María: Qué mentiroso eres, Lucio.

Lucio: No soy mentiroso. ¿Cuántos años duraste de novia con Pancho?

María: Bueno, como te iba diciendo, el crápula de Memo me tiene muy preocupada/

Lucio: *¿Como me ibas diciendo?*

María: Anda con una runfla de amigos alpinistas. Están locos. Ora le dio por el alpinismo, tú.

Lucio: Pues está bien, ¿o no? Se hace buena pierna, se

respira aire puro y se ven paisajes que tú ni en tus mejores sueños ves.

María: El otro día estuvo a punto de caerse en un despeñadero que hay en el Izta. Venía pálido, pálido, se salvó de milagro, porque no le tocaba, como se debe decir en estos casos; dice que ya merito se iba pabajo cuando logró agarrarse a una saliente hasta que sus amigos le echaron una cuerda. No sabes lo que siento de pensarlo. ¿Por qué tienes esas ojerotas, tú? ¿Andabas de Conde Crápula?

Lucio: ¿Yo? ¿Qué te pasa? Soy ciudadano modelo. Me pasé toda la noche trabajando.

María: Trabajando en qué. ¿En otro mamotreto?

Lucio: ¿Mamotreto? ¿Cómo...? Bueno, fíjate que estoy haciendo una investigación.

María: ¿Una investigación? ¿Tú qué te traes?

Lucio: Por eso vine a verte. Tú puedes ayudarme más que nadie.

María: *¿Yo?*

Suena el teléfono.

María: Ahora verás que doña Voya va a venir caminando como tortuga a avisarme que me hablan por teléfono, en vez de asomarse por la ventana y decírmelo. Con lo que se tarda, cuando voy a contestar, ya colgaron. No falla.

Lucio: ¿Y por qué no vas a contestar antes? Ya oíste que está sonando el teléfono, ¿no?

María: De esto tú no sabes nada.

Lucio (al público): En efecto, después de un rato apareció la figura mamotrética de la anciana criada, que avanzó paquidérmicamente hasta nosotros. Respiró pesadamente para recuperar el aire.

Doña Voya: Le hablan por teléfono.

Lucio (al público): Mi hermana me miró con un guiño de ¿ves?, te dije. Se levantó y se fue a contestar. Doña Voya, con su paso milenario, la siguió.

Me acosté en el pasto. En el cielo había nubes, y al verlas pensé que yo estaba acostumbrado a tenderme como lagartija en sitios donde el sol sí resplandecía. Sonreí queda, jubilosamente. Saqué de la bolsa una pequeña canica negra. No supe cómo apareció, y la volví a guardar.

En todo el rato en que hablé con mi hermana simplemente no encontré cómo explicarle nada. Era ridículo, claro, pero eso, en vez de molestarme, me divertía. No podía evitar estar sumamente contento bajo ese sol raquítico de la ciudad de México. Además, pensé que había algo extraño en ella. Aunque todo parecía normal, podía detectar sin dificultad que María había establecido una barrera (flexible, eso sí) entre los dos. Por alguna razón, algo no le gustaba, estaba ofendida o quién sabe qué. Por supuesto, mi hermana se creía importantísima y se ofendía de cualquier estupidez. No sólo era susceptible, también podía propiciar, generar, conservar y cultivar rencores quemantes en las capas más profundas en tanto que por fuera parecía de lo más normal, si acaso un poco seca. Esa naturalidad, por otra parte, no era fingida, y de ninguna manera se contradecía con las voces que en ella clamaban venganza, o una satisfacción en los términos que sabría imponer. De esa naturalidad constipada de rencor emanaba una vibración pesada, pesada, que irritaba a toda la familia, pero especialmente a Sofía. Recordé que una vez que fueron a una fiesta (yo era un enano entonces y todo esto me lo platicaron mucho después), las dos se habían puesto guapísimas, habían hecho una apuesta para ver quién de las dos se ligaba a un tipejo repugnante que quién sabe qué le veían. En realidad no le veían nada, el pobre cuate sólo era el campo del torneo. Este chavo usaba botas hasta en la playa y era conocido como El Chihuahueño que Nació Con Las Botas Puestas. Era un pobre pendejo. Sofía, por su parte, tenía un carisma innegable, y además no tenía nociones de lealtad o fidelidad (María, en cambio, era incapaz de cultivar, de darle por su lado a alguien), así es que en esa fiesta halagó descaradamente al Botonato, y claro, ganó la apuesta a pesar de que en un principio a Botas Hasta las Nalgas le gustaba más María. Durante una larga temporada, casi un año, María se portó con Sofía como si nada hubiera ocurrido; no se vengó, como hubiera hecho Sofía, ni protestó, ni nada. Pero en toda su conducta pesaba densamente un reproche vago, imprecisable, y Sofía, con el tiempo, cayó en la provocación, se exasperó y a gritos acabó diciéndole que le tenía envidia, que era mala y rencorosa, ¡etcétera etcétera! Sofía se soltó chillando (verdaderamente consentía sus malas ondas, cuando las tenía) y después le pidió perdón, le rogó que no la tratara así, y como para entonces ya había desmantelado toda la albañilería de mezquindad y competividad barata logró penetrar hasta el núcleo más oscuro del rencor mariano, y lo deshizo. Sólo un sacrificio, una capitulación esencial del ego podía resquebrajar las armas secretas, intangibles pero poderosísimas, del alma de María. Sonreí (débilmente) al considerar si no tendría yo que llegar a extremos semejantes en esa ocasión para encontrar a la verdadera María.

Me gritó llamándome al poco rato. Me levanté y la vi en la ventana del estudio que daba al jardín. Fui con gusto porque ya estaba a punto de dormirme. Me di cuenta de que mis recuerdos y asociaciones ad hoc tenían lugar tras las bambalinas de mi conciencia, en un estado que me resultaba extrañamente familiar; allí los vientos interiores corrían libremente, pero yo retenía la lucidez y, de ser necesario, podía muy bien detener u orientar el flujo de lo que emergía.

Con paso ligero recorrí el mínimo jardín. En el pasillo advertí que la casa de María (que, ¡claro!, era ella misma) tenía propiedades curativas; ya se habían desvanecido las inquietudes que merodeaban sin atreverse a tomar por asalto mi mentecita reciente. De nuevo, me maravillaba la paz en la que me desenvolvía y pensé que era imprescindible para lidiar con las reconditeces cincueñtonas de mi sister.

La encontré en el estudio de Pancho, un cuarto espacioso y cálido que como el resto de la casa no mostraba ostentaciones pero tampoco énfasis en el orden. Allí también las paredes requerían de la urgente aplanada y consiguiente pintada, y la mesa de trabajo era un desorden de libros y papeles en el que destacaba un par de tazas con asientos de café de varias décadas. Pero todo estaba bien. De hecho, muy bien: cálido, envolvente. Me encantaba estar allí, era como atisbar a María desde ángulos en los que jamás me había asomado. Ella se hallaba al escritorio, lidiando con varias pilas de papeles.

María: ¿Me ayudas? Le prometí a Martita que le ordenaría todos estos papeles, es que la pobre llega muerta de Topilejo... ¿Verdad que se necesita ser pendejo para trabajar en Topilejo?

Lucio: Pero se necesita ser más pendejo para ayudar al pendejo que trabaja en Topilejo.

María: Entonces a trabajar, pendejo. Mira, todo está revuelto. En cada hoja hay una fecha, ¿ves?, aquí. Hay que juntarlas primero por mes y luego por día.

Lucio: Ya me pusiste a chambiar. Pinche María.

María: El trabajo ennoblece al mejor amigo del hombre. Además, no te dejo solo. Yo también me fleto, ¿o no?

Lucio: Todo sea por tu hija.

María: ¿Tú sabes que esa muchacha te quiere mucho? Exagera, la mera verdad. Dice que *te admira*.

Lucio: Estás diciendo todo eso para que yo trabaje sin protestar.

María: Ay sí. No es pa tanto. A ti se te puede hacer trabajar sin mucho quebrarse la cabeza. A veces eres tan menso que das lástima.

Lucio: Benditos sean los mensos, de ellos será el reino de las chelos.

María: Ponte abusado, mi Lucio; ya pusiste un febrero en marzo. ¿Ves lo que te estoy diciendo?

Lucio (al público): Tenía razón, y corregí el error. Durante unos minutos los dos trabajamos en silencio, abstraídos.

María: ¿Quieres un cafecito?

Lucio: No. Mira, abril ha tomado la delantera; agosto,

septiembre, octubre y noviembre, en cambio, están muy lentejos.

María: ¿Cómo has estado?

Lucio: Fíjate que bien. Desde hace unos días me siento a toda madre. Como si hubiera, no sé, despertado.

María: Uuuy. Otra vez la burra al trigo.

Lucio: ¿Qué?

María: Digo que otra vez el burrucio al trigocio. Siempre es lo mismo contigo, mhijito: te pasan las cosas que no le pasan a los demás, siempre sientes como si todo fuera distinto, como si hubieras despertado, como si otro ciclo se abriera en tu vida, ¡ah qué Lucio! Pues precisamente ésas son las cosas de ti que le fascinan a Martita. Ella también siempre anda como si todo fuera algo milagroso, el portento de estar vivo y jaladas de ésas. Pero yo soy la que se fleta con su trabajo.

Lucio: Y yo.

María: Porque yo te lo pido. Si por ti fuera te pasarías de bolsa todo el día tomando el sol.

Lucio: No seas culera. Además, no te quejes: a ti te fascina hacer la chamba de tu hija, por eso eres la mamá de los pollitos. Doña Cocorica, te decía mi mamá.

María: Ay sí. Ella era igual, así es que no tenía de qué hacerme burlas.

Lucio: Por cierto...

María: ¿Y ora? ¿Qué tienes?

Lucio: No, nada. ¿No has ido a ver a mi mamá?

María: Voy todos los sábados. Si no fuera por mí esa tumba estaría abandonada. Sofía nunca está, Julián ya no vive aquí y tú tampoco. ¡Qué país! Pero cuídense: Dios los va a castigaaaar...

Lucio (con cautela): A ver si vamos juntos, ¿no?

María: Pues aparécete por aquí el próximo sabado a las ocho de la mañana y listo. Estaría muy bien que lo hicieras, ¿eh?

Lucio: Bueno, nos vemos el próximo sábado a las ocho.

María: ¿Por qué dices que vas a venir si no vas a venir? De por sí es un milagro que hoy hayas venido a verme, y de día. ¿A poco ya te estás levantando temprano?

Lucio: Ahora soy el Pájaro Madrugador. A las seis de la mañana ya estoy en la oficina.

María: Ja ja *ja*. No me hagas reír chiquilín que tengo un fuego en los labios. ¿A qué horas te levantaste hoy, a ver?

Lucio: Bueno, hoy, a las diez. Fue una excepción.

María: Para ti esa es la madrugada. Me acuerdo que a mi mamá le chocaba que desde chiquito fueras tan desvelado. ¿Qué tanto hará ese muchacho?, decía. ¿Qué hacías, eh?

Lucio: Quién sabe. Me acabo de acordar que a veces mi mamá se despertaba a las cuatro de la mañana. Entraba a la sala caminando por instrumentos; se pegaba una deslumbrada del carajo y sin hablar, sin mirarme, como sonámbula, apagaba el tocadiscos. Sólo cuando ya se iba otra vez a la recámara me decía: ya acuéstate.

María: Mi mamá...

Lucio: Tú siempre te portaste muy bien con ella.

María: ¡Pues claro! Tú, en cambio, que siempre fuiste el consen, nunca la ibas a ver. La pobre todo el tiempo se lo pasaba preguntando: ¿y Lucio, qué andará haciendo?

Lucio: ¿Y qué andaba yo haciendo?

María: Pues las pentontadas de siempre, supongo. ¿Por qué me preguntas eso a mí?

Lucio: María... Siempre sí invítame ese cafeciano. Tengo algo qué contarte.

María (grita): ¡Doña Voya! ¡Doña Voooooya! Dios mío, siempre hay que gritarle a esta viejita. ¡Tráigase dos cafés! ¡Dos caféééééés!

Lucio: ¿Por qué no te consigues una criada más joven?

María: Doña Carroña está bien. Es lenta pero se avienta. Además es de las que todavía saben contar historias de ánimas. Olvídate, es increíble: un día date una vueltecita en la noche, pues es cuando ocurre el portento de que recupere el habla y le da por platicar.

Lucio (al público): María regresó a la silla, mirándome abiertamente, con una sonrisa lejana, apenas perceptible. Dueña absoluta de la situación. Hasta más joven se veía, de pronto casi era como treinta años antes: la poderosa, impredecible María.

María: Aquí tienes a la Doctora Cucharón. Suelta de tu gargajoso pecho. Mi proverbial sabiduría te sacará de todos tus problemas. Desembucha.

Lucio: Déjame hablar, ¿no?

María: Apuesto a que te peleaste con tu mujer. No vayas a decirme que se quieren divorciar porque te cateo. Tus niñitos están muy lindos para que se queden sin mamá.

Lucio: Luego entonces sí estoy casado.

María: Estás capado pero no casado. ¿Qué quieres decir? Pórtate serio, muchacho.

Lucio (susurrándole en el oído): No sé cómo ni por qué me pasó. Pero me enfermé. Del coco. De pronto me di cuenta que se me habían borrado de la cabeza los últimos seis años de mi vida. Pérate, déjame hablar. Lo último que recuerdo es que hace seis años yo regresaba del norte en avión y Julián me iba a esperar, yo tenía que ver a un militar no sé por qué. Pero hasta ahí recuerdo, no sé si Julián me recogió después, y qué hice luego.

María: Lucio, ¿estás hablando en serio?

Lucio: Claro que sí.

María: A ti te gustan las bromas más elaboradas del mundo. Me acuerdo que una vez inventaste que se murió el papá de tu mejor amigo y que te sacaron de la escuela para ir con él al entierro porque tú eras el único que podía darle ánimos y no sé cuántas payasadas más.

Lucio: Pero esto sí es completamente en serio. Deveras no me puedo acordar de nada.

María: ¿De nada, de nada?

Lucio: Bueno, de todo lo anterior a los seis años me acuerdo perfecto. Pero de esos años no me acuerdo de nada.

María: Lucio, yo sé que los últimos años han estado de la soberana chingada, pero dentro de todo a ti no te ha ido tan mal. No hay que olvidar las cosas sino al contrario: encararlas.

Lucio: Pinche María, tú sí haces que me cague de la risa. Deveras te pusiste en doctora Corazón. Nomás te faltó moverme el dedito en la cara. No seas bruta, yo no quiero olvidarme por gusto. Es totalmente involuntario. Es como una posesión, algo que me agarra de las pelotas y nomás no me suelta.

María (con una risita nerviosa): ¿Y deveras no te acuerdas de que estás casado? ¡No seas payaso!

Lucio: No, no me acuerdo.

María: Ay mhijito, tú te estás haciendo pendejo como nunca. No le escurras al bulto. ¿Y tus hijos, infeliz? ¿A poco no te acuerdas de esas cosas tan divinas?

Lucio: No, ni chicles.

María: Deveras sales con cada cosa...

Lucio (mostrándole la fotografía): Mira, encontré esta foto en mi cartera. ¿Ésta es mi mujer?

María: Claro. Aquí no salió bien, es más bonita; bueno, cuando no se pinta como africana y se pone esos vestidos dizquehindúes que la hacen ver como criada de pueblo en día de fiesta. Y aquí están tus bodocones. Lo único bueno que has hecho en tu vida. Y tu mujer es buena gente. Aunque a veces es sangronsísima. Y creída. E intratable. Se cree la Reina.

Lucio (malicioso): Dios te salve María, llena eres de gracia.

María: ¡No me hagas esos chistes, Lucio!

Lucio: Calma, calma. ¿Cómo se llama?

María: ¿Quién?

Lucio: ¿Cómo quién? Mi mujer.

María: ¡No te hagas el chistoso! Oye, vete con tus chistecitos al demonio.

Lucio: Spérate María, es en serio. Palabra.

María: Bueno. Se llama Aurora. Esto es ridículo, ¿eh?

Lucio: ¿Aurora? ¿Cómo va a llamarse Aurora? No puede ser.

María: ¿Qué tiene de malo?

Lucio: Es que desde un principio pensé en que en mis especulaciones necesitaba un nombre, digamos, de trabajo, para esa mujer que posiblemente estaba casada conmigo, y se me ocurrió ponerle Aurora.

María (escéptica): Ay chiquito...

Lucio: ¿Y dónde vive? ¿Dónde vivo, más bien? ¿En Jalapa?

María: ¿En Jalapa? Deveras estás mal, Lucio, digas o no la verdad. ¿No has visto un médico?

Lucio: Contéstame, María, luego te cuento lo que quieras.

María: No. Contéstame tú primero. ¿No has visto a un médico?

Lucio: No. Para qué. No me siento mal. De hecho, me siento mejor que nunca. Si esto se lo debo a la amnesia, perfecto. Pero ya sé más o menos de qué se trata. Creo que puedo tratar de arreglar este asunto por mí mismo. Pensé en ir a ver a Julián y fui a su casa, pero me dijeron que no vivía allí, y la portera me contó unas cosas en verdad horrendas, ¿es cierto?

María: ¿Lo de los hijos? Claro que es cierto. ¿Y luego?

Lucio: Luego me dijeron que mi mamá se había muerto, ¿es cierto también?

María: ¡Lucio, por el amor de Dios! Hace apenas unos momentos estábamos hablando de ir al panteón a verla.

Lucio: Claro, claro, sí, pero, bueno, yo nada más lo estaba diciendo para ver si era cierto. Bueno. Ahora dime: ¿en dónde vivo?

María: Deveras estás de hospital.

Lucio: Ya vas.

María: Vives en *Tepoztlán,* allá te fuiste a vivir hace dos o tres años, ¿de veras no te acuerdas?

Lucio: Te digo que no. Ay María.

María: Mira chiquito, si crees que ya me tienes en la ensalada te equivocas. ¿Te acuerdas cómo eras de teatrero de niño, Lucio?

Lucio: ¿Eh?

María: Ahora no oyes. De todo hacías dramas. Ni quien te aguantara. Me acuerdo de una noche: llegaste a la casa en silencio total, casi a punto de las lágrimas. Palabra que parecías el ser más desolado de todos los tiempos. Te dejaste caer en un sofá sin decir una sola palabra. Que Lucio, vente a jugar turista. No contestó el señor. Lucio que te vengas a cenar. Nada. Lucio ¿dónde estuviste? Tampoco. Al rato ya tenías a todos girando, que si había que llevarte con el médico, ya ni me acuerdo. Yo, aquí entre nos, ya sabía cómo eras de mamoncete, pero Sofía que era y es una pendeja sí estaba alarmada. Y mi mamá. Ya sabrás. Pero Julián, mi papá y yo dijimos: déjenlo, todos se hacen los sufridos para que los apapapachen pero Lucio marca la diferencia entre un amateur y un profesional. Y tú a punto de llorar de tristeza. Ni cuando se murió mi papá o mi mamá te pusiste así. ¡Qué bárbaro! Campeón mundial.

Lucio: Pues sí, ni hablar, pero/

María: Y luego, ¿te acuerdas de cuando te regañaba mi papá? Digo, cuando te regañaba en serio. Porque tarde o temprano mi papá te metía a la raya/

Lucio: Sí, pero/

María: ¿Y te acuerdas de lo que hacías? Te encerrabas en el baño, juar juar, y ahí te ponías a berrear a grito pelado, improvisabas todas las más contundentes jaladas que he oído en mi vida, qué imaginación mi querido Lucio, ahí sí mis respetos. Una vez fui bien despacito al baño del cuarto de criadas, donde te gustaba meterte a berrear, ya estabas en el delirio Lucio, jurabas que no te habías ido de pinta, y claro que te habías ido de pinta/

Lucio: *No* me había ido de pinta.

María: Te había cachado *Julián*. O habían hablado de la

escuela. Y tú decías algo así como algún día se darán cuenta de sus errores y de las injusticias que han cometido conmigo y que yo soporté hasta lo último, pero entonces será tarde ya habré muerto para entonces y todos lamentarán que su egoísmo me haya arrastrado a la destrucción. Palabra que dabas *asco*.

Lucio: Oye, no exageres.

María: Lo que se me ocurrió fue llamar a la criada que teníamos entonces, ¿te acuerdas?, Josefa, le fascinaban las telenovelas. Se soltó a chillar a los cinco minutos de oírte.

Lucio (al público): Mi paciencia se agotaba; ante la posibilidad de obtener tantos datos que me hacían falta, a esta cretina María le daba por lo menos apropiado en ese momento. Además, para colmo, se me vino a mí también un recuerdo sepultado bajo siete capas, y no me lo pude quitar de encima. Era así: una vez, cuando tenía ocho o nueve años fuimos a las Pirámides con unos amigos de mis papás. A todos se les pasaron las chuparadas. Ya bien noche, cuando me iba a acostar, oí que mis jefaturas discutían:

Voz mamá: ¡Andas con otras viejas, por eso nunca puedes!

Voz papá: ¿Nunca? Mira nomás los hijos que tenemos, ¿de dónde salieron?

Voz mamá: De *milagro*, ¡nada más esas cuatro veces se te ha levantado la cuestión! A ver, por qué no puedes ahorita.

Voz papá: Porque estoy cansado y muy borracho y muy viejo.

Voz mamá: No estás ni tan viejo ni tan cansado, pero sí bien borracho, mira nomás cómo te pusiste.

Voz papá: Es que tú ya no te le antojas a nadie. Pareces bruja, así no puede ni un marinero después de ocho años en el mar.

Voz mamá: ¡Tú eres el que está horrible! ¡Botijón, mira qué panzota tienes, y los dientes todos cafés y carcomidos, ¡estás espantoso!

Lucio (al público): Y así por el estilo. Recuerdo que los

escuché horas y horas, casi sin respirar, hasta que las nalgas se me congelaron, porque me había sentado en el suelo. De pronto oí que uno de ellos iba a salir, creo que a mi mamá le dieron ganas de vomitar. Me levanté y salí corriendo, con tan mala suerte que me di un chingaputazo en la nariz contra la puerta del baño, que estaba abierta. Me salió sangre por todas partes y de repente allí estaba mi madre, abrazándome, entre hipos, con un olor fuertemente tequilero, me acariciaba, sana sana colita de rana, mi papá llegó también, ¿qué pasó?

Mamá: ¡Quítate de aquí, borracho! Por tu culpa este niño se acaba de dar un golpazo, ¡mira cuánta sangre!

Papá: *¿Por mi culpa?*

Mamá: Hijito, hijito, mi vida, no llores. . .

Papá: ¡Deja ya en paz a ese niño! ¡Suéltalo, Lucrecia! ¡O no respondo!

Mamá: ¡Lárgate, borracho, borracho!

Papá: ¡Suéltalo, te digo!

Mamá: ¡Es mi hijo! ¡No lo jales!

Papá: ¡Y tú escuincle, ya párale al chilladero!

Mamá: ¡Hijos! ¡Hijos! ¡Su padre me quiere pegar! ¡Vengan! ¡Me quiere pegar! ¡Háblenle a mi hermano Trinidad, díganle que venga y me defienda!

Papá: ¡Ustedes, váyanse a dormir!

Mamá: ¡No, no se vayan! ¡Me mata, me mata!

Lucio (al público): Mi papá estaba lívido de furia, nunca supe a qué horas fue a su recámara y de repente lo vi con un tremendo cinturón, uno bien grueso que tenía un santo hebillón. Con él empezó a darle sus cintarazos a mi mamá, y a mí de pasada porque ella me tenía abrazadísimo y aunque me cubría pues varios golpes también me llegaron. Inevitable, ¿no? Bueno, pues ese recuerdo me llegó de un solo golpe, aunque yo me tarde refiriéndolo, así es esto de los distintos niveles del tiempo. Una sola imagen envolvía todo, como en los cuadros renacentistas, de la oscuridad salía una iluminada imagen familiar, y algo, alguien, me susurró:

Voz (fuera de escena): Calma, Lucio, calma.

Lucio (a María): Bueno, ¿por qué tienes que ponerte a recordar todo eso?

María: ¿Por qué no? ¿Qué tiene de malo un recuerdito, o dos? Además, tenía mucho tiempo sin verte.

Lucio: ¿Cuánto?

María: Hombre, pues yo diría que como un año. ¿No te acuerdas de lo que pasó?

Lucio: María, carajo, no chingues, estás viendo que no sé ni cómo me llamo, cómo quieres que recuerde lo que pasó la última vez que te vi.

María: ¿De deveras no te acuerdas?

Lucio (al público): En esa ocasión percibí un brillo distinto en sus ojos, algo ocurría: por alguna razón, para mí incomprensible pero sí intuible, en ella se derretían las reservas-no-reservas que había estado mostrándome-no-mostrándome desde que llegué. Pensé también que ese café me había caído muy bien, aunque en cierta forma había revuelto, ensombrecido levemente mi estado de ánimo.

María (sonriendo): Bueno, Lucito, la última vez que nos vimos, digamos que hace un año más o menos: no, menos, tu mujer y yo nos peleamos, nos dimos un agarrón de los buenos, ¿ya te acuerdas?

Lucio (al público): La ignoré: en verdad no merecía los honores de la respuesta.

Lucio (a María): ¿Por qué se pelearon?

María: Pues digamos que esa horrible bruja vieja Aurora que tienes por esposa tuvo el descaro de echarme la culpa de todos los riegues, incontables, incontables, de tu escamochera vida. ¿Y qué crees que yo le dije?, pues le dije que por el contrario nuestra familia había hecho hasta *lo imposible* por encauzar tu vida dispersa, irresponsable y maricona. Julián, que por supuesto también es un pobre pendejo, pero eso nomás aquí entre nos, creía que llevándote al ejército te volverías machito. Sofía, por su parte, siempre te dio por tu lado, esto es: cuando te pelaba, por lo general estaba demasiado deslumbrada con el esplendorcito de sus riquezas. Y tú siempre esperas que te den por tu lado, en el fondo te sientes inmortal, un dios al que se tiene que reverenciar, un ser pluscuamperfecto que cree que nunca va a pasarle nada...

Lucio: Lo cual es perfectamente cierto.

María: Ay mhijito. Yo le dije a tu mujer que a veces no he sido lo enérgica que debía contigo, pero que por lo general siempre te he guiado por las buenas ondas, ¿o no, cabrón?

Lucio: Claro que sí, *mamita,* pero no me digas patrón.

María: Apréndete otras ya, ¿no? Mira, mi papá fue perfecto contigo: ni duro ni blando, bastante sabio el hombre. Te quiso pero no te consintió como mi mamá, que fue la única que te echó a perder. Qué bárbara, no se medía.

Lucio: María, ¿de qué se murió mi mamá?

María: Lucio, ¿de veras no te acuerdas? Esto es de lo más... Había estado más o menos bien, ya se había acostumbrado, o resignado, vaya una a saber, a vivir con nostros, no le faltaba nada. Nos regañaba a todos y quería traernos a su ritmo, o sea que estaba normal, ¿no? Pero de pronto le vino una embolia y luego otra, y otra, y claro que no iba a poder aguantar todo eso, porque todo fue en muy poco tiempo... Y se murió... Lucio, júrame por el alma de mi mamacita que deveras no te acordabas.

Lucio: Te lo juro.

María: Pero si tú viniste al entierro, con Aurora y tus niños...

Lucio: Pero no lo recuerdo, palabra. Ahora mismo me lo dices pero no me puedo acordar, es horrible.

María: Pero tienes que acordarte, ¡acuérdate! Cuando estaba en el hospital hubo un momento en que recuperó el sentido y te empezó a llamar. De puro milagro tú acababas de llegar de Tépoz; la verdad es que yo estaba segura de que te ibas a quedar en tu mugre pueblo pensando que no pasaba nada grave. Pero llegaste, gracias a Dios, y mi mamá te dijo miles de cosas.

Lucio: ¿Qué me dijo, qué me dijo?

María: Ay Lucio, ya ni me acuerdo. Mi mamá estaba desvariando un poco, todavía se acordaba de muchas cosas, todas revueltas, y luego te daba consejos, en especial te dijo que te portaras bien con tu esposa, alguien le platicó que estabas teniendo problemas con Aurora... Creo que fue Sofía... y a mi mamá siempre le cayó bien Aurora, aunque realmente no la conoció gran cosa. Creo que en esa época andabas con otra vieja, y ese día tú le prometiste, de eso sí me acuerdo muy bien, que ibas a ser bueno con tu esposa, y le juraste que nunca te separarías de Aurora, pasara lo que pasara. Acuérdate, Lucio, acuérdate. Esto es algo que nomás no puedes olvidar, ¿cómo puedes olvidar algo así? Acuérdate, por el amor de Dios, acuérdate, Lucio...

Lucio (al público): En ese momento, y supongo que por la conminación de mi hermana María, empezó a formarse en la negrura de mi visión interior la imagen de un pequeño cuarto de hospital pintado de blanco viejo, casi gris. Una ventana daba a los techos de varias casas... De una ventana vecina salía el ritmo laxo de un valsecito... Cómo pueden venirse detalles así. Y sin embargo, son importantísimos. Un detalle mínimo, por lo general intrascendente, contiene en sí la esencia de la atmósfera del evento que se quiere recordar; a veces es un aroma, o una sola imagen, o como en mi caso, un cuadro compuesto por algunos detalles como el valsecito que salía de un radio... Eran los viejos Bosques de Viena con su introducción, o final, de cítara vienesa... En esos acordes pendía toda la magnitud del recuerdo, era lo que le daba una validez, una autenticidad indudable... Sí, era la colonia Roma. Un buró con flores.

María (lejana): Acuérdate, Lucio, acuérdate...

Lucio (al público): Algo se resquebrajó en mí. Un chorro de luz salió desde dentro: un cilindro luminoso y compacto. Quemaba. Vi a María, a Julián, a Sofía y a mí mismo en ese cuarto... El hospital Santalena... Y vi a mi madre. Vestía una laxa bata blanca de hospital, en su muñeca enflaquecida colgaba un brazalete azul de tela, tenía los cabellos hirsutos, casi parados, y el rostro estragado... Era bellísima aún con esa cara de recién llegada del Apocalipsis. Tenía una fuerza imbatible, en su mirada la luz se estrellaba furiosa como el agua en un remolino. Se quitó la mascarilla del oxígeno. En ese momento estaba llena de vigor, de su enfermedad sólo quedaba la flacura y los rasgos demacrados, pero parecía tener tanta fuerza que podría levantarse, tomar sus cosas y salir de allí con paso rápido, presuroso, como alguien que tiene algo muy importante que hacer... Me tomó de la muñeca y me jaló hacia ella. Tuve que contorsionarme porque me apretó de tal manera que estuve a punto de pegar un alarido de dolor. No era posible que tuviera esa fuerza.

Mamá: Acabo de estar en un lugar en el que me vi todita por dentro, como si fuera una radiografía rarísima. Por dentro tengo un cochinero, puros arrumbes viejos y polvosos, mazacotes de algo como grasa negra, y de pronto me pregunté cómo había sido que se me emporcara tanto eso que tenía allá dentro. Allí estaba yo, hijo, viendo todo eso, cuando te juro que oí una voz que me decía que necesitaba encontrar al maestro del cincel para que se me metiera muy finito por mi cuerpo y con su martillo y sus demás instrumentos me fuera tumbando todo eso que tengo.

Lucio: Acuéstate, mamá, sígueme contando todo pero acostada, y déjame ponerte otra vez los tubitos estos que te quitaste: los del suero, el oxígeno...

Mamá de Lucio: De nada sirve eso, hijo, óyeme bien. Yo hice caso a lo que me dijeron, porque cuando me llego a dar cuenta de que algo es importante te juro que no soy tan bruta y que hago lo que se tiene que hacer. Fui a buscar al señor ese del cincel y le dije lo que pasaba. Él primero no quería, y luego quiso cobrarme una fortuna por hacer el trabajito. Ay hijo, me tuve que ir al banco y sacar lo que había ahorrado con tantos trabajos pellizcando del gasto aquí y allá. Me quedé casi en la miseria. Yo creí que tenía ahorrado más dinerito a plazo fijo, pero no: no era gran cosa, apenas me alcanzó para pagarle al hombre ese, que por cierto, Lucio, es de lo más gracioso, pero tú ya lo conoces...

Lucio: ¿Yo?

Mamá: Sí, él me dijo clarito que ya te conocía. Oye, te conoce mucha gente por ahí, ¿eh? Cuando entré en el banco las cajeras y el subdirector me saludaron muy amables porque te conocían bien. Nunca me dijiste que habías guardado tanto dinero en ese lugar tan grande y bonito. En fin. Pues le pagué al hombre este del cincel y él se hizo bien chiquito, chiquitítito, y yo vi que de repente pegaba un brinco, como grillo, y se me metía entre la ropa. Apenas podía aguantar las cosquillas. Luego me di cuenta de que se pegaba a mi ombligo y de que ya era como un hilito muy fino como de algo líquido, espeso, como un hilito de baba que se me iba metiendo. Y desde entonces lo traigo dentro, hijo, y en las noches luego me cuesta trabajo dormirme porque se oyen más fuertes los martillazos que se la pasa pegando.

Lucio: Sí, mamá, pero acuéstate.

Mamá: No molestes orita que estoy hablando de cosas serias, mi hijo. Mira, el señor me dijo que tenía que verte y darte lo que tengo dentro, porque sólo tú, de todos mis hijos, sabría qué hacer con lo que yo te diera.

Lucio: ¿Yo?

Mamá: Sí, tú. Me dijo además que te diera un recado. Me pidió que te dijera que puedes perder tu pasaporte si sigues portándote como extranjero en tu propia patria. Bueno. Ya te lo dije.

Lucio (al público): En ese momento mi madre pegó un salto inusitado y corrió hacia la puerta. Acabó de desprenderse de todos los conductos que penetraban en su carne, que le dejaban pequeñas bocas viscosas en las muñecas, los brazos, el cuello. Tenía los pelos casi completamente erizados y se veía flaca flaca. Todos saltamos hacia ella para detenerla, para llevarla otra vez a la cama, pero ella no se dejó.

Mamá: ¡Háganse a un lado! ¡Quítense! ¡Tengo que darle algo a mi hijo!

Lucio (al público): Antes de que pudiéramos hacer algo mi madre comenzó a vomitar largas y viscosas fibras de algo muy negro y pegajoso, algunos objetos parecían caer de su boca recubiertos de esa masa aceitosa, negra y pestilente. Hedía tanto que mis dos hermanas, sin poderlo evitar, empezaron a vomitar también, compulsivamente, entre gritos y llantos, y yo veía fascinado que los objetos que caían de la boca de mi madre brillaban con fuerza e incluso, algunos, desplegaban un espectro lumínico de tonalidades turbias, negras. Vi de reojo que mi hermano Julián, replegado contra la pared, se cubría la boca y luchaba desesperadamente por controlar la náusea. Y yo sentía el hedor, pero no me preocupaba. Tuve la presencia de ánimo de tomar a mi madre, de alzarla. Parecía una plumita. En verdad había descargado algo con su vómito negro y verduzcoso. La llevé a la cama, la acosté, reconecté todos los tubos que se le habían desprendido, y después me enfrenté a las negrísimas deyecciones de mi madre, que se habían solidificado un poco y parecían formar un túmulo pequeño. Sin lugar a dudas supe lo que tenía que hacer: quemar ese minúsculo montón negro. Saqué mis cerillos y me acabé la caja, pero el vómito, cada vez más compacto, jamás se consumió. Entonces tomé unas pequeñas tijeras, me hice una mínima incisión en la punta del índice de la mano derecha y dejé que unas gotitas de sangre cayeran en el túmulo negro. Eso era lo que se necesitaba. Cuando volví a arrimar el fuego, el vómito solidificado se encendió al instante, brotaron fuertes chispas verdes, amarillas, y en menos de un minuto todo se había calcinado: sólo quedó una pequeña esfera, una bolita lisa y bruñida, negrísima, que, por supuesto, me eché a la bolsa. Acababa de hacerlo cuando vi que mis hermanos: María, Sofía y Julián, estaban derribados en los sillones, casi exánimes, completamente pálidos. Yo me sentía cada vez más fuerte. Mi madre parecía dormir en paz. Una enfermera entró en el cuarto, vio y olió los vómitos de mis hermanas, pero ni siquiera alcanzó a decir ¿qué pasó aquí? porque algo la llevó derechito a la cama de mi madre. La vio y nos dijo, extrañadísima:

Enfermera: Esta señora acaba de morir.

Lucio (al público): Les juro que nunca olvidaré la mirada que nos dedicó la enfermera... Y miren, ¿se acuerdan de la pequeña esfera al parecer metálica que tengo en mi bolsa? Aquí está. Véanla. Ahora entiendo por qué la llevo conmigo.

Voz María (fuera de escena): Lucio, Lucio, no llores... Te acordaste, ¿verdad?

VUELTA A CASA

El amor es un fuego. Aurora contestó. Claro que era ella. ¿Lucio?, dijo, al instante, con una perceptible inflexión de alarma. Hola, mi amor, ¿como supiste que era yo? Algo en mí respondía sin demoras y con naturalidad a esa voz de mujer que me era completamente desconocida, a quien yo amaba, y que amo y que nunca es la misma y me ama y me comprende, y que, a la vez, me despertaba emociones inclasificables.

No sé, respondió ella, pero de repente sonó el teléfono y estuve segura de que eras tú. Ya me tenías preocupadísima. ¿Dónde estás? En México, pero ya voy para allá. ¿En México? ¿Y cómo le hiciste para hablar? Desde ayer no entra la larga distancia. Entonces esta llamada es un milagro: yo nada más marqué los números de la casa, como siempre, y zas: ahí estabas tú. Pues qué bueno, Lucio, te juro que varias veces estuve a punto de lanzarme a México a buscarte, pero algo extrañísimo, como una voz *indiscutible* me decía: tranquila, tranquila, ya va a llegar, y luego tuve un sueño... Híjole... ¿Qué soñaste? Pérate, luego te cuento, pero tú, dime, ¿qué has andado haciendo? ¿Por qué no te regresaste el lunes? ¿Qué te pasó? ¿Qué día es hoy? Jueves. Ah. Pues pasaron millones de cosas. Te tengo que contar. Bueno, empieza. Uh, no acabaría. Dime, ándale. Bueno, fui a buscar a mis hermanos, Julián no está/ Claro que no está. Y Sofía se fue de viaje con Ricardo y los niños. Pero eso también ya lo sabías, ¿qué fuiste a hacer a su casa?, estás chiflado, cuate. También fui a ver a María. Estuve con ella largo rato ayer. Me invitó a comer. Te mandó muchos saludos. ¿*Me mandó* muchos saludos? Sí, estuve *horas* con ella. Me dijo hasta lo que no. Pero qué más hiciste, Lucio, no me vas a decir que te pasaste tres días buscando a tus hermanos que no están. No hayas andado de Lucio, Cuzco. Nada de eso, a mí el sexo no me interesa gran cosa. Hasta algunos amigos me ven con desconfianza en ocasiones. No seas sangrón. ¿Cómo has estado?, ¿te has sentido bien? Te digo que sí, ¿por qué? ¿Cómo por qué? ¿No te acuerdas de cómo estabas antes de irte? Te insistí y te insistí en que no fueras, el dinero nos habría alcanzado para que fueras la próxima semana. Por cierto, ¿cobraste?

Sí cobré, respondí, pensando que con razón llevaba dinero desde el principio. Y por supuesto que no era ninguna gran suma. Pero cómo iba a saberlo entonces. No me abandonaba una fuerte sensación de incomodidad al hablar con alguien (digámosle Aurora) a quien ahora conocía por numerosas referencias, prácticamente sabía todo de ella, incluso la había recordado con grandes detalles, pero a la vez me resultaba más extraña que nunca y generaba una extraña disociación en mí: yo presenciaba, atónito, que una parte de mí la conocía de siempre, mi cuerpo la conocía. Yo todavía necesitaba estar frente a ella. Pero dime, agregué (o más bien agregó mi voz que andaba de lo más tranquila actuando por su cuenta), ¿cómo estaba yo antes de irme? ¿No te acuerdas? preguntó Aurora, atónita. No, no me acuerdo. Cómo estaba. Oye Lucio, ¿cómo que no te acuerdas? No me empieces a cotorrear. Te juro que no, es que me ocurrió la cosa más extraña del mundo. Pues dime. Qué te pasó. Aurora, es que no sé cómo explicártelo, dije, admirado aún de la facilidad con que hablaba con esa Aú-rorra, su voz era deliciosa, sencillamente me fascinaba, me podía pasar el día oyéndola: cada inflexión me despertaba una emoción dulce y apremiante. Estaba tan cerca. Casi podía materializar un cuerpo humano, femenino, junto a mí, alguien está viendo a través de mí, un viento firme y refrescante entró en mi alma, un golpe de vida, alguien está sintiendo mis emociones, las sensaciones de mi cuerpo, alguien experimenta el peso de mis manos, la dureza de mi espalda, la consistencia de mis testículos. Lucio, Lucio, ay Dios, qué me quieres decir, habla claro... El tono de la voz de Aurora se había ensombrecido, parecía fatigado de pronto. Bueno, ahorita te cuento todo, pero antes tú dime cómo estaba yo antes de venir a México. Ya te dije, estabas muy mal, deveras mal, jamás te habías puesto así, y terco con no ver a ningún médico, como siempre; estabas débil, débil, débil, casi veías visiones, pero te saliste con la tuya, con que tenías que ir a cobrar al periódico y así y todo te fuiste. Bueno, Aurora. Ya me voy, mi vida. ¿Pero de veras estás bien, Lucio? Ya voy a colgar, al rato nos vemos.

Aurora. Me vi escribiendo intensa, ferozmente, en un cuartito pequeño, en una azotea de la colonia Condesa; desde allí sentía la presencia de Chapultepec, aunque el pobre parque ya estaba muy cateado algo conservaba de su vieja nobleza. De pronto escribí la palabra finis: estaba escribiendo un guión de cine, claro, y pensé que era una estupidez aclarar que se había llegado al fin cuando cualquier gente de mediana inteligencia se podía dar cuenta. Pero en finis. Junté mis papeles, los ordené y me fui a desayunar a la lonchería. Eran las nueve de la mañana, había escrito toda la noche y para esos momentos, yo, Lucio el Cumplidor, me disponía a tomar un camión para llegar al metro que me llevaría cerca del edificio de Conacine, en la avenida Universidad.

Allí me esperaba Octavio, el ganapán, con el que supuestamente había trabajado. Octavio presumía de que colaboró en el guión por el solo hecho de haberse reunido en cuatro ocasiones conmigo, en las que me dijo, con aires de suficiencia: aquí quiero que la toma empiece con un gran long shot, day for night, con grúa, un poco Sombras del mal; fíjate, la grúa baja y travelea despacito mientras sale gente de la calle; nos quedamos con la fachada de la cantina, de donde sale mi hermano Jaime, yo creo que ese papel le va perfecto, y entonces le asestamos un zoom a close up, ¿qué tal, eh? Chingón, ¿verdad? Pues sí, digo: si te sale. Claro que me sale, pendejo. Bueno, oye, ¿conoces ese cuadro de Pedro Coronel donde hay dos mujeres casi totalmente desdibujadas: como que no hay nada, pura atmósfera? Bueno, pues esa textura es la que quiero. Y eso a mí me servía relativamente, muy relativamente, a la hora de hacer sinopsis, continuidad, cuando tenía que desarrollar, adaptar, dialogar, acotar y, por supuesto, mecanografiar todos los pasos. El pinche guión técnico era pedo de él, o, si no, por qué no fue a fletarse conmigo día a día para visualizar cada escena. Y así ahora tenía el descaro de firmar el guión conmigo, incluso por delante de mí. Quiero que estés conmigo en la filmación, decía, por si hay que hacerle cambios al guión o rescribir algunos diálogos, ¿no? Vas a ver que voy a arreglar que te suelten una lanita extra para que puedas ir a la filmación como mi escrip superváisor, ya ves que el Naco es mi cuatazo del alma.

El Naco era el licenciado Hiram Broido Macotela, entonces director de Conacine, o Nacocine como también se le decía en su honor.

Llegué al edificio muy contento porque mi retardo apenas era de diez minutos. Octavio el Dírec me había insistido neuróticamente que estuviera a las diez y media, porque el Naco era puntualísimo y había jurado por el artículo tercero de la Constitución que a esa hora nos recibiría. En el primer piso ya estaba allí Octavio, con más acelere que de costumbre porque ya había gorreado un café a la cortés secretaria del licenciado Macotela. ¿Qué tal, artista?, me saludó Octavio, quien pensaba que era muy sofisticado decirle artista a la gente, ¿terminaste el guión? Si no lo acabaste ya nos jodiste, mano, porque le dije al Naco (Octavio deslizó la mirada en torno suyo para verificar que nadie lo oía) que hoy se lo tendríamos.

Le mostré el tambache de cuartillas enclipadas, y él las tomó al instante, de hecho me las arrebató; vio la primera página, frunció el entrecejo al leer los créditos de guión y adaptación y sin el menor remordimiento el ojete cambió el orden de nuestros nombres allí mismo. Fingió ignorar la mirada con que yo le reprochaba la desfachatez. No le preocupaba; sabía que yo no tenía trabajo, aparte de mis colaboraciones en el periódico, y él era El Influyente, El Gran Amigo del Naco, uno de los consentidos del cine naconal que filmaba cuanto proyecto presentaba. Qué bueno que sí terminaste, comentó, hojeando el guión; en realidad no le interesaba leer nada salvo que los créditos fueran a su medida y bien visibles. Orita nos recibe el Nacotitlano. Dice su secretaria que llegó desde las ocho pero que ha estado haciendo un reporte que le tiene que presentar a Demetrio. ¿Ya viste qué buena está la pinche secre esa?, añadió, mirando con ojillos de coyote a las secretarias que leían fotonovelas y desganadamente contestaban el teléfono.

A la sala de espera llegó más gente; unos se fastidiaban y se iban; otros se quedaban y leían íntegros los periódicos de la ciudad de México que yacían en una mesita. Nos invitaron un café, otro, y los bebí para no caer jetón, no sólo por la desveladota que me di al escribir el final del guión, sino porque el pinche Octavio insistió, a pesar de las caras que yo hacía, en contarme sus andanzas en *Albania,* donde había ido a estudiar economía y, al final de los cinco años de estancia, cine. Octavio estaba nervioso y aparte de infligirme su curriculum profesional y erótico, trató de leer algunas cuartillas del guión y uno que otro periódico (escogió El Heraldo, imagínate) sin concentrarse en nada.

A las once y media llegó el secretario del licenciado, quien nos saludó familiarmente con destellos en sus dientes de oro; después regresó para avisarnos que el licenciado Broido Macotela había terminado su reporte pero que había ido a un acuerdo con su jefe, así es que nos recibiría tan pronto como terminara la junta. Me estaba dejando despeñar en la fascinación caliente de odiar al dírec Octavio, al lic Hiram Broido Macotela y toda esa caverna pestilente de burócratas del alma cuando ocurrió el milagroso y verdadero motivo de estas inspiradas líneas (¿a quién se le ocurría, de otra manera, narrar una sesión de antesala burocrática?); sonó un inmenso gong, se escucharon las fanfarrias y la marcha Zacatecas, se encendieron los arcos de cien mil watts y los espejos de sol apuntaron la irreversible entrada de Aurora. Congelé la imagen como corresponde a uno de los momentos decisivos, determinantes, en la vida de los individuos, de las naciones y por supuesto del orden cósmico también. Aurora llevaba unos pantalones vaqueros que delineaban sus excelentes nalguitas, y una blusa que después supe era china, de seda y perfecta. ¿Me acuerdo bien? Perfecto. Aurora me dejó caer encima un atisbo, una visión fugaz (un parpadeo), un tráiler, un avance de lo que me sucedería en los siguientes años de mi vida, sólo que en ese momento concientemente yo no lo sabía y sólo admitía el impacto de esa aparición que se comunicaba con mis estratos más intrincados; me sorprendía encontrar una chava que integrara, en su apariencia, soltura, belleza, dignidad, seguridad, prudencia natural y aristocrática, inteligencia y (sobre todo) la sensación de que se trataba de un verdadero pozo de profundidad.

Aurora no miró a nadie, no porque nos despreciara o no quisiera comprometerse; más bien se hallaba en otro nivel, y si ella no lo sabía su cuerpo sí, en especial el cuello, donde parecían residir los códigos de la verticalidad; llevaba el pelo recogido hacia arriba y el cuello, al descubierto, era una pieza maestra, qué cuello más besable, qué niña más increíble, exclamé en voz alta, sin darme cuenta, cuando ya se había ido.

Se llama Aurora, me informó el colega director, que por lo visto sí podía tener alguna utilidad en la vida; trabaja allá arriba, agregó. Preséntala, ¿no? Í cómo no, luego te la presento. Está en Publicidad, es de las que hacen las dizque campañas y la promoción de las películas, por cierto que la que hicieron de la última mía fue verdaderamente cretina, por eso la película se cayó a las dos semanas, cuando pudo haber estado cuando menos/ Tres, interrumpí: la última cosa de Octavio era siniestra, y cualquier campaña de publicidad, por cretina que fuese, era motor de rolls royce para un volkswagen.

Octavio sonrió su sonrisita de niño mamón y consentido; me vio de reojo: complaciente desprecio. Qué pendejo. Pues esa chava es la más sangre del mundo, me informó, se siente superestrella; y sí, está guapa, ni quien lo niegue, pero no es la Kinsky, ¿no? No le habla a nadie, es mamertísima. Yo, la verdad, no oía a mi buen camarada, reconstruía in mens, sin fin, como loop de doblaje, la entrada de la nena.

Finalmente me levanté para ir al baño, justo a tiempo para ver a Hiram Broido Macotas, alias el Naco, que entraba en su oficina por una puertecita privada. Sonrió al ver que lo había cachado. Orita te recibo, ¿qué traes, un guión?, me dijo, después de saludarme; él y yo nos conocíamos desde milenios antes, cuando no era El Naco sino El Pendejo Que Hacía Las Preguntas Pendejas en el Cine Debate Popular. Era de mi edad, y como todos en la industria se esmeraba por hacer ver que-él-era-cuate-pero-también-el-jefe-¿eh? Ni siquiera llegué al baño; regresé con Octavio (quien, por supuesto, más que dirigir cine hubiera preferido el puesto de Naco, quien, a su vez, soñaba con ser subsecretario de Pesca, porque era amiguísimo del oficial mayor).

¿A quién crees que acabo de encontrar?, le informé a Octavio, pues nada menos que al lic Hiram Broido Mamótela alias el Naco Gido. Se estaba metiendo en su oficina: apenas acaba de llegar. ¿Y qué dijiste, ya se lo creyó este pendejo? Deveras, hasta me saludó como diciendo chin ya me cachaste. ¿Te preguntó por el guión?, averiguó Octavio, un tanto ansioso. Deliberadamente miré el paisaje metalógico de la pared, ignorándolo. Y esas pinches viejas nos decían todo el tiempo que estaba ocupadísimo el licenciado. Ya va a ser la una. Qué poca madre.

El Naco nos hizo esperar otra hora antes de recibirnos, y cuando lo hizo te juro que se levantó, nos encontró a medio despacho y nos abrazó, dinámico, la imagen viva de la Eficiencia Tecnocrática y la Apretura Democrática: sin saco pero con corbata, que por cierto, deveras, era verde, blanca y colorada, como banda presidencial: la informalidad y la delegación Hidalgo tienen límites, y además había que lucir las mancuernillas de oro, conmemorativas del Mundial de Fut, la esclava de treinta y cuatro kilos, y la cadena impasible que desplegaba su curva antes de perderse en el bolsillo. La verdad es que a mí siempre me gustó la onda de los pachucos, argumentaba en otras sesiones de alcohol-mota-coca-y-putas; por otra parte, la moda del pachuco, el zoot suit, decía impunemente, es imperecedera y siempre regresa, no hay riesgo en ella si se cultiva con discreción y citas de Galbraith. Esa cocasión también confesó que de subsecretario de Pesca le tiraba a ser Jefe de Aduanas, para consolidar el patrimonio de los hijos, después director de la industria un año, máximo dos, para regresar con las bellas, y finalmente Secretario de Hacienda, donde está la onda. Se daba por sentado que de allí, a la presidencia. Y después, El Mundo.

El licenciado Naquito (era tierno el muchachón) nos invitó un café, ¿les han dado café? y cortésmente nos preguntó qué deseábamos. Había olvidado que tenía cita con nosotros, que le llevaríamos el guión, que Octavio pretendía (y sin duda conseguiría) seguir ordeñando el dinero del Estado que por supuesto era el dinero del pueblo, de los trabajadores, acto artero y criminal en épocas en que nadie tiene nada y casi no se filma; el Naco olvidaba también que Octavio, además, ya había hecho declaraciones a la prensa de espectáculos, a pesar de que el guión no había sido aprobado aún. Lo voy a leer con un enorme interés, después lo paso a que le hagan sus informitos, de ahí se va a Cinematografía, para la supervisión, luego hacemos un cálculo aproximado de costos de producción, y ya entonces me pongo en contacto con ustedes y les comunico en qué quedó este desmadre, concluyó el simpático Naco con discretas risitas. Para decirnos esto se llevó media hora en contestar y llamar a través de los noventa y siete teléfonos que tenía a sus espaldas, justo abajo de la foto del presidente que triangulaba con las del director de RTC y del secretario de Góber. También permitió que el director de la publicidad se metiera, sin llamar, para obtener la aprobación de un cartel. Iba acompañado (bendito era) por Aurora Mamertísima. Ella, fiel a su estereotipo, no nos miró ni de reojo, parecía inmersa en sus pensamientos y a la vez muy atenta a lo que ocurría, grandes olas de agua rompen la noche. Quién sabe a qué habría ido, porque no soltó palabra, mirada o vibración. No existíamos, o más bien éramos parte de un decorado natural que no tenía la más mínima importancia o interés. Pero claro que te vi, Lucio, y desde antes, en la sala de espera. Pues yo creí que no; parecía que estabas enojada. Es que a veces ésa era la onda que tenía que agarrar para sacarme de encima a la bola de idiotas que nomás porque trabajas en el cine están seguros de que es tu obligación darlas, y sin hacerla de tos, además. Y yo que pensé que los dioses te habían enviado a la oficina del buen Nacola. Por cierto, ¿ya supiste? Lo nombraron secretario general del gobernador de Aguascalientes. Como buen soldadito, se disciplinó. Pobre, dijo Aurora, sonriendo, él que soñaba con estar en el próximo gabinete.

Octavio cumplió su palabra y tan pronto como salimos de la oficina de Broido Nacotela subimos al quinto piso, donde, después de saludar por su nombre y a viva voz a todos, me llevó a un cubículo que parecía caseta telefónica, ciérrateles para borrar el espacio, allí Aurora bailaba los dedos sobre una máquina de escribir. Casi ni nos peló, la infeliz, ¿por qué eras así, oye? Es que cuando te vi me caíste pesadísimo, pensé que eras tan estúpido como el tarado de Octavio. Te juro que el panzoncito es el más nefasto de todos los directorcitos balines que siempre andan por ahí. *Nadie lo aguantaba.* Pues él decía que nadie te aguantaba *a ti*. Eso decía porque ni lo moché, miles de veces me invitó a salir, pero cómo iba a salir con él si es el tipo más libidinoso que he conocido, se le escurre el morbo. Fíjate que una vez en un coctel de Cona en los Churubusco, Octavio agarró una borrachera que no sabes. Yo estaba platicando con una chava divertidísima que era representante de actores, y que nos cae Octavio. ¡Horror al crimen! Que las invito a cenar, a las dos, ora vámonos de aquí, con las dos puedo, nos decía el estúpido, y ya nos estaba abrazando; te juro que la boca le apesta como si acabara de comer un sándwich de su propia caca. Bueno, nos lo quitamos de encima, asqueadas. Pues después me salí en mi cochecito, y ya en Río Churubusco me doy cuenta de que el maldito me venía siguiendo, ni siquiera lo trataba de ocultar. En cada alto me tocaba el claxon, me saludaba y brindaba conmigo con el vaso que se sacó del coctel. Yo no quería que ese perro supiera dónde vivía, ves, así es que me metí por miles de callecitas, pero el canalla no se me despegaba, yo por el espejo veía que iba carcajeándose, como loco, y me empezó a entrar miedín, palabra. ¿Y luego? Otra vez fue a mi oficina. Nomás no había cómo hacer para que se fuera. Decía puras incoherencias que se le ocurrían y creía que yo era tan pendeja que podía decirme que eran citas de Cioran. Todo el tiempo presumía de que él era el mejor porque había estudiado en Europa. Y sólo el que estudió en Europa sabe cómo. Pero no no es cierto que estuvo en Albania; estudió en Budapest y en Moscú. Según él, su onda era muy experimental, vanguardista, y ya ves qué mamarrachadas ha hecho. Está totalmente despistado, en su propia y escasa fantasía. Decía que él era un cineasta de la revolución, que la cámara equivalía a un fusil. Y en realidad se emocionaba todito cuando Demetrio no le pateaba los huevos, sino las espinillas, ya me aprecia más el chif, decía. Y como él no se iba, yo me tuve que ir. Me metí sin avisar en la oficina de mi jefe, que se quedó de a seis al verme. Estaba en una junta con unos productores. Quihubo, me dijo, tú qué te trais. Nada, contesté, y me fui por la puerta privada. Por eso cuando te vi llegar *con él*, pensé: lástima de ropita, y estuve segura de que eras tan tarado, cuadrado y pesado como él y todos sus amigos. Es lo malo de los prejuicios, no dejan ver, argüí. Y luego, prosiguió ella, un tiempo deveras no tenía cómo ubicarte. No cabías en los cajoncitos que tenía para meter a la gente.

La verdad es que Aurora era una verdadera peste: cortante, sin llegar a ser grosera. Jamás quiso salir conmigo, y yo tenía que hacerme el estúpido para encontrármela cuando ella salía del trabajo en la avenida Universidad, fíjate que pasaba por aquí, qué milagro, ¿no? Pues ya van como veinte de estos milagritos, me decía, la miserable. En esos momentos no la aguantaba y, claro, me gustaba más que nunca. Sabía que estaba haciendo el ridículo, pero no lo podía evitar. Era una especie de provocación. Primero no quería ni que la acompañara al coche, es que, ¿no te das cuenta?, era un poco la misma onda del baboso de Octavio, una especie de chingaquedito, joder porque sabes que caes de la patada. Pero, bueno, la verdad es que a los pocos días me di cuenta de que no eras de la misma calaña de Octavio y los demás genios incomprendidos que lo acompañaban, pero te juro que cada vez que te cortaba hacías una carita lindísima. Qué poca madre. Bueno, Lucio, ya aquí dime por qué andabas con Octavio, era para poner en guardia a cualquiera, ¿no? No tanto, y además yo no *andaba* con él. Ese año ha sido uno de los más miserables de mi vida y cualquier lana era buena. Octavio me pidió que escribiéramos el guión, porque sabía que yo trabajaría por poco, y a la larga, de todo el trabajo que hicimos, casi un año por el tiempo que se tomaba el pendejo para huevonear a fin de cuentas, yo no saqué nada, no me pagaron ni un quinto porque la película nunca se hizo. Dizque ya estaba programada para producción e iban a empezar a palmar la lana cuando Octavio quién sabe cómo se las arregló para que le encargaran una película sobre el viaje aquél larguísimo que hizo el presidente y que duró como dos años en que estuvo fuera de México, y allá se fue el hijo de puta, a gozarla en grande y a huevonearla, porque esa película tampoco se hizo, pero él sí viajó y cobró y yo, en cambio, quedé más colgado que cualquier Murciélago Velázquez.

Finalmente, Aurora aceptó salir conmigo. ¿Te acuerdas, Lucio? Me llevaste a ver los cuadros de Velasco, muy adusto el hombre, hmm, hmm, y luego a comer tacos. Pero qué tacos: te llevé a la champaña de los tacuches, el Huallesijo Nomás. Y luego, cuando me platicaste de la película que estabas haciendo te juro que estaba segura de que no tenías ningún talento, conseguí la copia del guión que dejaron y vi que no era como para ganar ningún premio, ¿no? Ya te dije que andaba necesitadón de lana, pero de cualquier manera el guión tampoco era la Claudicación de Los Principios Más Sagrados. ¿Pues sabes lo que le dijo después el Naco Hiram Broido Pacotilla a Octavio? Que el guión era de gran *calidad,* qué bruto. Por supuesto que la historia era fatal, pero según Octavio era la que siempre había querido hacer y-que-tardó-años-en-ir-redondeando. Le propuse cambios de tono, de estructura, de anécdota, de personajes. Nada. Era Su Obra, pero el culero no iba más allá de los planteamientos generales y esperaba que yo diese forma a lo que él ni siquiera sabía qué era. Desde entonces juré no escribir ni media línea para los genios egresados de las Academias Vázquez europeas.

Después de varias idas al cine (vimos De entre los muertos, Los mil ojos del doctor Mabuse, Espejismo, Combate en la isla y El insumiso, Soberbia, Metrópolis, El Nacimiento de una nación, El gólem) y a los taquicardios ulteriores, invité a

Aurora a mi casaca, con el viejo truco de enseñarle un fragmento de la novela que estaba escribiendo. E hicimos el amor. ¡Qué cosa más increíble! Cuando la dejé estaba seguro de que ya la habíamos hecho, y en grande. ¡Qué peliculón, señoras y señores! ¡Ábrete, ábrete, que tu lente se llene de gozo!

Cuando la fui a ver, al día siguiente, Aurora ya no quiso volver a verme. ¿Tú crees? Yo no daba crédito. No es posible, me repetía. Otra vez primero la barca de oro y después lavar cagada. Y lo peor de lo peor: la infeliz empezó a andar con un tipo nauseabundo, la guácara con gazné y traje esport, un ruquito director de cine que había sido El Galán En Sus Remotos e Imprecisables Tiempos y que todavía se sentía maduro y admirado. Escribía guiones de a peso y él mismo los filmaba, porque era axial en una mafiecita que tenía un relativo peso en la industria, y en la industria, claro, todo era posible, desde una producción kafkianamente cara con director extranjero hasta el desmantelamiento de toda la infraestructura; el verraco andaba en convertible, imagínate nomás, un mustang; se ponía camisas floreadas, lente-oscuro-coco-seguro, y por si fuera poco ¡gazné! ¡Qué país!

¡Qué rabia me dio! Bueno bueno, ¿qué tenía de malo ese galán of the jazz age? De acuerdo en que era un naco, pero en muchas cosas/ Jocosas/ estaba mejor que muchos de los directorcitos jóvenes que se creían herzogcitos y tannercitos y wimwendercitos y eran la pedantería pura, se sentían Lo Máximo, hasta los que se suponía que no, que no eran mamones: los sencillos y soberbios, niños consentidos que no paraban de llamar la atención, ¡qué espanto! Además, el ruco estaba ruco pero también estaba buenón, todos los directores jóvenes la verdad eran un espanto, con los pelos parados, chaparros, con una panzota, con cara de estúpidos, con los bigotes llenos de espagueti, un bigote a la Zapata te acerca al pópolo. El viejito, en cambio, no se sentía genio y cuando menos tenía la gracia y la inocencia de una puta de doce años de edad, como bien decía Revueltas. Qué cabrona...

...La mera verdad es que al poco rato me di cuenta de que el anciano me caía gordísimo, todo el tiempo luchaba por acordarse de no olvidar sumir la panza, su obligación era conservar la imagen de Gran Galán de la Época de Oro del Cine Nacional, así es que me lo quité de encima lo más pronto que pude, e hice bien... Repensándolo, por supuesto eran mejor los chavos con sus berrinches y sus invocaciones cotidianas al profeta Osea...

Recuerdo cuando la vi salir en el coche deportivo del viejito agalanado. Me poseyó una ira incontenible, quise ir a partirle toda su madre al anciano, después de todo, je je, sería pieza fácil, ¿o no?, y me fui corriendo a alcanzarlos. Pero me la pelé. Cuando llegué al estacionamiento, todo sudoroso porque subía la rampa corriendo, Aurora y el Ídolo de las Mexipáusicas ya habían arrancado.

Al día siguiente fui a la jaulita de Aurora y le grité que era una tarada, miope, orgullosa, mamona, oportunista y pendeja; *le prohibí* que volviera a ver a esa bestia uto-Hollywood, triste criatura del subdesarrollo empresarial mexicano; le exigí que se portara como gente decente. Ella (por supuesto) se puso furiosa, de machito mexicano no me bajó; te juro que creí que eras capaz de pegarme, me acuerdo que me dio un ataque de risa, pero era de esas risas que más bien son el terror puro, ¿no?, deveras tenías cara de a-se-si-no, complejo de matón de la Costa Grande guerrerense, o de siciliano, que es casi lo mismo, pensé, a lo mejor trae una pistola guardada y ahorita me agujera. ¿Y por eso dejaste de salir con el anciano? *Claro que no*, lo mandé a dondeyasabes porque era un fastidio, ya te dije, era el Lugar Común Con Patas, ¡lo hubieras visto cuando se inspiraba!, él decía que se ponía romántico; le daba por declamar. Según él, era Hombre Ilustrado; no cultísimo, pero sí Gente Refinada. Se sabía de memoria El Declamador Sin Maestro y cachos de versos que tuvo que aprenderse para la veintiúnica obra del siglodeoro que escenificó en su vida, y cuando llegaba a las cúspides del arte era cuando se reventaba La casada infiel o Desde el fondo de ti y arrodillado.

Durante un buen tiempo esta Aurora no quiso verme, ni siquiera contestaba el teléfono, y cuando yo me hacía el aparecido afuera de Conacine ella caminaba rapidito. ¡Me ignoraba! Qué vieja tan pesada. Le pidió al portero del edificio, que era su amigo, que le avisara cuando yo anduviera por allí, para escaparse o esconderse o meter la cabeza en papeles como avestruz burocrática. Así es que cuando yo llegaba al quinto piso, ¡nada! L'oiseau a volé. Entonces empecé a escribirle cartas y eso, qué más que la verdad, fue lo que me mató, ¿habrá mujeres que resistan aún el cañonazo de una serenata, o de cartas con poemas de amor? Te juro que no daba crédito cuando empecé a leer tus cartas, entonces sí creí que en verdad estabas escribiendo un libro, tus cartas eran buenísimas, y palabra que me hicieron verte distinto, porque allí aparecías mucho más padre que en la vida real.

Bueno, no sé cuántas cartas le mandé a Aurora, ya se me había hecho un reflejo escribirle carta tras carta, botella tras botella, ¡salud!, en algún momento pensé en armar un librín con ese carteral. Un día, después de que me la había pasado escribiendo y, según yo, me había salido a todo dar, se me ocurrió, por no dejar, hablarle por teléfono, o, como dirían los noemamones: un telefonema. Y fíjate que para entonces yo creía que ya no andaba rebotando tan duro por esta Aurora; según yo, ya la había ubicado en un rinconcito ad hoc como Ánima Gentil a la Que Se Le Escriben Cartas. En mi diario (llevaba un diario, ni modo) al pie de cada página anotaba *sí* o *no* según la hubiese visto o no ese día. Por supuesto que ya llevaba como mil páginas de noes. ¡Y cámara! Behold! Me contestó. Debí haber grabado esa conversación, esto es, si hubiese encontrado una cinta de siete horas, para dejar constancia del tonito con que me hablaste, Aurora. ¿Sí? ¿Cómo te hablé? Pues mira: te dabas una importancia increíble, soltaste una vocecita dizque roncona de lo más payasa, casi tan vil como las de las viejas mamertas del aeropuerto que anuncian los vuelos, a las que hay que decirles: perdone que la interrumpa, señora. Te mostraste, qué te diré, cauta, reservada, muy matteroffactly-nonchalantly. ¿Ah sí? Sí mi vida. Pero acuérdate que estuvimos hablando horas, ¿o no? Eso sí. ¿Y de qué hablábamos? ¡Vaya uno a saber! Por eso te digo que hubiera aguantado conseguir una grabadora y ponerla a la velocidad ultralenta. Recuerdo que, muy discretamente, protesté por los desaires, la gente lo había notado y tristeza, bello rostro. ¡Ah sí! Y yo te dije, cuando me sentí más en confianza, que lo peor había sido que te presentaras en mi oficina a pegarme de gritos y no susurros, en realidad no tienes idea de cómo *me asqueó* que me hicieras eso porque nadie, nadie, ni siquiera mi papá o algún jefe/ O sicopompo. Ay Lucio; en fin: nadie me había tratado así. Me daba vueltas en la cabeza que me dijiste que me hiciera rollito a ese vejete asqueroso y reaccionario y me lo metiera por el locu. En big close up, además. Pero después me imaginé el Gran Actor comprimido y enrollado como supositorio y me tiraba de risa. En el fondo, my dear Aurora, te gustó, no finjas delirios. Si bien estoy de acuerdo en que en mí vive Pedro Armendáriz, no es menos verdadero que en ti también subyace el prototipo de la abnegada cabecitablanca, ¿o no? Estás pendejo. Eso nadie, ¡nadie!, lo pone en tela de Juir.

Al terminar la conversación del deshielo le dije oye, ¿te has fijado que ya llevamos como mil horas en el teléfono? ¿Por qué mejor no nos vemos? ¿Cuándo?, preguntó Aurora. Ahora mismo, respondí. Paso por ti como tiro. ¡Estás loco!, me reprendió. Eso nadie, ni yo mismo, lo pone en tela de Java, consentí. ¡Es que ya estoy *acostada*! Por una parte sinceramente me alegró que Aurora no haya querido verme esa noche. No tenía ni nave ni dinero para tomar taxi y salir disparado a Coyoacán, donde la bella vivía. Tonces nos vemos mañana, ¿vienes a mi casa? Mi casa, qué eufemismos.

No no, respondió Aurora, qué te pasa; mejor háblame otra vez, decidió.

Y así se inició el siguiente capítulo: *Besos por teléfono* o *Dulces pendejadas*. Durante siglos Aurora se negó a que nos viéramos y sólo consentía en hablar conmigo por teléfono todas las medianoches. Tuve que cambiar todos mis dineros en monedas de a veinte (todavía los teléfonos eran de a veinte, ¿te acuerdas?), porque yo no tenía teléfono en mi depto y tenía que fortificarme en alguna caseta telefónica. Terminaba cada sesión con los pies más adoloridos que si hubiera subido, a pie, ese volcán conocido como Popeye. Me volví el Hombre de los Tres Minutos, y cuando hablaba con la gente me costaba trabajo no sacar un veinte a los tres minutos pues creía que una voz imprecisa como mi conciencia me diría el-tiempo-ha-transcurrido-si-desea-continuar-la-conversación-deposite-otra moneda-de-veinte centavos.

Después de los varios siglos de telefonemazos (va por ti, Kinito), y si ustedes ignoran de qué manera prosiguió la relación y si en verdad pude ver cara a cara a la Bella Aurora, tendrán que leer el siguiente capítulo. Capítulo siguiente: *Nos Vemos Pero no Cogemos*. Auro y yo empezamos a salir a cafetear, al cine (la mayor parte del tiempo) y a cachondear en la Plaza de la Conchita, donde yo me sentía el galán albañil que se liga a su Celerina y a quien, entre metidas de manopla y besos de aspiradora, no se le quitaba la paranoia de que algún teco fuera a aparecer. Siempre había policías por allí, pues además de la naturaleza ligatoria de la plaza frente a ella había un ruidoso cafete de mariguanos-actores-rocanroleros (¡horror!) y los arrestos eran cosa común. En infinidad de ocasiones los policías nos cayeron en la no-del-todo-movida y tuve que soltarles algunas monedas, hasta que acabamos haciéndonos amigos de casi todos los miserables tecos revueltianos: por lo general eran tres, que solían gorrear cervezas en el café de la Concha-su-madre, donde el dueño, un chavo con cuerpo de ánfora etrusca, a quien decían el Metate, los invitaba para amortiguar los arrestos-y-o-mordidas, y para que los tiras se hicieran de la vista obesa ante los espesos hornos que tenían lugar allí. De nuestros tres amigos policías el más grande quería ser El Rey, el denmedio en una lancha quería navegar y el más pequeño era prestamista y quien más nos jodía. Después de un tiempo el trío nos saludaba con la excelente educación que les habían inculcado en la recién formada Academia de Cuicos (¡tiras académicos, sí señor!), quihobas Lucio, buenas noches señorita, nos saludaba muy mono el terceto politeco, ¿no tienen frío?, y luego los canijos se escondían y detrás de las bancas o de los árboles nos echaban trompetillas y nos dedicaban dulces frases como la clásica ¡ya cógetela huevón! Ah, qué más hubiera querido.

Aurora se negaba (rotundamente) a acostarse conmigo, a pesar de que después de cada sesión terminábamos sudorosos como en temascal, y yo con un dolor (muy humillante) en los cojones que me duraba todo el día y que me hacía caminar como si tuviera pies en los callos. Un día, la Cínica me dijo lo que pasa Lucio es que no agarras la ola, ¿por qué no me llevas a un hotel en vez de traerme a este apestoso jardincito? Porque, le expliqué, evidentemente resultaría más adecuado, agradable e incluso económico, ir a mi casa, o ya de perdida a la tuya. Ahí está el riegue, me explicó (pacientemente), tú no digas nada y llévame nada más.

Varias veces lo intenté, cuando pasábamos (mira qué casualidad) frente a algún hotel; es más, una vez quise arrastrarla al Hilton con veinte pesos en la bolsa, pero, por suerte, ella no quiso. De hecho, nunca quiso. Una vez se echó a correr vergonzantemente por la calle. Otra vez la quise llevar a fuerza, Lucio el Troglodita, pero la Maldita pegó de alaridos, y ¿qué crees?, en esta pinche ciudad en la que cuando, o sea: a diario, atracan, violan, madrean o asesinan, la gente nunca protesta y sólo se queja porque no pasa el camión o no ponen el siga, en esa ocasión salieron como diez mil metiches que casi me linchan. ¡Qué risa me dio! No me podía aguantar las carcajadotas cuando tuviste que salir corriendo, te veías genial. Qué chistosa. Un tipo ya había llamado a la policía, ¿te acuerdas?, y otro señor, que se sentía el rescatador de doncellas tuertas y encogidas, me tomó del brazo y me dijo no se resista *señor,* lo que usted hace está muy mal y tendrá que pagar las consecuencias. Te juro que creía que alucinaba, no podía creer que todo eso fuera cierto, esto es una horrenda pesadilla, me decía, previniendo el Horror de la Maquinaria Burocrática Oficial Desatada. Lo que a mí me indignaba, fíjate nomás, era que ese tipo, que llevaba un traje azul muy bien cortado, paradigma del pago puntual de los impuestos, insistiera en remarcar el tono cada vez que me decía "señor". Yo trataba de mostrarme Muy Dinno/ ¡Estabas de lo más ridículo, mi amor! Claro, bueno, pues por eso mismo le di un santo patadón en los tenates, si es que los tenía, y me eché a correr. No faltaron los que me persiguieron un rato, pero ahí iba yo, sintiéndome peor que el miserable de Ladrones de bírulas.

...Esa vez te detesté como nunca, te juro que pensaba que me la ibas a pagar o dejaba de llamarme Culetro. Te estuve insultando en voz alta toda la noche en mi cantón. Ay Lucio. Pues te vengaste a fin de cuentas, ¿no? ¿Cuándo? Después. Espérate, Aurora, después todavía va *después*. Antes, nada menos que la literatura funcionó como arma efectiva. Y hay cretinos que dicen que la buena lit no sirve para nada. En finis. Recuerdo que un día, de pronto, decidí, y llevé a cabo más adelante, quemar una buena hoguera con lo que llevaba escrito de una novela dizque autobiográfica que en realidad era un collage de chingomil argumentos de películas, y decidí, mejor, escribir todo lo del ejército, sin escamotear nada, con mucho cuidado, eso sí. Y era lo que me correspondía hacer: me salió redondita. ¡Ya acabé mi novela!, le dije a Aurora. Déjame verla, me pidió. Las ciento cincuenta y nueve cuartillas estaban allí, y las leímos los dos, enterita, tras lo cual sucedió lo que ya era hora de que ocurriera. A partir de entonces prácticamente todos los días le pegábamos al colchón; como dijo el delicado vate Héctor Villaurrutia: nos habíamos enculado.

Al poco tiempo el papá de Aurora me invitó a pasar un fin de semana en su casa de Cuernavaca. Era abogado de una compañía de seguros, hablaba poco y su pasión era el dominó. Pregúntame si no resulté un experto en dominó. La madre era una mujer de lo más buena gente, que a veces miraba con una fuerza tan rara que no había quién le resistiera la mirada. Había estado en un taller de periodismo con Elena Poniatowska. También había sido compañera de escuela de la First Dama, conocía a muchas esposas de altos funcionarios, creía en Lo Femenino, no en Lo Feminista, y trabajaba promoviendo actividades culturales para burócratas.

Quién sabe cómo la señora logró el milagro, caso excepcional hasta donde sé, entendible sólo por mi fugaz (¡que parpadeo!) experiencia militar, de conseguirme una lectura en *la Secretaría de Defensa.* Yo muy serio dije que encantado, mientras sacaba mi mula de seis antes de que se me ahorcara tal como había ocurrido con mis pobres huevos cuando la señora me soltó la invitación a leerle a los mílites. Tuve la inspiración divina de fotocopiar unas páginas de El toque de Diana, de RH+ Moreno-Durán, el respetable espalombiano, y las leí como mías, lo cual fue una sabia solución pues además de los guachos acarreados había dos tres oficiales de aires simiescos, y de haber leído *mi* novela sin duda esa misma noche habría acabado en el Campo Militar Número Uno (ex omni parte oculata). Por cierto, cuando mi libro apareció, mi suegra (pues para entonces Aurora y yo nos habíamos casado) me dijo oye Lucio ya leí tu libro, está tremendo pero es muy bueno, y divertido también, pero me causó mucha sorpresa no encontrar aquellos fragmentos tan bonitos que nos leíste hace tiempo. Los suprimí, le dije, no encajaban con el tono general. Ah pues eso sí, dijo ella, pero qué lástima, eran muy elegantes aunque yo no entendí nada. ¿Eso dijo?, me pregunta Aurora, quien, por encima de mi hombro, lee lo que estoy escribiendo. Sí, eso dijo; textual.

¿No se te hace que la haces ver medio pendeja? No hombre, se nota que la cotorreo con cariño. Bueno. Realmente no recuerdo por qué razón me invitó tu papá. Ay Lucio pues para *conocerte,* ni modo que qué. Nunca había cruzado palabra contigo y quería saber con qué clase de piojo salía su hijitadorada.

Comimos barbacoa en salsa âge inconnue, consomé de chivo a la Mick Jagger, ensalada de germinado de soya y raíz de alfalfa con un aderezo increíble. Bebimos sangre de Toro barcelonesa y después Cardenal de Mendoza. Tal abundancia y generosidad ablandaron las suspicacias propias de mi muy nacional complejo de inferioridad, y el domingo por la noche me descubrí anunciando al respetable público que Aurora y yo íbamos a casarnos, para lo cual pedía su mano. Me sentía en un ambiente que era una mezcla de película de Ismael Rodríguez y de Luis Buñuel con contrapuntos ionesquianos. El buen páter de Aurora palideció y durante segundos (un resplandor) me miró angustiado. La señora dijo que eso ameritaba otro brandy para platicar bien las cosas. Éntrenle. Aurora me miraba, divertida, pero pude percibir en momentos algunos nubarrones en la mirada, ya que, por supuesto, no le había avisado que pediría su manopla esa noche. Pero es que yo tampoco lo sabía. El ruquete, en cambio, como buen agamenoncito pensaba que su hija viviría con él hasta cerrarle los rojos en el supremo instante de la Oscura, la Impenetrable, la Vencedora. Escucho y obedezco. La mera verdad, me dijo Aurora mucho después, en ese momento fue como si de mis ojos de pronto se extendiera, con velocidad fulminante, una especie de resbaladilla que, a través de un agujero en el suelo de la sala de mi casa, penetraba, serpenteante, en la tierra; estaba con ustedes y al mismo tiempo me deslizaba por ese conducto a una velocidad tan terrible que todo parecía paralizado, quieto, barrido, ciérratele despacito hasta un gran acercamiento, era maravilloso pero incomprensible, inexpresable, por supuesto no veía *nada,* porque allí estaba con ustedes, ¿no?, pero, bueno, eso fue lo que sentí, mi amor. Gracias, mi vida, te aseguro que todos los que, como yo, te ven en este momento te lo agradecemos.

El padre de Aurora finalmente se apoyó en el sostén de las tradiciones y me interrogó, toma de dos maestro: cuáles eran mis planes En La Vida, cuál Mi Ocupación Actual y (naturalmente) Mis Emolumentos. Te juro que dijo: Emolumentos. Todo esto ocurrió entre varios coñaques, que en un principio bebimos con cierta tensión pero que al final nos deslizaron en una borrachera-de-aquéllas. Yo, sube la música de fondo, dije que, aunque pobre, a mi espesa, que, como bien decía el futurosuegro, era una joyita en su estuche, yo le daría Un Hogar Humilde Pero Ciertamente Honrado. Los mariachis callaron. El futurosuegro y yo nos abrazamos y él me dijo que siempre había querido a su hija más que a su propia vida, más que a su propia esposa (lo cual, aunque evidente, no dejó de parecerme inoportuno). La madre de Aurora empezó a hablar del último libro que había leído, y eso bastó. Aurora se me acercó. Me voy a ir muy discretamente al cuarto de huéspedes. No tardes. Ándale, dije, al rato nos vemos.

Disolvencia final.

Tepoztlán. Lucio se sintió en casa al dejar atrás las curvas cerradas que de golpe lo perfilaron hacia la pared, bárbara y maravillosa, del Tepozteco. Metió el coche por las callecitas empedradas, empinadas, del barrio de Santo Domingo y se detuvo, después de rebasar piedras y agujeros de todos tamaños, frente a su casa que, como siempre (¿como siempre?) tenía el zaguán abierto.

El jardín profuso, la casa (pequeña) tras la reja, el coche estacionado, Aurora con los niños leía un libro. Qué lee esta maldita. Había música puesta: canciones de Bob Dylan, y no lo oyeron llegar. Él los observó; se sentía suspendido, sin aliento casi, como si presenciara un ritual secreto, íntimo y ajeno; había una belleza insoportable en esa imagen de la primera tarde, y Lucio se conmovió. Era como si observara todo desde otra posición de la realidad, como un espíritu incorpóreo que contempla el mundo dentro y fuera de él. It is my sweet reward to be alone with you.

Lo sintieron. Aurora, extrañada, reparó primero en ese vocho blanco y golpeado que se detuvo frente a la casa. Julián, el niño de cuatro años, reconoció a Lucio y salió disparado, gritando ¡mi papá, mi papá! Aurora ahora sonreía, radiante; agitaba la mano. Y allí iba la pequeña Lucero detrás de su hermano: acababa de cumplir dos años; corre como gorilita, pensó Lucio y alzó a Julián aprovechando el vuelo que el niño traía; pasos adelante levantó también a la niña. Sintió que estaba temblando. Todo trepidaba y él no veía claro. Pero no temblaba, claro, era tan sólo que Lucio se había soltado a llorar, con los niños en los brazos y la imagen, frente a él, de su mujer que lo miraba estrangulada también por diversas emociones. Los niños no se asustaron al ver que Lucio lloraba, pues él lo hacía con una sonrisa amplísima, estoy llorando porque es bueno para la salud de vez en cuando, explicó, pensando que estaba repitiendo los chistes: mala señal, consideró. ¿Qué me trajiste?, ¿qué me trajiste?, preguntaban los niños. Ya se habían acostumbrado a que en cada uno de los viajes a la ciudad de México el papá les comprara cualquier cosa, ninguna gran maravilla por otra parte, los niños estaban aún en la edad en que resplandecían si les regalaban un boleto del metro.

No les traje nada, dijo Lucio, porque ahora sí se me olvidó que existían, agregó, viendo de reojo que Aurora alzaba los ojos al cielo; ¿se portaron bien?, preguntó al instante.

Yo sí me porté bien, respondió Julián.

Yo también.

No es cierto, a Luce le dieron sus nalgadas, a mí en cambio me pusieron estrellita.

A mí también me pusieron estrellita.

Tú todavía no vas al kínder, mensa.

Lucio devolvió a los niños al suelo, obviamente el sitio que les correspondía a juzgar por las manchas de tierra y lodo que le dejaron en la ropa. Aurora había llegado a ellos, con su sonrisa picaresca, inteligente, y Lucio la abrazó. Se besaron largamente; al instante Lucio se sintió arrastrado, irreversiblemente, a una zona que conocía muy bien y que se hallaba más allá de todo, ese territorio era Aurora, un verdadero continente, el ingreso lo marcaba la dulzura del aroma, un olor enervante, finísimo; bastaba con no prestarle atención para que dejara de existir; después venía la consistencia de toda la carne, la calidez y la firme suavidad de la piel, el área extraordinaria del talle, las piernas contra las piernas, un mundo vivo en donde Lucio, lo supo al instante, se encontraba a sí mismo a través de ella y se vigorizaba. No era necesario esforzarse. De lo más profundo y viejo de él emergían con facilidad los movimientos exactos que recuperaban la sabiduría de la costumbre, la cotidianeidad del sol que es nuevo cada día; sus manos acariciaban con delectación a Aurora y a ella le parecía lo más normal, y oportuno. Lucio pensaba que una vigorosa cogida sería un buen principio para expresar el gusto de volver a verla, de *verla* en realidad, ver que era un misterio absoluto: no había duda (cómo podía haberla) de que era su esposa y también lo más extraño, incomprensible.

Julián se había subido en el coche, que Lucio dejó abierto, y daba brincos desaforados, pegado al claxon. Su hermanita ya estaba arriba también.

¡Papi, papi! ¿Y este coche? ¿Lo compraste?

No, respondió Lucio ya con ellos, es de tu tía María. Tengo que regresárselo y mira nada más, ya lo llenaron de lodo.

Te voy a dar de besos, le dijo Lucero a Lucio, cuéntalos, ¿eh?, añadió, coqueta, y disparó besos y besos en toda la cara, pero especialmente en los pómulos de Lucio. Ya van como mil, ¿sabías?, comentó y siguió besándolo, y yo cómo pude olvidarlos, pensaba Lucio, cómo fui tan imbécil no sólo de no recordarlos sino de no reconocerlos cuando los vi en la foto, era absolutamente inconcebible, things are going right when I'm alone with you. El ritmo de la canción era el justo.

Papi, dijo Julián, fuimos a la feria. Lucero no se quiso subir a la rueda de la fortuna, le dio miedo.

Me daba *mucho* miedo, corrigió Lucero con una expresión misteriosa antes de soltarse a reír.

Y Modesta y yo nos subimos en todos los juegos, el Pulpo, los Avioncitos. ¿Dónde estuviste, papá?, preguntó Lucero.

En México, respondí.

¿De veras no me trajiste nada?, insistió Lucero; era una niña que no olvidaba fácilmente las cosas importantes de la vida. Lucio se sorprendió (y supo que volvía a sorprenderse una vez más) de la claridad con que enunciaba las palabras, con su voz delgadita y untuosa.

Es que, intervino Aurora, como tardabas tanto en llegar, todos los días les decía que les ibas a traer un regalito.

Bueno, la verdad es que se me olvidó, es realmente increíble, pero al rato salimos y les compro un regalito: una computadora, un cualquier-cualquier... ¿Ya te dije que nos sacamos la lotería?

¿Nos sacamos la lotería? ¡No te creo!

Deveras. De puro churro le compré *un pedacito* a un niño que me asaltó en el parque. Imagínate el sorpresón cuando vi, ayer, en casa de María, que habíamos sacado un premio.

¿Cuánto te ganaste?

Poco más de cuatro melones. Qué te parece. Finalmente entraremos al club de los millonetas.

Ahora todos somos millonarios, dijo Aurora, y Lucio pensó que ya había oído eso en alguna parte; en momentos se hallaba en una zona fronteriza en la que la precisión focal nunca llegaba a cuajar del todo.

Aurora decía que ella nunca se había sacado nada de nada.

Ni yo, añadió Lucio. En realidad compré los cachitos para

quitarme de encima a un niño que era una verdadera peste, pero bueno, ese pinche premio a fin de cuentas me costó muy caro.

¿Por qué?

Es larguísimo.

No le hace. Ya leí La montaña mágica.

Bueno, accedió Lucio, y procedió a narrar lo ocurrido con don Pimpirulando, incluyendo, claro, la persecución final, pero no tiene caso repetir que no tiene caso repetirlo. Lucio le contó a su esposa, con el vuelo que traía, los detalles de su amnesia y los tres días en la ciudad de México. Los niños se quedaron callados, oyendo vagamente lo que decía su padre, deslizándose en paseos laterales de la fantasía; por último se fueron a jugar con plastilina a un rincón de la sala, y de allí salieron al jardín. Aurora y Lucio los siguieron. Se acomodaron en el pasto del jardín sin reparar en que por encima de sus cabezas el sol cambiaba de tonos, resplandecía la bóveda, apagaba la luz, dejaba caer la oscuridad con rapidez creciente, y pronto ya no los veía, sus facciones apenas se distinguían en la oscuridad, inmersos en el calor que compartían, la frescura del comienzo de la noche, los aromas se habían avivado.

Grandes bolas de fuego. ...Me había quedado dormido en el sillón de la sala. Mi hijita Lucero me miraba, con expresión risueña, misteriosa. ¡Luz, vente a cenar!, Julián, bájate de la mesa, mi amor, ¿no quieres comer algo?

Chance al rato.

...Y después de todo (pensé), estoy en el sitio que me corresponde, no muchos lo pueden decir, es maravilloso que esté aquí, en mi casa, con mi familia, esto es lo más normal del mundo... ¡Lo más normal! Qué bendición haber cultivado, toda mi vida, mi ración de normalidad, conexión con el mundo y puerta al más allá.

...Con qué brillantez veía la sala y oía la sinfonía 87 de Haydn que Aurora puso. Claro que mi casa era yo mismo; los cuadros, los libros, la música, los muebles, el sillón, todo era expresión de un equilibrio entre quietud y dinamismo, un lenguaje sin palabras, empalmamiento de formas de expresión que por lo general son involuntarias, se manifiestan por sí mismas, el cuerpo entero y la naturaleza misma se vuelven inmensos transmisores de una red de lenguajes, infinitos diálogos en todo momento y en cualquier sitio.

Pensé que en ese momento enfrentaba una prueba decisiva: aceptar, asimilar e integrar todo ese mundo que siempre había sido mío pero que, a causa de la amnesia, aún aparecía con una cierta distancia, como si lo viera en telefoto, como si narrara en tercera persona, como si el tiempo fuera pretérito y no presente, un sueño portentoso, telúrico, purificador dentro de la bendita lucidez de la vigilia, porque yo, hermanito que me has acompañado en este viaje que ocurrió hace tantos, tantos años y que te es ahora tan extraño, me hallaba bien despierto, con una alegría que cosquilleaba mis labios. ¡Lucio, dile a Julián que se esté quieto y coma! ¡Julián estate quieto y come!, ¡Ambidadi!, exclamó Julián, muy contento, con el dedo índice hacia lo alto. Ay Dios, tú les das cuerda, Lucio, me acusó Aurora. ¿Qué es eso de ambidadi, Julián? No te digo. A que sí. A que nooooo. Lucio, déjalos que coman. Un joven clavadista sale del agua de un estanque sereno y transparente, se alza por el aire y en lo alto saluda quitándose un sombrero imaginario; regresa al agua, cae sin estrépito, sin formar las cajas chinas acuáticas. Épale. De pronto, y frente a mí, se hallaba Lucero, con una seguridad increíble, dueña de sí, de mí y del mismísimo cosmos; subió por mis piernas y sin más se dispuso a dormir apoyando la cabeza en mi pecho. Pero no se durmió. ¿Qué corre más rápido? ¿Un coche, o el tiempo? Niña, acaba de cenar. ¿Y qué va más rápido, un avión o la luna? La luna. Papá, ¿me compras una cosita? Vete a cenar.

...De nuevo un movimiento suave pero persistente, me hallaba increíblemente a gusto, en el umbral de la conciencia, si quería podía despeñarme en túneles animados, o admirarme de la brillantez de los objetos de mi sala: se incendiaban; de repente todo había quedado abajo: mis hermanos, mis padres muertos, nomeolvides, mi vida estrepitosa, estridente de león, conciencia sin pensamientos, la casa que es uno mismo, Haydn luminoso, libro sobre libro, los niños brincan en las sillas, gatean sobre las mesas, la mamá es impecable, las ventanas se secretean con el viento que empuja suavemente, la oscuridad en el jardín con el rumor persistente del pueblo, ya merendaron, avisó Aurora, con falda amarilla, se cambió, perfecta, y ahora ¿quieres comer algo?, niños, ¿van a dibujar? Bueno. Yo quiero que mi papá me dibuje un carro de bomberos con el Popo y el Izta. ¿Y Lucero? Se halla concentradísima con los trozos de madera: un bloque aquí, otro, alargado, de este lado, una tabla plana encima y dos cubos con elocuentes números: el terrible seis y el peligrosísimo dos. ¿Te gusta mi casita, mamá? Está linda, mi amor. Por aquí entran los niños y por acá los señores. Y los de atrás se quedarán, tras tras tras. Haydn desplazado arbitrariamente por el peladote majadero, es que estoy en el hervor de los frijoles y ni ánimas que deje para asté todo el brasero. ¿Ya sabías que a Lucerito le gusta bailar? Baila, Luz. Por aquí entra el osito. Julián daba saltos descomunales, al compás de la música, éste está bueno para el baile ruso, míralo, qué vida más absurda, pensé, ésta es la locura total, el absoluto desmadre e incoherencia y por lo mismo de una belleza insoportable. Aquí tenemos a la esposa

que tuvo el jardín del viento
y aquí está el perro
que orinó el jardín del viento
de la esposa
aquí tenemos el camino de oro
a la devoción sin límites
que tomó el perro asustado
que orinó el jardín del viento
de la esposa
aquí tenemos a Dios hecho pedazos

se rearma con cuidado
 sabe lo que hace
lame las lágrimas del ángel
que guarda la espalda de sí mismo
 que custodia el camino de oro
a la devoción ilimitada
que emprendió el perro sangrante
que durmió en la esquina del jardín del viento
de la esposa
y aquí estoy yo al fin
que surjo a tu mirada
mi mano te busca y desciende
se hunde y te toca
junto a Dios hecho pedazos
 se arma con justeza
 lame las lágrimas destelleantes del ángel
 guarda y besa la espalda de mi vida
y custodia el camino de oro
a la devoción infinita
que emprendió el perro reventado de gusanos en el vientre
que renace día a día, puntualmente,
 en el jardín del viento

de la esposa, por aquí entra mi primo Ton. No se llama Ton, se llama Homero. Se llama Ñagato Bilinche. Se llama Estricotaco. Estricoteo. La locura perfecta, con una sonrisa, es la lucidez total. Ya me cansé, mami, ¿me das agua? Bueno, pero te lavas y haces pipí y te pones la piyama y te metes a la cama porque ya es la hora de dor-miiir. Aquí se sienta ¡mi papá! Tú también, Lucero, a lavarse. Lucio, ¿me ayudas a ponerles las piyamas? Ora.

...Los niños limpios, sonrisas fatigadas, ojos arenosos, yo quiero que mi papá me ponga la piyama, yo te la pongo hija, ¿sabes qué soñó Lucero?, platícale, uh ya ni me acuerdo, dijo, alzando los hombros, la niña, ¡ambidadi!, exclamó Julián (con menos fuerza), ya no se acuerda, pero me contó que soñó con un avión, en el que Tobi, el de la Pequeña

Lulú, se la pasaba dando de brincos, ¿no tejía sus telarañas?, yo soñé con ¡ambi-da-di!, ¿qué querrá decir este enano con eso?, quién sabe, papi papi, ¿tú qué juguete te vas a comprar?, musitó Lucero, ¡la máquina de las nalgadas, no, eh!, me previno Julián, papi, ¿me compras un conejito?, mejor un sinejito, uno chiquito, señor, ¿de juguete o de a devis?, de juguete, bueno, ya, ¡a la cama!, ¡ahhhhh!, exclamó Julián, con gran satisfacción, al sentirse entre las sábanas, qué expresión tan plácida, pensé, ¡qué delicia!, a ver, persínense: por la señal de la carcañal, sale una viejita vendiendo nixtamal, ¡qué risa les daba!, público cautivo y maravilloso de viejas pendejadas, santa María, mata a tu tía, dale de palos hasta que se ría, ángel de la guardia, dulce compañía, no me desampares ni de noche ni de día, ¡otra, otra!, híjole deveras los pones locos, ahora no se van a poder dormir, sí se duermen, vas a ver, papi, ¿me cantas la de la fuente?, sentado junto a Lucero, tomé su mano y la bañé de besos, le daba risa, papi a mí cuéntame el cuento del chango relajiento, en vez de eso di estruendosos besos en los cachetotes de Julián, qué delicia de niño, mejor te cuento el del niño que se volvió invisible, ¿y ése?, no me lo sé, mañana te lo cuento, ya duérmete, que no, que sí, que *no*, que-si-to, apágales la luz, Lucio, bueno, niños a jetearse.

Apagar la luz; salimos en silencio. Julián se acomodaba repetidas veces en la cama: de pronto suspiró profundamente, este pájaro ya piró, pensé. ¿No les dará calor?, me preguntó Aurora. Yo pensaba que, incluso a mi edad, el hecho de que mis padres hubieran muerto creaba una inmensa diferencia: no tener a quién decir mamá o papá era como quemar las naves, ¿no?

Pues a mí sí me gusta *mucho* que estén vivos mis sagrados jefecitos.

¿Estás cansada?

Fíjate que sí, este Julián se levantó *a las cinco y media,* no se mide. Pero ahorita me acuesto un ratito en la alfombra y me aliviano, vas a ver.

¿Cómo están tus papás?

Bien, pero los pobres estaban apenadísimos por lo de la luz, como no hay larga distancia, se descolgaron hasta acá.

Cual debe.

A mi papá lo van a operar de la próstata.

Próstata es un nombre genial para personaje de novela.

Sí, Lucio el Apróstata. Mi mamá estaba hoy de lo más dicharachera, en un ratito nos soltó como mil refranes.

El que mucho refranea pocas ganas tiene de irse. En estos días estuve hospedado en un hotel de la ex San Juan de Refrán.

En realidad no te interesa cómo están.

Sí me interesan, pero sé que están bien.

Es rico acostarse en el suelo, deslizó Aurora, estirándose. Eso me pareció irresistible y me tendí junto a ella. Qué bien me hallaba, junto a Aurora. La acariciaba con placidez, ambos nos habíamos instalado en una cachondería perezosa. En realidad, por el momento, no había nada que decir, yo lo sabía perfectamente, salvo dejarse ir llevando por el calor de los contactos hasta alcanzar a la caza, y volar juntos en un cogidón que si no representaría una marca, sí un buen averaje, como dicen los cubanos. Después, hablaríamos y hablaríamos sin cansancio, y ella me diría todo lo que yo necesitaba saber, en especial lo relacionado con mi novela, que ahora recordaba a pasos agigantados, las cuartillas en una gruesa carpeta color amarillo, pero eso sería después; en ese momento, junto a Aurora, me parecía vivir un sueño interminable, increíblemente luminoso, numinoso, que parecía tener gran importancia, pero en el cual había que proceder como si no la tuviera. Los dos estábamos en silencio, tomados de la mano. La música terminó y me dio hueva cambiar la cinta. Me dejaba llevar, veía el mundo con ojos nuevos, experto en el ritmo pero sin conocer las variaciones, veía que la vida se abría, como las palabras nuevas de un texto que se escribe, que se escribe, que nadie planeó, que fluye como el agua y rebasa todo obstáculo.

NEGRO

YAUTEPEC

Años antes, Lucio y su mujer (digámosle Aurora) deciden pasar unos días en un pueblo del estado de Morelos. Victoria, una amiga, les ha prestado una casa, es vieja, no creas que es la gran maravilla, no te vas a parar de pestañas al verla, las paredes son de adobe, ves, y hay que sacar agua del pozo pero creo que ya hay luz eléctrica y el pueblo, eso sí, es algo lindo, habías de ver los alrededores tú, hay un río precioso, te va a encantar.

Suben en el auto, entusiasmados porque al fin podrán pasar unas vacaciones fuera del esperpento esmogangoso que se ha vuelto el Detrito Defecal. Me dijo Victoria que desde ayer iban a llegar tu hermano Julián y un amigo que se llama Salvador, dijeron que querían pasar unos días por estos rumbachos. ¡Qué se vayan, que se vayan!, exclama Lucio, y lo desea en verdad: no tiene la menor gana de encontrar conocidos allí, ¡y menos al azotadísimo de su hermano! Pero si son re buenas gentes, intercede Aurora. Buenas gentes mis arrugados cojones, replica Lucio. Aurora no hace caso a los exabruptos de su marido pero piensa que en los ojos de Lucio hay destellos inabordables. Lucio deveras das miedo cuando te pones así. Cállate la boca y no estés chingando. Eso era exactamente lo que yo decía.

Aurora procede a narrar, para distraerse de la velocidad

vertiginosa con que Lucio maneja, las historias de fantasmas de la casa de la amiga Victoria (¡qué nombre!).

Histerias fantasmales en la casa de la amiga Victoria. Dice Victoria (dice la Sigámosle Diciendo Aurora), que en su familia, como en las viejas-viejas tradiciones ad hoc, en una época ocurrieron crímenes, por lo cual la casa ahora es patrullada por varios fantasmas. Fantasmas, mis cuasirredondas bolas. Lucio no manejes tan rápido, por favor, nos vamos a matar. Sé manejar, no jodas. Bueno, parece que uno de los tíos abuelos de Victoria de las Tunas, que se llamaba Tachito, odiaba a su madre. Ella había enviudado cuando era muy joven y la viudez la amargó, tú sabes. Su familia le dijo que se metiera de monja, cual debía de ser, pero ella conoció a un hombre, se apasionó y entonces sí le gustó mucho. . . ¿El galán? No: *coger*. Fue el escándalo del pueblo porque la señora llegó a tener más amantes que fajas y corsés. Estaba enferma, Lucio, agarraba ondas malísimas. Dice Victoria que a su tía Chozna le dio por los disfraces, le gustaba vestirse imaginativamente para coger, le fascinaba disfrazarse de amazona, ¿tú crees? Yo creo, pero no creo que se haya rebanado una teta, ¿verdad? Luego le dio por vestirse de Carlota Corday en la fase-cuchilladora, y más tarde se aficionó a los uniformes de militar: se agenciaba unos tacuches estilo Chema Morelos y Pavón Real, con sable, faja y toalla La Josefina en la cabeza, y ése fue el escalón previo de la Etapa Sádica. Esa pinche Victoria ha estado leyendo libros del Marqués de Stekel, qué poca madre. Lucio, vas a ciento cuarenta, no exageres. Bueno/ Óyeme, si vuelves a decir bueno te rebano una tetiux. Bueno. Como tenía dinero y seguramente era una belleza, o al menos estaba que se caía de buena, no le faltaban los huehuenches patarrajados que le daban los kilómetros de verdolaga que requería, ¿no?, y qué crees. . . Esta Devoradora Dhombres acostumbraba despertar a su hijo Tachín para que el entonces niño presenciara cómo su santa jefecita latigueaba a sus pobres armatrostes, y luego obligaba al pequeñuelo a que la viera durante el acto carnal también llamado coito. O paliacate. Sí, como quieras.

Tachito, imagínate tú, era delgaducho y amariconado; amaba a su mamá hasta la masturbación, pero como el amor es odio no te quepa duda después la detestó. Aunque dice Victoria que más bien detestaba a los tipos que se tiroteaban a su sagrada mamazuela y que, claro, personificaban la misma debilidad y sumisión que el buen Tachete padecía, ¡Lucio por Dios, no rebases en curva! Usté aguántese como las buenas. Como las buenas suicidas, querrás decir, palabra que ora sí me espanté. ¿Y luego? Pues un buen día a la Devoradora le entró la onda de flagelar a su hijo, ¿tú crees?, por supuesto, para cogérselo después. Es que Tacho ya estaba más crecidillo y además calzaba grande. . . Pues fíjate que Tachito no pudo negarse, como buen masocas edipuspús que era, y después de los latigazos y las patadas en la panza y en culo sea la parte, el jovencito acabó copulando con su pinche madre/ ¡Pinche Aurora, no te mediste con ese copulando! Lucio, ¿no te parece una chingadera que una madre haga eso? Me parece que eres una vieja lépera. El niño: más bien, el muchacho, no pudo resistir el Terrible Impacto de transgredir el natural tabú llamado incesto, salió de la cámara o recámara y se chupó cuatro botellas de anís del mono. Prestas. Del Mono Prestas. Bueno, ya entonces, debidamente estupidizado por el alcohol, que como has de saber, *es muy malo,* regresó a buscar a su señora madre, tomó uno de los fierros o implementos que sirven para atizar el fuego de la chimenea y ¡moles! lo estrelló en la choya de su mamis, quien, con el cráneo abierto como flor de huitlacoche, alcanzó a decir ¡más, más! No, noscierto, le dijo, severamente: vas a ver cabrón Tacho de Carnitas, todas las noches voy a venir a jalarte las patas. . . Carajo, esa Victoria debería leer algunas historias de terror que cuando menos alcancen el gallardo nivel metafísico de E.T.A. Hoffman o de Gustav Meyrink y no se queden en vulgares refritos del jefe Poe Poe. ¿Quieres que te siga contando, o no? Síguele, síguele, siempre me ha deleitado ser testigo de la estupidez humana. Oye, qué te pasa, comiste gallo o qué. Tú síguele. Sígole, pero maneja más despacio, vamos a quedar embarrados en la carretera.

Aurora, confía en Tu Charro y llegarás a vieja. Lucio, ¿todavía me necesitarás cuando tenga sesenta y cuatro años? ¡No ma-mes! Bueno, para seguir haciendo el cuento largo, que por lo demás es lo único largo que se te puede hacer, a Tacho le gustó eso de rajas cabezas y se convirtió en elterrordelpueblo, no sé a cuántos más se echó. Sin embargo, no faltó que un primo, abochornado por tal sarta de malvadeces, un buen día nomás tres tiros le dio al tío abuelo de la Victoriadora de Hombres. Fíjate que la gente del pueblo oyó los balazos y como ya estaba hasta la coronilla de esa familia, la multitud fue a la casa y linchó al primo justiciero. ¡Ah!, dijo Lucio, y supongo que desde entonces se dice que las ánimas rulfianas y en penumbra de la Devoradora, del Tachuelo y el Primo Vengador circulan por la casa, ¿no es así? Exactamente, Lucio, ¡qué sagaz eres! ¡Qué inteligencia! ¡Qué penetración! Calma Aurora, no te me subleves. Fíjate que Victoria me contó todo esto ayer en la noche, cuando me dio las llaves de la casa, y me dijo que si se te aparecía el fantasma de la Devoradora no fueras a someterte a sus encantos, porque te iría peor que al menso del Manuscrito de Zaragoza. ¿Y si a ti se te aparece el ánima de Tachito, qué? Victoria me recomendó que en ese caso debo ofrecerle un poco de leche, ya ves que el pobre estuvo privado de amor maternal.

. . . Lucio ha vuelto a rebasar en curva (yo tengo un tobogán) y apenas logra meter el datsun en la cuneta cuando un camión de Aurrerá aparece en sentido contrario a estrellarse contra ellos. Aurora grita, histérica, pero Lucio se mete en la cuneta y acelera aún más para salir de la curva. ¡Ay Lucio, qué cerquita la vimos! Pero salimos, Aurorita, es que tenemos buen karma. Buen karma mis ovarios, especifica Aurora, aún pálida.

Llegan al pueblo (¿por qué no Yautepec?) a las doce del día, cuando el sol está más fuerte que nunca y hace que los filos de las hojas se blanqueen intensamente. En casa de Victoria, en efecto, encuentran a Julián y a Salvador. Lucio se indigna al saber que su hermano ya se ha instalado en la recámara principal. Óyeme, gran cabrón, te sacas tus chivas de aquí y te largas a otra recámara, porque aquí nos vamos a quedar Aurora y yo. No me grites, advierte Julián, quien, como de costumbre, no parece de mal humor. ¡Pues si no quieres que te grite!, grita Lucio, ¡saca tus porquerías de aquí, pero *ya*! ¿Qué te parece?, vocifera Lucio a Aurora, ¡este cabroncornio llega aquí con un huevón y se apropia de la mejor recámara, qué falta de respeto & consideración! ¿*Ésta* es la mejor recámara? ¡Cómo estarán las otras!, comenta Aurora, ¡sí, que se larguen!, añade luego satisfecha porque puede tratar mal, abiertamente, a su cuñado. Miren, interviene Salvador, muy serio; si quieren Julián y yo nos vamos de aquí, para acabar pronto. Eso estaría perfecto, carajo, ya la han engordado mucho en esta ratonera, y además a nosotros nos prestaron la casa, ¡pírense a este ritmo!, indica Lucio, chasqueando los dedos. Te vas a arrepentir de esto, gruñe Julián, con los ojos apagados. Te vas a arrepentir tú si me sigues amenazando; de niño me podías pegar pero ahora te rompo el hocico. Vámonos Julián, no le hagas caso, dice Salvador deteniendo a Julián, quien ya estaba a punto de lanzarse contra su hermano.

Mientras Julián y Salvador hacen las maletas, recogen los enseres y enrollan los sacos para dormir, Aurora y Lucio recorren la casa. Óyeme, esta maldita Victoria no nos dijo que la casa está pudriéndose de vieja, aquí ni fantasmas podrían vivir. ¿Y ya viste la estufa?, señala Aurora, es de *carbón*. Está bien, nomás no me digas patrón. ¿Hay luz eléctrica, tú? Pues yo no he visto ningún apagador. Revisan una vez más y comprueban que en toda la casa no hay electricidad. Y todo está húmedo, lleno de polvo, ¿tú crees que esta Victoria me decía que esta casa era casi un palacio? Habrá sido un protopalacio, prepaleolítico, comenta Lucio; un utopalacio, continúa indulgente, ob-úgrico, un Ur-palacio. . . Todo está oscuro, pues casi no hay ventanas, y las que hay son muy pequeñas. La indignación de ambos no conoce límites al ver que los baños por supuesto consisten en unos cajones maltrechos, sin agua corriente, con tablas agujeradas: en los hoyos profundos del retrete se vislumbra la viscosidad de una rudimentaria fosa séptica. ¡Qué horror! Aquí mero es donde seguramente duermen los fantasmas familiares, considera Lucio. La casa es muy grande, de un piso, con su debido patio teménico y una fuente central, seca, sucia, agrietada. Todo es muy viejo, los muebles crujen lastimosamente. Fíjate que la malvada Victoria me dijo que sí había luz eléctrica, se ve que no se para por aquí desde hace siglos. Vamos a hablarle por teléfono para mentarle la madre. ¿Con qué teléfono, Lucio? Yo creo que ni siquiera los conocen en el pueblo, ya no digamos aquí. . . Bueno, ¿qué hacemos? ¿Te quieres quedar en esta casa? Mira, vamos a pasar la noche en esta alacranera y mañana nos vamos a Cuernavaca, al Casino de la Selva, es preferible ver al fantasma del viejo Malcomio, chance hasta nos invita un mezcalito.

Julián y Salvador se han ido ya, sin indicarles dónde están las lámparas. ¡Qué groseros! Aurora y Lucio las buscan, para que no los sorprenda el crepúsculo sin tener con qué alumbrarse, e incluso para antes de que se haga de noche: sólo en la estancia hay ventanas, y en algunos cuartos la oscuridad es casi total a esa hora de la tarde, mutatis mutandis, porque ya es la tarde, y es hora de comer.

Antes de subir en el datsun advierten que, en una de las casas vecinas, divididas por tecorrales con milpas tristonas, un hombre los mira. Cuando están a punto de arrancar el hombre se les acerca, haciendo señas. ¿Qué querrá este enano?, musita Lucio, impaciente. Ay Dios, está vaciadísimo, parece Eduardo Mejía. No hombre, Eduardo Mejía es el hombre mejor vestido de México. El hombre es bajito de estatura y viste un traje viejo, que le queda corto. Una canosa barba de candado subraya la ausencia de incisivos en la boca. Llega a ellos, jadeando. ¿Ustedes son los familiares de la señora Victoria? ¿Por qué?, contrapregunta Lucio, seco. Permítame presentarme, soy el doctor Salvador Elisetas, siquiatra retirado. El hombre se inclina y espera un poco para que ellos digan sus nombres, pero, como no lo hacen, continúa: yo vivo allí enfrente. La señora Victoria me ha encargado que cuide su casa. Pues no la cuida usted bien, ataja Aurora, está hecha un desastre. Bueno, señores, ignoro cómo se encuentre el interior, yo sólo procuro que no se metan algunos indios a refocilarse o. . . a hacer sus necesidades, especifica el doctor Elisetas con una risita apagada. El doctor entrecierra los ojos al hablar y tartamudea ligeramente, inclinando un poco la cabeza hacia la derecha como si con ese movimiento fuera a destrabar las palabras. Bueno, sólo quiero decirles que estoy a su disposición en caso de que se les ofrezca algo. ¿Tiene teléfono?, inquiere Lucio, al instante. Sí, pero está descompuesto, tengo varios días reportándolo a la Compañía de Teléfonos para que lo arreglen, pero aún estoy esperando. Pues siga esperando, dice Lucio al echar a andar el auto. Joven, su comportamiento no es normal, si quiere puedo darle unas píldoras tranquilizantes. Lucio responde con un arrancón que levanta nubes de polvo.

Cómo eres, ríe Aurora, lo bañaste de polvo. No merecía otra cosa, mira que ofrecerme tranquilizantes. Ha de pensar que estás loco. Lo cual sería una obvia proyección, cualquiera sabe que se necesita estar loco para ser siquiatra. Pero éste exagera, ¿te fijaste cómo meneaba la cabecita al hablar? Sí Sí es cierto, y qué ojos, recuerda Aurora, sonriendo; parecería salido de la temblorosa película El pueblo cubano contra los demonios, de Gutiérrez Alea Jacta. Además, agrega Lucio, tenía babas en la barba. ¡No es cierto! ¡Sí es cierto!, y mocos en el bigote.

En el zócalo del pueblo (sigámosle llamando Yautepec) encuentran un restorán, pero antes de entrar en él Lucio averigua dónde está la Compañía de Teléfonos. En ella, pide una conferencia (¡por cobrar!) con la amiga Victoria, y a ella le grita, ante los oídos escandalizados de los sombrerudos que aguardan turno para entrar en las casetas, que los mandó a un muladar, la casa es una porquería, se necesita ser hija de puta y madre de mongólico para prestar esa casa y, para acabar pronto, que chingue a su madre. Cuelga de golpe, satisfecho, aunque un poco agitado. Aurora sonríe salomónicamente. ¿Qué te dijo?, pregunta. Me dijo ¿bueno? y nada más, porque no la dejé abrir la boca. Nos va a odiar, dice Aurora. Uy, qué preocupación tan grande.

En el restorán les sirven caldo de pollo, cecina de Yecapixtla con crema, queso, aguacate y frijoles. Señorita, dice Lucio a la mesera, ¿no tiene algunos panes de ayer? ¿De ayer?, pregunta la mesera, sorprendida. Sí, porque estos que nos dio seguramente son de hace una semana. Y la comida es pésima, niña, me gustaría saber de qué fosa séptica sacaron el consomé y de qué huarache cortaron la carne, ¿no les da vergüenza servir estas atrocidades? ¡Ni crea que le voy a dar propina, y chance tampoco le pague! Ya agarraste vuelo, dice Aurora.

Salen del restorán y deambulan por el zocalito. ¿Y ahora qué vas a hacer, estrangular a las ardillas de los árboles? En vez de eso, en una esquina del parque compran los vasos más grandes de nieve de leche, no sin antes protestar por lo caro de la nieve, y luego suben en el quiosco donde se dedican a criticar, entre risas, a los campesinos morelenses que abajo ocupan las bancas. Compran cajas de velas, comestibles y varias botellas de vino, ¿cómo es posible que nada más vendan vinos del país?, vocifera Lucio, ¿qué creen que somos oligarcas del rumbo? ¡Qué falta de respeto para el turismo nacional! Ustedes, pobres malincheros, se tiran al suelo como alfombras nomás ven a los gringos, pero a los pobres paisanos se nos discrimina vilmente, por eso estamos como etcéteras. Mi amor, no te mediste con las incoherencias de la vinatería, comenta Aurora cuando regresan a la casa. ¿Y los fantasmas?, pregunta Lucio cuando distribuyen velas en la recámara y en la sala. Pues deben estar esperando que oscurezca, ¿no?, para seguir la tradición. ¡Fantasmas tradicionales, qué horror!, yo creo que los de aquí deben estar más decrépitos y desdentados que el vecino siquiatra. Por cierto, indaga Aurora, ¿compraste la lechita de Tacho? La tachita de leche, corrige Lucio.

Hace calor, y se quitan toda la ropa. A Aurora le parece gustarle mucho circular desnuda por la casa. Enciende las velas, pues aunque el sol vespertino aún reverbera con violencia allá afuera, dentro está casi a oscuras. Envueltos en oscuridad, parafrasea Lucio, oscuridad divino tesoro. A la luz de las velas, y después de beber dos botellas de vino, se disponen a hacer el amor. Lucio está a punto de penetrarla cuando ella propone que en esa ocasión el acto carnal (o palo) sea anal (o por chicuelinas). A Lucio le cuesta trabajo (y a Aurora varios gritos) entrar en ella sin ninguna lubricación, y apenas se halla a punto de lograr la penetración total cuando tocan a la puerta. ¡Carajo! ¿Quién podrá ser? Yo creo que los fantasmas no, sólo que las ánimas morelenses salgan a trabajar a los maizales durante el día. Ha de ser el pendejo de mi hermano, seguro se le olvidó algo, especula Lucio, empujando un poco más. No les hagas caso mi amor, ya me la metiste casi toda, pide Aurora. Pero los toquidos son insistentes, insolentes. ¡Me lleva el demonio!, exclama Lucio, fastidiado; se retira de su mujer y se dirige a la puerta. Vístete, ¿no?, le recuerda Aurora mientras busca una camisa para cubrirse. A regañadientes, Lucio se pone el pantalón. Los toquidos continúan, cada vez más violentos, cimbran la puerta, cuyo marco deja caer repetidas capas de polvo.

Quien toca es nada menos que el doctor Elisetas. Antes de que pueda decir algo, el siquiatra se mete en la casa diciendo ¿qué no oían? Buenas tardes, señora, saluda el doctor al parecer sin inmutarse porque Aurora se halle semidesnuda. Bueno, qué quiere, ¿nadie le ha dicho que tiene que esperar a que lo inviten antes de meterse en las casas? Hombre, yo soy de confianza. Le traje tranquilizantes, joven. Óigame, usted está orate, casi grita Lucio. Aurora ríe, repitiendo delectantemente la palabra: orate. . . Usted es el que debería tomarse esos chochos, viejo ídem. No tiene por que agradecérmelo, avisa el siquiatra con exagerada corrección mientras toma asiento y se equilibra en una silla tambaleante. ¿No creen que es muy temprano para ponerse a beber?, agrega después, mirando a Lucio con ojo clínico. Él ríe. Mire viejito, no lo corro a patadas nada más porque me divierte su temeridad. Joven, advierte el doctor, modérese: debo prevenirle que, aunque retirado, soy el delegado honoris causa de Salud Pública del municipio y puedo ordenar que lo encierren en el manicomio. A usted es al que hay que encerrar, viejito, ¡qué atrevimiento! ¡Delegado honoris causa! ¡Qué risa! Señora, dice el doctor Elisetas, ¿desde cuándo le dan estos ataques a su marido o concubino? Desde que tenía seis años, bromea Aurora, figúrese que en casa siempre tengo a la mano una camisa de fuerza para cuando se me pone grave. *Muy chistosa,* comenta Lucio. Había de verlo, continúa Aurora, hasta le sale espuma de las orejas y cerilla de la boca, y rompe todo, señor, así es que en mi casa los muebles son de hule. Muy interesante, juzga el siquiatra tomando el vino; bebe un largo trago, a pico de botella. ¡No se beba mi vino, viejo chilapastroso!, grita Lucio, ¡espérese a que lo inviten! Mi vida es un calvario, declama Aurora, no tiene usted idea. . . Dígale a su marido, o amasio, que se tome las medicinas que le he traído. Lucio, por su parte, revisa los frasquitos. Mi amor, que dice el viejito pendejito que te tomes las medicinitas que te trajo. ¿Sabes qué son, Aurora? ¡Anfetaminas! ¡Y este barbasconbabas cree que son tranquilizantes! ¡No puede ser!, ¿de veras?, ríe Aurora, y se levanta para leer las etiquetas de los frascos. El doctor continúa bebiendo vino atropelladamente. Mire, joven, dice imperturbable si no fuera por el meneo de la cabeza que se sincroniza con los tartamudeos, cada vez más tengo la certeza de que usted está enfermo y requiere hospitalización inmediata. En Cuernavaca hay una clínica veterinaria a la que podríamos llevarlo en, digamos, veinte minutos/ Deveras está loco, dice Lucio a Aurora. Quien está loco es usted, afirma el doctor, lo supe desde el primer instante; bastaba con ver cómo corrió usted a las personas tan pacíficas que estaban en esta casa. Lucio y Aurora se miran, atónitos. No me mire usted así joven, sus gritos se oían hasta mi casa. Más bien, repone Lucio, usted estaba espiando en el jardín, con razón me pareció advertir que algo se movía entre las plantas. ¿Considera normal lo que hizo?, pregunta el doctor, bebiendo a pico de botella. Mire imbécil, yo hago lo que se me da la gana y ningún baboso me va a llegar a doctorear,

¡lárguese de aquí inmediatamente antes de que lo saque a rastras! *No* me voy, afirma el siquiatra enfáticamente, y continúa: y después, cuando hablé con usted allá afuera me di cuenta de que me hallaba ante un caso peligroso. Yo no estoy dispuesto a que cualquier loco furioso, como su misma esposa lo cataloga, ponga en peligro a la comunidad. Por tanto, es mi melancólico deber avisarle que he mandado llamar una ambulancia para que se lo lleven a Cuernavaca. El que avisa no traiciona.

Lucio y Aurora vuelven a mirarse; por primera vez consideran que ese tipo está tan loco que bien pudo haber hecho lo que dice. Estese usted en paz y no presente resistencia, tómese los calmantes que le di y todo saldrá bien. Si usted colabora le aseguro que con unos seis meses de electrochoques diarios quedará muy bien, finaliza el doctor Elisetas y vuelve a beber más vino; bebe tanto que se atraganta y el licor le escurre por la barba. Está de remate, sentencia Aurora, ya sácatelo de aquí, me está poniendo nerviosa. ¡Y está fumando *mariguana*!, ¿ya te fijaste?, exclama Lucio al ver que, en efecto, el doctor Elishongos sacó un cigarrillo delgadito cuyo humo delata la presencia de una yerba petatesca. En ese momento el doctor salta con una agilidad insospechada, corre a la puerta y la cierra con llave. ¡De aquí no sale usted!, vocifera, ¡hasta que venga la ambulancia! Lucio no puede concebir que sea posible lo que está ocurriendo, pero, finalmente, su indignación es mayor que el pasmo. Toma al viejo de las solapas y lo sujeta con firmeza. ¡Deme esa llave, de dónde sacó esa llave, además! ¡No me toque! ¡Mientras más violencia ejerza más tiempo se va a pudrir electrochocado chez la rire! Lucio trata de meter la mano en el bolsillo del viejo, pero éste, con una fuerza inconcebible, le propina un derechazo en la mandíbula. ¡Me has estado buscando todo el día!, chilla, ¡pues ya me encontraste, *ya me encontraste*! Lucio se repone del golpe e, iracundo, se lanza contra el doctor, le pega como puede, pero el viejo tiene un vigor insospechable, lucha rabiosamente; sus ojos destellan con los furores de un odio incontenible, y

Lucio pronto se da cuenta de que el viejo no sólo se defiende bien sino que incluso puede llegar a dominarlo: quiere abrazarlo con tal fuerza que Lucio ya no se pueda mover. Como en un delirio (un relámpago, un resplandor) Lucio comprende que la fuerza de ese viejo sólo es posible porque se trata de un loco peligrosísimo, y que tendrá que luchar por su vida. Es increíble, alcanza a pensar (un relámpago), que en un instante todo se vuelve decisivo. Logra colocar su antebrazo como cuña sobre el cuello del doctor y lo empuja contra la puerta, pero comprende que no va a poder seguir sujetándolo. El siquiatra ahora lo golpea, con fuerza, en los costados, como boxeador entrenado, y en un instante, ya en el pánico absoluto, Lucio repara en que junto a la puerta carcomida hay un enorme clavo oxidado, doblado como pico de buitre. Lo busca, lo encuentra, lo saca del adobe con facilidad porque aún conserva un poco de fuerza, y también porque ve que Aurora, su mujer, ha tomado el atizador de la chimenea y con eso lo asalta la idea aterradora de que ella va a intervenir, *pero en contra de él.* Lucio esgrime el clavo y lo entierra repetidas veces, primero en los hombros y después en el cuello del siquiatra. La sangre irrumpe en chorros, salpica por todas partes, pronto es un arroyo que fluye, hacia afuera, por debajo de la puerta. El viejo se lleva las manos al cuello, como si quisiera cubrir los borbollones de sangre, y abre los ojos al máximo, sus pupilas giran en redondo y quedan fijas hacia dentro: afuera quedan las conjuntivas ensangrentadas. Finalmente se desploma, yerto, porque en ese momento Aurora ha llegado con el atizador de hierro y con él propina un golpe devastador en la cabeza del viejo.

¡Qué bueno que lo mataste!, *¡qué bueno que lo mataste*!, chilla Aurora, y Lucio, al verla jadeante, sudando, semidesnuda, blandiendo el atizador ensangrentado, comprende que ella también enloqueció a causa de la excitación. . . No, ésa no puede ser Aurora, esa mujer es la imagen viviente de la maldad.

Lucio se desploma, exhausto, junto al cadáver que aún sangra; siente un dolor lacerante, intolerable, en las sienes, y un zumbido que llena todo y que sigue creciendo de volumen. En ese momento grita, con toda su desesperación: *¡no puede ser, no puede ser! ¡Esto tiene que ser un sueño, una pesadilla insoportable! ¡Dios mío, Dios, mío, por favor, haz que despierte, haz que despierte por lo que más quieras!*

. . .Lucio despierta. Se halla en un cuarto blanco; . . . la luz del sol vespertino entra a través de un gran ventanal y rebota, se multiplica con fuerza en todos los rincones. Lucio, en un catre, hecho nudo, tiene los músculos contraídos a causa de la tensión del sueño; transpira profusamente, la sábana está empapada. Se da cuenta de que ha despertado y abre los ojos. Ve que en el cuarto blanco no hay ningún mueble, a excepción del catre donde aún yace, contraído, fetal. Estira el cuerpo y todos sus músculos le duelen a causa de la tensión tan terrible a la que estuvo sometido durante el sueño. La sensación de alivio porque logró despertar hace que no repare inmediatamente en el lugar donde se halla, pero después, un poco extrañado, advierte que el sitio parece Yautepec. ¿Yautepec?

Lucio viste pantalón y camisa blancos, y cuando advierte que sus zapatos también son blancos se da cuenta, con un estremecimiento que le devuelve cruda, dolorosamente, el terror, que en el suelo de tierra también se halla el clavo torcido, oxidado, goteando sangre. Febril, mira todo el lugar. Durante unos segundos su terror es indetenible, está a punto de lograr que la cabeza de Lucio se desintegre en astillas, y en ese momento, Lucio está en la puerta, una puerta que antes no existía o que no vio.

Lucio está viéndose a sí mismo sentado en el catre con el clavo torcido y ensangrentado en la mano; hay una palidez mortal en ese rostro desencajado por el terror. Enfrente se encuentra un espejo, ¡cómo no lo vio antes!, y allí ve su cuádruple imagen: Lucio sentado en el catre, viéndose en el espejo, con el máximo estupor, y Lucio en la puerta, pálido por el terror, Lucio corre a la puerta; mira hacia afuera, y ve una parte del pueblo (digámosle Yautepec): las calles sin pavimentar, algunas casas de adobe, tecorrales de yerbas crecidas, platanares, mangos y dos hules inmensos, ominosos; un corral donde varios cerdos duermen la siesta de la tarde, y Lucio, que se ve a sí mismo mirando hacia afuera, sabe ahora que el otro saldrá de allí para asesinar a quien se le ponga enfrente, nada más porque sí, porque ya agarró vuelo, porque el cerdo flaco ha engordado y hace destrozos, porque el impulso que lo hizo levantarse y correr a la puerta ya no se puede frenar, y Lucio, que se ve a sí mismo viendo hacia afuera, tiene en la mano un puñal de plata, con forma de cruz: lo ve, lo alza y, con serenidad, lo lanza con fuerza hacia el otro, que ha corrido hacia afuera; Lucio apenas ha recorrido unos pasos cuando un puñal se hunde en su espalda; el dolor del desgarramiento de la piel y la carne lo hacen proferir un alarido; se lleva las manos a la espalda y trata de quitarse el puñal sin dejar de correr, corre a toda velocidad, trastabillando alcanza a tomar el mango del puñal, pero, al tratar de sacarlo, sólo agranda la herida en su espalda, que ahora sangra profusamente, quizá por la velocidad con que Lucio corre, pegando alaridos de dolor y desesperación.

Los gritos de Lucio han convocado la presencia de mucha gente que sale de sus casas, son campesinos muy morenos, que, al verlo, gritan: ¡ése es el chilango que mató al doctorcito! ¡Doctorcito!, piensa Lucio, ¡esos pobres estúpidos no saben que ese viejo estaba loco de remate! Lucio corre con más fuerza. La gente de la calle ha empezado a perseguirlo, recogen piedras y se las tiran, ¡agarren al asesino, agárrenlo! De todas partes sale gente, todos recogen piedras y las tiran, golpean los pies, las piernas, los brazos, la espalda de Lucio. Una piedra se estrella en su nariz, y el dolor, las lágrimas y la sangre que estallan, simultáneos, nublan la vista de Lucio, ya no sabe por dónde va, hacia dónde, sólo sigue corriendo, zigzagueando, perdiendo la velocidad, ¡se va a caer, agárrenlo!, el torso se inclina cada vez más al suelo, hacia el lodo formado por las lluvias estivales; de la boca penden hilillos de sangre, pero Lucio ya no los ve, y si los siente no le importa; la lluvia de piedras continúa: él advierte que ha llegado a otro árbol inmenso, el sitio apropiado para morir...

. . .Llega al hule, y se desploma. Pero sigue vivo, eso es algo que Lucio no puede creer. La gente del pueblo, muchos niños y también perros flacos, excitados, que ladran, está exacerbada y vocifera, se acerca a él. Lo ven como trapo viejo tirado en el suelo. Llegan dos policías y Lucio sólo puede pensar cuán absurdo, grotesco, es que los policías de Yautepec vistan uniformes color tamarindo, del color de su piel.

Bueno, para no hacerte el cuento largo (lo cual es lo único largo que se te puede hacer), has de saber que Lucio es conducido a la cárcel del pueblo (Yautepec), y después es sujeto a un juicio y se le condena a pasar muchos años en prisión, en una celda oscura, de paredes pétreas, en el centro del pueblo, y aunque hay una ventanilla Lucio no se atreve a ver hacia afuera, porque pretende, durante todos esos años, volver la atención hacia sí mismo; está convencido de que todo eso ha sido necesario para que se purifique, y pague. Con el tiempo pierde la esperanza de salir, se acostumbra a la oscuridad, incluso llega a gustarle, y después de mucho, mucho tiempo, le dicen que es libre.

El día en que sale de la cárcel es sumamente despejado, grandes nubes se desplazan con rapidez. Se puede escuchar la fuente del zócalo; no: más bien se trata de un arroyo cercano. En el pueblo hay una gran excitación, la banda municipal toca pasodobles a todo volumen y una feria iluminada por el sol exhibe sus monstruos amansados: la rueda de la fortuna, el girador vertiginoso, la máquina del terror, tú sabes. Pero Lucio se siente peor: ni el linchamiento ni los años en prisión mitigaron las grietas de su alma.

Lo primero que ve es la pared lateral de la iglesia que está enfrentada a la cárcel; es una pared de piedra vieja, con parches de adobe y yerbas que crecen entre las rendijas, golpeada con tanta fuerza por la luz solar que Lucio casi se ciega, tiene que cerrar los ojos ante el impacto de esa luminosidad. Piensa que toda su vida estará condenado a ese tormento: el cuerpo entero corroído por un incendio interminable. A veces, muy a menudo en realidad, ha percibido el olor de su propia carne chamuscada, y eso ahonda siempre el oscuro vacío de su interior; no lo abandona la sensación de que está muerto, sin nada que lo alegre, así toda la eternidad, aunque circule sin impedimientos por cualquier sitio siempre, como caracol, estará en esa celda oscura que lleva consigo, sin miedo, sin dolor, pero con la desolación que brota del abismo, por donde se cuelan ventarrones como latigazos, la casa de su espíritu en ruinas, devastada, sin vestigios de vida, la tierra resquebrajada, arrasada por el sol y las erosiones.

Lucio vuelve a alzar la vista. Allí sigue la pared de la iglesia, con sus millones de pequeñas resquebrajaduras más claras que nunca a causa de la luz cenital. En ese momento, en él, una voz se yergue, con un brote de esperanza, y le susurra con vehemencia: ¡a la iglesia, a la iglesia! En un instante (un relámpago, un resplandor) Lucio cree comprender porqué se encuentra allí, y una esperanza minúscula pero tan viva que lo quema lo hace correr por toda la extensión de la pared de piedra; sin aliento ya, dobla la esquina y contempla el atrio de esa iglesia del siglo dieciséis con su zaguán inmenso de herrería oxidada. Lucio cruza el atrio, sin fijarse en los tabachines y jacarandas que florean, ni en las parotas ni en los cedros ni en el jardín descuidado, pero cuando llega al portón algo le impide entrar, un poder colosal lo sujeta de los hombros, a pesar de que él, entre lágrimas desesperadas, hace un último esfuerzo, lucha con todo su ser porque ésa es la batalla de su vida. Finalmente la fuerza cede, Lucio entra en la iglesia, y en ese momento, señoras y señores, todo es oscuridad, un perfecto

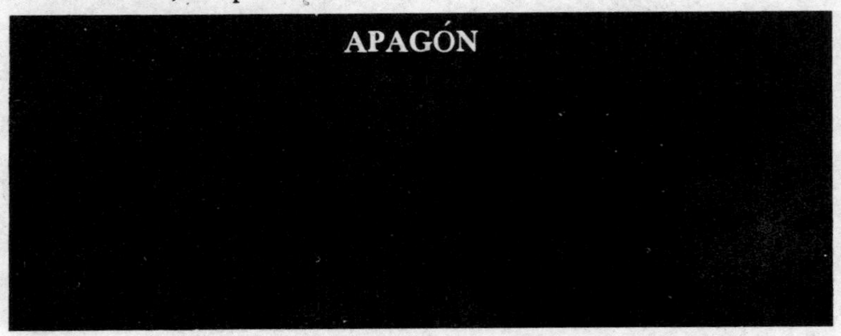

CONVERSACIONES CON ARTURO

Insomnio. Y Lucio, sin darse cuenta, mira la espalda desnuda de su esposa, quien duerme profundamente, en realidad me muero de sueño, se me cierran los ojos, no he apagado la luz, una serie de bostezos domina a Lucio y lo hace abrir la boca, humedeciéndola; se junta a Aurora, pega los muslos a los de ella, un calor delicioso, hummm, qué envidia: cómo me gustaría poder dormir como Aurora: en cualquier sitio, en menos de tres segundos, no supe cuándo me dormí. Dormir: un deslave de tierra apaga la conciencia, inicia otros procesos. Con cierta práctica y perseverancia es posible recordar los sueños.

Las ventajas de las visas de duración indefinida/múltiples entradas a la realidad onírica consisten en que muchos sueños son notablemente vívidos, de plano no es posible desatenderlos. Las más de las veces ocurren al despertar, pero tampoco es raro que me despierte un sueño impresionante a las dos o tres horas de haber dormido, esto es: en pleno sueño profundo; los sueños me sirven como avance de lo que será el día: la luz, el escenario, los personajes y la historia del sueño aluden al estado de ánimo y a los eventos que van a ocurrir, pero también me cuentan otra historia, más larga y compleja; de entrada te digo que soy asiduo a esta sueño-novela desde hace muchos años: no es un sueño el que cuenta, sino muchos sueños, como se sabe.

Lucio se da cuenta de que con esa actividad mental difícilmente conciliará el sueño. Con un suspiro sardónico recuerda que sólo unos momentos antes sintió tanto sueño que se le estaba olvidando apagar la luz, en ese momento, en que la ha apagado, tiene la mente brillante y aguda, la oscuridad refulge y cada ruido de la calle se escucha con nitidez: un camión dísel deja secas, arrastradas explosiones. Dice Jung que el insomnio neurótico (no tiene medida el término: un izquierdazo explícito y tajante) se corrige al estilo zen: no hay que proponerse dormir sino dejar suelta la mente, ir con la corriente, pero a la vez se debe preparar todo para conciliar el sueño lo antes posible: querer dormir y a la vez no quererlo, which is exactly lo que estoy haciendo, ¿o no es así?, hasta el momento no he querido modificar el curso de este fluir (pero yo, acá, cómo meto tijera), además de que si tratara de hacerlo lo más probable es que no pudiera, ¿por qué?, porque así es la onda. No hay duda de que la yegua más difícil de domar es la de la noche, con ésa no puede ni Jorge Luis Wayne, a estas alturas controlar mis pensamientos equivale a ser consciente de cómo se echan andar los mecanismos que van a obstruirlo, equivale a observar la mente, y nada es más pavoroso, grotesco, nada desquicia en fracciones de segundo, nada contiene todo el terror en una cortina de negrura, que ver directo a la mente, no se le debe encarar así, hay que hacerse de ladito, ladear los espejos y más bien ver los reflejos de los reflejos, aunque se degrada la calidad allí está también la sustancia. Si a estas alturas, en que sólo quisiera dormir, tratara de ordenar mis pensamientos en una sola dirección, en una reflexión ordenada, articulada, debidamente estructurada, sin duda me distraería, surgiría una infinidad de recodos, meandros, círculos concéntricos, así es que mejor dejo esta cinta en su urobórico vaivén, vamos al túnel mi vida, no te entrometas muchacho, atrás de la raya estamos trabajando, uy, aquí hay un chinguero de vocecitas, murmullos, *wilds*, como se les dice en el cine, pero más bien no son voces sino sombras de las sombras, algo anda ahí, ¿quién anda ahí? Vete mucho a la chingada. Qué pasó, eso no fui yo, ¿qué pasó? ¡Qué pasó?

Lucio se incorpora de un salto. Enciende la luz, posesionado por un terror repentino e inexplicable que linda en el pánico. Ve su cuarto con ojos en los que va desvaneciéndose la insoportable sensación de desconexión total. Procura amainar la respiración para que también se contengan las palpitaciones de su sangre. Calma cucharón, se dice Lucio, para tu tren, apaga el motor... Bátiri bátiri va... Ah... Mucho mejor... No falla el cuatro por cuatro... Paseando al perrito... Qué ricos, los bostezos... Cuando llegan en series largas es una chingonería... Verdadero tesoro de la humanidat... Pensar cuando se bosteza es como hablar con la boca llena... Pendejadas plenas...

Qué delicia la oscuridad, ya bajó el fuego, quedaron las puras brasas, ahora sí me voy a dormir, maestro, es más: ya me estoy durmiendo: a la Afamada Caverna han llegado densas capas aún más oscuras infinita la gradación de la oscuridad son olas más que capas apenas se pueden precisar es toda una experiencia ser consciente de cómo se va durmiendo uno mi voz ahora tan bajita está en el lindero de lo inteligible milagrosamente llega a la superficie estas olas densísimas de oscuridad deben estar cargadas cargadas de ¡sueños!, allí se incuban los sueños, amiguitos, tal como las nubes se preñan de acqua ardens, acqua permanens, por eso dicen que en nuestro interior se reproducen todos los fenómenos de la buena madre naturaleza: espectaculares puestas de sol, días radiantes, aguaceros, ¿cómo decía Lowry?: ¿no tiene el alma sus Moctezumas y sus noches tristes? Me carga el carajo. Chingue a su madre el pendejo de Malcolm Lowry, sáquense los aburridos y modositos demonios lowrianos, se me fue el sueño por completo, nuevamente la negrura es más brillante que nunca, se convierte en un recinto cerrado aunque no haya lindes tangibles por ninguna parte.

Esta idea deja a Lucio en silencio: una quietud repentina en todo el cuerpo; pero debajo de la piel, o en alguna parte, algo llega al máximo de tolerancia, es un agujero cilíndrico de membrana fragilísima que contiene el numen del terror: nace de los testículos, oprime con su pellejo adherente, crece al interior del vientre, dificulta la respiración, va a estallar en el interior de la cabeza, ¡no puedo respirar, no puedo respirar! ¡me está jalando! ¡Dios mío, ayúdame por lo que más quieras! ¡Ayúdame en esta noche negra!

Al prender la luz, todo parece normal. O casi. Ese leve estremecimiento de las cortinas es... ominoso... Qué extraña quietud... Los ruidos de la calle son quimeras, fantasmas de ruidos, qué está pasando allí, nada: el tránsito ha disminuido, ya deben ser más de las dos... Salir del cuarto. Lucio de pronto advierte que se halla de pie y sale de la recámara. De pronto el cuarto se cargó, quién sabe de qué, que se airee... Sin darse cuenta ha ido directo al escritorio y enciende la lámpara. El resplandor lo deslumbra. Cierra los ojos y durante segundos permanece anclado en torpor y desconcierto; trata de despejarse con sucesivos parpadeos, a ver, qué voy a hacer, ¿me voy a poner a trabajar?, no, ni madres, no coordino bien, es increíble: me estoy muriendo de sueño. Es cierto. Su cuerpo se ha vuelto pesado, los ojos se le cierran; se ha derretido en la silla del escritorio, ha cerrado los ojos ¿qué pasó aquí? No puede ser, me quedé dormido unos segundos, pero fue una desconexión total, de esas que no admiten observadores laterales, ¿habrán sido segundos?, ¿qué horas son?, no, por ningún motivo voy a ver la hora, sería el detonador infalible del desorden total, me haría caer en la desesperación porque no me puedo dormir justo cuando más lo necesito, pero cómo no voy a poder dormirme si me estoy cayendo de sueño... Un montón de arena dorada en el fondo del cuarto, a un lado de la puerta... Qué alucinaciones.

Lucio bosteza ininterrumpidamente sentado a su escritorio, finalmente se incorpora con enormes dificultades, su cuerpo es una sustancia tan floja que puede venirse abajo gelatinosamente si no se sujeta del escritorio. Apaga la luz, llega a la cama envuelto en otra sucesión de bostezos, alcanza a pensar que jamás ha tenido tanto sueño como en ese momento, apaga la lámpara, las sábanas son una delicia, jamás había sentido el cuerpo tan relajado, es una masa informe que sólo puede hallar sentido en el sueño, si es que me logro dormir. Si no, mañana más o menos la hago. Pero si me pasa, como ya me ha ocurrido, que en dos o tres noches no puedo dormir entonces sí entro en la pura sicosis: deambulo con apenas un hilito de energía: tenso, distraído, paranoico, culicontraído, dicen que a todo se acostumbra uno menos a no comer: qué mentira, nadie aguanta cuatro, cinco, seis días sin dormir, se lo traga la locura.

Lucio advierte que nuevamente el sueño se le ha ido, y que ya no puede dejar suelta la mente, ir con la corriente; por tanto, fija su atención en un punto intermedio entre los ojos; me está saliendo a toda madre, alcanza a pensar. Se da cuenta de que en realidad su mente es la noche misma, una noche de oscuridad brillante y sin estrellas... Hay un lago allá abajo, apenas se le advierte a causa de la oscuridad tan cerrada... Un lago sereno, profundísimo... Qué paz, piensa Lucio, y al instante experimenta la punta de un desconcierto vivo, desconocido... Le parece ver una gran sombra, una silueta en una esquina del lago oscurísimo atraviesa, como si flotara, encima de la superficie... Lucio se da cuenta de que las manos le sudan. Está muy excitado. Piensa que la conciencia no tiene que ver con las palabras, son fenómenos aparte y no siempre interdependientes, infinidad de veces los pensamientos no se formulan verbalmente, sino a través de imágenes, sensaciones, intuiciones, emociones, miriadas de percepciones más allá de toda verbalización. Lucio se da cuenta de que nuevamente está pensando y aprieta la atención, aprieta la concentración en el punto central entre los ojos, porque, además, cuando la atención se concentra allí el cuerpo se relaja, experimenta un delicioso hormigueo en las piernas, el vientre, la espalda, el cuerpo entero (los ojos), en esos momentos la brillantez de la negrura cede y aparecen sombras más densas, nubosidades de oscuridad compacta, a la vez, la conciencia se afina, cortante: Lucio escucha con precisión cada uno de los ruidos de la calle, distingue el paso de cada vehículo, las pisadas y voces de los transeúntes ocasionales, el extraño raspar de algo que debe ser el viento en las copas de los arbustos, que nunca crecen, de enfrente y en las banquetas; advierte cuando arranca el motor del refrigerador y cuando concluye el ciclo de enfriamiento, así debería funcionar yo, de hecho así funciono, así funcionamos, pero con la mente Cata, esto es: con la razón, el intelecto y demás funciones de la conciencia yo mismo altero el flujo natural; cuando no pienso, recupero el ritmo intrínseco, propio, autocontenido, autorregulado, me lleva la mierda, ya estoy pensando otra vez. Lucio refuerza la atención, mientras muy muy abajo (¿abajo?), un susurro apenas perceptible permanece: está pensando todavía y al pensar pasa continuamente de la primera a la segunda, a la tercera persona, yo es tú, yo es él, yo es nosotros, guguguyub. En una esquina de la oscuridad algo se agita con fuerza creciente, como si paredes intangibles pero importantísimas estuviesen a punto de ceder por el empuje de una presión imbatible.

Una vez más Lucio salta de la cama y trata de sacudirse el terror. Huele a quemado, sí, sí, huele a *quemado,* puta madre, huele a quemado aquí. Se incorpora, atento, oteando. Olor de carne cruda que se chamusca. Un calosfrío lo sacude con fuerza y Lucio enciende la luz. Su esposa duerme. En qué bronca me metí. Así voy a seguir hasta que amanezca, lo veo clarito: no voy a poder dormir mientras lo intente, cuando claree voy a bañarme y a prepararme para la cita, después desayunaré y me enfrentaré al horror de que para entonces estaré a punto de dormirme, como hace rato en el escritorio... Se trata de una abusiva, franca, arbitraria y culera traición, Tlaxcala revisited, sinceramente protesto porque ni siquiera en el barco de uno se tiene el control debido de fijar destinos y todo tipo de emplazamientos of your choice, qué mierda de pensadera, qué mierda de pensadera...

Un calosfrío, mucho menos intenso que el anterior, lo sacude. Está sentado en el borde de la cama, con la luz del buró encendida. Ve en su derredor el cuarto silencioso, brillante, nítidas las demarcaciones de las tonalidades. Una pesada desolación lo llena, ya no es ni cansancio ni el torpor del sueño indetenible. Los sentimientos y pensamientos de Lucio ahora son un flujo seco, arrastrado, pedregoso, apenas perceptible, que aviva la tristeza. Suspira largamente, piensa: cada suspiro es balsámico, regalo de los dioses, vía de alta curación, válvula de escape del alma. Todo es silencio ahora.

Contacto. ¿Quién anda allí?

...

¿Quién anda allí?

Yo.

¿Quién es yo?

Arturo.

¿Y qué quieres, Arturo?

Estarte chingando.

¿Qué?

...

¿Pero por qué?

Porque ése es mi deber.

No sé qué tengo en los ojos. Pues yo no sé cómo dejé entrar a ese cuate en mi casa, ni siquiera lo conocía, pero tocó la puerta y me dijo que lo dejara pasar. Yo me quedé estúpido, quién sabe por qué su personalidad me aplastó, me dejó como candorosa niña provinciana que se desmaya cuando canta Su Ídolo.

Según él, nada más iba a llamar por teléfono, pero, bueno, el número siempre marcaba ocupado y sin más se quedó en el sofá junto al teléfono. Era un hombre de edad mediana, elegantísimo. Parecía serio, no exactamente enojado pero sí severo y no sé por qué procuré no pasar junto a él. Estaba en la cocina pensando en hacerme un café y escribir un artículo sobre *Metrópolis*, la primera, que vi gracias al maestro Pina. En eso oí que el teléfono sonaba. Fui a contestar, pero el tipo ese ya lo había hecho. ¡Le hablaban a *él*! ¿Cómo podía ser? Sí, soy Arturo, lo oí decir, sí, échenselo, claro, qué preguntas.

Aún no me reponía de la sorpresa de que a este Arturo le llamasen a mi casa y él ordenara, tan tranquilo, *sí échenselo*, cuando tocaron en la puerta. Abrí. Era un hombre de edad indefinida, muy gordo, moreno, de traje brilloso, sin ocultar la pistola bajo el cinto, ahistá Arturo, ¿verdad?, me dijo, y sin esperar respuesta se metió, y se puso a hablar con él. De pronto los dos me miraron tan, tan feo, que tuve que irme de ahí sin oír lo que decían. Tocaron de nuevo. Me quedé pasmado cuando otro hombrón de traje y pistola visible, con una bolsa de papel llena de botellas, me dijo a un lado monito, y sin más se metió directo a donde Arturo hablaba con el otro pelafustán: matón profesional, o agente de la judicial, lo mismo.

Yo me quedé como el hobito Bilbo Baggins cuando su hoyo es invadido de enanos que lo toman por ratero. Incluso abrí la puerta para ver si tenía algún tipo de señal inscrita. Cuando la cerré vi que ya se habían servido tragos; los tres bebían, y Arturo hacía llamadas por teléfono sin hacerle caso a los otros dos. Sin duda era el jefe. Su expresión era tan dura que preferí meterme en mi cuarto y trabajar mi nota.

No podía concentrarme. Pensaba y pensaba cómo sacarlos de mi casa. Salirme sin que se dieran cuenta y llamar a la policía. Me daba pánico la idea de que regresara mi chava y que, al verla, los rufianes se pusieran cabrones. Un par de veces me puse en pie, decidido, y me dirigí a ellos. Pero en ambas ocasiones me detuve en el marco de la puerta al oír las carcajadas de los guaruras y el murmullo de la voz de

Arturo en el teléfono. En otra ocasión me asomé, callado, despacito; por el filo de la puerta sólo vi al tal Arturo que seguía en el teléfono: me pareció que la dureza del rostro ahora se había convertido en verdadera maldad, como si supiese que yo lo espiaba y eso lo irritara como nada. Mejor regresé a la máquina. Mal que bien escribí media cuartilla cuando se inició el señor desmadre. Salí corriendo a la sala y vi que los dos guaruras, enloquecidos, acababan con los focos del techo a balazos. Ya se habían echado un librero, la mesa y las sillas. Pero, la verdad, me aterró aún más ver al jefe, el Arturo ese, hablando muy serio por teléfono en medio de un acto de destrucción que los Who habrían envidiado. Se hallaba tan sombrío que parecía *negro* y sus ojos eran fuegos vivientes que no me dejaban de mirar. Su sola presencia me aflojó el estómago y, te juro, se me salió un chorrito de caca. No supe ni cómo me lancé a la puerta, justo cuando los guaruras empezaban a dispararme, en realidad sin apuntar, muertos de la risa.

Bajé la escalera del edificio con saltos descomunales, con balazos que estallaban más arriba. Llegué a la calle y corrí lo más que pude. Casi me eché un clavado debajo de un coche cuando varias balas pasaron por encima de la cabeza. Bajo el auto vi que varios balazos descascaraban el pavimento de la banqueta, así es que me arrastré como pude, salí del coche y corrí, pero no había dónde guarecerme, y las balas pasaban a mi lado. Me coloqué ¡detrás de un poste!

Alcé la vista hacia mi casa, donde, tras las jardineras del balcón, Arturo me miraba con tal intensidad que creí que el rostro le vibraba. ¡Critiquito de mierda!, me gritó y alzó una pistola gigantesca. En segundos me vació la carga. Salí corriendo entre los balazos y me cubrí tras un coche. Arturo ya no estaba en el balcón del edificio, pero ahora los guaruras me balaceaban los pies. Corrí a colocarme tras la salpicadera de otro coche. Seguían los balazos. Era claro que no tiraban a darme, nada más echaban relajo como lo atestiguaban sus carcajadotas. Alcancé a ver que Arturo salía del edificio y gritaba: ¡ya estuvo! Cesaron los disparos y, por primera vez, oí varias sirenas de patrulla.

Ellos las oían también, pero no se movieron. Las patrullas llegaron en segundos y la gente se empezó a acercar. Eran como las siete de la noche y hasta entonces me di cuenta de que había mucha gente en la calle de Medellín, colonia Roma, quizás hasta una bala perdida había matado a alguien. Pero al menos ya estaban ahí los tecos y se llevarían a esos hijos de la chingada. El susto había sido tal que no tuve tiempo de odiarlos antes. Quería acercarme y denunciar los destrozos de mi casa, pero, por alguna razón, opté por quedarme medioescondido tras la gente, a buena distancia. Fue lo mejor. Resultó que al rato los azules ya se le estaban cuadrando a Arturo y le decían sí mi jefe, sí mi jefe. Una descarga de adrenalina me sacudió al pensar que no sólo no me había salvado, sino que a lo mejor apenas empezaba la pesadilla.

Por suerte no fue así. Uno de los guaruras estacionó un carrazo frente al edificio, Arturo subió en él, los cuicos le cerraron la puerta, muy corteses, y después las patrullas arrancaron, abriéndole paso. La gente hacía todo tipo de comentarios, sin saber bien qué había ocurrido. Yo, peor que ellos, me fui a mi casa. Había que arreglar los destrozos, imagínate.

El lado oscuro de la luna. Unos amigos me invitaron a una fiesta-a-oscuras, que ahora están de moda. Ya sabes: son iguales que todas, sólo que éstas son en total oscuridad: bueno, siempre andan por ahí unas lamparitas para iluminar bebidas, comida, drogas, y por supuesto para lanzar ocasionales haces indiscretos a la gente en pleno desfiguro. Por lo general la música brama a alto volumen, e inevitablemente hay líos inesperados.

Cuando íbamos a entrar me presentaron a un hombre moreno, delgado, ni joven ni viejo, increíblemente recio, que llevaba una camiseta de manga corta. Se llamaba Arturo. Era el dueño de la casa de la fiesta, que, por cierto, venía a ser un bloque negrísimo en la penumbra de la calle. Hasta nosotros llegaba, fuerte y nítida, música de Pink Floyd: El lado oscuro de la luna. Eclipse.

Dentro no se veía nada. Nada. Arturo me tomó del brazo con autoridad y me condujo, pero aún así no dejé de tropezar, pisar, empujar a gente que bailaba, caminaba, platicaba, o jadeaba en la oscuridad. Nada se veía. Ocasionales cilindros de intensa luz delgada cruzaban la negrura y revelaban golpes de color, ropas, franjas de carne. Enceguecían aún más. La música hacía vibrar la piel. Arturo me condujo por corredores, cuartos que comunicaban con otros, salones circulares, largos pasillos: en todas partes había gente, risas, chasquidos de vasos, conversaciones entretejidas, y todo junto formaba un zumbido parejo, ilusorio como la capa de humo que parecía flotar en la atmósfera. Al poco rato empecé a distinguir siluetas, bultos en movimiento. Las fricciones con otros cuerpos ocurrían en todo momento y causaban risitas, tentaleos, suspiros. Íbamos de un cuarto a otro, entre capas de oscuridad casi total, sensual, en medio de la música potentísima, entre risas y, con frecuencia, quejidos, o gritos de dolor agudo, carcajadas, incluso detonaciones silenciadas.

De pronto nos hallamos en un pequeño cuarto vacío. Arturo no me había soltado el brazo en ningún momento, y de repente no sé qué pasó, tuve la impresión de que ese lugar estaba vivo, las paredes eran carne cálida, húmeda, palpitante como la mía, al recargarme las caricias me hacían desfallecer, me excitaban como pocas veces en mi vida, se me dificultaba la respiración, y de pronto sentí que me retorcía, no me caí porque Arturo me sostuvo, estaba eyaculando entre oleadas de un placer oscuro, espeso, doloroso, que me hacía contorsionar, pegarme a la pared. Era una eyaculación abundante e interminable, y yo miraba a Arturo, o a la sombra en la oscuridad que debía ser Arturo, y me complacía que él estuviera allí mientras yo eyaculaba portentosamente. Cuando terminó la emisión mi pantalón estaba empapado de semen. Con la mano encontré una tela, parecía colcha, y con ella limpié un poco las manchas. En ese momento Arturo me jaló hacia sí y me abrazó. Sentí que se me iba la vida, la fuerza vital se me escurría, me dejaba desvertebrado. Con jalones me bajó el pantalón, me abrió las piernas y con un solo golpe me introdujo algo duro y enorme, que iluminó la oscuridad como fogonazo, un relámpago que inició un dolor insoportable, que me hizo gritar con todos mis pulmones y macerarme los labios porque Arturo textualmente me partió en dos, el ardor desgarrante de la dilatación de mis entrañas me hizo llorar lágrimas incontenibles entre gritos y aullidos de dolor, en fracciones de segundo perdí el conocimiento, y sólo después, como barco en la tormenta aparecía la conciencia de que experimentaba un calor incendiante enteramente distinto y de que Arturo explotaba en una eyaculación que me inundó, me corrió entre las nalgas y las piernas. Yo ahora veía ráfagas de luces por el dolor, con una extraña aurora de placer, de estupor. Arturo retiró el miembro con tanta rapidez que sentí, como en una especie de cámara lenta, cómo volvían a cerrarse las paredes intestinales; no pude desplomarme en el suelo, como hubiera querido: Arturo me jalaba, a duras penas reacomodé mi ropa mojada, viscosa, y lo seguí, tropezando, adolorido y con la piel tan sensible que cada roce se quedaba reverberando.

Regresamos al fragor de la fiesta, siempre en oscuridad, yo detrás de él presintiendo, vislumbrando a veces, su silueta con adoración. Comprendía que era ridículo, imposible, lo que ocurría, pero no podía hacer nada por evitarlo, y mi conciencia apenas llegaba al pasmo, continuamente eclipsada por olas de dolor y placer. No tenía fuerza y me dejaba llevar en una debilidad caliente. Entramos en un cuarto donde proyectaban una película. La luz de la pantalla me cegó aún más que la oscuridad; allí también estaba lleno de gente y ver las siluetas, recortadas contra la pantalla, me dejó una desoladora sensación de horror. Arturo conversaba con un conocido. Me pasaron una pequeña pastilla. Olía a alcohol, mariguana e incienso. Me sobresalté al ver unos ojos ígneos, terribles, amenazadores, como los que veía el príncipe idiota. Vámonos, le dije a Arturo, pero no me hizo caso. No podía controlar el temor frío que anunciaba una temblorina de todo mi cuerpo pegajoso. Pánico inminente. Vámonos, repetí a Arturo, vámonos a la casa. *Ésta es mi casa,* respondio él, marcando las palabras. Después siguió hablando con sus amigos. Yo, en cambio, me llené de terror. Creí que cualquier movimiento me iba a volver loco. ¡Qué tiempos aquellos!

Comida del mar. Lucio camina por la playa. Tropieza con alguien que se tendió en la penumbra. A lo lejos, los puestos de comida han encendido sus focos de ciento cincuenta watts que penden encima de la carne, de las vísceras, pedazos casi negros de pulmones, sus redes sanguinolentas, ¿esto no te gusta?, también había cubetas de camarón, ceviche de abulón y lapa, pulpo y chiles rojos, alargados como sombrero de duende.

Lucio tropieza de nuevo. Ni siquiera se escucha a sí mismo diciendo: perdón. Son terribles las olas, demasiado próximas, estallidos interminables. Logra sortear la gente que, de rodillas, busca la botella enterrada en la arena. Es demasiado lejana la hoguera y los grupos que cantan al compás de una guitarra, golpes descuadrados de bongó. Sólo los niños (pero apenas se distinguen) se animan a enfrentarse a las olas. Sus risas son distantes, fantasmales.

Lucio mete un pie en una depresión de la arena. La marea ha subido, el agua es cálida. Se deja caer y se ve las manos: están impregnadas de arena negra. En el cielo oscurísimo y cerrado apareció un pedazo de luna. Lucio tiene hambre, piensa que debe comer: cualquier cosa.

Dentro de la concha rosada que se abre, como guiño, aparece la masa blanca, firme y temblorosa, del marisco. Todo se ha oscurecido aún más.

Frente al volcán. ¿Dónde has estado, querido hijo de ojos verdes? ¿Quién te acompañó, hijo?

Me acompañó un hombre que no quiso nunca mostrarse tal cual era: nunca pude verlo, era tan silencioso que a veces me olvidaba de él.

¿A dónde fuiste?

Fui a ver el volcán desde el pueblo que está enfrente, tan alto que el pico nevado quedaba a la altura de mis ojos. Lo tenía tan cerca, papá. El sol magnificaba la blancura porosa y brillantísima de la nieve. La montaña donde yo me hallaba, en cambio, había sido oscurecida por una nube casi negra; en realidad, mirándolo bien, todo estaba cubierto por nubes inmensas y oscuras, sólo un claro en el cielo dejaba salir el haz de luz que encendía el volcán. Era bueno verlo, padre, hasta el frío se me olvidada, olvidaba la humedad casi goteante en torno a mí.

¿Viste bien el volcán, hijo?

Sí, lo vi muy bien. El otro también me urgía a que lo mirara bien, que me grabara por siempre la imagen de ese volcán de grandeza intolerable, el Citlaltépetl. Lo miré tanto que me fundí en él.

¿Y qué hiciste, hijo?

Correr: el tren saldría a la caída de la noche. Aún tenía que ir al pueblo, encontrar un taxi, bajar a la estación, llegar a tiempo; no podía quedarme allí, por más que lo hubiera querido, y lo quería (en esos momentos). Es, en cierta manera, terrible tenerlo enfrente: ondas fulminantes, incesantes, de blancura, pero tú lo sabes mejor que nadie. Me fui con mi amigo al pueblo y entramos en el mercado. El sol quedó tras las nubes, el volcán no se veía más, las ráfagas de aire helado cuarteaban las caras, por eso la gente llevaba allí gruesos cotones de lana, sombreros, cobijas hasta la nariz, y botas altas por tanto lodo, tanto charco. Quiso la fortuna que al avanzar por los puestos del mercado mi lengua diera por empujar un viejo cascarón de muela, que empezó a desmoronarse; yo escupía trozos viejos de muela de vez en cuando.

¿Y a quién viste, mi hijo de ojos verdes?

El camino terminaba en un puesto de mariscos; lo salté y eso mismo hizo mi amigo. En la fonda sentí que allí había algo que yo conocía muy bien, algo vago, misterioso, envuelto bajo varias capas como esos indios morenísimos que con cobijas se cubrían del frío. En un mostrador vi un extraño marisco: una concha agresiva, y dentro, carne blanca. Mi boca se llenó de saliva, una punzada tajante penetró en mi vientre. Tenía que comer ese marisco, y lo comí, no acababa de deglutirlo cuando un impacto me humedeció los ojos, me encendió como llama nueva: era ella, la mejor, la más hermosa, la confiable e incansable, ahora con delantal, un poco más rolliza que antes, un cierto aire maternal, bondadoso, pero yo bien conocía sus poderes. La dueña del puesto de mariscos.

Me tambaleé, no podía reponerme del golpe que significaba volver a verla. ¿Cómo pude olvidarla?, me repetía, ¿cómo fue posible la atrocidad de olvidarla, de olvidar todo lo que ahora creía poseer y que en realidad seguía siendo un enigma de masa informe, destellos inconexos pero apremiantes, niebla vespertina, sí, la niebla había caído en todo el mercado, una densa capa de nada gris nos envolvía; yo aún me preguntaba cómo había podido ser tan inconmensurablemente estúpido, tan ciego.

Y ella qué dijo.

Me miró con calor y cariño, pero ella, padre, se hallaba en una altura imposible; se divertía un poco, me recriminaba también, corrí a abrazarla, lloraba sin poder contenerme; la estreché, desbordado, le dije: mi vida, mi vida. Ella se apartó un poco y me miró; sonreía, entonces lo supe: ya no era *mi vida,* ¡cómo podía serlo!

Detrás de ella me miraba un hombre robusto, pelirrojo, de grandes entradas, en mangas de camisa a pesar del frío. Era el marido, el dueño del restorán. Parecía hombre severo.

Ella me lo presentó. Yo supe que todo había cambiado, había mejorado. Ese hombre me era tan querido como ella porque era su esposo, y me estimaba, me ayudaría, sería mi benefactor. Así debía de ser. ¡Qué bendición! Apenas podía contener la emoción.

Mi amigo me jaló de la manga, apremiante, teníamos que irnos, el tren se iría sin nosotros. Los abracé, emocionado. Quiera Dios, les dije, que pueda volver a verlos. Iba corriendo ya entre los puestos del mercado, escupiendo trozos de muela vieja que caían poco a poco.

¿A quién más encontraste, hijo mío?

Llegué a la estación justo a tiempo. Entré por una calle negra. Tras una barda de maderas húmedas y menguadas se veía el ferrocarril, listo para salir. Seguramente acababan de comprar ese tren, relucía de limpieza y poder. Era la más costosa adquisición de la compañía de ferrocarriles. La gente subía, la salida era inminente. Yo iba a salir corriendo hacia la entrada de la estación para no perder el tren cuando un rechinido de llantas me hizo volverme hacia la acera opuesta: un taxi se había detenido y de él bajaba, todo de negro, Arturo. ¡No podía ser! Él me vio también, vi cómo se aterraba y se disparaba corriendo hacia el interior de un edificio, un viejo hotel. Tras él fui yo a toda velocidad, en relámpagos vi un pasillo, alguna gente se asomaba, Arturo desaparecía tras una puerta. Lo alcancé en segundos y lo golpeé con todas mis fuerzas; lo pateé en las costillas, en el vientre, en los testículos, jaloneé sus cabellos, estrellé mis puños en su cara durísima, algo se resquebrajaba con cada golpe, la humedad de la sangre en mis manos era viscosa, lo arrastré, sangrante y deformado, por todo el pasillo, el lobby, el vestíbulo, la calle, y allí lo tiré al arroyo, repetidas veces pisé su cara con mis botas y después me le monté, lo tomé de los pelos y estrellé su cabeza contra las piedras de la calle.

Una presencia tajante me detuvo. Alcé los ojos y vi, en el segundo piso, una visión que me puso a temblar; sacudiéndome por una emoción incontenible solté la cabeza de Arturo sin dejar de ver a la mujer desnuda del segundo piso. Qué belleza tan severa, inaprehensible, de mirada terrible y hermosos pechos durísimos, blancos, que ella echaba hacia adelante, ¿me desafiaba con ellos o me invitaba a succionarlos y extraer la vida más dulce, la muerte perfecta? Los trozos de oscuridad se habían suavizado y yo quedé suspendido, listón que se ondula, sostenido por el hilo líquido que bebía, shhhh, todo se poblaba de luz, altísimas olas de luz explotaban silenciosas a mi alrededor.

Ella se echó hacia atrás, se alejó de la ventana del segundo piso; yo me despeñé en el suelo húmedo. Al irse continuaba mirándome fija, inflexiblemente. Papá, no sé qué me quería decir, eran ojos sin expresión, chorros de nada, emanaciones de poder puro, Arturo estaba deshecho a mis pies. Se derretía. Ahora ya sé quién puede contigo, le dije, y yo también me tendí en el suelo, abierto a las estrellas; aún me estremecían dulcísimos suspiros: una lasitud calientita, subyugante. Ya se fue el tren, me avisó mi amigo, pero no le hice caso y acabé de escupir los últimos restos de muela.

LA FAMILIA

Los Milagros. Todo el día trabajando, toda la noche, todo tiene un límite, hasta las mismísimas demarcaciones de esta casa-caparazón, de esta página-pantalla, pero no para Lucio, o al menos eso se dice él: tiene que pasar horas enteras entre colillas maltratadas, papeles, tazas vacías de café, ebullición en el estómago, ráfagas de toses, pulso infame, irritación creciente, pobre máquina de escribir: algo se perdió, se cayó, se torció, y no es posible poner espacios, todo tiene que ser una inmensa, interminable oración, no me desampares ni de noche ni de día, ya han sido demasiadas horas, además, ¿no es así?, y Lucio se pone en pie, se estira, las coyunturas se tensan, abren camino al mareo de la fatiga, tomar aire le hará bien, allá va, hacia la calle, llévatelo en plano medio, el gris del cielo se refleja en los charcos, hace frío, Lucio parpadea: él no tiene frío, pero sus ojos están sucios, el tuerto puede ver pero los prejuicios no dejan ver, infinitesimales partículas de suciedad se adhirieron a los lentes de contacto de Lucio y yacen en el líquido viscoso que se empozó bajo los párpados, fue una estupidez no lavar los lentes antes de salir, se detiene en la esquina, allá está una panadería, apenas la van a abrir, en ella entran varias jovencitas, Lucio las imagina, una vez dentro, poniéndose la bata blanca, un sonreír dulce y ausente, la Panadería Los Milagros está cerrada, pero a través de los cristales puede verse que las muchachas se pusieron bata blanca, despejan el mostrador, acomodan las charolas, las pinzas para el pan, Lucio piensa que más adentro se hallan los hombres sin camisa, trabajan a un lado del horno, con grandes delantales manchados de harina, de allá surge el aroma delicioso que llega de frente a Lucio cuando abre la puerta un hombre gordito, en mangas de camisa, pantalón holgado, con entradas en la cabeza, mira a Lucio con atención, sin simpatía, qué quieres, pregunta, es muy temprano, todavía no abrimos, aunque supongo que tú no tienes un centavo y vienes a mendigar, ¿no es así?, no puedo creer, piensa Lucio, esta embestida dicha con seriedad, casi con formalidad, ¿parezco pordiosero?, pues..., Lucio trata de verse en los espejos que, en el fondo, repiten el milagro de los panes, no alcanza a contemplarse y se queda con la sensación incómoda de que derretirse escribiendo esa noche lo dejó más revuelto de lo que creía, más arrugado que su propia ropa, sólo quiero, dijo Lucio, tratando de mostrar compostura y dignidad, permiso para pasar al baño; uso lentes de contacto y me urge limpiarlos, pues mire, señor velador: yo tampoco sé qué tengo en los ojos que puros méndigos veo, eso era exactamente lo que el gordito no debió decir, piensa Lucio (boquiabierto), ¿qué no hay nadie que le apunte los diálogos?, de pronto le llegó la idea de que ese hombre bien podría ordenar que lo echaran a los hornos: incluso no estaría del todo mal, considera Lucio, es muy eucarística la posibilidad, posibilidad: salón donde se toman fotografías, pero usted no tiene nada en los ojos, arguía el hombre de la panadería, no me inspira usted ninguna confianza, y no es sólo su manera de presentarse, en todo basurero hay un tesoro, este hombre, piensa Lucio, no es fácil de entender, se burla de mí sin severidad, sin encono, sin proyectar sus miserias, se coloca frente al espejo, estira la piel del pómulo con el anular y con el índice tira de un extremo del párpado: el lente de contacto salta, cae en la palma suavemente curvada de la mano izquierda, el lente está opaco, con pequeñas manchas, residuos de formaciones legañosas, Lucio parpadea repetidas veces, se talla el ojo con vigor, la puerta se abre y allí está un fulgor, una de las muchachas de la bata blanca (digámosle Aurora), le atrae irremisiblemente, le duele la belleza de verla con la batita blanca fellinesca, la expresión firme y sosegada, sonrisa neutra pero cálida: Lucio la mira fijamente: ondas serenas, le es desesperante ver con el lente sucio en el ojo derecho mientras en el izquierdo concurren manchas burdas, crudas, no hay fusión posible en esas condiciones, una grieta se abre a los pies..., desde este lado ves a Lucio: lava sus lentes de contacto con acuciosidad pero no se los pone, se talla los ojos hasta el límite de lo tolerable, estira y luego oscila la espalda repetidas veces, se recarga en la pared, quijada colgante: es un abrigo puesto a secar (aún gotea), Lucio parpadea con insistencia, un poco de humedad mitiga los músculos erosionados de los ojos, se pone los lentes de contacto, el cuarto con todos sus detalles se le viene encima cuando la visión se enfoca, ¿dónde quedó la muchachita?, ya no está, qué lástima, el aire de la calle ahora lo estimula, paso ligero, llega a Insurgentes y Félix Cuevas y se detiene: algunos autos corren desbocados, aprovechando el poco tránsito, son cápsulas desdibujadas en la uniformidad gris de la mañana, el cielo nublado decolora plantas, árboles, edificios, sólo los semáforos y algún auto de color insolente se convierten en guiño, la grisura difumina contornos y la mirada persistente camina sobre las aguas, pásame la cobija, alguien lo llama, ¡Lucio!, se oye, es la jovencita de la panadería, cómo supo mi nombre, se pregunta él, ¿yo se lo dije?, lo que sí es claro es que Lucio se ha animado, todo su espíritu se agitó ante ella, quien dice que su padre, el dueño de la panadería, la envió, olvidaste algo, le explica, Lucio se descubre asintiendo cortésmente; le fascina esa ceremoniosidad espontánea y natural, divertida también, perfectamente humedecidos los lentes de contacto, ciérratele y luego te vas abriendo suavecito, ¿qué olvidé?, pregunta Lucio, casi sin darse cuenta, la presencia de Aurora lo altera, lo incita, lo excita, lo somete, lo despega de la tierra, piensa que ahora todo tiene sentido, lo importante es el sentido, no los sentidos, la oración, no las oraciones.

Nacimiento. Me despertaron las primeras contracciones a las seis de la mañana, eran dolores, no sé, que yo sentí fuertes porque nunca los había sentido, formaban como fajas de músculos que entrecruzaban mi tremenda panzota, se contraían y se relajaban, otra vez se apretaban y volvían a su estado anterior, que ya para entonces era bastante extraño; yo, sin pensarlo, me puse a hacer las respiraciones y me salieron muy bien, suavecitas, estables, firmes, ¡perfectas!, con la respiración las contracciones eran una presencia viva, pero tolerable. Sin dejar las respiraciones tomé la pluma de Lucio y anoté la hora y la duración de la primera serie.

Me quedé bien despierta, todavía sorprendida, bien emocionada y con un miedito frío, rico la mera verdad, uno más en la larguísima serie de descubrimientos de los últimos nueve meses. Aún sentía una ligera reverberación en el abdomen del dolor que no llegué a sentir, sólo el arrancón, porque ése, como estaba dormida, me despertó. Ya estaba pensando pararme de la cama, cuando vino la segunda serie. Increíble: las respiraciones funcionaban como debían hacerlo, nulificaban la sensación del apretamiento de músculos que oprimían el abdomen hacia abajo y yo sentía, al mismo tiempo, tenso y relajado, pero no me dolía, y pensé si el principio no funcionaría igual con otros dolores, si no andaría por ahí la onda del faquirismo.

Cuando Lucio se despertó yo no me había parado de la cama y seguía, en cierta manera, maravillada con el nuevo fenómeno. Le dije que ya habían empezado las contracciones, aquí está la lista, agregué, y le pasé la hoja de papel. Lucio no daba crédito cuando vio que le entré a otra serie casi con gusto, las respiraciones me salían perfectas, Lucio sonrió y me dijo que parecía perrito, respirando con la boca abierta, parejito, y para entonces estaba sintiendo mucho gusto, me gustaba que llegaran las contracciones, aunque claramente aumentaban de intensidad y yo tenía que respirar con más brío, pero me sentía tranquila, serena, y contenta, sobre todo, pensaba que al fin saldría de mí quien me había hecho andar muy derechita los últimos meses, a quien yo conocía muy bien, a mi ciega manera, estábamos tan conectados que en ese momento estaba segura de que el bebé, de una forma u otra, como sea, sentía que iba a nacer, que algo muy importante ocurría, que en su mundo oscuro y calientito todo buscaba una acomodación final, cada movimiento del interior de mi cuerpo lo friccionaba, lo untaba de vida viscosa.

Lucio no podía creer que el bebé fuera a nacer y que yo estuviera tan tranquila, que desayunara con bastante hambrita; habló con la doctora por teléfono. Era claro que ella tampoco creía que el niño naciera hoy, Lucio estaba de acuerdo, casi no me miraba, apenas de reojo, sí, sí, era todo lo que decía, pero cuando colgó, muy lindo él, sonrió y me dijo que la doctora quería verme después de la comida.

Cuando la vimos, en su casa de la colonia del Valle, la doctora casi se escandalizó de la ausencia casi total de molestias, bueno, más bien de que yo pudiera controlarlas tan bien; revisó la lista de contracciones, dijo que el alumbramiento no era inminente y que me pusiera a caminar en su jardín para que el bebé bajara bien. No nos hizo más caso, y Lucio y yo caminamos por el jardín, por el pasto, entre las plantas, bellas y bien cuidadas.

Las contracciones cada vez eran más frecuentes, pero las mantenía bajo control, cada respiración añadía una nueva capa de relajamiento interior que situaba al dolor cada vez más abajo; las contracciones, sin perder su fuerza, ya no me preocupaban y pensaba que simplemente trabajaban en el sitio y la proporción que les correspondía, pensaba que tener hijos entre estertores significaba algo muy atávico, primitivo y además bíblico, en cambio, participar en el proceso sin estar grite y grite me parecía mucho más humano. Lucio decía que la sola palabra parto indicaba el viejo estilo: la palabra, argüía, es dura, seca, como piedra en el desierto; por eso, agregaba, esta gente no debería emplear la expresión parto sin dolor, la sola frase duele, sino nacimiento sin dolor..., nos reíamos suavecito, Lucio anotaba las contracciones y yo respiraba sin dejar de caminar por el jardín, y de pronto ya estábamos en el crepúsculo, el sol se acababa de poner en ese día despejado de verano, y con toda claridad vimos un objeto extraño en el cielo, era una pequeña esfera roja, preciosa, nítida por la luz del sol, que le daba de lado; parecía estacionada como estrella, como Venus, que ya había salido; después hizo unos movimientos erráticos y por último se fue yendo muy lentamente hacia atrás, se redujo tanto que la perdimos de vista, y nos fascinó lo que haya sido, ovni o alucinación compartida, en todo caso, dijo Lucio, era mandálico.

A las ocho ya había oscurecido, la doctora, Lucio y yo encontramos al ginecólogo cuando llegábamos al hospital. El doctor me revisó al instante y exclamó ¡qué bárbaro!, ¡dilatación total!, ¡al quirófano o nace aquí mismo! Estas palabras hicieron que todos saltaran y salieran de una calma un tanto fastidiada. Yo me excité tremendamente, hasta me sudaban las manos, y apenas oía lo que me recomendaba la doctora. Lucio se fue con el ginecólogo a ponerse ropa esterilizada. A mí me llevaron a preparar: me rasuraron, me pusieron una bata y me llevaron al quirófano, váyanle a decir a esos hombres que si no vienen inmediatamente van a llegar al bautismo, decía la doctora, yo para entonces nuevamente me había serenado, aunque ahora estaba alerta, lista, acomodé las piernas en los soportes sin dejar de respirar para contrarrestar las contracciones que para entonces eran fuertísimas; pero, aumentando la intensidad de la respiración, las tenía bajo control. Dentro de mí todo se hallaba tenso, inflamado, con la necesidad invencible de una liberación. Lucio me tomó de la mano con fuerza y delicadeza a la vez, y yo sentí riquísimo que él estuviera allí conmigo, que me hubiera acompañado en todo el día, en los nueve meses, todos en realidad me parecían lindísimos: la doctora, el doctor, las enfermeras, puja, Marcela, me indicó el médico. *Aurôra,* corrigieron Lucio y la doctora. Yo me hallaba concentrada en la expulsión, pujaba con todas mis fuerzas, sentía cómo mi vagina se dilataba aún más y se abría ante la presión, deja pasar ésta, respira, ahora sí, puja, puja, repetían la doctora y el doctor, y yo pujaba, fuerte, pero estaba tranquila, concentrada, pensaba que, con todo, era un verdadero placer estar allí, ese nacimiento era un gozo, no entendía por qué todos estaban tan acelerados. Sentí clarito cuando, con mis esfuerzos y las contracciones, salió la cabeza, la sentí con toda claridad cuando logró franquear mi cuerpo, ya estaban allí los hombros, el médico los tomó suavemente y jaló con suavidad, el resto del bebé salió con rapidez, se deslizó, y yo pensé: ahora sé lo que significa el parto sin dolor, es lo más bello que he visto en toda mi vida, qué belleza, repetía la doctora, llorando, y yo también sentía una emoción quemante de paz y descanso, de amor que me rebasaba cuando me pusieron a mi bebé, tal como había salido de mí, con su sangre, sus líquidos vitales, lo abracé, nada podía ser tan hermoso, tan perfecto.

Mira mami sin las manos. Elevaciones de superficies en movimiento, colores monocromos que se atraen como el sol a los planetas, se acercan a él, han formado un puente de sonidos cadenciosos, agradables...

...Manchas de luz con volumen, formas sólidas se metamorfosean incesantemente, con su propio ritmo...

...O es algo muy blanco con instantes negros en los que él se pierde, se desvanece, encuentra otras luces, otras formas en movimiento...

...La mancha de luz es sacudida por explosiones poderosas, ráfagas prolongadas y despedazantes de ruidos que son una lluvia de colores, las superficies luminosas se mueven, se sacuden, es como si el suelo se desgarrase, las grietas son puertas de formas oscuras, apenas perceptibles, apenas se vislumbran, llueven a velocidades vertiginosas...

...Algo muy distinto: claridad sin límite, algo inmenso, incalculable, algo que de pronto se elevó hasta un punto en que ya no existe, dónde está, le da miedo, miedo... esta agua es buena...

...Lo que siempre viene, la inmensidad de colores y volúmenes que se mueven, está con él nuevamente, y él cree que esa vez sí podrá seguirlo, no sólo con los sonidos, con las líneas que se desprenden de él y forman un puente con los colores y las superficies que se mueven con dulzura. Ahora hay algo muy distinto, una fuerza lo pica, es un verdadero rayo de energía incomprensible: él se levanta, está elevándose hacia esa superficie lisa, tan cálida...

¡Oye! ¡Esto no puede ser! ¡Este bebé del carajo acaba de pararse él solito! ¡Ven a verlo!

OTRAS NOCHES

"Angel of mercy, angel of light, give my reward, give me heaven tonight." Mark Knopfler: "Angel of mercy"

Vamos al túnel mi vida. Desnudo en una silla, en el 404 del Gran Hotel Cosmos, frente a la vieja y despintada puerta de madera que daba al balcón, yo me sentía como trueno empantanado: fuerte torpor, la idea de estar dormido y lúcido también: como cuando, después de trabajar cuarenta horas seguidas sin dormir, de beber infinidad de cafés, de aspirar varios cocazos, el cuerpo tira la toalla incapaz de traducir la energía en acción, pero con la mente despejada y vertiginosa. Era, pensaba, como si yo estirara la cabeza hacia arriba, dándole alcance a la caza, con el cuerpo hundido hasta la cintura en tierra húmeda, blanda, terrosa. Imágenes, imágenes...

...Un valle verde hasta la lujuria; Aurora tomaba el sol, tendida: sol de aquí, sol de la tierra, sol o no sol. Junto a una barranca. Ahora la veía con nitidez, al fin le cambiaron los carbones al proyector y tenemos el foco en su puntacho.

¡Qué definición de imagen! Era tan perfecta que dejaba entrever su naturaleza de realísima ilusión cuasiholográfica. Vestido amarillo, una gran porción de la espalda al descubierto. Aurora caminaba por el borde de la barranca. El viento le modelaba el estado de ánimo. Después se hallaba abajo, junto al arroyo de aguas claras, limpias, entre las piedras que, a esa hora, eran doradas. Aurora en el mundo destelleante de la barranca.

Y después de nuevo se hallaba arriba.

Y yo con ella.

Arriba las manos. Abajo las pantaletas... En el borde del precipicio, dire strait, veía la barranca con la seguridad del cachorro que pisa la cola del jaguar. ¡Amigos míos! ¡Pueblo de Ejaculatio Praecox! ¡Qué erección más formidable! Cada pulsión lastimaba, la base de mi verga era tan rígida que se rompería con cualquier movimiento. El pene de finísimo cristal. Buen título de novela. Hice lo que me correspondía: acomodé a Aurora en mi pene. Yo tenía las piernas cruzadas y ella, bien ensartada, me abrazaba. Pronto adquirimos un ritmo suave, muelle, constante. Aurora me acariciaba las nalgas y yo, a ella, los senos. Nos besábamos con los ojos cerrados, y cuando los abrí, ¡estábamos en el aire!

Aurora y yo (quasi liber et pictura) volábamos deslizándonos suave pero incesantemente; cada empujón de mi verga en sus entrañas, cada oscilación de cadera de ella, incrementaban el avance. Atrás se habían quedado las piedras calcinadas, las raíces colgantes, las enredaderas de turbina corymbosa, qué cogidón más increíble, le hice saber a Aurora, esta vez que sí volamos, chava, enlazados, el placer de los rincones genitales se expandía, lo perspirábamos y se integraba a la diafanidad de la atmósfera, convertía al cielo en un placer interminable, una sola bocanada agónica, ascendente.

Volábamos por encima de un pueblito, en el cielo despejado del orgasmo, encima de colinas y montañas, cogiendo los saludo, nobles amantes, les declamé (sin dejar de empujar el peneque en la portentosa cavidad de mi Aurora), a los viejos volcanes Izteta y Popopito. Volábamos sobre bosques cerrados y, sin dejar de besar las tetitas sublimes de mi esposa, vi abajo un monte tupido con tonsura en la cima: en el claro estaba un pueblo, ¡pueblo, qué rico el pueblo! Y entonces el mundo entero se desintegró, cada rayo de luz se astilló, yo me deshice en el interior de Aurora. Gritábamos y nos retorcíamos suspendidos en el aire, ábrete más, ábrete, ábrete, que se vean esas nubes monumentales en el fondo, ¡qué nubes!

Los ejércitos del río. ...Algo se escuchaba: un ruido corría, rodaba, crecía, en segundos era un estruendo inconcebible. Jamás antes había escuchado semejante fragor, como si todas las batallas humanas, los movimientos telúricos, los deslaves, las cataratas, los motores existentes, las tormentas y las descargas se hubieran conjuntado en un potentísimo y ensordecedor ruido blanco que no dejaba de crecer, de abarcar los rincones del infinito; podía percibir distintos niveles, oscilaciones de sonido bruto que al entretejerse estallaban en el máximo estruendo. El fragor me cubrió, me sacó por completo del padecer, y me di cuenta de que ese ruido en movimiento incesante, que todo lo abarcaba, eran las aguas del río que avanzaba estruendoso allá abajo en la barranca; era agua viva, agua permanente, agua ígnea, milagrosa, agua convertida en el poder supremo; el estruendo era un alivio para mi alma, no sólo desvanecía los linderos de la locura, el ombligo del demonio, sino que penetraba en mí, me volvía parte de él, mis venas eran corrientes cuyo ruido se elevaba a un estrépito jubiloso, el goce más intolerable, yo era el agua y el agua no se moja, no se ahoga, ¿puede quemarse el fuego?

Esa corriente era la esencia de mi identidad: yo era ese fragor, la corriente no era agua, eran olas de luz que me alimentaban, me nutrían; supe que debía quedarme quieto, totalmente abierto, miles de ojos mi cuerpo, a fin de que pudiera recuperarme, fortalecerme. Ese fragor era alimento sagrado y lo que me alimentaba era irreversible, una conquista que nada ni nadie jamás podría desafiar ya (ni diez pares de tortugas pueden oponerse).

...Antes, en realidad, yo vivía escindido, era legión, miles de astillas en un pajar; ahora era un fragor poderoso, incontenible, que saturaba el cielo y lo hacía irse, expanderse con la fuerza de olas jóvenes. Me había reintegrado en el agua luminosa que me permitía beber de su poder lo suficiente para seguir circulando, cómo amaneció usted, échese un garroci, qué librazo, qué peliculón, súbele el volumen, muévete más, ya me andaba desbielando pero llegué seif.

...El estruendo decrecía, se iba la gloria de los ejércitos celestiales y abajo sólo quedaba el arroyito. ¿Arroyito? Entonces abrí los ojos. Lo que vi (guacha ese) fue tan sorprendente que me sobresaltó: había luz: no tanta como en luna llena, apenas unas capas de fulgor que me permitían distinguir las grandes piedras, los arbustos, las plantas, el contorno de la pared de la barranca a mis pies y frente a mí. Me había sentado exactamente al borde del precipicio. Il Matto. Pero no importaba. Alcé los ojos y me conmocioné al ver los inconfundibles brotes de luz de las estrellas: un tanto brumosas y difusas, pero allí estaban.

Las nubes oscurísimas se habían vuelto translúcidas como gasas, y, detrás, estrellas se insinuaban. Sin duda alucinaba, era imposible que yo pudiera verlas: minutos antes del estruendo del río, el cielo se hallaba enteramente cerrado, las nubes eran densísimas y en el techo opresivo de negrura rebotaban los destellos fariseicos del farol verdoso. Era imposible que las nubes, la tapadera asfixiante, hubieran sido barridas por ventarrones que nunca sentí.

Alcancé a oír que el agua del arrojo progresivamente crecía otra vez, la oscuridad se encendía con el estrépito gozoso de un desfile de dioses gigantescos, océanos embravecidos por relámpagos dorados, era un ejército celestial con estandartes, fanfarrias, banderas, música y miles de ángeles armados que gritaban a viva voz un estruendo ensordecedor. Era mi propia sangre que encendía el universo porque yo era el universo. Mi mente fue silenciada por el agua ardiente y permanente que corría entre cantos de ruido puro y me llené de un placer clarísimo, que me dejaba con los cabellos blancos y erizados cantando al borde del abismo. Me pareció que el equilibrio es el máximo poder, es una canción que da vida y la quita a quien no puede soportarla. No es fácil soportarla. Cerré los ojos otra vez y me quedé quieto, aliméntate, aliméntate, me decía, y dejaba que mi cuerpo fluyese en el agua alquímica, en la corriente que creció y anegó la boca de la barranca y que se desbordaba en un bramido nítido, poderosísimo, de ruidos entrelazados; y yo, con la cabeza inclinada, ojos cerrados, el corazón como bailarín, me hundí en la corriente, me encendí y me transparenté, mi sangre se volvió blanca y destelleante, corrió gozosa por mí... Y suavemente el estruendo fue cediendo, se iban las canciones sin voces ni instrumentos, la verdadera canción de la tierra y el cielo, ah el pobre de Mahler no sabía de qué estaba hablando. Otra vez allí estaban las señales de grillos y chicharras, el crepitar suave de la vida nocturna.

Vuelo 404. ...Y yo podía estar despierto, podía estar dormido, podía estar inmerso en visiones hipnagógicas, pero, eso sí, me hallaba desnudo en la silla dura del cuarto 404 del Gran Hotel Cosmos.

...Dormido o despierto en mí había germinado un brote de conciencia nueva, como si la sucesión de observadores dentro de mí convergiera en un centro de energía infinita que se autorregula y se autocontiene, para que yo pudiera tener un reflejo después de esa lluvia de ¿qué? ¿Sueños en plena vigilia? ¿El sueño en que soñaba estar dormido y despierto a la vez, en el límite? ¿Recuerdos de sueños? ¿Recuerdos de visiones que se manifestaron a través del lenguaje de las imágenes? ¿Recuerdos de hechos que en verdad ocurrieron? ¿Quizás en otra vida, en otro tiempo imprecisable, donde vivía la dueña del restorán de mariscos?

...Alguien tocaba la puerta. Pero yo estaba inmovilizado, atrapado en lo concreto de mi subjetividad, y quise decir (nunca supe si lo dije), sin alcanzarme a sorprender o a perturbarme porque alguien tocara a la puerta a esas horas de la madrugada, las cuatro para ser preciso, ¿quién anda allí?

No hubo respuesta.

¿Quién anda allí?

¿Soy yo?, dijo una voz masculina.

¿Yo? ¿Cómo voy a ser yo si yo estoy aquí? Aunque en esta noche bien puedo estar aquí y allá simultáneamente.

Soy Arturo, oí decir, ¿puedo pasar?

Ah no, pensé (o dije), tú aquí no entras. Claro que no dije nada: estaba soñando, eso lo sabía hasta el más estúpido, soñaba que me hallaba en el cuarto de mi casa, acostado junto a mi esposa. Me hallaba entre dormido y despierto, entre penumbras proustianas, más dormido que despierto (quizá).

..Entonces me di cuenta, con un impacto que me dejó atónito, de que no estaba sentado, desnudo, en la silla, sino acostado en la cama con la luz encendida. No podía precisar en qué momento me había levantado de la silla para ir a la cama, bajo las sábanas (ya sábanas), y entonces me entró la duda: ¿en verdad había estado yo en la silla (desnudo), frente al balcón? Pensé que, en realidad, nunca fue así: tan pronto como me bañé (porque me bañé) me fui derechito a la cama, donde, al instante, me quedé dormido. Luego entonces (seguí pensando) soñé que me había sentado en la silla (desnuda) y lo que creí recuerdos de sueños, imágenes hipnagógicas o lo que fuesen, en realidad eran sueños dentro de sueños. Lucio, el Desflorador Invicto de los Hímenes del Sueño. ¡Sabor ahí! Alguien tocó la puerta.

Ábreme, Lucio.

No, ni madres.

Casi me helé de terror al sentir que, junto a mí, alguien se metía bajo las sábanas.

Esta casa no es mi casa. Lucio despierta en un cuarto oscuro abovedado. Le parece hermoso. Trata de reconocer dónde se halla cuando el viento se mete con fuerza violentísima por una pequeña ventila y golpea las paredes, sacude los cuadros, se cuelga, helado, en la piel. Lucio se levanta y hasta entonces siente que despierta. El viento entra con fuerza por la ventana de su recámara. Le cuesta trabajo cerrarla, pero Lucio vence la fuerza del viento y regresa a la cama. Aurora duerme profundamente.

Lucio no se mete en la cama. Está casi dormido, sus párpados pesan como linotipos. Le llega la idea de que debe abrir los ojos, despertar del todo y después volver a dormir. Sólo así podrá salir del laberinto de sueños en que se ha metido, del cual no sabe cómo librarse. Pero los párpados pesan, pesan...

Unas brumas oscuras se abren un poco y permiten entrever que el viento ha abierto con violencia la pequeña ventila. Eso no es lo que se debe de ver, piensa relampagueantemente (un resplandor). Con grandes trabajos abre los párpados, apenas una rendija: allí están las cortinas pesadas que cubren la ventana. Aurora duerme junto a él. Las cortinas blancas tienen círculos negros. Eso lo sabe, no lo ve: sus párpados siguen levemente entreabiertos y ve una mancha blanca, sin contornos. Mejor cierra los ojos.

...Todo se desvanece. Otra vez se ha ido por el conducto equivocado y no está ni dormido ni despierto, lo cual, si en otras veces representa eventos afortunados ahora es francamente incómodo. Lucio quiere despertar, ese estado intermedio es insoportable, en realidad no ocurre nada, pero hay algo terrible y ominoso, el limbo es peor que el infierno que, como sea, es territorio del hombre. Está seguro de que si logra abrir los ojos, despertará sin problemas, con lucidez y conciencia clara de todo lo que ha estado ocurriendo. Los párpados están más pesados ahora y Lucio no puede abrirlos. Hace un esfuerzo máximo y se da cuenta de que en la oscuridad de la pantalla de sus párpados hierven de pronto manchas más negras aún, varias líneas negras estallan en hoyos que alcanzaron la máxima contracción. Sigue tratando de abrir los ojos. Suda. Un calor vivo le quema la parte superior de la cabeza; qué absurdo es esto, alcanza a pensar, pero con eso sólo logra entreabrir el párpado izquierdo y advertir la cortina blanca de grandes puntos negros. ...De nuevo la pantalla de sus párpados cerrados es una oscuridad hirviente, en la que se suceden implosiones cada vez más negras. Lucio desiste, cede ante la imposibilidad de abrir los ojos, duerme profundamente.

...Pero se incorpora sobresaltado. El viento ha vuelto, más feroz que antes, y con fuerza terrible abre la ventila, rebota estruendosamente en la pared opuesta y ocupa, latigueante, todo el cuarto. Es tan frío que a Lucio se le erizan los vellos; siente que hay algo solemne, grandioso, en ese viento terrible.

Lucio se pone en pie, va a la ventila. El viento entra por allí, un chorro fuerte y ululante. Lucio sujeta la ventila, concentra toda su energía y, cuando piensa que el viento ha decrecido, empuja y la cierra; el viento chilla, rabioso, contra la ventila. Lucio la asegura con rapidez.

Se recarga contra la pared, descansando. Bosteza al contemplar el cuarto a oscuras, la cortina con los círculos negros, la ropa en el sillón, la silla, Aurora dormida (profundamente) junto a él; anonadado, advierte que tiene la boca endulzada, su saliva es un fluido delicioso, y está más lúcido que nunca.

Lucio despierta, sobresaltado. ¡Todo lo anterior habían sido sueños, sueños dentro de sueños! Está perfectamente despierto; el salto que dio lo hizo sentarse en el borde de la cama, con el corazón agitado, una sensación perturbadora al ver la cortina blanca con grandes puntos negros frente a él, exactamente como la vio, segundos antes, en el sueño, ¡qué sueño más extraño!

Se acuesta. Su mujer, bien dormida, cambia de posición en la cama al sentir que él se levantó. Musita algo inintelegible.

¿Qué dices?, pregunta Lucio.

Que todo ese color para qué, responde ella, dormida.

Cuál color, indaga Lucio, muy serio.

Ése, responde Aurora. Me tomó la mano y me la besó, ¿tú crees?, añade con una risita breve, adormilada y vuelve a cambiar de posición en la cama.

¿Quién?, insiste Lucio, excitado por la idea de dialogar con su mujer dormida, pero ella murmura algo inintelegible y queda más dormida que nunca. Lucio la contempla, en la penumbra; suspira. Ha cerrado los ojos...

Poseidón. El interior del transpacífico es engañoso. No es fácil conocer los sitios que contiene en una sola travesía Acapulco-China. El Poseidón es famoso por sus inmensos salones de suntuosidades para hedonistas que gustan de las manifestaciones del arte. Se escenifican obras teatrales, danzas, conciertos, conferencias, mesas redondas, películas, videos, y en el barco hay bibliotecas, hemeroteca, cubículos de estudio, cuadros por todas partes, además de las tradicionales facilidades de un gran barco de lujo.

A Lucio, en su primera travesía, le atrae especialmente el área inferior del transpacífico, donde hay jardines penumbrales, plantas y flores de sombra. Hay también, incrustadas en columnas entre las plantas y arbustos, pantallas que proyectan videopinturas: un payaso dentro de un payaso dentro de un payaso llora: sus lágrimas son diamantes encendidos, joyas de distintos colores con su propia luz que fluyen por las mejillas. En realidad sólo las lágrimas tienen un movimiento incesante, infinito.

Ya cerca de las escaleras que llevan a las áreas superiores de mayor actividad otras pantallas en las columnas proyectan la misma imagen de dos jovencitas, una casi reflejo de la otra; las dos ligeras, bellísimas: no hacen más que mínimos, dulces, movimientos de cabeza, cuello, torso, ojos. Las dos tienen el pelo recogido y los cuellos quedan al descubierto: son obras maestras de belleza y sugestividad...

Lucio se siente desbordar. Esas muchachas le tocan el espíritu. Suspira, profundo, con la serena tristeza de la máxima perfección. Es el fin de la vida, comprende de pronto la última añoranza del tumulto antes de enfrentar, por vez primera, las reverberantes ondulaciones del primer círculo de luz.

Metrópolis. Desperté con un suspiro riquísimo en el cuarto 404 del Gran Hotel Cosmos, sentado (desnudo) en una silla frente al balcón. ¿Quién prendió la luz? ¿O nunca la apagué?

Recordé que cuando era adolescente tuve la suerte increíble de que el viejito maravilloso don Franciso Pina me invitara a una sesión privada, de hecho cuasisecreta, de Metrópolis. Pero no la Metrópolis que todos conocemos, sino la primera, verdadera, que Fritz Lang filmó en 1919; al parecer el maestro no pudo terminar la película por los disturbios de los espartaquistas y los socialdemócratas. Un incendio, después, destruyó gran parte del material y Lang sólo pudo reagrupar una versión corta de dos horas (el original era de ocho), pero, extrañamente (quizá no tan extrañamente, deslizó el maestro Pina, quien por supuesto me ilustraba), decidió guardar la copia y no enseñársela a nadie. Guardó silencio total de ese trabajo, y a los demás se les olvidó cuando realizó la Metrópolis que se conoce, que es un clásico y que a mí me sigue pareciendo genial.

La proyección fue en la babilónica sala de placeres de la productora Marco Polo, entre champaña, Chateauneuf du Pape, Chivas Reagal, Hennessy X-O, mariguana sin semilla y hojas de coca que ¡un día antes pendían de un árbol en Colombia! Pero, palabra de honor, la película hizo que olvidáramos los goodies. Primera sorpresa: era en color y de una calidad insuperable. La película abría con una correcta toma de cielo azulísimo y después descendía a una calle céntrica de pequeña ciudad europea muy temprano en la mañana.

Cómo me hubiera gustado ver el original, susurró, goloso, el maestro Pina; siempre nos tocan copias de copias, mira, mira, agregó, ve cómo se parece todo esto a la secuencia que abre El último hombre, de Murnau.

En la pantalla, una veloz sucesión de disolvencias poblaba la calle de gente, tránsito. De pronto llegaba a cuadro una maravilla: cuatro muchachas lindísimas, frescas, alegres, que iban tomadas de la mano, eran altas, delgadas, menuditas pero de cuerpos espléndidos: la imagen viva de la mañana. Avanzaron de la zona soleada de la calle hacia la sombra de la banqueta opuesta. Se detuvieron en un bar de los años veinte: rica madera, cristales labrados, abundancia de espejos. Una de ellas se metió en el interior y regresó con un puro encendido en la boca; lo fumaba con gracia y sus amigas rieron al verla. Volvieron a tomarse de la mano, dieron la espalda a cuadro y se fueron, muy contentas, por el fondo del cuadro, a la Chaplin.

El maestro Pina suspiró. ¡Fritz Lang!, musitó, para sí mismo. Estas imágenes, me comentó después, adquieren rango arquetípico por una numinosidad que Lang obtenía a través de la perfección del lenguaje, pero, sobre todo, por su estrategia en las áreas de luz... Lo interrumpió el impacto que también resentimos todos los presentes: yo me estremecí, un cosquilleo se hizo urgente cuando vi a una madre joven que amamantaba a su bebé en el quicio de una puerta contigua a la calle. La luz solar trazaba una raya diagonal inapelable en el primer término, y se intensificaba por la negrura, perfectamente expuesta, del interior. El maestro Pina me dijo que nos hallábamos ante una imagen lo mismo primordial que refinadísima, que encerraba todo el misterio de la belleza perfecta. Parte del rostro de la mujer quedaba en la rica penumbra, y en el sol, el infante chupaba dulcemente los senos perfectos de la madre. Nada ocurría, salvo un ocasional meneo que ella hacía al bebé.

Te juro que nos pusimos de pie, excitados. Se decía, ¡cómo si hiciera falta!, que la toma era casi idéntica a la de Lillian Gish en El nacimiento de una nación. Lang deliberadamente la repite y deja a Griffith en calidad de triste aprendiz, como solía ocurrir entre pintores que eran elegidos por el mismo tema. ¡Metrópolis!, exclamé yo, sin darme cuenta, alborozado.

Nos sentamos de nuevo. Veíamos un inmenso transatlántico anclado en un muelle. Mucha gente lo visitaba. Un largo recorrido con paneos descubrió a las multitudes que, bajo el cielo del crepúsculo encendiéndose, circulaban por las cubiertas, pululaban en las escaleras y escalerillas, y que hacían colas interminables abajo, en el muelle, en la calle y en el parque de grandes árboles del primer término.

La cámara se regodeaba en una cabina de madera finísima, reflejante. El toque de genio, me explicó el maestro, no reside en el excelente gusto sino en que también sugiere la cabina de proyección de un cine, que a su vez corresponde a los mecanismos de proyección de la psiquis. En la cabina, el capitán del barco, un hombre de edad, elegantemente uniformado, severo, conversaba con un hombre mucho más joven y agitado que al instante despertaba conmiseración. Me identifiqué con él, como era de esperarse. A través de una actuación sorprendentemente sobria para el cine mudo, y de una edición genial, sin letreros nos enteramos de que ese hombre ya no podía quedarse en el barco: ahora tendría que desembarcar y enfrentarse a la gente que lo seguía y que pretendía asesinarlo. El capitán abrazó a su joven amigo, quien se echó a llorar, como niño, con sacudidas del cuerpo. Era sumamente incómodo verlo sufrir.

Fue un alivio el corte a una panorámica del cielo crepuscular: azul oscurecido, intenso, como marco a Venus luminosa. El barco se había iluminado como un castillo de fuegos de artificio en la oscuridad del mar. La gente continuaba atestando el barco y muchos contemplaban el crepúsculo desde el muelle; el viaje de la cámara concluyó en unas sombras en la esquina derecha del cuadro: allí, en la oscuridad, acechaban los asesinos.

El hombre joven bajaba ya la escalerilla, muy asustado llegó al muelle, tenso, al borde del pánico, viendo hacia todas partes el gentío caminó derechito hacia las sombras de la esquina del cuadro. Con la concisión y el paso ágil de Lang vimos que los asesinos desplegaban un arco entre la gente, y que el hombre joven alcanzaba, al fin, a descubrirlos. Echó a andar con rapidez entre la gente. Ya había oscurecido casi por completo.

Una disolvencia encadenó la toma anterior con la imagen de la madre que amamantaba a su bebé en la frontera de la luz y la oscuridad que la circundaba. ¡Milfred Miller!, exclamó el maestro Pina, ¡es nada menos que Milfred Miller!, ¿no la recuerdan? El viejo maestro tuvo que contener sus arranques de erudición cinematográfica porque ahora se repetía la imagen del centro de la pequeña ciudad, sólo que al mediodía: el sol fulminaba, cenital, las calles sin sombra y por tanto sin gente. La cámara se elevó despacio, vio los edificios de noble piedra gris y por último se quedó en una visión total del cielo, qué color, qué azul más extraordinario, dijimos todos.

Después vimos el pórtico de un parque soberbio y señorial, un arco elevado, clásico, solemne, de piedra. La cámara se abrió a un gran parque más allá de las bardas de piedra pulida: prados, árboles, fuentes, estatuas, gárgolas, incluso una cascada se veía a lo lejos. El orden de Marienbad y la suntuosidad fecunda de Rousseau, comentó el maestro Pina. La serenidad de las imágenes fue rota por la irrupción del hombre joven que bajó del barco. Había escapado a sus perseguidores. Pero no: tras él venía otro hombre parecido a él, pero que llevaba una barba de candado y era pelirrojo.

De pronto los dos pasaron de la discusión a los gritos y después se dieron de golpes con una ferocidad demencial. Cayeron en el suelo, rodaron, se pusieron de pie, se pegaron con todas sus fuerzas, y llegaron a lo alto de la calle, de nuevo frente al pórtico de entrada al parque. El hombre del barco logró desprenderse y corrió, decidido, al parque. Pero allí se encontraba ahora una muchacha de uniforme blanco que trabajaba en el jardín, y quien cerró las rejas de la entrada; en ellas había una cruz inclinada, una equis. La muchacha recalcó que el parque ya había cerrado cuando el hombre del barco le suplicó que lo dejara entrar. Una mano se cerró con fuerza sobre su hombro. Al volverse, el hombre de la barba de candado le pegó con tanta fuerza que lo hizo rodar. El hombre del barco se levantó, corrió unos pasos, se apoyó con la mano en la barda y de un salto se metió en el jardín.

Cayó del otro lado, vio que la muchacha de la entrada iba hacia él y que el pelirrojo de la barba de candado saltaba también. Los dos corrieron cuesta abajo y la cámara vertiginosamente los vio bajar hasta el interior de un bosquecillo de tierra húmeda, donde los follajes cerraban el paso a la luz, la filtraban con tal calidad hipnótica que suavizaba, trascendía la lucha feroz entre los dos hombres. No cesaban de golpearse con todo el cuerpo, los dos sangraban ya cuando el de la barbita logró colocarse encima del hombre del barco, después tomó una piedra blanca, caleada, grande, con ambas manos y la alzó para asestarla con todas sus fuerzas. Lo impidió la llegada de varios guardias y de la muchacha de la entrada. Como toma final de la secuencia, la cámara se quedó con la piedra blanca, caleada.

¡Otra vez!, dijimos todos cuando volvimos a la acariciante, fascinante, envolvente, escena del principio. La esquina céntrica de la pequeña ciudad, en la primera mañana, se llenaba de gente, de tránsito, aparecían las cuatro muchachas, que por supuesto son la misma mañana, como en Botticelli. Con puro, le dije, cuando una de las cuatro regresó del bar con un largo puro encendido, lo que motivó la risa cristalina de todas ellas. Las muchachas regresaron a la zona de luz matinal y se perdieron, poco a poco, tomadas de la mano, por el centro del cuadro.

Cuernavaca. Desperté con la sensación dulcísima de las cuatro muchachas que se iban. Me estiré. El sol calentaba.

No puedo negar que los días radiantes, como ese, se me inoculan en la piel como bálsamo, me dan una alegría vigorosa teñida de afectos intensos. Estaba en el centro de Cuernavaca y lamentaba no haber traído la cámara de video o de perdida la de foto fijas con su increíble 0.1. Allí estaba el jardín Borda.

Yo descubrí dos cosas: un amigo me acompañaba, pero era tan discreto y silencioso que lo olvidaba, hasta que, de pronto, más que verlo directamente sentía su presencia. Me gusta que sea así. Junto a mí circula un verdadero bastión de fortaleza que me protege, me da seguridad. A veces, en broma, le canturreo: ángel de la guardia, dulce compañía/ Te la meto por la noche y en el día, responde, burlón. Se llama Arturo. En realidad quizá no me dice nada, pero nuestro rapport es tan íntimo que nos leemos el pensamiento. Por otra parte, a pesar de que visito infinidad de veces Cuernavaca, me parece asombroso que me siga prodigando hallazgos. Como el de hoy.

Mi amigo y yo caminábamos por una calle sumamente empinada, empedrada, en cuya cima se hallaba una casa antigua, de piedra, de altas bardas y cascadas de enredaderas. Había un escudo antiguo, con un Ave Fénix, en el amplio portón de madera, que se abría a un patio rectangular, de columnas, estatuas y plantas tan bellas que me hicieron recordar los patios de los palacios de La Habana vieja.

Recorrí jardines verdísimos, esquinados como los parques de Guadalajara o Tlacotalpan. De los portales surgían numerosos pasillos, casi como en los conventos del siglo dieciséis que abundan en Morelos. Varios de ellos descendían, pues la casona abarca una infinidad de declives y desniveles.

Finalmente, me aventuré (¿recuerdas?) por un pasillo que conducía a cuartos oscuros, limpios; obviamente la casa contaba con estratégicos ductos que aireaban los subpisos. En uno de los cuartos, que parecía celda monacal por la severidad, descubrí una pequeña sala bien iluminada, llena de cuadros: eran grabados de grandes pintores y me detuve en especial ante uno de Rembrandt, que conocía a través de reproducciones, en el que Fausto contempla la visión mandálica y luminosa del nombre de Dios en letras hebreas.

Me desplomé en una banca de madera. Había caminado mucho, pero hasta ese momento lo notaba. No había nadie (salvo mi silencioso amigo) y el silencio favorecía una paz incomparable. Me recosté en el bancón. En el techo había frescos: pinturas futuristas, extrañamente fuera de contexto, que mostraban diseños geométricos, diversas construcciones que sugerían notas musicales, pentagramas; eran sedantes, y sin advertirlo siquiera de pronto desperté. Sí. Me había quedado dormido sin darme cuenta, y me despertaron mis propios ronquidos. Con la mirada busqué a mi amigo; no andaba por allí. Supuse que andaría en la sala contigua, de donde provenía la luz.

Me puse en pie para ir allá, cuando oí que alguien se acercaba. Era un hombre pelirrojo, de edad madura, robusto, que vestía con pulcritud matemática e inusitada en ese lugar. Se me hizo muy conocido, especialmente por su barba de candado...Pero no supe a quién. Algo en él imponía y sin darme cuenta lo traté con deferencia. Le comenté que los tesoros arquitectónicos, decorativos y artísticos de la casa eran extraordinarios. Él asintió, serio pero complacido. Pensé que cuando menos era el administrador de la casa.

Mi amigo regresó, silencioso como siempre, y me dijo que los cuadros no eran originales. El pelirrojo lo escuchó y sonrió. El señor Lucio, que sabe tanto de arte, dijo, habrá notado si son originales o no. Yo no soy experto en arte ni mucho menos, expliqué con rapidez, pero sí creo que lo sean. Me levanté. Me atrajo un gran cuadro enmarcado en hojas de oro. Lo reconocí. Era el incomparable Cristo de Messina, con su ángel de alas alucinantes que llora desconsolado a espaldas de Cristo y bajo un cielo azulísimo. Ese cuadro pertenecía al Museo del Prado. El pelirrojo me miraba, con una línea de sonrisa maliciosa.

No importaba si eran originales o excelentes copias. Pocas

veces me había sentido tan a gusto en esas salas curativas. El pelirrojo y mi amigo se fueron de allí, conversando. Yo oí que sonaba un teléfono. Nadie lo contestaba. Finalmente pasé a la sala vecina, de donde provenía la luz y el timbre del teléfono. Hallé el aparato en el suelo, junto a unos escaloncitos alfombrados. Descolgué el auricular y sólo escuché una extraña sucesión de ruidos del otro lado, ¿bueno?, ¿bueno?, dije, sin dejar de oír voces lejanas, ruidos metálicos, chasquidos, voces que se elevaban repentinamente, muchos clics y ruiditos disímiles. Pero nadie me contestó. ¿Bueno?, ¿bueno?, insistí, pero en eso alcé la vista y olvidé el teléfono (aunque no solté el auricular): en un muro había una inmensa pintura, de suelo a techo y de pared a pared: mostraba un paisaje selvático y colorido, tipo Rousseau.

¿Estás allí?, preguntó una voz en el teléfono. Ni caso le hice. Contemplaba atónito que la pintura del Pseudo Rousseau se convertía en imágenes animadas. Lucio, ¿me oyes?, repitió la voz, y yo le dije: no puedo ni hablar porque en este momento estoy viendo un cuadro maravilloso... Fugazmente (un parpadeo) pensé que ignoraba con quién hablaba, pero que en realidad era imposible que me telefonearan allí: nadie, ni siquiera yo mismo, sabría que visitaría esa casona. Me hallaba excitadísimo cuando, en la pared apareció el célebre cuadro de Seurat en el que muchos paseantes dominguean junto a un lago. El cuadro ocupaba toda la pared y, como el anterior, comenzó a animarse poco a poco, se inició un movimiento de izquierda a derecha como sobre una banda mecánica o como en un recorrido cinematográfico. Frente a mí pasaban diversos grupos de gente, toda vestida con elegancia: había gente sentada, un perro olisqueaba cerca de ellos, un gato arqueado, una pareja avanzaba por el frente, niños jugaban en el fondo, una señora, con sombrilla, conducía a una niña hacia mí. El movimiento era en todas direcciones: dentro del cuadro la gente se desplazaba sin rumbo, paseaba, y en el muro seguía avanzando, un lentísimo recorrido de un lado a otro: en momentos predominaban tonos ocres otoñales, en otros momentos el sol se endurecía y la luz era cenital, veraniega, blanqueaba las hojas de los árboles. Me descubrí, excitadísimo, diciendo al teléfono (quién sabe a quién): ¡Ahora estoy viendo un cuadro bellísimo de Seurat! ¡Qué maravilla! ¡Está vivo! ¡No acaba nunca! ¡Es infinito! ...Me hallaba sentado en el escaloncito y mi torso penduleaba, mis ojos bizqueaban, las lágrimas apenas me dejaban entrever el cuadro que continuaba en movimiento; de mi boca emergían quejidos dulces, agónicos, ¡es infinito!, pensaba, ¡es el cuadro interminable!, ¡ah, qué bendición!, me repetía, cada vez con la voz más tenue, exangüe...

Cuando desperté me hallaba aún en esa sala. La pared ya no mostraba ningún cuadro animado. Yo aún tenía húmedos los ojos. Conmigo se hallaba mi esposa Aurora; la acompañaba un matrimonio de edad, que me miraba con interés. Vagamente vi que tras ellos estaba mi amigo el silencioso. Aurora me explicó que pudieron encontrarme porque me oyeron hablando en sueños. ¿Y qué dije?, pregunté, interesado. Aurora rio, alegre. El doctor, y señaló al caballero que la acompañaba, dijo que estabas en lo más profundo de lo inconsciente. Sí, ¿pero qué dije?, insistí. Dijiste que estabas guardando unas tarjetas en los archiveros, me informó Aurora, pero vi que se mordía los labios, trataba de no soltarse a reír. ¿Pues qué pude haber dicho?, pensé. El matrimonio (y quizá mi amigo tras ellos) sonreía también, con aire pícaro. Entonces comprendí todo. ¡Era tan fácil! Les dije:

Yo sé muy bien que esto es un sueño. No tengo ninguna inquietud ni nada me sorprende. Soy dueño de la situación. Basta con que despierte para que se desvanezca cualquier peligro.

A ver, despierta, me conminó, sonriendo, el doctor.

¿Crees que no puedo?, repliqué, pues, con el permisín de ustedes, señoras y señores, voy a des-per-tar... ¡Síganme los buenos!

Y desperté. Bien lúcido. Me hallaba acostado en la cama del cuarto 404 del Gran Hotel Cosmos y la luz de la calle vencía las cortinas. Me pareció buenísimo augurio que hubiera podido despertar a voluntad, dar ese salto cualitativo del plano del sueño al de la vigilia. Si conservaba esa capacidad, realmente ya ningún sueño me podría presentar riesgos serios, pensaba, dándome cuenta a la vez, muy contento, eso sí, que de nuevo se entrecruzaban distintos planos de niebla negra, me quedaba bien dormido...

I forgot to remember to forget. Y de repente, yo estoy afuera, volando, volando. So it's all in my head. Sonreí al pensar en la niña que habla español dentro de la mente del inglés que tirado en el pasto se siente estrella de Hollywood. Mi mente se expresaba, decía lo que le correspondía y yo sólo la comprendía en parte. En vez de recuerdos directos me llegaba un lenguaje cifrado, simbólico, muy parecido al de los sueños, sólo que en mí ocurría incluso cuando estaba perfectamente despierto, bueno: dentro de lo que cabe.

Esa información, que ahora, bien despierto en el cuarto 404 del Gran Hotel Cosmos, yo admitía, venía en forma de *imágenes* y escasamente se apoyaba en palabras, pobres polillas que giran en torno de la flama. Gran parte de las imágenes en realidad sí eran recuerdos: recuerdos de sueños que en algún momento tuve, o eso creí, durante los últimos seis años. Toda una serie de sueños. Otras imágenes correspondían a recuerdos de vigilia: una habitación luminosa, silenciosa: yo estoy sentado en el suelo, con la espalda erguida, mirando algo fijamente... ¿Una mirada sin expresión, fija e inexorable, una fuente de energía pura? También estoy tendido y con facilidad mi cuerpo adopta posiciones complicadas y estáticas.

Un espasmo de excitación. La espina dorsal se estiró por sí misma. Casi sin darme cuenta, mi cuerpo se movía solo y se tendió, y llevé mis piernas estiradas por encima de la cabeza hasta que los pies tocaron el suelo. La barbilla casi se incrustó en el pecho. Casi me dominó un deseo irracional de tragar saliva (no se podía) y la idea de que no podría respirar. Cómo no. Las piernas bien estiradas por encima de mi cabeza. Un zumbido tenue y prolongado. Deshice la posición y todo se abrillantó, el aire entró, refrescante, en mis pulmones. El sol encima de los manglares y las olas.

ROJO

LA OBRA

Enciende mi fuego. Estoy viendo a Lucio escribir en la sala de su casa. Son las cuatro de la mañana, todos duermen profundamente y él escribe sin detenerse, junto a una fuerte luz. Todo se diluye en su derredor. Está contento, pero tambien, obsérvalo bien, es consciente de que se halla en otro estado y de que saberlo no suspende el trance. Una vaga inquietud queda subyacente, eso sí: el flujo se intensifica, lo lleva a otras alturas, Lucio no quiere dirigir lo que escribe, lo deja salir solo, por sí mismo, sin obstrucciones; ve pasmado que el vuelo de palabras no se detiene, sonríe nervioso al constatar que sigue escribiendo, en su casa, de madrugada, todos duermen, el café se enfrió, hay que poner otro disco, se pone en pie, tararea la música, la baila un poco.

Vuelve al escritorio. Afuera llueve estruendosamente. Lucio se dice que llueve encima de él, llueven las palabras maravillosas que hacen lo que pueden para dar un atisbo de lo que Lucio experimenta, porque tienen infinitas transformaciones, según como se acomoden para él, para ti o para mí, que introduzco otro reflejo en esta serie infinita. Afuera: el goteo de después de la tormenta, ¿lo oyes?

...Lucio deja de escribir. Alguien se queja. No sabe por qué pero apaga la luz. El primer golpe de oscuridad lo hace oír el quejido con mayor precisión. Se levanta, va al cuarto de los niños. Julián duerme intranquilo. Lo acaricia. Tiene calentura. Debe tener pesadillas: su padre escribe un libro. Las aspirinas no están donde deberían. Lucio se sobresalta cuando ve, en el cuarto de la niña, que Lucero está bien despierta, de pie sobre la cama. Qué expresión más rara, piensa Lucio, y le dice acuéstate mhijita, qué estabas haciendo, la mete bajo las sábanas, le besa la frente, duérmete mi amor, ya es muy noche. En el cajón están las aspirinas. Sólo quedan tres, las necesarias, pero se pegaron al cristal humedecido. Lucio, en la oscuridad, busca con qué desprenderlas.

Dama en la oscuridad. Desperté. Estaba rigidizado por el terror, helado por los sudores, tendido en la cama mientras mi esposa Aurora dormía a mi lado, dándome la espalda. No se me iba la impresión cuando advertí, de golpe, que la mujer del sueño continuaba allí, ahora sentada en una silla junto al tocador de la recámara. La oscuridad no era tan densa y pude ver que vestía de negro. Era dura, severa, bellísima. Continuó mirándome y yo experimenté nuevamente que el cuerpo se me endurecía, la respiración se me hacía pesada. Estaba despierto, en la recámara de mi casa, y me ocurría lo mismo que en el sueño. Pensé que fuerzas devastadoras podían desatarse en cualquier momento y que yo me consumiría de la manera más ridícula, era una sicosis inadmisible, y pensé que podía superarla si me enfrentaba a la mujer. Fíjate nomás: quise llamarla. En ese momento me di cuenta de que me hallaba inmóvil, petrificado como ella; no podía mover ninguna parte de mi cuerpo y mi voz no salía. Advertí que la mujer en la oscuridad me miraba, su pesadez penetraba en mí, me resecaba, se me iba la humedad del cuerpo y pronto era como la misma oscuridad impenetrable y enrarecida, que crujía como rama vieja: el aire también se había vuelto arena seca que se desmoronaba. Insoportable olor de aserrín. Alcancé a darme cuenta de que tenía que moverme, pero *ya*: romper esa situación ridícula y desquiciante, contener el pánico que quería desembocarse y arrastrarme. Es la muerte, pensé, me está matando con su sola mirada. Hice un esfuerzo supremo y logré estirar la mano, mover el índice, le indicaba a la mujer que se acercara, yo no me podía mover. Logré abrir la boca y musité, a duras penas: v-e-n, v-e-n a-q-u-í. Mi voz era vieja, ronca, débil, erosionada, pero salió, y con eso pude moverme.

Pegué un salto al tocador. En la silla no había nada. El sueño había seguido hasta mi propia vigilia, él también sabía cómo dar el gran salto. Mis piernas temblaban y yo trataba de controlar el terror, fue sólo un sueño, me decía, pero veía que algo se había abierto en mí en esa confrontación y de allí salía una efervescencia que giraba a gran velocidad: imágenes vivas, intensas, absurdas, niños que se balanceaban, plantas que se retorcían, cortinas agitadas por el viento. Yo pensaba que había estado llamando a la muerte. Las visiones cesaron y experimenté nuevas oleadas que desintegraban cada parte por donde descendían; después me quedaba una sensación polvosa, reseca, olor de aserrín viejo. Los testículos me dolían, se habían comprimido hasta alcanzar la solidez de piedras pequeñas y rugosas, el dolor era especialmente duro cuando pensaba que dolía.

Me levanté. Avancé tambaleante hacia el baño. Oriné largamente. Se seguían sucediendo las oleadas de esa desintegración seca y arenosa, era algo intolerable, desquiciante, mi mente se quería ir con cada oleada. Pero ya no eran tan fuertes. Mis testículos seguían endurecidos, con la sensibilidad erizada. Tuve que tomar aire profundamente. Me acosté calladito (Aurora dormía deliciosamente) y me quedé quieto, sin atreverme a cerrar los ojos. Mi cuerpo vibraba como la corriente de un arroyo, era un descanso de la cabeza a los pies. Poco a poco me fui durmiendo, tranquilo.

Jugar con fuego. A veces escribir cuesta trabajo, digamos

que incluso puede llegar a enfermar o trastornar a una persona, todo depende del grado de involucramiento. En el mejor de los casos no se puede escribir, no sale bien nada, así es que se le deja por la paz y ya. Una vez más entra en acción la sentencia china: si la yegua se te escapa, déjala ir, ya volverá por su propia cuenta. Otras veces son bloqueos a lo largo del trabajo, desde la distracción constante hasta la inseguridad escudada de hipercrítica, por ejemplo: temores irracionales de que la obra se pare, se van a cerrar los conductos, cesará la comunicación, se prohibirá el acceso directo y sin picaportes a las agencias del alma. A veces conviene hacer un esfuerzo de voluntad, vencer las resistencias y seguir trabajando. Otras veces esto de plano es imposible, la fuerza que impide puede ser tan poderosa que absolutamente nada la doblegue, al punto de que la mano se vuelva tan pesada que se paralice, no pueda escribir, no obedezca órdenes; la mano, el brazo, duelen.

A mí me pasó que invertí demasiada energía, concentré todo el poder y perseguí con todas mis fuerzas a una mujer que se me entregaba, me hacía feliz, y cuando menos lo pensaba, se iba con otro, algún estúpido que representara algo importante para ella y que yo no le podía dar. Todas las noches era la batalla con el ángel; algo o alguien me dijo que yo no administraba la energía, me tiraba a matar, pensaba que me tenía que jugar la vida y que no podía echarme para atrás; era una tensión entre morbosa, sublime y pendeja, pero que, bueno, no la podía evitar, necesitaba manifestarse y yo, por supuesto, lo permitía, ya después comprendería cabalmente, a la hora de releer, de tomar el cuaderno, en realidad releo a vuelo de pájaro, ya sé lo que está ahí, ya tengo la pluma en la mano, lo que debo de hacer es dejar ese material por el momento y, más bien, seguirlo: ya tengo mi preciada pluma dorada en la mano, ya me coloqué detrás de la última palabra, que hábilmente no concluí la noche anterior, y continúo, mi libro está tan avanzado que se hace solo, fíjate nada más, observa cómo emergen las palabras y se concatenan, con facilidad, tal como les corresponde, nunca perderé el asombro al contemplar el milagro, que se abre y deja ver las líneas dentro de las líneas, los blancos desbordantes de historias, y yo salgo adelante, al ritmo de las frases justas.

Los cuernos del diablo. Dentro de algunos años Lucio será invitado a dar clases en una universidad de los Estados Unidos. El periodo será fructífero y dejará una gran impresión en la vida de Lucio.

Sin embargo, cuando mejor le esté yendo, Lucio tendrá un nuevo discípulo, un joven pelirrojo, fuerte, muy inteligente, que a la semana será un amigo casi íntimo. Un día, la familia de Lucio habrá ido a visitar a unos familiares que vivirán cerca, y el discípulo invitará Lucio a un sitio que, según él, no debe perderse. Lucio aceptará con gusto. Viajarán en un cómodo Mercedes Benz; en la montaña la luz será tan nítida que le lastimará los ojos, con qué claridad se verán los picos nevados, los bosques de coníferas y tierra húmeda... Las alturas. La luz en la nieve será tan intensa que Lucio pensará que siempre ha habido un punto de concentración de luz de tal magnitud que nadie pudo enfrentar, esa luz hace que todo pierda su forma y se convierta en un caos de manchas blancas y quemantes (como los dedos de Dios).

En lo alto de la montaña levantarán a una bella joven rubia, que estará pidiendo aventón. Desde un principio la muchacha atraerá fuertemente al maestro, pero él no tendrá fuerzas suficientes para entablar una relación adecuada con ella. Eso lo pondrá muy incómodo, ya lo verás.

Finalmente llegará a la cumbre de la montaña, después de haber subido por una carretera junto a un precipicio espeluznante. Habrá nieve dispersa en lo alto: un estacionamiento, una caseta de información turística y baños. No habrá nadie allí. Al fondo, Lucio se quedará profundamente impactado al ver dos largos picos nevados que se curvan el uno hacia el otro en perfecta simetría, como dos enormes cuernos que combinarán las formas de muchos cuernos de animales; los picos se alzarán a una altura imponente de la base, en donde habrá algo que semejarán casetas de minería. Lucio, sumamente perturbado en ese día despejadísimo, pensará que hay algo pervertido, definitivamente perverso, siniestro y maldito en esa formación corrupta, incluso en la cumbre de esa montaña en la que se hallarán.

¿Qué le parece, maestro?, le preguntará el discípulo. Aquí tiene usted los Cuernos del Diablo. Lucio tratará de apagar con símiles la profundísima irritación que le producirán los cuernos: una extensión del infierno que se extendió y ascendió y quedó en la más alta cumbre como expresión de su poderío. La luz será tan intensa en ese mediodía que parecerá derretirse, al igual que las nubes y los picos, se desfigurarán en un goteo lento, aceitoso, como de cera. La visión será terrorífica, y Lucio tendrá que llevarse las manos a la cabeza. El estudiante lo mirará con malicia contenida y dirá sí señor, venga ahora usted conmigo y le iré enseñando algunas cosas, agregará, y Lucio lo mirará ultrajado: el alumno habrá tomado el papel del maestro, eso será intolerable, pero Lucio no tendrá fuerzas para imponer su autoridad, le dará la espalda al joven y se dirigirá a la pequeña caseta de información y los sanitarios. Allí encontrará una rata moribunda, que al verlo tratará de huir entre chillidos insoportables. Lucio no sabrá la razón por la cual acabará de matar a la rata a golpes y así, recién muerta, se la empezará a comer, mientras al animal aún se estremecerá en estertores; a la tercera mordida se dará cuenta de lo que estará haciendo, tirará el cuerpo del animal, repugnado, y vomitará largamente todo lo que podrá, casi hasta desvanecerse, después se limpiará la boca con agua. Regresará al auto, con el pene bien erecto, incluso le dolerá, punzará de tensión. El joven discípulo habrá ido a lo que parecerán entradas de viejas minas. La muchacha, en el auto, de pronto descompondrá su expresión al llegar a los límites de un mudo horror. Lo estará viendo. Quién sabe qué verá en él. Querrá verse. Respirará dificultosamente como si el terror de la muchacha lo alcanzara. Se volverá, pálido y fatigado, hacia el discípulo, que seguirá al pie de uno de los cuernos, en la boca de la mina. ¿Serán finas columnas de humo las que saldrán por allí? Maestro, venga pronto, dirá el alumno, excitado. Si éstos son los cuernos del diablo yo estoy sobre la cabeza, y esta aparente boca de mina quizá lleve al cerebro, ¿no le interesa explorar? Pero de pronto verá a Lucio y meneará la cabeza, impresionado: profesor, cómo es posible, musitará. Lucio advertirá entonces que su boca estará llena de una sangre oscura, con hilillos de carne cruda y pelos en los labios. Saber esto impactará a Lucio de tal manera que apenas podrá respirar y buscará en qué sostenerse. Sabrá que en él estará ocurriendo una especie de metamorfosis, y la querrá revertir. ¿Qué diablos pasa?, preguntará el discípulo, irritado, impaciente, intolerante. Lucio no sabrá cómo expresarse, así el que recogerá un inmenso cristal del suelo, lo alzará, y, con todas sus fuerzas lo dejará caer. Los filos estallarán en todas direcciones. Lucio, jadeante, observará al discípulo para ver si entendió. No será así.

Lucio se sentirá pesado, sus brazos perderán a los lados, le será difícil levantarlos, sus hombros se caerán, el tronco se inclinará al caminar cada vez más pesadamente hacia su discípulo, se irá cargado de odio y resentimiento, de la necesidad de golpearlo hasta la inconciencia mutua; tendrá los ojos hundidos, párpados negros y agrietados, la boca llena de sangre y la necesidad de obtener más: ver que mane, corra, y beberla. Pero el discípulo será más fuerte. Con un salto agilísimo llegará al maestro y lo golpeará en el cuello, lo derribará y le dará puntapies hasta la fatiga. Lucio se contraerá, se retorcerá, tratará de huir arrastrándose; sin dejar de mirarlo con fuerza, al parecer irritado pero siempre con un leve brillo de malicia, le dirá que no quisiera darle esa golpiza, una patada se hundirá en las costillas, lamenta hacerlo porque Lucio es su maestro y le tiene gran respeto, el pie se estrellará en el cráneo de Lucio, por ningún motivo puede tolerar lo que ocurrió, la bota golpeará la espalda.

Juicio por fuego. En la madrugada los despierta un sueño cuyas últimas, fugaces, imágenes procuran sepultar cuanto antes porque sienten que algo está muy mal, qué sueño, se dicen, pero creen poder soportarlo; a los pocos segundos, sin embargo, los testículos se endurecen, el pene se rigidiza, la piel de los muslos se contrae, casi se enrolla, como media, y deja la carne viva; no se pueden mover, se hallan paralizados en la cama, con oleadas de una vibración que desintegra, reseca, desmorona el cuerpo, un fuego intangible, seco, sin llamaradas, sin humo, sin calor, fuego apagado, fuego mudo que se resbala, posesiona, desintegra el cuerpo, el cuerpo no logra reacomodarse, apenas puede reintegrarse después; esas oleadas han abierto una hendidura, un orificio, una desgarradura en la membrana, un puente de comunicación, puerta frágil a infinitos resplandores, el fondo de la barranca se anima, efervesce, emerge a la superficie...

Orinan; se ponen a leer para despertar del todo y salir de ese estado ebullente, cargado de energía ingobernable, irritante: quedar anclado en ese mundo de imágenes bellas pero absurdas, inconexas, de ninguna manera, se dicen, sería como acariciar una vara con espinas...

Hijita mía. ...De esas veces en que logras, sin saberlo cómo, sintonizarte con la tranquilidad, y el cuerpo se alza por sí mismo, me lleva a dar un paseo por la calle; es domingo y todo está tranquilo en la colonia, alguna gente transita, sin prisas, cobijándose de la luz de la tarde que se desvanece, unos niños juegan futbol allá a lo lejos, muchas casas ya han encendido la luz, los pocos autos que transitan dejan una estela que percute en el atardecer; los árboles que quedan en la colonia son verdaderos bastiones, misteriosos a esas horas, pero siempre bellos. Hace frío, por eso hay tan poca gente afuera, todos en lo calientito, viendo la televisión. Allá está ya el edificio, los cuatro pisos con jardineras a la calle que cada vez se oscurece más, ¡ah!, del edificio sale corriendo mi hijita, tan pequeña, divina con la perfección de sus dos años de edad, sonríe feliz, me abre los bracitos sin dejar de correr. Pero siento una presencia, un coche se acerca a gran velocidad, mi hijita atraviesa la calle, antes de que yo pueda alcanzarla aparece un gran automóvil, ni siquiera intenta frenar, incluso acelera aún más y golpea a la niña con fuerza, la lanza a la banqueta como gato herido, sigue su camino a toda velocidad, yo apenas me doy cuenta de que estoy gritando, algo me aplasta, un golpe terrible se desploma encima de mí, me estoy muriendo de dolor, todo mi cuerpo se resquebraja, estalla con violencia, tomo el cuerpecito inerte de mi hija, la cargo, abrazo el cuerpo aún caliente, ensangrentado, con la carne viva, me estoy incendiando de dolor, mi vida se va, estoy llorando tanto que apenas distingo una calle lluviosa y oscura, gente a mi alrededor que parece decirme algo mientras yo me tambaleo con el cadáver de mi niña.

El sueño de Isaac. La nitidez de la luz en esta noche me lleva a estados de ánimo crepusculares, una tristeza dulce, que acaricia, que no se quiere perder si no fuese, ni hablar, tan triste. En esta esquina del jardín, bajo el altísimo eucalipto de aromas que dan sabor a mi tristeza, veo, como si fuera la última vez, la casa de mis amigos, mis hermanos, que tanto quiero; María y Pancho han sido, desde siempre, lo más cercano que he tenido. Durante años y años he creído en mis amigos y de pronto supe que habíamos estado juntos pero siempre en distintas líneas de pensamiento, compartíamos, eso sí, muchas experiencias y todo un punto de vista generacional, pero, con todo y eso, me doy cuenta de que, a la hora buena, mis únicos amigos son mis hermanos, sus parejas, sus hijos, es tan fácil la comunicación, y las confrontaciones siempre sirven, lo sé muy bien, para unirnos, mientras que con los cuates no pudimos rebasar los choques; sin embargo, nunca como hoy he podido sentir más gusto de estar vivo, entre gente tan complicada, tan brillante, tan tierna y patética como yo, quizá la tristeza sirve de apantle para sentir un afecto creciente por la gente, y especialmente por mi hermana María y su marido Pancho, que siempre han sido los extraños más entrañables de mi vida, también quiero mucho al Chichas, amigo de toda la vida de Pancho y tan buena onda como él. Sé que debo hacer algo por ellos, ¿qué tal proporcionarles el regalo de su liberación en esta noche tibia, deliciosa, en que ellos están tan contentos, aptos para la fiesta? En verdad festejarían poder irse del país, del estado de sitio y el toque de queda, del temor perenne de que allanen la casa en cualquier momento y nos desaparezcan como a tantos cientos de miles, desde que ocurrió la invasión todos quisimos exiliarnos para no peligrar, pero no lo hicimos a tiempo y desde entonces ha sido el sobresalto, el terror a todas horas, a mí me encontraron un día en casa de mi hermana y mi cuñado y aquí me dejaron, en una suerte de arresto domiciliario. Desde entonces los pobres se han visto en infinidad de problemas por mi culpa, y por supuesto la negativa a autorizar su salida se debe a que yo estoy aquí, con ellos. Aún así conservan un estado de ánimo de lo mejor y siempre se esfuerzan por hacerme sentir lo mejor posible. Hoy mismo, por ejemplo. Se tomaron unas cervezas como a las cinco de la tarde, se picaron y fueron a traer más, aunque ya se acerca el toque de queda. María mi hermana se quedó preparando la leña para asar filetes cuando regresen, sólo yo sigo aquí, abajo del eucalipto, rumiando las sombras diversas que se asientan, tengo que hacer algo, tengo que hacer algo de urgencia.

Salgo de la oscuridad y avanzo hacia mi hermana que se ha quedado absorta viendo las brasas y las lengüetas de fuego del asador. María, ayúdame, por favor, le digo, y no sé por qué lo hago, más bien yo, ¿a qué iba?, ¿a avisarles que yo los iba a salvar?, María ni siquiera se vuelve a verme, ¿para qué?, ya me conoce. Sólo percibo un mínimo, involuntario, estremecimiento, ¿algo dentro de ella le avisa que tenga cuidado, que ya está allí el loco? Veo venir a Pancho y al Chichas, de lo más excitados con un cartón de cervezas que consiguieron con muchas dificultades, fue una hazaña, me parece entender, pero yo tengo que planteárselos, tengo algo importantísimo que decirles, les interrumpo, no mames, me dicen, estás mal, habías de verte, ¿ya lo viste, María?, se ríen un poco, pero finalmente comprenden que hablo en serio, incluso parecen impresionarse, veo que Pancho quiere darme unas palmadas pero retira la mano, María se ha acercado y nos mira a todos un poco desdeñosa.

Mañana, les digo, con gravedad, tan pronto amanezca, voy a hacer algo por ustedes. Tómate una cheve, Lucio, me invita Pancho, con una sonrisa débil. ¡Escúchenme!, insisto, mañana podrán descansar, dejarán de ser fantasmas. Los he puesto tristes, qué necesidad tenía yo de hablar de eso, tan contentos que estaban, María me mira con una oscura mirada reprobatoria. Ellos saben a qué me refiero: sólo hay dos maneras de que puedan descansar de mi presencia, o me mato o intento escaparme, que es lo mismo, pues la casa está vigilada por todas partes. ¿No me creen? Les digo que mañana, y trato de controlar la fuertísima emoción que quiere desbordarse y me corta la garganta, voy a hacer algo por ustedes. ¿De qué hablas?, me dicen, ¿qué estás diciendo? Quién sabe cómo me verán porque han palidecido terriblemente, estoy diciendo que mañana, pero tú puedes ver con toda nitidez que tengo las manos en la espalda al hablarles, y que la uña de mi pulgar derecho es desusualmente larga, limada hasta formar una cuchilla, voy a hacer algo por ustedes, les estoy diciendo cuando coloco mi pulgar en la muñeca izquierda, oprimo con tanta fuerza que me parece oír un pequeño ruido de reventamiento y la sangre que empieza a chorrear; no dejo de oprimir el corte en mis venas con mi uña desmesurada, siento que pierdo la fuerza, se me va con la sangre que fluye en silencio, todo se borra, los ojos se me han ido más allá de los párpados y al aire quedan dos globos oscuros, con las ramificaciones reventadas, mi boca se alarga, se deforma, se desplaza hasta la oreja, mis dientes, con el estiramiento, caen uno por uno, me desplomo en el suelo, me estoy yendo pero no dejo de hundir la uña en las venas, ya he practicado una ranura allí, creo que mi hermana, mi cuñado y mi amigo el Chichas están muy cerca de mí, se inclinan a verme, quién sabe qué me dicen, están muy cerca, siento su dolor vivo, también la descarga de la tensión, la fatiga de la liberación y la esperanza que germina.

...Isaac despertó. Su cabeza reposaba en varios troncos que formaban un altar en el desierto. Con él se hallaba su padre Abraham (blandía el hacha diestramente) y los hombres de la tribu, altos y fuertes, con los taparrabos de piel reseca y las hachas en las manos. Es hora de que despierte, le dijeron a Abraham. Sí, que despierte, pidieron todos a voz viva. Hasta ese momento Isaac se dio cuenta de que la única manera de despertar consistía en que le cortaran la cabeza.

Ruedas de fuego. Quién sabe cómo perdiste el control, el vuelo, la energía, te quedaste tirado en tu cuarto porque, si salías, los ventarrones acabarían de despellejarte, te comerían vivo; dentro te quedaste en la oscuridad que la vigilia nunca acaba de consumir, lleno de heridas por todos lados, con deseos de asesinar a tus hijos y a tu esposa y de salir pegando de alaridos entre los coches.

Cuando trataste de escribir la novela había algo nuevo: el brazo, en especial a la altura del bíceps, te dolía; pésimo augurio, pensaste, creíste que se desvanecería con el proceso mismo, cómo iba a ser así cuando era un claro aviso de que escribir era precisamente lo que te había tirado al suelo, noqueado, pateado y revolcado, tú querías terminar cuanto antes, si allí estaba ya tan visible el final, tan a la mano, pero conforme seguías (y salía tan bien) el dolor aumentaba, cada vez costaba más trabajo mover la pluma, pues ella se resistía materialmente, había que hacer un esfuerzo extraordinario para hacerla escribir, te alarmaste al sentir que tus testículos se endurecían, se comprimían con tanta fuerza que no lo podías soportar, detestaste las frases que se te vinieron encima, si uno se dejara conducir como oveja, oleadas de calor arenoso desintegraban tu cuerpo, al menos en ese momento supiste que, por las razones que sean, todas esas noches que habías estado en peligro, en realidad lo sabías, era por lo que escribías, y tenías que terminar, cuando menos para dejar atrás esas vivencias extrañísimas e inesperadas. Habías llegado a la prueba decisiva y no la pasarías; de hecho la estabas perdiendo lastimosamente, todo había sido acercarte paulatinamente a esta última implosión del fuego, y sobrevivirla significaría despertar, liberarte para siempre.

Castillo de piedras. Ahora te voy a transmitir una receta que viene de tiempos primordiales y que nunca falla. Si un día, por los motivos que sean, te sientes muy mal, pero de plano mal, al borde del suicidio o de otra forma de abandono, y si todavía conservas un hilito de razón que te permita querer salir de ese estado, localiza una barranca, o, si no, un río o arroyo con muchas piedras. Por supuesto, las barrancas del estado de Morelos son las más reputadas pero en realidad todas sirven, esto es, si aún son barrancas y no basureros. Encuentra el camino que sin duda existe para bajar al río que corre en lo profundo, escoge un sitio que te guste, debidamente orientado, y ubícate bajo las paredes colosales, los amarillentos árboles equilibristas que nacen de la verticalidad. Ahora disponte a construir un castillo con piedras y lodo. No será difícil porque hay piedras por todas partes, y de lo más disímiles...

...Piedras: planas, redondas, ovales, grandes, pequeñas, pesadas, livianas, casi todas pulidas, delicadas texturas rosáceas, negras con vetas café oscuro, blancas, largas y porosas, todas ellas de exteriores ricos, accidentados, verdaderos laberintos de perfección natural...

Es de absoluto rigor que tires varias piedras al río. Después tomas una tras otra, las acomodas debidamente y las fijas con tierra humedecida. Levantas los muros exteriores, pasas a las habitaciones internas; demarcas el jardín interior, techas con ayuda de ramas, hojas, piedras y lodo, delimitas las terrazas, levantas el piso superior con sus salones y diversos cuartos, pones el techo en donde hace falta, construyes las dos torres, altas, circulares; en la parte superior de una de ellas pon la piedra que dejaste en el interior. *Entrar y salir.* La oscuridad es casi total, pero se halla poblada de sombras aún más densas, piensas que ahora estás más despierto que dormido, estás en tu casa, acostado en tu propia cama. Pero no: estás viendo a tus dos hijitos, los ves claramente: contentos y tranquilos. Te das cuenta de que estás viendo una imagen de las almas, o de la idea platónica, de tus hijos, porque ellos están, hombre, acostaditos en sus camas, ¿verdad...? A ver, ve a ver. ...Estás en tu estudio; suavemente, sin esfuerzos, te pones en pie y sales, cruzas la ventana a través del cristal, no estás dormido, te repites, estás bien despierto, te desprendiste de tu cuerpo y te deslizas a través de la materia en dirección del pasillo de la derecha, llegas al jardín, bañado de una luz de luna brillante y plateada; llegas al árbol y te deslizas flotando un poco más, te estás yendo a la calle, espérate, aquí el aire es quieto, el clima perfecto; allá, tú lo sabes, qué vas a encontrar: mucho barullo, ¿y si te pierdes?, aún tienes pocas fuerzas, ven, eso es, vuelve, allá en la recámara sigues nidormidonidespierto; ahora te desplazas sin tu cuerpo físico por la realidad de todos los días, nada se mueve aquí en el jardín, se han silenciado los grillos, las chicharras, el viento, el murciélago que aquí vive... Es hora de volver, te dices, y regresas, cruzas la ventana y la pared nuevamente, allí estás, acostado, allí estoy, regreso por el lado de la ventana al jardín, ya estoy aquí, junto a mi cuerpo acostado con mi esposa que duerme, pero ahora todo se agita, hay una efervescencia terrible, todo parece sacudirse con violencia silenciosa, vas a explotar en mil pedazos si no cesa la conmoción, estás tratando de penetrar en tu propio cuerpo pero no logras acomodarte debidamente, lo sabes porque ves el cuarto de pronto a la altura de los pies, del ombligo, de las manos, del sexo, del cuello. Estás conciente de que llevas a cabo un esfuerzo supremo, y por eso tu espíritu vibra con una trepidación insoportable, un río de voces va y viene; como no te acomodas en tu cuerpo quisieras gritar, pedir que te ayuden, que Aurora despierte y de un empujón te meta de una vez; piensas que es mejor desistir y desplazarte por las paredes (¿por qué por las paredes?) para llegar a tu estudio, encender un cigarro y pensar bien las cosas, durante segundos se genera una tensión tremenda: puedes ir al estudio y serenarte, o seguir allí, acomodándote, ya estás viendo con tus ojos, como siempre, ya estás acomodado en tu cuerpo, ¿desde qué horas?, ¿y si estabas soñando?, de cualquier manera te pareció oír un crujido seco, estentóreo cuando te diste cuenta de que todo era como siempre, a tu boca llega un sabor acerbo, a cobalto, aunque no sabes por qué lo dices ya que jamás has probado el cobalto; experimentas un temblor a todo lo largo, una sensación poderosísima pero no te molesta, tu carne se afloja, se expande, y se contrae nuevamente, una oleada de terrosidad, arena suelta del desierto más desierta, todo es normal, un relampagueo de pánico (un resplandor) se desvanece...

...Enciendes un cigarro; qué viva la llama del encendedor, te sabe como miel purísima, estás en perfecta paz, con leves reverberaciones de la excitación anterior; bebes un poco de agua, jamás has probado algo más dulce y divino: el agua. *Anillo de fuego.* En realidad sientes una excitación ilimitada que rebasa toda fatiga, has terminado de revisar lo que habías estado escribiendo, sacas la pluma del bolsillo, una nerviosidad fuera de lo común, sagrada, una imponente solemnidad, fijas la mirada en el círculo cuyo centro es la circunferencia y la circunferencia está en todas partes, éste es de líneas sencillas y, a la vez, laberínticas, una estética agrupación de triángulos que se entrecruzan y salen unos de otros está enmarcada en un grupo de círculos y éste, a su vez, en un marco cuadrangular con cornisas simétricas, líneas rectas como la de tu espalda, la cabeza se alza hacia el techo, las manos se encuentran, el aire entra acompasadamente, en un muelleo uniforme, se va, regresa, se va, dentro de ti todo se acomoda, encuentra su sitio finalmente, y establece la correspondencia con el tejido geométrico que contemplas, allí ha germinado el fuego: las líneas se incendian, se vuelven caminos de fuego por donde transita un movimiento incesante, fuerte, el círculo se oscurece y se abrillanta, la luz salta, se desborda, se apaga, se contrae, en sincronía con tu respiración, el sonido del río se ha vuelto una cortina tras la cual existe un fragor vago, inclasificable, innombrable, el centro refulge pero no deslumbra, se le puede contemplar por siempre, las pulsiones de luz. Todo está en su sitio dentro de ti, vacía la cabina superior, el acomodamiento es total, siempre ha sido así, siempre es así, cómo pudiste olvidarlo, cómo olvidar el orden que siempre está allí, en realidad nada existe más que eso, nunca has dejado de estar allí, en una de las torres del castillo que construiste había una estancia que parecía inexpugnable. Nunca pensaste que hubiera tanta luz allí, triángulos, círculos, cuadrados de fuego. *Fuego perfecto.* Desde un principio supe que el juego sería diferente. La noche anterior no pude estar en paz, tuve pequeños mareos, molestias de los intestinos, por último todo se concretó en una especie de vacío helado, la intuición certera, imperiosa, de que algo iba a ocurrir. Quizás una de las cosas más desagradables (para mí) consista en tener la certeza de algo que ignoro, una imagen está a punto de formarse todo el tiempo, casi se materializa, pero nunca llega a hacerlo, saber a ciencia cierta y no saber nada, a mí, en lo personal (lejos de mí constituirme como ejemplo) me fatiga, me debilita, y eso, pues no. Me pesaba (claro) la responsabilidad que me echaron encima, pero no me deprimía; al contrario me daba mucho gusto y estaba seguro de que todo saldría. Ni mi mujer ni mis hijos podían entenderme. Yo, menos.

Jugábamos en México, en el parque del Seguro Social atestado. Ya en los tiros de calentamiento la ñáñara se diluyó: tenía, al fin, algo concreto que hacer y además vi que traía buen control. Estaba lanzando rectas de ciento cincuenta kilómetros por hora. Todos se dieron cuenta de que venía bien afilado.

Incontenible animación este día en el viejo parque Delta, todo mundo espera un partidazo, el último, séptimo, juego de la serie final de la Liga Mexicana entre los vencedores absolutos de la zona norte y la zona sur con el duelo de picheo esperadísimo entre el derecho Arturo, rey del ponche, imbatible con su bazuca de ciento sesenta kilómetros por hora, y el zurdo Lucio, el gran esteta del rey de los deportes; ambos son lanzadores maduros, se hallan en su mejor momento y se han repartido muchos de los eventos memorables de los últimos doce años, o quizá dieciocho, ¿o veinticuatro? Arturo, para corresponder a su salario multimillonario, hizo una campaña de 25 juegos ganados, 6 perdidos, 8 blanqueadas, 19 completos, un juego sin jit ni carrera, cuatro de dos jits, porcentaje de carreras limpias de 1.90 y 390 ponches.

Lucio, por su parte, no rebasa su dramática irregularidad y con frecuencia detiene los latidos de los corazones de todo el público cuando, después de faenas magistrales, comete errores de parvulitos. Pero cuando viene bien es algo digno de verse. Brilló con sus 22 ganados, 9 perdidos, 14 blanqueadas, 1.88 de carreras limpias y 270 ponches y ¡25 juegos completos! Bueno, la verdad es que sí había tenido una buena campaña y traía el brazo caliente, por eso no me explicaba la horrenda sensación de que algo no andaba bien, algo gravísimo ocurriría en el peor momento y yo saldría entre mentadas de madre. Sentía una energía briosa en el cuerpo, en la espina, del coxis al cuello, pero cuando empecé a trabajar en el montículo, en pleno fragor de las olas de la gente, pude ecualizar la imagen y el sonido de todo el desmadre que me rodeaba y encontré los niveles exactos que me estimularan pero no me aturdieran. Tan pronto como el ampayita cantó el pleibol me salieron llamas de la zurda y le metí dos rectas groseras a Bodeler, el jardinero central de los otros. Lo correcto era despachármelo con otra igual, borré dos señales y solté la tercera recta, ¡palo!, ¡la prendió Bodeler!, ¡es un batazo largo y elevado, un poco atrasado, muy elevado, la bola se va, se va! ¡Y no se fue! Desde que oyeron el batazo seco, meco, de Bodeler, el jardinero central, Dostoyevski, y el derecho, Kundera, salieron tras la pelota. Kundera llegó primero a la barda, se apoyó en ella y pegó un brinco descomunal, imposible; no atrapó la bola pero la cortó: la bola saltó al interior del parque y Dostoyevski alcanzó a pescarla antes de que tocara el suelo, ¡le robaron un jonrón a Bodeler! La gente, después de contener el aliento con un quejido que se oyó hasta *La Habana, Cuba,* estalló en aplausos para Dosto y Kunde, los únicos jugadores del beisbol profesional que se ponen anteojos para ver menos. Anote usted a Bodeler puesto fuera en elevado al jardín central con asistencia del jardinero derecho, ¡para el libro de récords del beis mexicano!

Lucio ponchó con tres lanzamientos flamígeros a Yínsber, que cubre las paradas cortas, pero con la cuenta de dos estraics y cero bolas, Rambó le conectó una línea seca que el tercera base, Méirinc, detuvo de milagro con un clavado temerario. El inicio del juego no podía ser mejor, Lucio sacó a los tres primeros bateadores con sólo seis pichadas, ni una sola mala.

Arturo tomó posesión de la lomita. Este negro es el terminator del beisbol, máquina aceitada y programada, fría e indestructible, de rostro impávido, lanza rectas de fuego. Varias veces ha sido suspendido por mostrar las partes pudandas a las cámaras de televisión, y al público del parque en consecuencia, es un perfecto hijo de su rechingada madre, eso es lo que es el loco Arturo, por qué no lo dicen de plano los marqueses de la televisión, que hacen chistes de su gusto por la cocaína, el alcohol, la mariguana, las putas, los putos, los rateros, es un ojete, habla pestes de todo mundo, dice que sólo le interesa la lana, el deporte se lo pasa por los huevos, incluyendo a los aficionados, pues es un chingón, digan lo que digan, a la gente le fascina que Arturo le miente la madre, como los luchadores: le chiflan, se la chiflan, más bien, sí, no hay duda de que es el espectáculo, ya ponchó sin problemas, en doce pichadas, a Jofman, Apuleyo y Méirinc. ¡Tremendo duelo de picheo!

El juego avanzó velozmente. Tanto Lucio como Arturo sacaron en orden a los primeros doce jugadores, con avalanchas de ponchados. Arturo recetó un triple escón: nueve chocolates consecutivos en las tres primeras entradas. Venía incontenible el negro, nadie se escapó del furor de Arturo que, en un par de ocasiones, tuvo que ser amonestado por el ampáyer principal por insultar a sus contrincantes, especialmente cuando, después de ponchar a Lucio, le gritó: ¡para que veas que me pelas la verga, pinche puto!, lo cual fue oído por todos e incluso se coló a la televisión. En la cuarta Arturo bajó de ritmo, y tanto Jofman como Apuleyo le conectaron la bola: el primero, sin embargo, murió en línea directa a la tercera base y el segundo roleteó a Yínsber, el paradas cortas, que es una verdadera aspiradora y también todo un show. Por su parte, Lucio eliminó a todos en medio de grandes dificultades: a Rambó, Bleic y Yits los ponchó después de eternas cuentas de tres y dos; los tres poderosos toleteros no se resignaban en ser auts y conectaban series larguísimas de faules para todas partes; en la segunda, Yits le metió un espantoso batazo al jardín izquierdo y por milímetros se quedó fuera, el beisbol es un deporte exacto, exactos son mis huevos, quién jijos puede decir si fue faul o no, allí no hay ni poste ni nada y el palo fue hasta atrás, por eso todo mundo se lanzó a la discutidera y en la tele repetían y repetían el batazo desde distintos encuadres, tú también estabas jode y jode con que fue bueno, porque sí lo fue, fue un jonrón que le rompió el puto juego perfecto a Lucio el Lacio, pero el ampáyer dijo que faul y fue faul, usted qué opina, sea usted el ampáyer; después, en la tercera, Bodeler le volvió a meter otro palo largo, largo, la bola se va, se va, no es posible, no se va, otra vez Fiodor Dostoyevski pega un salto apoyándose en la barda y le quita un jonrón a Bodeler y la pelota a un aficionado que casi la tenía, otra pinche discusión, me lleva la verga, ah cómo jode ese Shespier, el mánayer, hazte otra cubita mhija, muévete como anoche.

Me estaba saliendo bien el tirabuzón, caía exactito, con un encanto de lo más seductor, irresistible, para ponchar siempre es muy bien visto. También traía buenas curvas, desde la resbalosa hasta la de joroba, me salían limpias, con una velocidad cabrona, y controladas. Hacíamos, el cácher Calderas y yo, una buena elección de pichadas. Pero estos vatos estaban muy bravos, se las sabían todas, se olían lo que les iba a tirar, se estaban muriendo de ganas de agarrarme y me hacían sufrir lo que no te imaginas, pero no creas, digo sufrir pero en realidad era parte de la cosa, era un placer pichar, me estaba encantando pichar, el Calderón de la Mierda y yo habíamos establecido una relación ahora sí que de sueño. Realmente no hay nada como el flujo de lanzamientos cuando se está en el montículo, salgan, bien o mal hay algo que hacer, y esa tarea, al menos a mí, en mis mejores momentos me conduce, me lleva de la mano, hace que el juego fluya con facilidad y limpieza, aunque en medio de accidentes; yo lo que procuro hacer es estar bien alerta, despierto, lúcido, invierto toda la energía, no escatimo los esfuerzos, al mismo tiempo sé que no es para tanto, si no la hago pues ni modo, asimilo la experiencia y a otras nalgas verga mía. Cuando salgo a pichar no espero nada pero trato de dar el máximo, a veces he llegado a la lomita sintiéndome muy chingón, pensando que nada me afecta, y no falla que en la mismísima primera entrada me agarran a batazos y a engordar el porcentaje de carreras limpias. Pero cuando trato de hacer todo muy bien, es decir, cuando no estorbo el flujo natural, entonces ni me canso, o no siento el cansancio, y termino el juego con un estado de ánimo sensacional, feliz. Lo que me cagan son los intervalos en la caseta cuando nos toca batear, siempre se me hacen larguísimos, salvo, claro, cuando me toca batear. Pero, por lo general, es cuando me entran las dudas, que en mi caso es un robusto demonio que jode y jode, incluso cuando todo sale a la perfección no se me quita la estúpida sensación de que algo se ha echado a perder, algo verdaderamente grave ocurre bajo mi nariz y no me doy cuenta, qué desesperante saber algo pero ignorar de qué se trata.

En la quinta, sin embargo, caí en cuenta de que tanto Arturo como yo llevábamos el juego perfecto. Palabra que no me había fijado, nada más sabía que aunque estaba pichando mejor que nunca, cada aut, cada ponche, me costaba sangre. Enterarme fue la cuchillada de Mishima, la fugaz (un resplandor) sensación de pánico, Pan y Co., tuve que bajar, coj coj, y bufar un poco, varios escupitajos van pa fuera y con ellos la deyección del terror que, por suerte, no duró casi nada. Textualmente, me destapé. Algo pesado y brumoso se desvaneció en mi cabeza, y me sentí ligero, concentrado, seguí tirando bolas buenas hasta el faul de Paund, que, sin exagerar, señores, fanáticos del rey de los deportes, heló los corazones en este juego que está resultando el mejor de todos los tiempos, jamás en la historia habíamos visto una pizarra llena de ceros en la sexta entrada. Si te metes en un cero, ¿qué encuentras?, nada, pues qué esperabas, pues nada menos que lo más difícil de obtener, lo que estamos presenciando, aficionados al beisbol, es un satori beisbolístico, imagínate, qué se puede obtener juntando ceros. Cuál nada, qué misticismos tan pendejos, ¿y la emoción?, fuerte sensación quemante en la boca del estómago, en el pecho, en el corazón, en los intestinos, sudor frío, resequedad de boca, hablando de bocas resecas, se impone decir salud, ¿y traes unos toques?, pues a darles fogata.

El Arturo está haciendo de las suyas. ¿Qué pasa? Quién sabe por qué está peleado con Cervantes, imagínate, con Cervantes, y ya van tres bolas cerradísimas, para rasurar, que le tira. El ampáyer del diamante lo amonesta, y cuando se va de regreso Arturo le hace la seña de mocos; ahora se concentra en la loma, prepara la pichada, da cuerda al lanzamiento, lo suelta, es una recta flamígera que pasa por el centro de la zona buena. Otra vez viene para jom, otra llamarada, ya se puso en tres y dos, y viene la pichada, Cervantes le tira con todas sus fuerzas pero abanica y se va ponchado. Cuando Cervantes regresa a la caseta, Arturo le tira un pelotazo débil que le atina en la cabeza, Cervantes se pone furioso y le lanza el bat, los dos equipos salen al campo y de nuevo es la discusión y los ánimos, caldeados; el estadio está que se cae de tanta gritería. Está ahora Kundera, el jardín derecho, al bat, y Arturo le pasa una recta de ciento cuarenta kilómetros por hora a escasos milímetros de la cara. Arturo alza los brazos, como exculpándose, pero parece estar aguantándose la risa. Cómo puede estar exponiéndose así, se ampara en que lleva el juego perfecto. Kundera tiene que levantarse del suelo y dar una vuelta para serenarse. Se coloca en la caja de bateo. Algo pasó humeando frente a él. Por qué no ve pasar esas rayas, se pregunta. Regresa a la caja de bateo, tira tres, cuatro veces al aire, convoca a Caxionda, musa de la puntería, ve al negro imperturbable, ése está en otro mundo, ahi viene la bola, ¡cuidado!, otra vez al suelo, siete veces abajo, ocho veces arriba, hay que sacudir la franela, pasear otro poco, qué le pasa a ese pendejo, escupir, siempre escupir, ver el cielo, bufar, de nuevo en la caja, electrizado, tenso con el bat oscilante en lo alto, en espera, cuidado, te borró la señal de curva adentro, le pediste la recta, no se entiende cuando hace los changuitos con los dedos, no falla: me da risa, ya estuvo, te dijo que sí a la recta, cómo no, si están saliendo cañón, lo vi armar la pichada, me cae que despedía fuego de los oclayos ese loco Arturo, tiró, mi cuerpo saltó, listo, le tiré con todas mis fuerzas, la bola por el centro, una raya (un parpadeo), Guete se fue ponchado otra vez en la cuenta de tres y dos, nunca supe en qué momento todos los miles de gente del parque se habían metido, nos habíamos metido, en un silencio extrañísimo, un bajo zumbido sordo, contenido, bajo cero, ponía chinita la piel, aceleraba la respiración, hay que quitarse el sudor de la frente, qué sed tan hija de puta, se pasa, se pasa, otro espejismo, allá está el túnel oscurísimo por donde las pichadas se van, se pierden, las costuras giran incansables, dejan estelas de ribetes encendidos, en el fondo del túnel qué encontramos, ajá, allá está el cielo, clarísimo, azul y despejado, con nubes inmensas, de verano, aquí tenemos la puerta, con esta pichada se abre, knocking on heaven's door, por la esquina de arriba, pídemela ya, ándale, sí sí, claro, ésa, cuál otra, una extraña cristalización de conciencia es la vía a un rito íntimo, las yemas en las costuras, la muñeca relajada, suelta y amartillada, la torción justa, sale, feroz, cáete ahora, perfecto, así era exactamente, ¡ah qué delicia!, ahora fíjate nada más lo que te voy a mandar, se te van a caer los chones, ésa no te la esperas por nada del mundo, y es, precisamente, claro, ¡otra recta salvaje perfora la mascota del cácher!, hasta humo salió, es el ponche número quince, y doce en cuenta de tres bolas y dos estráics, Lucio despacha la primera mitad de la séptima entrada, veintiún retirados en orden, ¡esto está que arde!

¿Sentirán Lucio y el loco Arturo que llevan el doble cero?, claro que lo sienten, lo siente todo mundo, nada es comparable, en el beisbol, al juego perfecto, es la piedra filosofal, la quinta esencia, ya se sabe, las probabilidades matemáticas de que se dé un juego perfecto son de sesenta y nueve mil contra uno, así es que cuando se llega a estas alturas de un juego perfecto tiene lugar un suspenso insoportable, cada pichada se carga de peso, de significado, cada instante del juego se vuelve una agonía y al mismo tiempo un placer que quita el aliento; se tiene la sensación de que algo toca el espíritu, es en este momento, y sólo en éste, cuando se muestra la sublimidad de un jugador, si le toca que todo sea propicio para volar por el cielo como dragón, pero nunca antes se había dado la raya joya, la roja-sin-semilla del beisbol, el rock chino, de que dos lanzadores entren en el último tercio con el juego perfecto, bola baja, buen lanzamiento de trabajo que Rambó no se traga fácilmente, es un jugador sumamente joven pero experimentado, maduro desde niño cuando mató a los siete perros, y de pronto me volvía el pánico, más bien, nunca se iba del todo, sólo se agazapaba la mayor parte del tiempo, por suerte, pero en momentos perdía el control, pensaba que me iba a cagar del susto, ya ves qué frágil es perder el perfecto, y si se me iba una bola fácil cualquiera de los Fufurufos me iba a pegar el acostumbrado podridito, un texas o un báltimor, si no es que un señor batazo que me dejaría conmocionado, no lo aguantaría, sí, con una pinche base por bolas, o una pichada loca, o un elevado productor, o lo que sea, todo se me podía ir en cualquier momento, el cácher Calderón me dijo al final del juego que en muchas veces yo estaba *blanco*, pero, por suerte, nunca me duraba mucho la ñáñara salvaje, se me pasaba el pánico y yo me quedaba bien despierto, alerta, las vías de comunicación-y-recepción se despejaban por completo, quedaban atrás los malditos errores, de juego o de juicio, que antes me habían echado a perder varios juegazos, no no: este juego me tenía que salir, yo tenía que ganar el juego para el equipo, aunque se me fuera el perfecto ¿qué es un juego perfecto, a fin de cuentas?, aquí llevo yo más de siete entradas, casi ocho ya, y no me han dado jits ni carreras, pero todo, hasta el momento, ha resultado de puro churro, cuántas veces me han salvado el perfecto mis buenos compas, como que esta perfección es bastante imperfecta, si se cumple será porque así tenía que ser, no porque yo la estuviera buscando, aunque, claro, la buscaba, la buscaba: me preocupaba sin preocuparme, me divertía en esta espantosa seriedad, olvidaba todo teniéndolo bien presente, me burlaba del juego perfecto, pero no cejaba, mis fuerzas centradas siempre en el ejercicio constante, sin aflojar, sin esperar nada, para qué si todo estaba listo, sólo bastaba un pequeño movimiento para la ordenación final. Pero de plano me trababa en ocasiones. En la octava todo se me quería ir, me costaba un trabajo espantoso armar cada lanzamiento, darle cuerda, como se dice (qué frase más genial), pensaba puras pendejadas, como en esos sueños siniestros en que quieres moverte y no puedes: tu cuerpo es pesadísimo, las fuerzas no te alcanzan, luego me dieron el pelotazo, fue Guete el que me lo dio, me pegó en la pierna, una línea seca, y lo increíble es que perdí el conocimiento y quién sabe cómo logré agarrar la pelota antes de que cayera al suelo. Saqué el aut. Pero no me di cuenta. En realidad no me desmayé, más bien me desconecté durante segundos, cuando volví en mí se me había olvidado todo, que estaba en mi juego de beis más importante de mi vida, se me olvidó que estaba jugando beisbol.

El beisbol es un deporte exacto , ni un milímetro de más, ni un milímetro de menos. No hay ambigüedades, pero sí situaciones apretadas. Muy apretadas. Las cosas corresponden con precisión a sus demarcaciones. Actuar dentro de esos límites infranqueables, voluntariamente impuestos y, naturalmente, modificables, sin perder soltura y exactitud en medio de la presión: ésa es la grandeza del jugador. La suerte, de acuerdo, es factor decisivo, pero la suerte, o el azar, el accidente, es parte de esta idea de exactitud.

Y me venía, se repetía (un relámpago) la idea de que la realidad se había trastocado; de una forma muy peculiar el espacio y sus relaciones no eran las mismas. Desde el montículo veía que los bateadores eran pequeñitos, casi diminutos; yo (en esos momentos) era una mole natural, una colosal formación de piedra que ha visto las intemperies de incontables eones, qué solidez sentía, nada me perturbaba, la recta no, tirabuzón no, cambio de velocidad sí. Aspiraba un aire cortante, vigorizante, filoso, la secuencia de movimientos de cada lanzamiento fluía con suavidad, transportaba a los miles de espectadores, qué mal se vio Paund, séptimo bat y jardín derecho, le tiró con todas sus fuerzas pero pasado mañana, y se fue ponchado, es el chocolate buñueliano número diecisiete de Lucio, su marca más alta en toda su carrera, y está a dos auts de terminar nueve entradas-perfectas-perfectas, porque, como ya hemos comentado, hay de perfecciones a perfecciones, y todos los juegos perfectos lo son, pero algunos son más perfectos que los otros, ¿verdad?, y ahora tenemos bateador emergente, el primero de todo el juego, se trata del tremendo toletero Valerí, ese gran veterano, experto en situaciones difíciles que disuelve con cantos marinos, todo el público está de pie, envuelto en un silencio tenso, tenso, ¡qué momento, señores! Vamos a ver qué le sirve Lucio a Valerí y si este viejo marino puede romper el encantamiento, el silencio es impresionante, ahí viene la bola, es otra recta humeante por la esquina de afuera, un estráic, cero bolas, Valerí se sale del plato, intensifica las convocatorias al ángel del buen tino para serenarse, se llena de determinación, blande con firmeza el evidentísimo símbolo fálico, triángulo esdrujulero, ya está de nuevo en la caja de bateo, se acomoda, se prepara, tensa el cuerpo, aprieta el palo, allá viene la pelota, recta, por el centro, hay que tirarle, pero a tiempo... ¡Valerí abanica con tanta fuerza que pierde el equilibrio y acaba de rodillas!, Lucio sonríe, así te quería ver, de rodillas, perro, ya se puso por encima de Vale, Lucio le sirve una nueva bola rápida, ¡cuidado!, la prendió durísimo pero se fue de faul, qué duro le atizó Valerí a esa recta sibilante de Lucio, quien en ningún momento puede descuidarse porque todo el esfuerzo se borraría en un segundo, sigue la cuenta en cero bolas, dos estraics, a ver si no se inicia otra de las larguísimas series de faules: Bodeler, Yínsber, Rambó, Bleic, Guete, Yits, Paund, Dante, a quien sacaron por Valerí, quien esta vez valió: no pudo ver el cielo, el que lo ha visto es Lucio; ahora viene Lotremón de emergente. En fin, toda la batería ha tenido, en algún momento, que conectar interminables faules para no poncharse, pero Lucio está a punto de recetar su chocolate décimoctavo, sirve una nueva bola rápida, le están midiendo ciento setenta kilómetros por hora, es centrada pero alta, Lotremón se contiene, pero la pelota curvea y cae en la zona buena, es ponche para el emergente Lotremón, la multitud estalla en gritos y aplausos, necesarios para darle salida a la tremenda tensión que lo tenía estatuado en las gradas, de pie y en silencio desde la séptima entrada, pero el aut veintiséis y ponche dieciocho de Lucio no sé por qué lo festejamos tanto, a grito pelado, chingos de porras, brindis de chelas, aplausos, trompetazos, notas del órgano mamón, cascabeleo de las maracas, el estrépito se apaga con una rapidez que inquieta a todos, ya estaba ahí Arturo en la caja de bateo, el mánayer Shespir lo conservó en el juego y no envió emergente, como todo indicaba: el librito ordena sacar al pícher y buscar la carrera, pero, en este caso, habría sido una vileza, quizás una torpeza irremediable, pues Arturo ha tenido a sus contrincantes en la mano dejándolos brincar lo que quieran porque, a fin de cuentas, por muy lejos que vayan, no salen de ella. Según nosotros Shespier decidió sabiamente, y Arturo batea, ve pasar el primer estraic, incomodísimo lanzamiento para bateador derecho, algo le dice Arturo a Lucio, claramente abre y cierra la boca y deletrea frases mudas, pero en realidad está sudando, fíjate bien, está que se lo lleva la chingada, qué presión tan hija de puta, mira nomás todos estamos calladitos, metidísimos, mientras Lucio alza la pierna, lleva ambos brazos hacia arriba, allí los detiene durante segundos, en que, expuestos a la boca del cielo, concentra todo el poder, llega a la última tensión, toca la cuerda que catapulta el impulso a la inversa, el brazo izquierdo sale disparado, la muñeca se tuerce con toda su fuerza, el bateador ve salir un fogonazo (un relámpago), una bola de fuego, le tira desesperadamente, pero la pelota ya humea en la mascota de Calderón de la Barca y Arturo acabó de rodillas.

Lucio ha conseguido el auto veintisiete, con cero jits, cero carreras, cero errores, cero bases por bolas, una indudable labor perfecta, pero no ha ganado el juego. Qué paradoja tan cruel. Arturo también lleva el juego perfecto en ocho entradas completas, y si nos ponemos en verdad estrictos tendremos que decir que Arturo incluso se ha visto superior a Lucio, pues si bien él ha hecho nueve entradas perfectas, siempre ha tenido muchas dificultades y su equipo lo ha sacado de apuros en más de doce ocasiones peliagudísimas que habrían arruinado su trabajo. Arturo, en cambio, ha sido más consistente: lleva dieciocho ponchados, y sólo dos bateadores, Kundera y Louri, la han mandado a los jardines. El dominio de Arturo ha sido soberbio, y aún así se ha permitido verdaderos alardes de provocación. Todo indica que tendremos juego perfecto en entradas extras, lo cual jamás se ha visto. Si esto ocurre quién sabe qué pueda pasar, cómo se va a canalizar la tremenda energía que se ha estado almacenando en todos, jugadores y espectadores, el silencio pesado de todas partes, la gente quiere que Lucio gane en nueve entradas y así se preserve algo que parece natural. Arturo sigue imperturbable, despreocupado incluso, con una sonrisita sardónica, deliberadamente se frota los testículos cuando el cácher Pedro Calderón de la Barca se coloca en la caja de bateo. Con tres rectazos de fuego Arturo le receta su ponche número diecinueve, los mismos que tuvo Lucio, lleva hasta el momento setenta y cuatro pichadas, pero a mí ya no me interesaba lo que pudiera pasar: en la caseta, aislado de los demás desde la quinta entrada, cuando sin proponérselo fueron dejando de hablarme, se hicieron a un lado, sólo, a veces, me sonreían, cohibidos, me daban una que otra nalgada, ¿por qué todo mundo te da nalgadas en el pinche beisbol?, contestaban con voz demasiado clara las dos tres pendejadas que les dije cuando me agarró el terror y esperaba anhelante que me tocara ir a pichar, yo sabía que estaba listo a lanzar lo que fuera, sabía que aguantaba para rato, pero, de alguna forma, al menos para mí, algo se cerró, se cumplió cuando hice las nueve entradas completas, algo se ordenó en mí desde el momento en que ponché a Arturo, qué alivio sentí. Y luego, indiferencia. Me valía. Pasara lo que pasara, yo haría lo que tuviera que hacer. Además, si el mánayer Cervantes, que está bien orate, no me saca por un emergente voy a tener que batear: el juego no había terminado, por supuesto. Cervantes ya había enviado a Juxlei en vez de Louri. No me dijeron nada, así es que, muy calladito, me fui al círculo de espera, qué raro sentí el silencio y la atmósfera asfixiante en el parque, como que todo se quedaba atrás, en realidad nada transcurría, el juego se había quedado estancado en una trampa. El que parecía estar bien vivo y dueño de la situación era Arturo, que despachó a Juxlei con tres pichadas sin piedad, y de pronto me vio, nos vimos: por supuesto que éramos iguales, una fuerte empatía corrió entre los dos, sólo él y yo contábamos a fin de cuentas, él se rio y me hizo mocos con la mano, y yo estuve seguro de que me iba a tirar toda su velocidad, nada de refinamientos: la pura, indestructible, grosera recta, tal como yo lo ponché a él: si iniciaba el bateo en el milímetro cúbico de suerte quizá le conectara la bola.

Arturo suelta una recta asesina a la goma, ¡Lucio la conecta!, ligeramente atrasado, es una línea rasante por la extrema izquierda del jardín, allá va Bleic corriendo por ella, pero esta bola se va, ¡pero de faul! ¡Qué escandalera de la gente, todos gritan y pegan de brincos como si la bola hubiera sido buena, no paran de aplaudir, gritar y saltar! Arturo, por primera vez, está impactado, respira profundamente un par de veces y regresa al montículo, ve a Lucio con desprecio, después del gran faul el gran ponche, y yo estoy por encima. Espérate. Prepara la pichada, la gente sigue de pie, saltando y gritando, enloquecida, éste no es un juego apto para cardiacos, muy adentro la bola, rapidísima, Lucio salta hacia fuera, la cuenta se empareja: una bola y un estraic, la histeria continúa en todo el parque, aquí está el nuevo lanzamiento, Lucio abanica, se queda hecho nudo con el bat, se vio mal, la gente se calla de golpe, Lucio sale de la caja de bateo, Arturo bufa, con una sonrisa de placer, Lucio suelta unos batazos al aire, y la gritería se reinicia, golpes en el suelo, trompetazos, acordes del órgano, gritos, el lanzamiento es ligeramente arriba, Lucio estuvo a punto de tirarle pero se contuvo, era una pichada alevosa, de trabajo, excelente, bordeando la zona de estraic. El cácher Bleic quiere que el ampáyer de primera diga si Lucio abanicó. Arturo también lo exige. La gente grita con más fuerza, ¡bola, bola!, piden. No abanicó, dice el ampáyer. Los patitos en la pizarra: dos malas, dos buenas, dos auts. Aquí viene otra receta de ciento cincuenta kilómetros por hora, pierde la esquina de adentro por milímetros, Arturo ya está con la cuenta llena, la gente se desbarata en ruidos para que el negro dé la base por bolas, este parque se va a caer si continúa el estruendo delirante de la multitud. Arturo accede a la señal de Bleic, ahí viene el derechazo, otra recta, potentísima, Lucio la conecta de frente, en seco, con toda la fuerza del bateo iniciado a tiempo, allá va la bola, es una línea durísima por encima de Arturo, de la segunda base, por encima de Bodeler que corre infructuosamente, la bola se está alzando y lo sigue haciendo, ¡la bola se va, se va, se va!, rebasa la barda y se estrella en el tablero electrónico, que revienta en chispas y llamaradas: se está incendiando y Lucio termina de recorrer las bases, llega al diamante y se entrega al estrépito, incontenible, que le espera.

1 *64 notas del clavecín bien temperado.* En una prisión, puedes recibir la orden, que viene de lo alto, de anotar tus sueños.

2 Si compras el nuevo disco del cuarteto Tripitaka no olvides leer, a medianoche, la nota introductoria.

3 Esta misma noche, después de las grandes galas en palacio, serás una miseria que yace a la mitad del arroyo.

4 En la frase obra revolucionaria, el adjetivo va implícito en el sustantivo.

5 Tu madre, como está muerta, te hace llorar cuando viene.

6 Al armero, pídele una bala de plata; al adivinador, un proceso favorable; al químico, que no se confunda.

7 ¿No sirven las masas? Hacia ellas vas, te salvarán la vida.

8 El centro de Arte Duro ha firmado un pacto.

9 De ti descienden cuatro caminos por los puntos cardinales.

10 Lo mismo: te agradezco el bien y el mal que me haces.

11 Tienes que remontar la cascada, desnudo, como salmón, y

llegar a la única fuente, el gran manantial que se pierde arriba en el cielo.

12 Mari, Mari, gran y verdadera esposa mía, ¿has lavado mis calzones?

13 Identidad, divino agujero.

14 Me doy de bofetadas por lo que ocurrió y no ha ocurrido, por lo que va a suceder y no sucederá jamás.

15 El precipicio tiene, más allá del recodo, un puente.

16 Un perro fuerte, rojo, rabioso, de ti sale y pronuncia tu nombre.

17 Las sombras llegan suavemente y se adueñan de tu cuerpo.

18 Beso a mi sirviente en el centro mismo del mandala.

19 Lo importante es el sentido, y no los sentidos.

20 Jung me muestra las monedas de fuego con que consultaba el I Ching. Es reconfortante saber que Dios envía, todos los días, a la misma hora, por la misma frecuencia, sueños sagrados al rey Wen y al duque de Chou.

21 Ella dice estar de pie, en el centro, de frente; yo sé que está atrás, debajo y de cabeza.

22 La circunferencia de la tierra es cuadrada.

23 En este libro, la banda de negros se disfraza de mariachis. Esas canciones y aquel tequila me hicieron llorar.

24 La cumbre del monte es una cabeza tonsurada; en el bosque, llegas a una barranca, cuyo fondo no se puede ver, ¿la exploramos?

25 ¡Pobre hombre! No sabe que Nietzsche ha muerto.

26 Pasó el hombre de la gran bolsa de piel, como cartero, vi, a través de una serie de sueños, que había uno para mí. Él me dijo: –Hoy no debería dejarte nada, pero ya viste que hay algo para ti. –Somnia a Deo missa.

27 A mi esposa le emana una sustancia dorada de la vagina: deja gotas a cada paso.

28 Nigredo es la inmersión en la sombra, la negrura, albedo, paso al blanco, a la primera luz; rubedo, el fuego, el rojo

que se obtiene magnificando el calor del fuego a la máxima intensidad.

29 Aquí tenemos esta pintura en la que mueres cuando terminas el libro que lees. –Ésta es sólo una historieta –informa una voz un tanto burlona– en doce partes, la décimosegunda, que es ésta, es la primera.

30 Saltas al vacío: te agarran de la manga, si logras quedarte suspendido en el aire y quitarte la sudadera, estás en el fuego.

31 Y puedes salir a pasear en bicicleta con tu familia.

32 Fúmate un toque hasta consumirte en él.

33 Un hombre fuerte, joven, quizá con los brazos en cruz, hace que en él converja todo movimiento; después va a renacer, amarillo y negro, calcinante (no lo mires de frente).

34 Esas bromas del millonario me hacen decir: –Ayúdame Dios mío, no me abandones en esta noche negra –y al dejar atrás la casona de Chapultepec todavía tuve que aclarar–, esas bromas me desquician, ¿sabe usted?

35 Desde lo alto de la rueda de la fortuna ves que el Ajusco se nevó completamente, hasta abajo, qué espectáculo.

36 ...También puedes decir: –¿Querías ver el volcán? ¿Qué te parece esta erupcioncita?

37 En el convento, junto al mar, sueles leer en la pantalla la historia del criado que domina y pervierte al joven novicio, la música sube de intensidad.

38 Este plano muestra una ruta oblonga a través de las principales glorietas de la ciudad.

39 Los agentes policiacos golpean niños, los parten a cachazos, se los comen en trozos; esto no ocurre en el libro: van en un armón a toda velocidad.

40 No sabes si estás dormido o despierto, una vez más, pero ahora no importa.

41 Los jipitecas se meten en tu casa, ah qué metáfora.

42 Desde que llegué a las costas de México sólo he comido mariscos.

43 Estás en un salón cuadrangular, espacioso e iluminado, en

realidad del mejor gusto, con un grupo de escritores, todos ustedes atacan con brío los teclados.

44 Ahora sé que el mundo entero, en este milenio, está en estas cuatro paredes.

45 ...En el mundo de la gente de poder alguien usurpa tu nombre, te mete en problemas, páralo.

46 Fue una prueba de fuego estar en el hospital, pero ahora estás mejor preparado; al salir, logras desprender al fin la membrana que cubría el hueco de una muela que se cayó antes.

47 Me compré un telescopio blanco sensacional cuando pasó el cometa; ahora está en la terraza del piso superior (cuando quieras, llégale).

48 Despierto en mi cama, conmigo yace un bellísimo hermafrodita, aromas que intoxican, me excito, no es hermafrodita: es la mujer dormida; siento un gran alivio y también, claro, frustración.

49 "La cuestión del tráfico fálico: ya ha caído el responsable, hubo muchas víctimas." ¿No me concierne a mí?

50 Yo es el que soy.

51 En Jerusalén (of all places) le digo a Pasolini (of all people) que estoy recogiendo, allí, la tierra de mis ancestros (que nacieron y vivieron en México).

52 En mi cuartilla blanca se derraman gotas de luz, como diamantes líquidos que mojan el papel.

53 Fiestas, fiestas, ya sabes: (al menos) deberían quitar los cadáveres de más de tres días que se apilan en el umbral.

54 Nos mudamos de casa, es toda una revolución; ahora encendemos el fuego del hogar, hacemos el amor (de rodillas). Alguien nos está viendo.

55 Tienes que interpolar un texto; eliges un fragmento del libro del centro, pero, como último recurso, conservas a la mano varios versículos de El Génesis.

56 Cuando me casé, se desencantaron muchos animales que habían sido embrujados; mi fuego era calientito, delicioso.

57 Hay que pagar la luz, eso es lo que hay que hacer; ya llegó también la cuenta de la oscuridad (miéntale la madre a tu vecino).

58 Todo está bien, me dicen los jefes, pero a mí me tiene que gustar limpiar muy bien las pantallas de las lámparas.

59 La famosa prueba resultó lo mismo: una carrera con obstáculos cantando el Réquiem de Fauré; te tienen envidia, pero no pueden hacerte daño.

60 Ahora sales con que te casas y hay que comer galletas de hongos alucinantes picados que parecen caviar negro, ¿por qué me das a mí?, ¿se sienten ya los efectos?

61 Ella repite lo mismo: tengo que leer con mis labios toda su piel, fíjate; cuando llegue el momento, debo evacuar (eso dijo) en el plato de Alejandra, que es su propio rostro; es como ir a trescientos kilómetros por hora en tu auto y de pronto dar una vuelta en u: te quedas suspendido, durante unos instantes, como si se consumiera la sangre.

62 Un día es el volcán, con su nieve reluciente; otro día son las botas negras de esa nena; hay huellas en la nieve.

63 Desde lo alto, a media noche, es claro que abajo no cesan los madrazos; arriba de mí, la escalera se pierde en el cielo oscuro; subo con mucho cuidado.

64 Vas con el Hijo del Hombre a la casa donde viviste toda tu vida; ahora pertenece a un niñito idiota que la dejó arruinar. Esa casa tiene que quemarse; aunque no quisieras recorres los bellos cuartos laberínticos de la casa que, atrás de ti, caen consumidos por el fuego.

Fuegos de artificio. Pero antes vas de visita, con tu familia, al Castillo de Chapultepec, donde tiene lugar un espectáculo celebradísimo; se trata de un niño que ha hecho varios caminos de pólvora a lo largo de toda la explanada y las terrazas superiores; la pólvora es de distintos colores y el diseño de los caminos es un alarde, comenta Aurora, qué imaginación de niño, dices tú, mira papi, unas vaquitas, señala tu hija Lucero, yo desde aquí los estoy viendo, hay trazadas figuras de una delicadeza balsámica, son geométricas, pero también hay dibujos de casas, gente, paisajes, escenas históricas, míticas: allá está Jesucristo a la cabeza de un gran ejército de ángeles, en forma de línea la pólvora sube por paredes, traza arabescos, grecas, diseños simplísimos pero muy elaborados, te fijas, ¿ya viste al niño?, pregunta Aurora, y lo señala: está en lo alto del castillo y en ambas manos sostiene un par de antorchas para encender los dos caminos de pólvora.

Apenas te da tiempo de correr con tu familia a la terraza del primer piso, desde donde se ve mejor, alcanzas a ver cuando el niño, observado por la muchedumbre en un silencio impresionante, acerca las antorchas a los caminos de pólvora: varias chispas de colores se desprenden y con rapidez se alzan dos columnas de fuego que cambian de colores, avanzan a lo largo de la pared, forman las primeras escenas, no importa realmente, bueno, a veces sí, lo que representan; es un espectáculo en sí ver el desplazamiento de las líneas, las figuras, las escenas, que se encienden, brillan, se van desvaneciendo poco a poco, veloz el dibujo de fuego a lo largo de las terrazas superiores, de las balaustradas, del muro, allá está en la planta inferior, serpenteando, circulando, trepando, bajando, con estallidos intermitentes, cambios de color, de tono, de intensidad, saltan las chispas coloridas por todas partes, el crepúsculo resalta la luminosidad del intrincado tejido de fuego, regresa nuevamente a las partes superiores, caen lluvias de chispas desde lo alto, se está formando, veo que lo ves, claramente un volcán, está agrupando un hervidero de luces en la boca superior, estalla ahora la erupción, es una infinidad de luces con las franjas del arcoiris que suben hasta lo alto y allá se desbordan, a la usanza tradicional, en un baño de pequeñas llamaradas coloridas que iluminan toda esa porción central del cielo durante un tiempo interminable, antes de desgranarse y disolverse de regreso a la tierra.

Instrucciones para entrar en el fuego y qué hacer una vez en él. Hay varias técnicas; aquí te expongo la llamaba súbita. Primero que nada, debes quitarte la ropa, no es bueno que se queme contigo aunque sea la camiseta que tanto le gustaba a Donovan; después colócate frente a la puerta del horno, que es más alta que tú; ábrela de golpe y, sin pensarlo, colócate frente a ella; te quema ya el solo calor al estar frente a las llamas que se alzan por encima de tu cabeza, como milpas de fuego que chocan entre sí por las explosiones internas.

Ya se te ha quemado la piel, los cabellos, el olor es insoportable, de una vez métete de un jalón, pega un brinco, ¡y adentro! Todo se derrite, alcanzas a darte cuenta de que en fracciones de segundo tu sangre ebulló, se evaporó, tu cuerpo dejó de ser de pronto, ya no tienes ojos y lo que ves es el fuego en el que te hallas, las llamas en que te has convertido. Tu voz no existe, eres fuego ahora y no te quemas, estás henchido de energía, espora ígnea infinitesimalmente pequeña; te contraes y te expandes simultáneamente, tienes frente a ti las esferas celestiales, la garganta de la medianoche, todos los paisajes, todos los tiempos, ves al hombre que escribe los libros, ésa es tu parada.

Sal ahora del horno, vas chorreando un reguero de llamas hasta los baños. Date una ducha fría. Péinate, ponte loción y vístete. Te sientas a la máquina, golpeas las teclas, ellas responden, como siempre, tienes que terminar, sacar lo que ya se había venido formando sin que lo advirtieras, hiciste que se volviera posible la realidad cortante que al cristalizarse es tan conocida, aquí la tienes, ante ti, nítida en la formación exacta de las palabras que la componen y la animan, le dan vida, la incendian, la hacen arder perennemente, la imprimen en esta página y te hacen ver que, ahora sí, ya terminaste de escribir el libro.

JOSE AGUSTIN

José Agustín nació en Acapulco, Guerrero, en 1944. Cursó estudios cinematográficos y participó en el taller literario de Juan José Arreola.

José Agustín es el escritor que de alguna manera rompió con el silencio de una juventud que deambulaba con un modo propio de expresión por las calles de la colonia Roma y la Narvarte, que vivía el divorcio de lo puramente nacionalista y que parecía morir a los pies de la industrialización y del llamado choque generacional.

Los sucesos de la época eran una gama de violentos acontecimientos que se reflejaban en la coloquial pluma de nuestro escritor, afuera ocurría Vietnam, la muerte de los Kennedy, de Luther King y del Che Guevara, el festival de Woodstock, la sicodelia y los hippies; todos ellos sucesos que se reflejaban o se traducían a la realidad de un México que no podía escapar a los vertiginosos cambios: México 68, la noche de Tlatelolco, Avándaro.

Pues bien, José Agustín vive su realidad urbana, va a prisión, va a las fiestas populares, para luego traducir sus vivencias en la literatura; rompe con el carácter mítico de ésta, y abre el espacio a su generación, una brecha de nuevos escritores que expresan su realidad urbana y que recrean un nuevo lenguaje.

Ha trabajado como maestro universitario, periodista cultural, director y guionista cinematográfico, conductor y guionista de televisión, traductor, dramaturgo y compositor de canciones.

Sus obras publicadas son:

La tumba, 1964, novela.
De perfil, 1966, novela.
Inventando que sueño, 1968, relatos.
Abolición de la propiedad, 1969, teatro.
Se está haciendo tarde (final en laguna), 1973, novela.
Círculo vicioso, 1974, teatro. Premio Juan Ruiz de Alarcón.
La mirada en el centro, 1977, relatos.
El rey se acerca a su templo, 1978, novela.
Notes on Latin American Censorship and Literature, 1978, ensayos.
Ciudades desiertas, 1982, novela. Premio Colima.
Ahí viene la plaga, 1985, guión cinematográfico.
La nueva música clásica, 1985, ensayos.
El rock de la cárcel, 1985, autobiografía.

Ha obtenido la beca del Centro Mexicano de Escritores (1967), de la Fundación Guggenheim (1977) y de la Fundación Fulbright (1978).

Esta obra se terminó de imprimir
en el año de 1988
en Programas Educativos, S.A. de C.V.
Calz. Chabacano No. 65 local A.
México, D.F. C.P. 06850